Fabio Volo

Der Weg nach Hause

ROMAN

Aus dem Italienischen von
Petra Kaiser

Diogenes

Titel der 2013 bei
Arnoldo Mondadori Editore, Mailand,
erschienenen Originalausgabe:
›La strada verso casa‹
Copyright © 2013 by Arnoldo Mondadori
Editore S.p.A., Mailand
Die deutsche Erstausgabe
erschien 2016 im Diogenes Verlag
Covermotiv: Illustration von
Kobi Benezri

Für meinen Vater

Veröffentlicht als Diogenes Taschenbuch, 2019
Alle deutschen Rechte vorbehalten
Copyright © 2016
Diogenes Verlag AG Zürich
www.diogenes.ch
60/19/36/1
ISBN 978 3 257 24457 1

Inhalt

»Man hat erst spät den Mut zu dem, was man weiß.«

Albert Camus

»Ich bin fünf Minuten später zu Bett gegangen als die anderen, damit ich fünf Minuten mehr zu erzählen habe.«

Franco Califano

Achtziger Jahre

In den achtziger Jahren wurde viel gelacht. Viel mehr als heute.

Man lachte bei der Arbeit, in der Schule, mit Freunden, ganz besonders aber im Fernsehen. Es war eine fabelhafte Zeit. Italien gewann die Fußball-Weltmeisterschaft in Spanien, die Musik wurde von DJs gemacht, und die Discobeats wummerten aus allen Radios und Geschäften. Damals lief sogar der Papst Ski. Es herrschte ein Gefühl grenzenloser Freiheit, bald würde auch die Berliner Mauer fallen.

Der neue Körperkult führte dazu, dass überall Fitness-studios wie Pilze aus dem Boden schossen, Aerobic-Kurse für Frauen, Bodybuilding für Männer, Sonnenstudios. Ein tiefgebräunter, durchtrainierter Körper, den man dann in teuren Markenklamotten und mit verspiegelter Brille zur Schau stellte, war ein absolutes Muss.

Im Fernsehen trat, wann immer man einschaltete, unweigerlich einer auf, der nur dazu da war, einen zum Lachen zu bringen, für Zerstreuung zu sorgen, Preise zu verschenken oder einfach nur ein paar witzige Sätze oder einen Ohrwurm von sich zu geben, leicht konsumierbare Kost. Überall wimmelte es von Goldjetons, Konfetti, Fanfaren, Glitzerröckchen und knallbunten Sakkos. Überall Gesichter mit strahlendem Lächeln, mit vollen Lippen und Mündern, die dem Publikum Luftküsse zuwarfen. Überall Konsumgüter. In den achtziger Jahren hatte man den Eindruck, alles sei käuflich. Auch Fröhlichkeit. Plötzlich schien Reichtum selbst für die Armen zum Greifen nah. Hatte man früher in den Familien noch Sätze gehört wie: »Das können wir uns nicht leisten«, oder: »Das liegt jenseits unserer Möglichkeiten«, so schien all das nun plötzlich wie weggefegt, zusammen mit der Kultur der Sparsamkeit. Alles, was man verdiente, wurde ausgegeben, und wenn das Einkommen nicht reichte, griff man zum Leasing. Der Lebensentwurf bestand nicht mehr darin, sich eine Zukunft aufzubauen, man kaufte sich einfach ein großes Lotterielos. Vielleicht begannen die Worte in dieser Zeit, ihre eigentliche Bedeutung zu verlieren und sich in Masken zu verwandeln, hinter denen sich kein Gesicht mehr verbarg. Alles wurde zum Superlativ.

Vielleicht lebte die Familie Bertelli – Vater, Mutter und zwei Söhne – deshalb in einem ständigen Gefühl der Unzulänglichkeit. Sie waren aus dem Takt gekommen, aus der Zeit gefallen.

Das traf weniger auf die Eltern zu als auf die Söhne. Während die ganze Welt ein großes Fest feierte, hatten die beiden das Gefühl, als Einzige zu dieser Party nicht eingeladen zu sein. Und darauf reagierte jeder von ihnen, so gut er konnte, und suchte sich seine eigene, ganz private Rückzugsmöglichkeit.

Marco, der Jüngere, hatte zwei Methoden, sich von der Welt abzuschotten und in die innere Isolation zurückzuziehen. Die eine bestand darin, sich aufs Bett zu legen und Musik zu hören. Als ihm *La Bamba* nach fast einem Jahr zu den Ohren rauskam, nahm er sämtliche Platten seines Vaters in Beschlag und deponierte sie, zusammen mit denen, die er sich selbst gekauft hatte, in seinem Zimmer. Dort lag er dann mit Kopfhörern auf dem Bett und gab sich alle Mühe, seinen Kopf mit Musik abzufüllen, und damit sie genug Platz darin fand, musste er alle anderen Gedanken und Bilder daraus vertreiben. Mit Ausnahme der Bilder, die die Musik in ihm auslöste: von Reisen an ferne Orte, die er aus dem Fernsehen oder Kino kannte und die er eines Tages mit eigenen Augen sehen wollte: Er träumte davon, in einem Kabrio oder mit dem Motorrad durch Kalifornien zu kurven, an traumhaften Stränden in Australien zu surfen, mit dem Rucksack durch Mexiko zu reisen, auf Kuba dicke Zigarren zu rauchen. Diese kleinen Fluchten waren eine gute Übung für die Phantasie, und wenn er dann einschlief, wurde ihm immer leichter, so leicht, wie nur ein Herz voller Neugier und Abenteuerlust zu sein vermag.

Die andere Methode bestand darin, die Stille zu suchen, alle Geräusche auszublenden und in sich hineinzuhorchen: auf die Gedanken, den Puls, den Atem, in dem Versuch, sich selbst zu lauschen, immer tiefer in sein Innerstes vorzudringen, auf der Suche nach letztgültigen Antworten, wie ein Höhlenforscher der Seele, und dabei, falls es ihn denn gab, einen Weg zu finden, ein zweites Mal geboren zu werden. Um zu dem Punkt zu gelangen, wo die Stimmen der anderen verstummen und die eigene Stimme sich erhebt, die wahre. Einzigartige. Unbedingte. Eine innere Stimme, die ihn leiten und lehren würde, Unruhe und Zweifel zu überwinden.

An diesem Abend hatte sich Marco für die Musik entschieden, er lag auf dem Bett, spielte mit dem Kabel der Kopfhörer und guckte an die Decke. Es war ein Sommerabend, Ende Juli. Es war heiß. Das Fenster in seinem Zimmer stand offen, draußen hatte sich gerade die Alarmanlage eines parkenden Autos ausgeschaltet, und die Hunde hatten aufgehört zu bellen. Nichts regte sich, außer den kreisförmigen Bewegungen des Kabels. Bob Dylan sang *I'll Be Your Baby Tonight*, und an diesem Abend hörte sich der Mann mit der rauhen Stimme noch melancholischer an als sonst.

Wenn er Bob Dylan hörte, atmete Marco die kühle Luft von New York ein und träumte davon, dort Arm in Arm mit Isabella, seiner Freundin, durch den Schnee zu laufen, genauso wie Bob Dylan mit seiner Freundin Suze Rotolo auf dem Cover von *The Freewheelin'*. Das Album von 1963, das seiner Mutter so sehr gefiel. Das Album, in dem sogar Sophia Loren erwähnt wurde. Es gefiel ihm, wenn italienische Namen oder Dinge irgendwo auf der Welt erwähnt wurden. Das machte ihn stolz, als ginge es um jemand, den er kannte. Genauso erging es ihm, wenn er im Abspann amerikanischer Filme italienische Familiennamen las, dann stellte er sich vor, das wären Kinder von Emigranten, die es geschafft hatten. Und er freute sich für sie.

An diesem Abend gingen ihm düstere Gedanken durch den Kopf. Plötzlich waren alle unterschwelligen Ängste, die sonst gut versteckt tief in ihm auf der Lauer lagen, wiederaufgetaucht und hatten sich auf ihn gestürzt wie eine Meute, die sich über ein waidwundes Tier hermacht. Um das beklemmende Gefühl in der Brust zu verscheuchen, stellte er sich vor, er würde entschlossen vom Bett aufspringen, das

Zimmer verlassen, die Treppe hinunterstürzen und ohne anzuhalten, so schnell er konnte, quer durch die ganze Stadt bis zu Isabellas Wohnung rennen. Dann würde er nach ihr rufen, sie bitten herunterzukommen und mit ihr fortgehen. Er würde sie mitnehmen in eine bessere Welt, ohne all die dämlichen Komplikationen der Erwachsenen. Ohne all die Verbote, das Unbehagen und die notorische Heuchelei. Der Abend war stressig verlaufen, beim Essen hatte es Spannungen gegeben. Inzwischen war die Luft so dick, dass man kaum noch atmen konnte. Am liebsten hätte er geheult, geheult und sich eine Zigarette angezündet, aber das waren genau die beiden Sachen, die er nur tun konnte, wenn er allein war. Rauchen war verboten, das war nur etwas für Erwachsene. Weinen, eine kindliche Schwäche, war ebenfalls verboten. An diesem Abend fühlte er sich wie zwischen beiden Welten.

Er war kein Raucher, noch nicht. Wenn er rauchte, dann heimlich, beispielsweise wenn er mit seinen Freunden unterwegs war, zu Hause jedoch praktisch nie, und wenn, dann im Bad bei weit aufgerissenem Fenster. Das war höchstens fünf- oder sechsmal vorgekommen, öfter nicht, wobei er die Kippe mit der klassischen Bewegung von Mittelfinger und Daumen möglichst weit wegschnippte, sich danach sofort die Zähne putzte und ein Kaugummi mit Pfefferminzgeschmack in den Mund steckte. Beim ersten Mal hatte er nämlich den Fehler gemacht, die Kippe in die Toilette zu werfen, um dann beim Betätigen der Spülung feststellen zu müssen, dass sie immer noch im Wasser schwamm. Daraufhin hatte er Klopapier draufgeworfen und erneut abgezogen, aber es funktionierte nicht. Am

Ende war ihm nichts anderes übriggeblieben, als die Kippe mit den Fingern herauszufischen und aus dem Fenster zu werfen.

Aber sich jetzt hier im Zimmer eine anzustecken, speziell an diesem Abend, wäre etwas völlig anderes gewesen, das konnte man überhaupt nicht vergleichen. Da ging es nicht um die Lust am Rauchen, den Reiz des Verbotenen oder ein gesundes Aufbegehren, wie es bei Jungs in seinem Alter oft mit dem Rauchen verbunden ist. Nein, wenn er so etwas Unerhörtes tat, würde er Stellung beziehen und sich offiziell zu seiner Identität bekennen. Damit würde er eine Grenze überschreiten, aus dem Schatten hervortreten und sich selbst behaupten.

Er war nicht allein zu Hause. Nebenan waren seine Eltern und bei ihm im Zimmer sein drei Jahre älterer Bruder, der wie immer am Schreibtisch saß.

Andrea stand nicht auf Musik, für ihn gab es nur Lernen oder Lesen, möglichst komplizierte Sachen. Je schwieriger, desto lieber. Das war seine Art, sich gegen die Bosheit der Welt abzuschotten, seine Art von Selbstschutz. Seit je hatte er eine Vorliebe für Formeln, Gleichungen und Übersetzungen, darauf war er echt fixiert.

Andrea hatte ein angeborenes Talent für alles Abstrakte. Diese totale Hingabe hatten ihn zum Klassenprimus gemacht und zum Einzigen in seiner Klasse, der aus dem Lateinischen direkt ins Griechische übersetzte, ohne den Umweg über das Italienische. Eine völlig sinnlose Hirnakrobatik.

Marco hatte aufgehört, die Decke anzustarren, und beobachtete jetzt seinen Bruder, er musterte den gebeugten Rücken und fragte sich, wer dieser Junge wohl sei, der mit ihm das Zimmer teilte. Ein Fremder. Ein Alien. Wieso waren sie so verschieden, obwohl sie doch Brüder waren? Kinder derselben Eltern, derselben prüden Erziehung. Er beispielsweise hätte sich nie und nimmer eine Abbildung des *Vitruvianischen Menschen* von Leonardo da Vinci übers Bett gehängt, auch wenn der ihn mit seinen ausgebreiteten Armen an ein Foto von Jim Morrison erinnerte. Eigentlich hatte er ja nichts gegen die Zeichnung oder das Genie Leonardo, überhaupt nichts, aber er fand, dass auf so etwas doch nur die Alten abfuhren. Wie auf den Schlager *Nel blu dipinto di blu* von Modugno. War Andrea denn nie jung gewesen? War er womöglich so geboren?

Marco kam einfach nicht dahinter, was zwischen ihnen schiefgelaufen war. Früher, bis vor ein paar Jahren, war sein großer Bruder für ihn ein Held gewesen. Alles, was er machte, wollte Marco auch machen. Andrea war sein Idol, sein Vorbild. Er, der alle sechs Seiten des Rubikwürfels in weniger als zehn Minuten schaffte. Damals redete Marco wie Andrea, übernahm von ihm bestimmte Ausdrücke und Wörter, kopierte sein Verhalten, sogar seine Handbewegungen. Liebend gern trug er Andreas T-Shirts, als wären es Kostüme eines Superhelden.

Und dann war die ganze Bewunderung plötzlich wie weggeweht. Wo war sie nur geblieben? Was hatte sie auseinandergebracht?

Für Marco war die Tatsache, dass Andrea so viel wusste, kein Grund zur Bewunderung, im Gegenteil, dadurch wurde er langweilig und anstrengend. Immer wenn Andrea zu einem seiner neunmalklugen Vorträge anhob, schaltete Marco nach wenigen Sekunden einfach ab oder, noch schlimmer, sagte am Ende der Rede: »Kannst du das noch mal wiederholen, dann kann ich mir beim zweiten Mal überlegen, ob es mich vielleicht interessiert.« Aber Andrea wurde nicht einmal sauer. Er fühlte sich überlegen.

Jetzt fiel Marco wieder ein, dass er eigentlich gerne eine rauchen würde. Dazu hätte er nicht einmal aufstehen müssen, er brauchte nur die Hand auszustrecken, die Schublade des Nachttischchens herauszuziehen und hinten, unter den Papieren, nach der Schachtel Marlboro zu kramen, die er dort versteckt hatte.

Andrea wusste ohnehin von seinem kleinen Laster und missbilligte es natürlich. Wenn sie Streit hatten, drohte er manchmal damit, ihn bei den Eltern zu verpetzen, aber gemacht hatte er das noch nie.

Während Andrea in seine Lektüre versunken war, hörte er im Hintergrund wie von weit her die rauhe, melodiöse Stimme von Bob Dylan, die aus den Kopfhörern drang. Dann das Aufziehen einer Schublade, das Rascheln von Papier, das lautstarke Zuknallen der Schublade und dann das Klickklack eines Feuerzeugs. Dieses Geräusch erregte seine Aufmerksamkeit, und als er sich umdrehte, erblickte er vor sich die Glut einer Zigarette und das Profil seines Bruders, aus dessen Mund Rauch hervorquoll.

»Was machst du denn da, bist du verrückt geworden?«

Marco hörte nichts, guckte weiter an die Decke und zog dann noch einmal, wobei er genüsslich die Augen schloss. Erst als er den Rauch wieder ausstieß, machte er die Augen auf und sah erstaunt Andrea an, der vor ihm stand und immer wieder dieselbe Frage wiederholte. Diesmal, auch wenn er nichts hörte, las er sie von den Lippen ab.

»Ist das jetzt das Neueste? Willst du jetzt etwa auch noch hier in der Wohnung rauchen?«

Ja, ab heute rauche ich auch hier in der Wohnung. Was geht dich das an? Ich habe keine Lust mehr, mich zu verstecken, ich bin sechzehn, und wenn ich eine rauchen will, dann mache ich das. Fick dich, du kannst mich mal, hätte er am liebsten geantwortet, aber er hatte keine Lust auf lange Diskussionen.

»Wenn du in der Wohnung rauchen willst, musst du das mit Papa regeln, aber in meinem Zimmer wird nicht geraucht.«

Immerhin ist es auch mein Zimmer. Das wäre die richtige Antwort gewesen, hätte er denn Lust gehabt, überhaupt etwas zu erwidern.

»Du brauchst gar nicht so zu gucken, wenn ich da bin, wird hier nicht geraucht, weil mich das stört. Die eine da, die kannst du noch am Fenster zu Ende rauchen. Aber das war die Letzte.«

Marco hatte keine Lust mehr auf die Diskussion, an der er sich gar nicht beteiligte. Er ging ans Fenster und löschte die Zigarette auf der Fensterbank, wobei ein schwarzer Strich zurückblieb wie von einem Kohlestift. Dann schnippte er sie in die Luft und katapultierte sie möglichst weit weg.

»Du bist einfach unmöglich. Immer tust du, was dir gerade einfällt. Sobald sich auch nur die klitzekleinste Möglichkeit für irgendeinen Blödsinn bietet, bist du sofort zur Stelle. Was hast du eigentlich im Kopf?«

Da er nun schon aufgestanden war, nutzte Marco die Gelegenheit, um auf dem Rückweg beim Plattenspieler haltzumachen und andere Musik aufzulegen.

Diesmal legte er keine Platte seines Vaters auf, sondern eine eigene, *Combat Rock* von den Clash, und setzte die Nadel bei dem Song *Should I Stay or Should I go* auf.

Er legte sich wieder aufs Bett und steckte sich ein Kaugummi mit Pfefferminzgeschmack in den Mund, eins von den schmalen langen, die man vor dem Kauen zusammenbiegt. Andrea saß schon wieder am Schreibtisch.

Plötzlich erschallte wieder das nervtötende Geheul einer Alarmanlage. Nicht zum ersten Mal. Vor ein paar Monaten hatte sich ein Nachbar aus dem Haus gegenüber ein neues Auto gekauft, einen Fiat Ritmo Cabrio metallic, und seither war die Alarmanlage bereits mehrfach angesprungen.

»Nicht zu glauben, schon wieder dieses dämliche Auto. Heute rufe ich die Polizei, das ist eindeutig ein Fall von Ruhestörung«, sagte Andrea.

An jedem anderen Abend wäre Andrea nach einer gehörigen Schimpftirade zu seiner Lektüre zurückgekehrt, aber an diesem Abend war alles anders. Er stand auf und ging in den Flur, wo das graue Telefon stand, und wählte die 113.

Er ließ es klingeln. Während er darauf wartete, dass jemand abnahm, sah Andrea in den Spiegel und versuchte, eine ernste Miene aufzusetzen, auch wenn das am Telefon nichts nützte. Er war neunzehn, wirkte aber älter, reifer und verantwortungsbewusster als andere Jungs in seinem Alter. Wenn ihm das jemand sagte, ein Lehrer oder die Eltern von Freunden, war er hin und weg.

»Hallo, hier ist Andrea Bertelli, ich habe folgendes Problem …«

Während er dem Polizisten die Sache erklärte, sah er sich selbst im Spiegel an, als redete er mit sich selbst.

Die Stimme am anderen Ende der Leitung sagte: »… und überhaupt, wo kämen wir denn hin, wenn jeder anrufen täte, wenn bei ihm vorm Haus eine Alarmanlage losgeht …«

Diese unschöne Formulierung war für Andrea so unerträglich wie das Kratzen von Fingernägeln auf der Tafel.

»Sie kennen doch den Besitzer des Fahrzeugs, warum klingeln Sie dann nicht einfach bei ihm und bitten ihn, die Alarmanlage abzustellen? Oder Sie warten einfach ab, in Kürze schaltet sich das Ding ohnehin automatisch ab.«

»Ja, ich weiß, dass sich der Alarm automatisch abschaltet, das Problem ist nur, dass er dann bald wieder losgeht.«

Andrea bedankte sich sarkastisch bei dem Polizisten und kam zurück, um seinem Bruder von dem Telefongespräch zu erzählen.

Aber Marco war nicht interessiert.

»Immer ist dir alles egal, dabei weißt du genauso gut wie ich, dass wir diese Scheißalarmanlage irgendwie zum Schweigen bringen müssen.«

Wie erwartet, ging die Alarmanlage aus und sprang wenig später wieder an.

Andrea beschloss, dem Rat des Polizisten zu folgen und bei dem Nachbarn zu klingeln. Es war kurz vor Mitternacht.

»Wenn Papa fragt, wo ich bin, erklärst du es ihm.«

Andrea verließ das Zimmer, ging am Elternschlafzimmer vorbei und legte das Ort an die Tür, um zu hören, ob sie noch wach waren: alles ruhig, bis auf das Surren des Ventilators. Dann verließ er die Wohnung. Auf dem Weg nach unten spürte er, wie aufgeregt er war, vielleicht aus Angst vor dem Autobesitzer, dabei hatte er keineswegs vor, aggressiv oder unhöflich zu werden, er wollte nur, dass der andere etwas unternahm, um das störende Geheul abzustellen. Er überlegte, ob er vielleicht erklären sollte, warum das für ihn ein ernsthaftes Problem darstellte, hielt es dann aber doch für unangebracht, von persönlichen Dingen und familiären Problemen anzufangen. Während er noch nach den richtigen Worten suchte, stand er plötzlich auf dem Bürgersteig, genau vor dem Auto, das immer noch wie verrückt jaulte. Er trat dicht an das Fenster heran, hielt die Hand über die Augen, um das Licht der Straßenlaterne abzuschirmen, und schaute in das Auto hinein, auch wenn es dafür keinen Grund gab – so ähnlich wie einer, wenn sein Auto streikt, die Motorhaube aufmacht und hineinsieht, obwohl er von Motoren überhaupt keine Ahnung hat.

Nach dieser höchst überflüssigen Ortserkundung ging er auf das Haus gegenüber zu und fixierte schon von weitem die Liste mit den beleuchteten Namensschildern.

Der Mann hieß Pezzini, das wusste Andrea von seinem Vater, der ihn schon einmal darauf angesprochen hatte, ob es wirklich nötig sei, die ganze Nachbarschaft derart zu terrorisieren.

Darauf hatte Signor Pezzini, ein Mann um die fünfzig, ein bisschen übergewichtig und nicht sehr groß, erwidert, es tue ihm leid, aber das Auto sei nagelneu und er könne kein Risiko eingehen. »... und mit der Alarmanlage, das ist halb so schlimm, am Anfang hört man sie noch, aber dann gewöhnt man sich daran. Der Krach dient nur zur Abschreckung der Diebe, doch nach einer Weile wird der Ton so vertraut, dass davon keiner mehr aufwacht. Das ist wie bei den Ehefrauen, die den Wecker ihres Mannes nicht mehr hören und einfach weiterschlafen.«

»Aber meine Frau hört den Wecker immer, und obwohl sie nicht aufstehen muss, tut sie es trotzdem, um mir einen schönen Tag zu wünschen.«

»Haben Sie es gut, meine Frau macht mir morgens nicht mal einen Kaffee. Haben Sie bitte noch ein bisschen Geduld, leider ist dieses Modell zurzeit sehr gefragt, und eine Garage kann ich mir leider nicht leisten. Jedenfalls sind Alarmanlagen gesetzlich erlaubt.«

Andrea war an der Haustür angekommen. Eine Weile starrte er den Schriftzug SIG. PEZZINI auf dem Klingelschild an. Dann drückte er den Knopf, sein Mund war ausgetrocknet, und er schwitzte, nicht nur wegen der Hitze. Während er auf die Stimme aus der Sprechanlage wartete, drehte er sich um und konnte so das Licht in seinem Zimmer sehen, und er malte sich aus, wie sein blöder Bruder auf dem Bett lümmelte, Musik hörte und vermutlich eine weitere Zigarette rauchte.

Wenn ich ihn noch einmal beim Rauchen erwische, dann setzt es was. Im Schlafzimmer der Eltern hingegen war alles dunkel, weil die Läden heruntergelassen waren.

Andrea konnte nicht wissen, dass sein Bruder gar nicht mehr in ihrem Zimmer war, dass das Bett leer war, dass Marco in der Zeit, die er, Andrea, bis zur Haustür des Nachbarn gebraucht hatte, eine wichtige Entscheidung getroffen hatte. Andrea wusste nicht, dass sein drei Jahre jüngerer Bruder ruckartig von seinem Bett aufgesprungen war, sich leise am Schlafzimmer der Eltern vorbei aus der Wohnung geschlichen und dann in einem solchen Tempo die Treppe genommen hatte, dass er die Füße quer stellen und sich am Geländer festhalten musste. Er war so ungestüm die Treppe hinuntergesprungen, dass das ganze Haus bei jedem Schritt erzitterte. Weg, nur weg aus dieser Welt, weg aus diesem Leben, weg aus dieser Familie. In der Hoffnung, der Ungerechtigkeit Gottes, der Angst und dem Unglück zu entfliehen und ein neues Leben zu finden, alles zu zertrümmern, was ihm nicht mehr passte, und endlich aufzuatmen.

Signor Pezzini hatte das erste Klingeln ignoriert, weil er es für einen dummen Scherz hielt, doch beim zweiten Mal stand er auf und schlurfte zum Hörer. »Wer ist da?«

»Hallo, ich heiße Andrea und wohne gegenüber, genau da, wo Sie Ihr Auto ge...«

Als er gerade den Satz beenden wollte, wurde die Haustür in seinem Haus hörbar aufgerissen. Als Andrea sich umdrehte, sah er seinen Bruder mit irgendetwas in der Hand wild entschlossen aus dem Haus stürmen. Es dauerte eine Hundertstelsekunde, bis Andrea begriff, dass er seinen Baseballschläger dabeihatte. Wie eine Furie tobte sich sein Bruder an dem heulenden Auto aus: Blinker, Seitenwände, Fenster und mehrere Schläge auf den Kofferraum. Langsam füllten sich die Fenster der umliegenden Wohnhäuser mit dunklen, von dem Lärm angelockten Silhouetten, Brustbilder im Rahmen, als wären die Fenster große Fernseher. Dann gelang es einigen Leuten, die auf die Straße heruntergekommen waren, Marco zu stoppen. Als der Besitzer des Autos unten ankam, waren drei Männer erforderlich, um ihn zu bändigen. Er brüllte, versuchte sich loszureißen und drohte Marco, ihn umzubringen. Dann kam der Vater, dann die Polizei.

Der Vater redete mit den Polizisten, aber es war nichts zu machen, Marco wurde in Handschellen abgeführt und auf die Rückbank des Streifenwagens verfrachtet.

Marco sagte nichts, war knallrot im Gesicht und tränenüberströmt. Kurz bevor das Polizeiauto abfuhr, hatte er einen Moment das untrügliche Gefühl, seine Mutter stünde oben am Fenster und sähe zu ihm hinunter. Da war er sich ganz sicher. Dann drehte er sich langsam um und sah nach oben. Die Rollos waren geschlossen. Da sagte sich Marco, er müsse endlich aufhören, an Wunder zu glauben. Zwei Tage nach diesem Vorfall starb seine Mutter.

London

In der Charlotte Street roch es gut, nach Winterende. Alles war ruhig, sanft fiel der leichte Londoner Regen auf alles herab, was ihm begegnete: auf Dächer, Telefonzellen, Autos. Und auf ein paar seltene Passanten. Verschwommen schwebte das gelbe Licht der Straßenlaternen in der von Feuchtigkeit gesättigten Luft.

Marco hatte gerade sein Restaurant abgeschlossen, das ungefähr in der Mitte der Straße lag, ein italienisches Restaurant, das er seit ein paar Jahren gemeinsam mit seinem Teilhaber führte. Er wollte noch die Abrechnung machen und ein paar Dinge erledigen, bevor er nach Hause ging.

»Adriano, trinken wir noch ein Glas Rotwein?«, fragte er den Koch, der noch in der Küche war.

»Ja gern, ich komme gleich.«

Marco ging zum Tresen, blieb aber auf halbem Weg stehen. »Musik!« Er nahm den MP3-Player, der an die Stereoanlage angeschlossen war, und wischte mit dem Daumen über den Touchscreen, um die richtige Playlist zu finden: *Inspiration's Muse*. Ein paar Sekunden später erfüllten die Klänge von *Something* das Restaurant, und er ging weiter, um den Wein einzuschenken.

Während er auf Adriano wartete, ließ Marco noch einmal prüfend den Blick durch das Lokal wandern und sah auch in den Kühlschränken nach, ob das Personal alles ordentlich hinterlassen hatte. Er hatte ein gutes, freundschaftliches Verhältnis zu seinen Angestellten, aber alles musste perfekt funktionieren.

Leben war das eine, Arbeiten das andere, und bei der Arbeit kannte er kein Pardon.

Kurz darauf kam Adriano, und sie setzten sich mit der Flasche und zwei Gläsern an einen Tisch.

Marco zündete sich eine Zigarette an und wedelte mit der Hand, um das Streichholz zu löschen.

»Wie spät ist es?«, fragte Adriano. »Ich habe das Telefon in der Küche gelassen.«

»Viertel vor eins.«

»Ich glaube, die kommen nicht mehr.«

»Die kommen bestimmt, in einer Viertelstunde sind sie da, wollen wir wetten? Fünfzig Pfund?«

»Fünfzig? Nein, wie wär's mit zwanzig?«

»Gut, zwanzig.«

»Eine Wette, die ich am liebsten verlieren würde«, sagte Adriano, bevor er mit Marco anstieß, um die Sache zu besiegeln. Adriano war Römer, Starkoch und Küchenchef des Restaurants. Sonst blieb er nie bis zum Schluss, doch an diesem Abend hatte er seine Gründe.

Marco nahm einen kleinen Schluck und sagte dann, als sei es ihm gerade erst wieder eingefallen: »Hör mal, ehe ich es vergesse … Nächste Woche ist mein Geburtstag, ich habe vor, hier am Sonntagnachmittag ein kleines Fest zu machen. Ich koche selbst, du brauchst mir nur alles Nötige zu bestellen.«

»Klar, du kochst selbst, so wie letztes Mal, als ich dann

24

dreißig Wolfsbarsche ausnehmen durfte. Es sei denn, du lädst mich nicht ein, dann kochst du diesmal wirklich selber.« Dann fügte er lachend hinzu: »Wie alt wirst du eigentlich?«

»Vierzig«, antwortete Marco, wobei er den Kopf schüttelte, als sei das wirklich schrecklich.

»Glückwunsch, in fünf Jahren bin ich dran«, sagte Adriano.

»Ich dachte an irgendwas Einfaches, ohne großen Aufwand: Käse, Aufschnitt, ein erster Gang und ein Dessert.«

»Wie originell! Wie viele Personen?«

»Um die zwanzig, mehr nicht.«

»Und was wünschst du dir?«

»Nichts.«

»Mann, dann muss ich mir ja selbst was ausdenken, komm, Alter, jetzt sag schon, was du willst. Ich kann doch nicht ohne Geschenk aufkreuzen.«

»Na gut, ich denk drüber nach. Es ist schon krass, dass ich dann zu den Vierzig plus gehöre. Das ist ein richtiger Einschnitt.«

»Alles nur psychologisch, faktisch ändert sich doch so gut wie nichts.«

»Von wegen. Es ändert sich eine Menge. Du hast das Gefühl, an einem Wendepunkt in deinem Leben zu stehen. Du weißt, jetzt wirst du alt. Die Augen werden schlechter, du musst zum Pinkeln nachts aufstehen, und wenn du mit einer unter dreißig ausgehst, dann ist der Abstand zwischen ihrer Zwei und meiner Vier vorne schon gewaltig.«

»Wieso, soll das heißen, du kriegst immer noch welche unter dreißig ab? Mich schauen die gar nicht mehr an.«

»Das liegt nur an deiner Glatze, guck dir dagegen meine Matte an, eine richtige Mähne.« Marco fuhr sich mit den Händen durch die Haare.

»Vorne sieht's nach Mähne aus, aber hinten wirst du auch schon kahl.«

»Ich werd nicht kahl, das ist ein Wirbel.«

Adriano brach in Lachen aus.

»Auf jeden Fall hatte ich schon lange keine mehr unter dreißig. Zuletzt die mit dem tätowierten Drachen, die du so toll fandest, erinnerst du dich? Die Hübsche.«

»Hübsch? Das war eine total scharfe Braut. So eine, die würde ich nur mit K.-o.-Tropfen rumkriegen.«

Wieder brachen sie in Lachen aus.

»War das nicht gerade *Something* von den Beatles?«

»Ja, aber in einer Coverversion von Ray Charles.«

»Schön, kannte ich gar nicht.«

»Den Song hat George Harrison für seine Frau Pattie Boyd geschrieben. Auf dieser Playlist sind nur Titel, die für die Musen der Rockmusik geschrieben wurden. Das jetzt ist *Layla* von Eric Clapton, auch für Pattie Boyd.«

»Was, Clapton hat einen Song für die Frau von Harrison geschrieben?«

»Mehr als einen.«

»Und war Harrison da nicht sauer?«

»Keine Ahnung, ob er deswegen sauer war, aber bestimmt ist es ihm gegen den Strich gegangen, als Clapton sie dann auch noch gevögelt hat.«

»Erzähl keinen Quatsch.«

»Doch, und dann hat er sie auch noch geheiratet.«

»Schöner Freund.«

»Clapton rief sogar bei Harrison an, um mit seiner Frau zu sprechen, und spielte ihr dann *Layla* am Telefon vor. So bestürmte er sie, langsames Handsolo inklusive.«

»Der arme Harrison. Wo er doch der Gute war bei den Beatles, spirituell gesehen.«

»Na ja, das stimmt nicht so ganz. In der Zeit, als Clapton Pattie Boyd zu bezirzen versuchte, hat er die Frau von Ringo gevögelt.«

»Ringo, der Drummer?«

»Ja, Harrison war damals gerade auf seinem Meditationstrip und hatte sich dafür extra einen Raum einrichten lassen. Darin verschwand er oft mit der Frau von Ringo, zum Meditieren, versteht sich, und zwischendurch trieb er es mit ihr, geistig-spirituell, aber vor allem körperlich.«

»Verdammt heiße Truppe, kein Wunder, dass sie in der Welt herumgezogen sind, um freie Liebe zu propagieren.«

»Na klar, jeder mit jedem. Pattie Boyd soll auch mit John Lennon und Mick Jagger gebumst haben, bevor sie sich mit Clapton zusammentat, aber sie hat das immer abgestritten. Derweil trieb es Mick Jagger mit David Bowie und seiner Frau.«

»So, so.« Adriano trank einen Schluck Wein, dann sagte er: »Stell dir vor, letztes Jahr habe ich den Gitarristen der Stones hier in London in der U-Bahn gesehen.«

»Wen? Keith Richards?«

»Ja.«

»Was redest du denn da? Keith Richards in der U-Bahn? Der weiß doch gar nicht, dass es in London überhaupt eine U-Bahn gibt.«

»Ich sage dir, er war's. Als ich in Finsbury Park eingestiegen bin, das muss so um Mitternacht gewesen sein, saß er mir gegenüber. Außer uns war sonst keiner in dem Wagen.«

»Das war bestimmt nur einer, der ihm ähnlich sieht, Keith Richards mitten in der Nacht allein in der U-Bahn, das glaubst du doch selber nicht!«

»Wieso nicht? Meinst du etwa, er muss immer einen bei sich haben, weil er nicht alleine U-Bahn fahren kann? Vielleicht wollte er nur mal seine Ruhe haben, war auf der Suche nach Inspiration. Mir kommen in der U-Bahn immer die besten Ideen. Neue Rezepte zum Beispiel, die fallen mir nur da ein. Oder auf dem Klo.«

»Wer weiß, was du da genommen hast. Du glaubst also wirklich, Keith Richards fährt mit der U-Bahn, um sich inspirieren zu lassen? Dafür zieht der sich doch Koks rein, und nicht zu knapp, bei dem ist jede Line so fett wie ein totes Kaninchen. Von wegen U-Bahn … Weißt du eigentlich, dass er sich sogar seinen Vater reingezogen hat?«

»Wie jetzt?«

»Er hat sich die Asche seines Vaters reingezogen, das hat er selbst erzählt.«

»Aber ich sage dir, er war's, denn als ich irgendwann angefangen habe, den Anfang von *I Can't Get No Satisfaction* vor mich hin zu pfeifen, hat er überhaupt nicht reagiert. Alles Tarnung, verstehst du? Er wollte mich bloß abwimmeln, damit ich ihm nicht auf den Geist ging. Typisch VIP. Jeder andere hätte zumindest mal rübergeguckt, aus Neugier den Kopf gehoben, meinst du nicht?«

»Blödsinn! So ein Hirngespinst, das kannst auch nur du dir ausdenken! Wie die Story mit dem Papst, den du angeblich gesehen hast, wie er mit einer abgenutzten schwarzen Aktentasche voller Unterlagen ganz allein durch eine römische Gasse eilte, oder die mit dem Sushi, wo der Koch angeblich den Fisch, nachdem er ein Stück abgeschnitten hatte, wieder ins Aquarium zurückgeworfen hat, damit er frisch bleibt. Dünner, aber frisch. Du bist einfach ein unglaublicher Aufschneider.«

Kaum hatte er den Satz beendet, klopfte es am Fenster.

Marco stand auf, um aufzumachen.

»Da sind sie, du schuldest mir zwanzig Pfund. *Welcome back*«, sagte er, während er den beiden Argentinierinnen die Tür öffnete.

Manchmal kam es im Lauf des Abends vor, dass zwei Frauen an einem Tisch saßen, dann bediente Marco sie persönlich und versuchte herauszufinden, ob sie Touristinnen waren, woher sie kamen und wie lange sie blieben. Für den Umgang mit Kunden hatte er ein Händchen, speziell bei Frauen. Wenn sich etwas ergab, informierte er Adriano, ließ ihn später an den Tisch der Frauen kommen und stellte ihn als italienischen Starkoch vor. Dann plauderte man ein bisschen, und beim Bezahlen stellte sich unweigerlich heraus, dass der Wein aufs Haus ging. Wenn die Frauen dann das Lokal verließen, lud Marco sie ein, später nach Geschäftsschluss noch auf ein Glas vorbeizukommen. Am liebsten waren ihnen Touristinnen auf der Durchreise, denn damit waren spätere Komplikationen von vornherein ausgeschlossen. Kamen die Frauen später noch einmal vorbei, war es ein guter Abschluss des Tages, wenn nicht – auch kein Problem.

Die Frauen an diesem Abend stammten aus Rosario in

der Nähe von Buenos Aires, waren knapp über dreißig und hießen Lupe und Celeste. Lupe hatte ein sehr schönes Gesicht und einen etwas rundlichen Körper, Celeste ein weniger schönes Gesicht, dafür aber einen atemberaubenden Körper, einen kleinen Hintern, fest und einladend.

»Möchtet Ihr ein Glas *vino tinto*?«

»Ja gern, aber eigentlich lieber etwas Stärkeres, wenn's geht.«

»*Claro que sì*, Whisky? Wodka? Rum? Alles da.«

»Könnte es auch eine Margarita sein?«

»Gute Wahl, wir haben den besten Tequila der Stadt. Zwei?«

»Ja bitte.«

»Mit Eiswürfeln oder Frozen?«

»Frozen.«

»Also vier Frozen Margaritas, kommt sofort.«

Marco ging zum Tresen, während Adriano sich mit den Frauen unterhielt. Sie redeten eine Mischung aus Englisch, Spanisch und Italienisch. Die beiden Argentinierinnen bewegten sich so natürlich, als wäre ihnen das Restaurant seit je vertraut.

Lieber die hübsche Rundliche oder die nicht so Hübsche mit dem sagenhaften Hintern? Adriano und er hatten keine Regel, denn sie wussten, dass die Frauen meistens schon ihre eigene Entscheidung getroffen hatten. Es sind immer die Frauen, die entscheiden.

Tatsächlich kam bald eine der beiden zu ihm an den Tresen: damit war klar, wer mit wem. Er bekam die weniger Hübsche mit dem sagenhaften Hintern, Celeste.

»Wie lange bist du schon in London?«

»Als ich zum ersten Mal herkam, war ich noch keine zwanzig, danach ich bin oft hin und her gereist. Jetzt wohne ich seit etwa zehn Jahren hier. Meine Großeltern waren Italiener.«

»Woher?«

»Aus Padua.«

Während sie redeten, füllte Marco das Eis in den Mixer, fünf Zehntel Tequila, zwei Zehntel Limettensaft und drei Zehntel Cointreau. Dann holte er vier Gläser aus dem Gefrierschrank, rieb den Rand mit Zitrone ein und tauchte ihn in Salz.

Celeste sah ihm zu, mit einem tiefen, direkten Blick. Ihr gefielen seine Hände, wie geschickt er sie bewegte.

Nach ein paar Sekunden goss Marco alles in vier Gläser, trug sie zum Tisch, und sie stießen an.

Noch ein Trinkspruch. »Es lebe Maradona«, rief Adriano.

Marco mixte noch eine zweite Runde, dann suchte sich jedes Paar einen Platz im Restaurant nach einem Ritual, dem die beiden Argentinierinnen bereitwillig folgten. Gewöhnlich ging Marco in den hinteren Teil des Lokals, wo ein großer Tisch mit Bank und Kissen stand. Adriano dagegen nutzte den Vorwand, die Küche zeigen zu wollen.

Celeste trug eine altrosa Bluse, halb durchsichtig, bis zum Hals zugeköpft.

Marco blickte ihr tief in die dunklen Augen und begann schweigend, die Bluse aufzuknöpfen. Ohne Eile, ohne Unsicherheit, zum Schluss zog er die Bluse aus der Hose. Dann schaute er sich die kleinen Brüste an, nahm sie in die Hand und drückte die Brustwarzen.

Wenig später lag Celeste auf dem Tisch. Marco schob die

Hände unter den Rock, zog die Unterhose herunter und drang in sie ein. Aus der Küche kam das lustvolle Stöhnen der anderen.

An einer Tischecke hatte Celeste ihr zweites Margarita-Glas abgestellt, ziemlich dicht am Rand. Bei jeder Bewegung des Tischs rutschte es nun unaufhaltsam darauf zu, und Marco dachte, dass es bald herunterfallen und zerbrechen würde.

Er starrte auf das Glas und war nicht bei der Sache, er wusste nicht, was er tun sollte, er konnte doch jetzt nicht aufhören, um das Glas in Sicherheit zu bringen, dann hätte er doch dagestanden wie eine verklemmte Hausfrau. Bei dieser Idee musste er lachen, verkniff es sich aber.

Er versuchte sich weniger heftig und langsamer zu bewegen, aber es war sinnlos. Das Glas stand kurz vor dem Absturz.

Bist du verrückt? Was interessiert dich ein blödes Glas? Guck lieber auf die heiße Braut, ermahnte er sich. Er beschloss, nicht mehr daran zu denken und sich auf die Frau zu konzentrieren.

Er schloss die Augen und bewegte sich wieder kraftvoller, bis das Glas in tausend Stücke zerbarst und der Krach ihn zwang, die Augen zu öffnen. *Scheiße,* sagte er zu sich selbst.

Bis auf diesen kleinen Zwischenfall amüsierte er sich prächtig. Celeste, von der er dachte, sie heiße Lupe, war wirklich eine amüsante Partnerin. Wie sie ihn ansah, was sie sagte, wie sie sich bewegte, war hinreißend.

Da klingelte das Handy. Das Telefon lag nicht weit weg auf einem Stuhl, doch Marco beschloss, nicht abzunehmen.

Kurz danach klingelte es noch einmal. Diese Hartnäckigkeit ließ auf etwas Ungewöhnliches schließen, ein Notfall vielleicht oder ein Freund, der zu viel getrunken hatte und Hilfe brauchte.

Es gelang ihm, sich so weit hinüberzubeugen, dass er den Namen des Anrufers lesen konnte. Zu seiner Verblüffung sah er, dass es sein Vater war. Er rief fast nie an, so selten, dass Marco gar nicht mehr wusste, wann das zuletzt vorgekommen war.

Sonst rief immer Marco an, ein paarmal pro Monat, manchmal auch weniger.

Das Handy klingelte immer weiter, und diese Hartnäckigkeit beseitigte jeden Zweifel: Es war etwas Schlimmes passiert.

Mit einem Schlag waren Konzentration und Lust wie weggeblasen.

Da er ein Präservativ benutzte, spielte er zuerst mit dem Gedanken, einen Orgasmus zu simulieren, doch es war nicht seine Art, einfach vor der Frau zu kommen.

»Wo willst du hin? Du kannst doch jetzt nicht aufhören. Komm sofort wieder her«, sagte Celeste. Sie war stinksauer, weil sie kurz davor gewesen war zu kommen.

Marco bedauerte, dass er sie mittendrin im Stich ließ, er konnte verstehen, dass sie das verletzte.

Er klemmte das Handy zwischen Kopf und Schulter und versuchte, die Hose anziehen, während er bei seinem Vater anrief. Beim zweiten Klingeln nahm der Vater ab.

»Papa, was ist los?«

Man hörte seltsame Geräusche, auch verzweifeltes Keuchen.

»Papa ... kannst du mich hören? Was ist los ... Papa? Geht's dir nicht gut?«

Kurz danach antwortete der Vater: »Marco, Marco ... endlich hab ich dich gefunden.«

Wieder zusammen

Während er mit Marco den Flur entlangging, dachte Andrea, dass er den typischen Krankenhausgeruch eigentlich ganz und gar nicht abstoßend fand, den Geruch nach Alkohol und Desinfektionsmitteln.

Um ehrlich zu sein, hatte er sogar eine Schwäche für Krankenhäuser: das geschäftige Hin und Her von Ärzten und Pflegepersonal, der durchorganisierte Tagesablauf, Frühstück am frühen Morgen, Abendessen am späten Nachmittag und Kamillentee vor dem Einschlafen. Feste Termine, die dem Tag eine Struktur verliehen. Die permanente Wiederholung des Immergleichen, die Routine hatten etwas Beruhigendes. Außerdem war er ganz versessen auf die weißen Gummiclogs mit Löchern. Solche Clogs hatte er sich immer schon kaufen wollen, doch aus unerfindlichen Gründen war es nie dazu gekommen.

Es gab Augenblicke, vor allem im Winter, wo ihm die Vorstellung, den ganzen Tag im Schlafanzug im Krankenhaus zu verbringen, als durchaus interessante Alternative erschien: im Bett bleiben, sich ausruhen, bedient werden, mit den Pflegern scherzen, Kreuzworträtsel machen und sich einem kompletten Gesundheitscheck unterziehen.

Marco hingegen wollte dort so schnell wie möglich weg.

Zwei Tage waren seit dem Anruf seines Vaters vergangen,

zwei Tage seit dem Abend, als er sich bei Celeste entschuldigen musste. Sie hatte Verständnis für seine Lage, war nur verärgert, als er sagte: *»I'm sorry, Lupe.«*

Neben seinem Bruder ging Marco den weißen, strahlend hell erleuchteten Flur hinunter, er trug eine Sonnenbrille. Frühmorgens war er mit dem Flugzeug aus London gekommen und hatte in der Nacht zuvor kaum geschlafen.

Weil alles so schnell gehen musste, hatte er nur noch einen Flug bei einer Billigfluglinie gefunden, einer von denen, die nur dann billiger sind, wenn man alles richtig macht. Begeht man aber den kleinsten Fehler und der Koffer wiegt ein halbes Kilo zu viel, ist der Aufpreis so gigantisch, dass du deine halbe Wohnung dafür hergeben musst.

Auf dem ganzen Flug war Marco mit den Knien an den Vordersitz gestoßen. Auf solchen Flügen sitzt man nicht, man wird eingequetscht. Die Plätze sind nicht nummeriert, man setzt sich, wo Platz ist, wie im Bus, wie in der U-Bahn. Deshalb drängeln sich die Leute rücksichtslos vor. An diesem Wettlauf hatte sich Marco nicht beteiligt, und als er endlich einstieg, war nur noch ein Mittelplatz zwischen zwei Mitreisenden frei. Weil er aufgekratzte, redselige Nachbarn auf Flügen unerträglich fand, hatte er sich eine Sonnenbrille und Kopfhörer aufgesetzt.

Der Mann links und die Frau rechts hatten bereits mit dem Ellbogen die Armlehnen okkupiert, so dass er gezwungen war, seine Arme auf die Oberschenkel zu legen.

Mit den Jahren hatte er eine Strategie entwickelt, mit diesem Problem umzugehen. Man durfte sich nur nicht ablenken lassen. Kein Mensch schafft es, sich den ganzen Flug über nicht zu bewegen, jeder kratzt sich mal im Gesicht, zieht eine Zeitschrift heraus, nimmt ein Getränk entgegen, holt einen Stift aus der Jacke oder irgendetwas aus der Handtasche. Hinter der Sonnenbrille gut getarnt, legte sich Marco deshalb wachsam wie eine Eule in der Nacht auf die Lauer. Fast immer ist es der linke Nachbar, der zuerst den Fehler begeht. Denn es gibt wesentlich mehr Rechts- als Linkshänder. Und genau so war's.

Nur wenige Minuten nach dem Start griff der Mann zu seiner Linken nach der Bordzeitung, um sich ein Frühstück auszusuchen, musste dann, als er den Arm zurücklegen wollte, aber feststellen, dass sich Marco inzwischen auf der Armlehne ausgebreitet hatte, während er mit leicht geneigtem Kopf so tat, als schliefe er. Als der Kaffee serviert wurde, platzierte Marco auch den anderen Arm. Danach würde er sich nicht mehr rühren, bis zur Ankunft. Auch als ihm wie verrückt die Nase juckte, blieb er standhaft. Wie ein tibetanischer Mönch, wie ein Mailänder Ninja.

Jetzt war er hier im Krankenhaus und todmüde.

Noch immer hämmerte das Telefongespräch mit seinem Vater in seinem Kopf.

»Hallo, was ist los?«

»Marco … Marco …«

»Was ist denn, Papa? Was ist passiert?«

»Im Keller ist kein Fernseher.«

»Wie bitte?«

»Im Keller, ich bin im Keller, und da ist kein Fernseher. Du musst ihn mir bringen.«

»Papa, was sagst du da? Wo bist du?«

»Ich bin im Keller.«

»Was machst du denn mitten in der Nacht im Keller?

Was soll das heißen, da ist kein Fernseher? Papa, geht's dir gut?«

»Du hast den Fernseher, stimmt's? Kannst du ihn mir nicht bringen?«

»Welchen Fernseher meinst du denn? Ich hab gar keinen.«

»Mama hat gesagt, der Fernseher ist im Keller, und wenn er da nicht ist, dann hast du ihn.«

Marco wurde heiß, eine Hitzewelle schoss durch seinen Körper bis ins Gesicht. Seine Mutter war seit über zwanzig Jahren tot.

»Papa, geh wieder nach oben, ich rufe jetzt Andrea an, damit er dich abholt. In Ordnung?«

»Ich kann nicht nach oben gehen, ich liege auf dem Boden.«

»Wie auf dem Boden? Bist du gefallen?«

»Ja.«

»Und du kannst nicht mehr alleine aufstehen?«

»Nein.«

»Okay, bleib ganz ruhig, ich sage jetzt Andrea Bescheid, er wird gleich kommen und dir helfen.«

»Gut, aber wann bist du zurück? Hast du den Fernseher?«

»Ja, ich hab ihn, er steht hier vor mir. Bleib ganz ruhig, morgen bringe ich ihn vorbei.«

»Kannst du ihn nicht jetzt sofort vorbeibringen?«

»Ich kann's versuchen, aber weißt du, ich bin ja in London.«

»Ist gut, dann erwarte ich dich morgen. Danke, Marco.«

Der Vater blieb auf dem Boden liegen, bis er Schritte

hörte von einem, der im Laufschritt herbeieilte. Sein Sohn Andrea.

»Verzeihung, wir haben jetzt einen Termin bei Dottor Moro«, wandte sich Marco hilfesuchend an eine sehr hübsche Krankenschwester.

»Hier ist sein Sprechzimmer, sehen Sie? Im Augenblick untersucht er noch einen anderen Patienten, nehmen Sie ruhig Platz, sobald er fertig ist, ruft er Sie auf.«

Sie gingen zu den Stühlen vor dem Zimmer. Andrea setzte sich, schlug die Beine übereinander und legte den gelben Umschlag ab, der die letzten Untersuchungsergebnisse und Befunde seines Vaters enthielt. Er war schweigsam, musste immer wieder daran denken, was ihm seit zwei Tagen unaufhörlich im Kopf herumging und die Laune verdarb: Warum hatte der Vater bloß bei Marco angerufen, der weit weg in London lebte, und nicht bei ihm, wo er doch fast um die Ecke wohnte?

Marco blieb stehen und sprach ein paar Sekunden später erneut die Krankenschwester an. »Wissen Sie vielleicht, wie lange es noch dauert?«

»Genau kann ich es nicht sagen, aber bestimmt nicht mehr lange.«

Was soll diese Fragerei?, dachte Andrea und riss sich von seinen Gedanken los. *Kann er nicht einfach warten und Schluss? Wo will er jetzt schon wieder hin?*

»Andrea, willst du einen Kaffee?«

»Nein, danke, jetzt nicht, vielleicht sind wir gleich dran. Kannst du den Kaffee nicht hinterher trinken?«

»Da hinten im Flur ist ein Automat, es dauert nur eine

Sekunde.« Dann streckte er seinem Bruder die offene Hand entgegen. »Hast du Kleingeld?«

Andrea beugte sich seitwärts nach hinten, um mit der Hand besser in der Hosentasche kramen zu können, dann gab er ihm sämtliche Münzen, die er gefunden hatte. »Den Rest kannst du behalten«, fügte er ironisch hinzu.

Mit entschlossenem Schritt, die Sonnenbrille auf der Nase, ging Marco in Richtung Kaffeeautomat.

A4 Verlängerter Espresso. Während er wartete, dass der Kaffee durchlief, betrachtete er Andrea aus der Ferne. Seit beinah einem Jahr hatten sie sich nicht gesehen, ab und zu telefonierten sie miteinander, redeten dabei aber zumeist über den Vater, kurze, förmliche Gespräche. Nichts Persönliches. Dafür waren sie einfach zu verschieden. Aber vor ein paar Monaten hatte Marco, als er zum Rauchen draußen vor seiner Haustür stand, seinen Bruder plötzlich vermisst. Das war ihm noch nie passiert, er war verblüfft. Plötzlich hätte er gern ein engeres Verhältnis zu ihm gehabt. Eine familiäre Vertrautheit. Immerhin war er sein Bruder. Er hätte gern mit ihm geredet, sich ihm anvertraut, die alten Vorbehalte vergessen.

An jenem Abend hatte er, während er ein paar tiefe Züge nahm, den dringenden Wunsch verspürt, ihn anzurufen, ihn zu fragen, wie es ihm ging, wie es ihm wirklich ging. Aber am Telefon wäre dieses aufrichtige Bedürfnis nur schwer zu vermitteln gewesen. Er befürchtete, dass Andrea, hätte er ihn wirklich angerufen, sofort gefragt hätte, ob er betrunken sei oder wieder Drogen nehme. Er, der sich immer für die falsche Seite im Leben entschieden hatte.

Schließlich hatte die Kontroverse in seinem Kopf mit

dem Entschluss geendet, ihm wenigstens eine Nachricht aufs Handy zu schicken. *Ciao … wollte nur wissen, wie's dir geht. Alles okay? Wollt ihr beide, du und deine Frau, mich nicht mal in London besuchen? Ich würde mich sehr freuen.*

Als er mit dem Eintippen der SMS fast fertig war, klingelte das Handy. Es war Jane, sie wollte kurz auf ein Bier vorbeikommen. Als er auflegte, war das positive Gefühl für seinen Bruder verpufft. Marco hatte die Nachricht gelöscht und das Handy eingesteckt.

Mit einem leisen Piep kündigte der Automat an, dass der Kaffee fertig war. Bevor er zu Andrea zurückging, beschloss er, das Wechselgeld für Wasser auszugeben.

»Nimm«, sagte er und reichte seinem Bruder die Flasche.

»Danke.«

»War schon jemand da?«

»Nein, noch nicht.«

Nach dem Kaffee stand Marco auf und ging los, um einen Platz zum Rauchen zu suchen.

Genau am Ende des Flurs befand sich ein kleiner Balkon voller Besen, Kehrschaufeln und anderen Krankenhausgerätschaften. An der Wand hing ein Schild: Rauchen verboten, darunter stand ein überquellender Aschenbecher.

Marco zündete sich eine Zigarette an, die zweite an diesem Tag.

Andrea beobachtete ihn beim Rauchen auf dem Balkon. In der Rauchwolke, die ihn einhüllte, spiegelte sich all das Konfuse und Chaotische seines Bruders. So war er schon immer. *Wir sind seit zehn Minuten hier, und er hat es noch nicht geschafft, sich zu setzen und einen Moment ruhig zu sein.*

Es hatte Tage gegeben, an denen er diese ganze Rastlosigkeit nicht mehr ertragen konnte, dann wieder andere, an denen ihn Schuldgefühle plagten, weil er ihm nicht zu helfen vermochte, weil er als großer Bruder versagt hatte. Er hatte alles versucht, aber Marco hatte nie auf ihn gehört. Er hatte auf keinen gehört. Nur auf sich selbst.

Andrea musste daran denken, wie oft er ihn betrunken oder zugedröhnt irgendwo aufgegabelt, nach Hause gebracht und dafür gesorgt hatte, dass der Vater nichts davon mitbekam. Oder daran, wie er manchmal morgens aufwachte und ihn vollständig angezogen schlafend im Bett vorfand, das Gesicht im Kissen vergraben.

Als er ihn jetzt beim Rauchen auf dem Balkon sah, dachte er, dass er sich im Grunde kaum verändert hatte. Sicher, er war verantwortungsbewusster als früher, weniger hitzköpfig, aber im Grunde doch nur eine etwas erwachsenere Version des früheren Jungen. Bisweilen hatte er ihn auch beneidet, genau um die Dinge, die er eigentlich ablehnte und die ihn aufregten. Die Unverfrorenheit, das Geschick, mit dem er sich nahm, was er wollte, die Unfähigkeit, jegliche Form von Autorität anzuerkennen. Wie das Rauchen unter dem Schild *Rauchen verboten*.

Während Marco auf dem Balkon war, trat ein älterer Herr zu ihm, der einen Infusionsständer hinter sich herzog.

»Haben Sie vielleicht eine Zigarette für mich?«, fragte er.

»Sicher, gerne.« Marco gab ihm Feuer.

Während er den Rauch einsog, hielt er mit dem Daumen der anderen Hand ein Loch an der Kehle zu. Marco sagte nichts.

Kaum eine Minute später hörte man, wie eine aufgebrachte Krankenschwester vom Flur aus lauthals mit dem alten Mann schimpfte. »Ich habe Ihnen doch schon hundertmal gesagt, dass Sie die Station auf keinen Fall verlassen und absolut nicht rauchen dürfen! Wie oft soll ich das denn noch sagen? Das ist nicht witzig, sondern eine todernste Sache, wann werden Sie das endlich begreifen? Woher haben Sie überhaupt die Zigarette?«

Dabei sah sie Marco an, der seelenruhig weiterrauchte.

»Hoffentlich nicht von Ihnen!«

Marco antwortete nicht.

»Sehen Sie nicht, wie krank er ist? Sie dürfen ihm keine Zigarette geben, und außerdem steht da, dass Rauchen hier verboten ist, oder können Sie etwa nicht lesen?«

Er ist doch ein erwachsener Mensch, und als Raucher sehe ich keinerlei Veranlassung, den Menschen zu erklären, dass Rauchen schädlich ist … Wir Raucher wissen das nämlich, verstehen Sie? Und was das Schild betrifft: Als ich darunter den vollen Aschenbecher gesehen habe, wusste ich nicht, wer nun recht hat, das Schild oder der Aschenbecher, und deshalb habe mich schließlich für den Aschenbecher entschieden. Das hätte er am liebsten geantwortet, aber er hatte keine Lust zu reden, deshalb gab er klein bei und sagte nur: »Entschuldigung.«

Die Krankenschwester schien wirklich erbost und führte zeternd den Alten ab. Marco setzte sich wieder neben seinen Bruder.

»Kaum eine Viertelstunde bist du hier, und schon fangen die Leute an zu brüllen. Ein echter Rekord.«

Jetzt hatten beide die Beine übergeschlagen, aber auf verschiedene Art. Andrea hatte ein Knie über dem anderen, darauf lagen die verschränkten Hände. Als Marco das sah, musste er wieder daran denken, dass es in der Schule immer hieß, wer die Beine so übereinanderschlage, sei schwul.

Marco musste unwillkürlich grinsen, als ihm hier auf dem Krankenhausflur der ganze Quatsch von damals wieder einfiel, zum Beispiel: Wenn man sein T-Shirt beim Ausziehen am Nacken anfasste, war das okay, aber wer die Arme kreuzte und an den Seiten anfasste, der galt als schwul. Wer den Rucksack richtig aufsetzte, mit beiden Trägern über der Schulter, war schwul, wer nur einen Träger überhängte, war okay.

»Wann hast du den Rückflug nach London?«

»Übermorgen, aber ich habe erst mal provisorisch gebucht. Je nachdem, was der Arzt sagt, kann ich den Flug verschieben und alles umorganisieren.«

»Vielleicht ist das gar nicht nötig.«

»Hoffentlich.« Doch noch während er das Wort aussprach, hatte er das Gefühl, sich präziser ausdrücken zu müssen: »Hoffentlich ist es nichts Ernstes, wollte ich sagen.«

»Hoffentlich.« Nach einem kurzen Schweigen lehnte Andrea sich zurück und verschränkte die Arme. »Ich verstehe nicht, warum er dich angerufen hat und nicht mich. Ich wohne nur fünfhundert Meter entfernt.«

»Er war nicht ganz bei sich.«

»Ich weiß, aber ich wohne doch ganz in der Nähe, ich gehe regelmäßig bei ihm vorbei, jede Woche zwei-, dreimal, um nachzusehen, ob er etwas braucht. Aber kaum geht es ihm schlecht, ruft er bei dir anstatt bei mir an. Das verstehe ich einfach nicht.«

»Ich habe dir doch schon gesagt, warum. Es ging um - einen Fernseher, der nicht im Keller war und den angeblich ich hatte.«

»Umso schlimmer.«

Eigentlich hätte Marco gern noch weitergeredet, aber er wusste, was sein Bruder meinte, und hatte keine Lust, sich auf dessen Paranoia einzulassen.

Dann wurden sie endlich aufgerufen, betraten das Sprechzimmer und nahmen Platz.

Der Arzt war ungefähr in ihrem Alter, vielleicht ein paar Jahre älter. »Also, Ihr Vater ist gestürzt und hat sich den Oberschenkel gebrochen. Morgen früh wird er operiert. Gleichzeitig machen wir noch ein paar Untersuchungen, um die Ursache für den Sturz herauszufinden. Kein Grund zur Sorge, reine Routine bei Menschen dieses Alters. Mit wem habe ich telefoniert?«

»Mit mir«, antwortete Andrea. »Wie ich schon sagte, redet er seit ein paar Monaten manchmal merkwürdiges Zeug daher.«

»Wie, er redet merkwürdiges Zeug?«, fragte Marco verblüfft.

»Ja, manchmal sagt er sinnlose Sachen oder wiederholt mehrfach dieselbe Frage.«

Marco sah Andrea irritiert an.

»Hier hat er seine Ruhe und ist gut versorgt«, fuhr der Arzt fort, dann erklärte er, welche Untersuchungen sie schon gemacht hatten und welche noch geplant waren.

Marco verstand nicht alles, es war ein Mischung aus gängigen Ausdrücken und solchen, die er noch nie gehört hatte: CT mit Kontrastmittel, MRT mit Gadolinium, Ödem.

45

»Zunächst einmal tun wir alles, damit er wieder auf die Beine kommt. Auf die Operation folgt die Rehabilitation, und in den nächsten Tagen werden wir erfahren, ob auch auf neurologischer Ebene Störungen vorliegen.«

»Vielen Dank«, sagte Andrea, dann gaben sie sich zum Abschied die Hand.

Sie verließen das Sprechzimmer und gingen zu ihrem Vater. Er sah aus dem Fenster.

»Wie geht's dir?«, fragte Andrea.

Der Vater wandte sich den Söhnen zu. »Wann kann ich nach Hause?«

»Du kannst nicht nach Hause. Morgen wirst du am Oberschenkel operiert, und dann kommt die Rehabilitation. Du musst erst wieder auf die Beine kommen, bevor du nach Hause zurückkannst.«

Der Vater drehte erneut den Kopf zum Fenster.

»Brauchst du irgendwas? Soll ich dir eine Zeitung oder Kekse holen?«

»Ich habe meine Brille nicht dabei, ich kann nicht lesen«, antwortete er, während er weiter aus dem Fenster sah.

»Ich gehe zu Hause vorbei und hole die Brille und eine Zeitung.«

Sie blieben noch ein paar Minuten, in denen ein peinliches Schweigen eintrat, das keiner zu durchbrechen wusste.

»Ich muss zurück zur Arbeit«, sagte Andrea schließlich. »Und du, bleibst du noch?«

Marco wusste nicht, was er antworten sollte. Er hatte das Bedürfnis, zu duschen und sich einen Moment hinzulegen.

»Es ist nicht nötig, dass ihr hierbleibt, ihr könnt ruhig

gehen«, sagte der Vater in diese Pause der Unschlüssigkeit hinein.

Sie stiegen in den Aufzug, Marco, Andrea und eine ältere Dame. Hinten im Flur tauchte ein sehr dicker Mann auf und kam sehr langsam auf sie zu.

Marco hoffte, die Türen würden sich sofort schließen; hätte er nicht genau in der Mitte gestanden, wo ihn jeder sehen konnte, hätte er die Schließtaste gedrückt. Doch plötzlich, kurz bevor die Türen sich schlossen, steckte Andrea die Hand in den Spalt. Die Türen glitten wieder auseinander wie ein Vorhang.

»Sie brauchen sich nicht zu beeilen, wir warten auf Sie«, sagte Andrea und legte die Hand auf die Fotozelle.

»Danke, sehr freundlich«, antwortete der Mann.

Verdammt, was soll das denn, dachte Marco.

Durch die Sonnenbrille gut getarnt, blickte er unauffällig auf das Schild mit den Angaben über die maximale Traglast und überschlug rasch das Gewicht. Wenn man eine solche Berechnung anstellt, zählen Typen wie der dicke Mann unweigerlich doppelt.

Der Mann schwitzte stark, rang nach Luft und hatte kein Kinn. Von der Stirn bis zum Hals, alles eine gerade Linie.

Immer wenn er Menschen ohne Kinn begegnete, fragte sich Marco, wie sie es wohl anstellten, ein Kopfkissen zu beziehen oder ein Laken zusammenzufalten. Man braucht doch das Kinn sowie die Achseln, um Dinge zu halten, wenn die Hände nicht mehr ausreichen.

Als sie über den Parkplatz zu Andreas Auto gingen, fragte Marco: »Warum hast du mir nicht gesagt, dass Papa seit einiger Zeit wirres, sinnloses Zeug redet? Wann wolltest du mir das denn mitteilen? Wenn wir telefonieren, sagst du immer, dass alles in Ordnung ist.«

Da er nicht wollte, dass Marco dachte, er habe ihm wichtige Dinge verheimlicht, wiegelte Andrea ab: »Weil mir das nicht besorgniserregend schien. Ich dachte, er wird einfach alt.«

Eigentlich wusste Marco genau, warum Andrea ihm nichts gesagt hatte, immer die alte Geschichte, aber er hatte keine Lust, darüber zu diskutieren. »Wie geht's Daniela? Immer noch glücklich verheiratet?«

»Daniela geht es gut, ob sie glücklich ist, weiß ich nicht, aber es geht ihr gut.«

»Und wieso sehe ich dann immer noch keinen Buggy in deinem Auto? Wie lange soll Papa denn noch warten, bis er Großvater wird?«, fragte Marco.

Andrea gab keine Antwort, er ignorierte die Frage. »Im Handschuhfach sind CDs, falls du Musik auflegen willst.«

Marco öffnete es. Es war das ordentlichste Handschuhfach, das er je gesehen hatte. Er nahm ein paar CDs heraus und sah sie durch. Schließlich entschied er sich für U2.

»Wo du doch in London lebst, sagst du eigentlich U-zwei oder U-two?«

»Gute Frage. Normalerweise sage ich U-zwei. Aber eigentlich ergibt diese Aussprache keinen Sinn, denn nur wenn du es englisch aussprichst, denkt man an den amerikanischen Flugzeugtyp, nach dem sie sich benannt haben; und außerdem heißt U-two auch ›du auch‹, ›ihr auch‹ und ›ihr beide‹. Wenn ich hier bin, sage ich meistens ›U-zwei‹. In Italien übersetze ich alle Namen. Gestern habe ich einen Film mit Thomas Kreuzfahrt gesehen, Tom Cruise, oder einen mit Nikolaus Käfig, Nicolas Cage, oder ich höre eine Platte von Kilometer Davis, Miles Davis.«

Andrea grinste.

»Marco, tut mir leid, dass du nicht bei uns wohnen kannst, aber das Gästezimmer ist belegt, weil Danielas Mutter zu Besuch ist.«

»Ich wohne ohnehin lieber zu Hause. Hast du den Schlüssel?«

»Hier, nimm. Ich muss jetzt zurück zur Arbeit, aber wenn du Lust hast, können wir uns heute zum Abendessen treffen und ein bisschen reden.«

»Worüber denn?«

»Wie worüber? Über Papa natürlich, wir müssen überlegen, was zu tun ist und wie wir das alles organisieren. Ich würde auch gern die Meinung eines zweiten Arztes hören, was meinst du?«

»Das halte ich für übertrieben, der im Krankenhaus war doch gut. Und wozu denn auch? Ich glaube nicht, dass es da noch andere Probleme gibt. Außerdem habe ich gestern Nacht nicht geschlafen, wahrscheinlich gehe ich früh ins Bett. Zuerst eine schöne Dusche, dann haue ich mich hin.«

»Na gut.«

Es war Jahre her, dass Marco und Andrea zuletzt zusammen im Auto nach Hause gefahren waren. Die Strecke war spannend, vor allem für Marco.

Seit fast einem Jahr war er nicht mehr hier gewesen. Auf der Fahrt verfolgte er aufmerksam jede Veränderung, registrierte alles, was neu war, aber auch alles, was schon immer da war. Offenbar hatte es in jüngster Zeit eine wahre Invasion von Kreiseln gegeben, und der Bäcker, bei dem er als

Kind die Pizza gekauft hatte, war einem Telefonladen gewichen.

In einer Straße, wo früher viele Blumenstände waren, standen nun lange Reihen städtischer Mieträder. Sämtliche Alleebäume waren auf eine identische Form zurechtgestutzt, damit alles ordentlich aussah. Mit den Bäumen, so dachte Marco, hatte man genau dasselbe gemacht, was die Gesellschaft mit den Menschen vorhatte. Alle gerade, ordentlich und vor allem identisch.

»Hast du was dagegen, wenn ich rauche?«

»Nur zu. Wie viel rauchst du?«

»Ein Feuerzeug pro Woche.« Das war seine Standardantwort auf diese Frage.

»Wie jetzt?«

»Weniger als ein Päckchen pro Tag.«

Eine halbe Stunde später standen sie vor der Tür.

»Wenn du etwas brauchst, ruf an. Wir telefonieren morgen. Heute Abend besuche ich Papa noch mal«, sagte Andrea, wobei er sich über den Beifahrersitz beugte, weil Marco schon auf dem Bürgersteig stand und im Begriff war, die Tür zuzuschlagen.

»Okay, danke.«

Brüder

Nachdem er seinen Bruder nach Hause gefahren hatte, war Andrea in sein Ingenieursbüro zurückgekehrt. Er saß in der Teeküche, wo seit Tagen der Wasserhahn tropfte.

Wie gebannt starrte er auf den Hahn und verfolgte aufmerksam, wie sich langsam ein Tropfen bildete und schließlich herunterfiel. Bisher hatte sich noch niemand darum gekümmert, ihn reparieren zu lassen. Während er das regelmäßige Fallen des Tropfens beobachtete, fragte er sich, wie viel Wasser wohl Tropfen für Tropfen durchgeflossen war.

Dabei ging es ihm nicht um die Verschwendung, er wollte nur die genaue Zahl wissen. Das war eine fixe Idee, die er schon als Kind gehabt hatte, er hätte alles dafür gegeben, um die genaue Anzahl der Dinge zu erfahren: Wie oft war diese Klinke schon berührt worden? Wie oft war diese Tür schon geöffnet worden? Wie viele Hände hatten diese Schublade schon geöffnet? Jedes Ding trug eine Zahl in sich, die niemand kannte, und doch gab es sie. Wie ein noch nicht entdeckter Planet. *Wie viel Wasser habe ich in meinem Leben wohl schon getrunken?*

Jeder Wasserhahn hatte eine bestimmte Lebensdauer, würde eine bestimmte Wassermenge leiten, bevor er kaputtging.

So war es mit allen Dingen, deshalb konnte es durchaus vorkommen, dass Andrea ein Fenster, einen Stuhl oder eine Katze anstarrte und sich dazu endlose Fragen stellte.

Dasselbe machte er auch mit Menschen. So fragte er sich zum Beispiel, wie oft sie in ihrem Leben die Worte »Guten Tag« benutzt hatten, wie oft sie sich das Gesicht gewaschen oder wie viele Schritte sie gegangen waren.

Doch an diesem Morgen brach er das Zählen der Wassertropfen schon bald ab. Er machte sich Sorgen um seinen Vater. Er dachte darüber nach, ob es etwas gebe, was man für den Vater tun könne, irgendetwas, um ihm zu helfen, das wäre dann seine Aufgabe gewesen, das entsprach seiner Rolle in der Familie.

Andrea war seit zwölf Jahren mit Daniela verheiratet. Kennengelernt hatten sie sich bei einer Hochzeit, wo sie am selben Tisch saßen, dem Singletisch. Schon als sie eintrat, fiel sie ihm sofort auf, denn sie war wunderschön.

Er war entzückt von der Art, wie sie redete, sich bewegte und sich ausdrückte. Sie war schlicht, elegant, feierlich und blass. In ihre weiße Haut hatte er sich auf den ersten Blick verliebt. Sie waren sich ähnlich, das hatte er sofort gespürt, sie war das fehlende Stück in seinem Leben. Sie verkörperte die Zukunft, die er sich immer gewünscht hatte, deshalb stand ihm gleich ein Gesamtbild vor Augen, zusammen mit ihr. Sie war die perfekte Frau für ihn, deshalb hatte sie in ihm augenblicklich ein Verlangen geweckt, weniger sexuell als nach einem gemeinsamen Leben.

Von Anfang an verspürte er den starken Drang, für sie zu sorgen. Durch die Unterhaltung mit ihr fühlte er sich so animiert, dass er den Mut aufbrachte, sie zu fragen, ob er sie nach Hause bringen dürfe; und sie hatte ja gesagt. Als er sie im Auto so neben sich sitzen sah, gab es plötzlich keinerlei Zweifel mehr: Das war ihr Platz, seit je.

An den folgenden Tagen hatte er sie mehrmals angerufen, dann auf einen Kaffee eingeladen, dann zum Abendessen, und nach und nach waren sie dazu übergegangen, sich regelmäßig zu treffen. Eines Tages, nach einem langen Kuss, einem der ersten, war ihm klargeworden, dass sich sein Leben grundlegend verändert hatte.

Ein knappes Jahr später machte er ihr einen Heiratsantrag, und sie stimmte zu. Weil sie perfekt zueinanderpassten, fand jeder im Leben des anderen fast mühelos seinen Platz. Als wären sie in ihrem gegenseitigen Verlangen schon immer aufeinander fixiert gewesen, lange bevor sie sich trafen.

Eines Tages, als sie schon die Hochzeit planten, hatte Andrea auf dem Heimweg von der Arbeit zufällig ein Schild gesehen, auf dem eine Wohnung zum Verkauf angeboten wurde. Nachdem sie die Wohnung besichtigt und die ganze Nacht damit verbracht hatten, die Einrichtung zu planen, wo sie Sofa, Schrank und Tisch platzieren würden, hatten sie beschlossen, die Wohnung zu kaufen.

So war es bei ihnen gelaufen, ohne besonderen Enthusiasmus, ohne besondere Schwierigkeiten, als wäre es die normalste Sache der Welt.

Das galt auch für die Arbeit. Schon als Kind hatte Andrea sich entschieden. Sein Vater war Ingenieur, also wollte auch er Ingenieur werden. Er liebte die braune Aktentasche, die der Vater abstellte, wenn er nach Hause kam, so eine wollte er auch. Er liebte den Mantel, liebte die weißen Hemden, die der Vater immer trug, wobei er die Ärmel bis zum Ellbogen hochkrempelte, liebte die Papiere, Blätter mit Zahlen, Zeichnungen und danebengekritzelten Notizen. Und genau so war sein eigenes Leben: Er trug weiße Hemden, im Winter einen Mantel darüber, eine Aktentasche aus Leder und trotz des Computers jede Menge Papier.

Nachdem Andrea eine ganze Weile wie hypnotisiert auf die Wassertropfen gestarrt und krampfhaft überlegt hatte, was er jetzt machen sollte, kam plötzlich Irene herein, um ihm zu sagen, dass sie jetzt anfangen könnten. Seit ein paar Monaten arbeiteten sie zusammen an demselben Projekt, erstellten einen Flächennutzungsplan für einen Ort in den Marken.

»Ich bin gleich so weit.«

Er stand auf und überlegte, ob er seinen Bruder anrufen sollte, um nachzufragen, ob alles in Ordnung war, ob er vielleicht etwas brauchte, aber dann tat er es doch nicht. Irgendetwas hielt ihn zurück, vielleicht wollte er nicht aufdringlich erscheinen.

Nachdem er ausgestiegen war, blieb Marco kurz auf dem Bürgersteig vor dem Haus stehen. In aller Seelenruhe sah er sich um, denn für ihn war Nach-Hause-Kommen eine Sache, die er auf keinen Fall zerstreut tun wollte. Nach so langer Zeit waren auch die Geräusche wichtig: das Knarren der Haustür, das Brummen des alten Aufzugs, das Quietschen des Metallgitters.

Aber vor allem waren es die Gerüche, die die stärksten Emotionen auslösten.

Alles, was seine Sinne wahrnahmen, katapultierte ihn in

der Zeit zurück, zahllose Erinnerungen schossen ihm durch den Kopf wie lauter bunte Perlen.

In der Wohnung warf er die Reisetasche in die Ecke und ging sofort ins Bad. Er klappte die Klobrille hoch und sah sich um, während er pinkelte. Alles wirkte wie erstarrt, jedes Ding, jede Dose, jede Bürste sah aus, als wäre sie schon immer dort gewesen. Alles wie versteinert, vollkommen unverändert.

In seinem alten Zimmer bemerkte er kleine Veränderungen: Auf dem Boden stand ein alter Fernseher, auf einem Stuhl lagen gefaltete Decken und Läufer, mehrere Paar Schuhe seines Vaters. Nur Andreas Bett war frei. Es war offensichtlich, dass er hin und wieder hier übernachtete, wenn er zu Besuch kam, um seinem Vater Gesellschaft zu leisten.

Seit Jahren schlief Marco nun schon in einem breiten Ehebett, fast immer allein. Als er nun die schmale Pritsche sah, fiel ihm plötzlich ein, dass er auch im Bett des Vaters schlafen könnte, doch schon nach einer halben Sekunde verwarf er den Gedanken wieder. Dort hätte er kein Auge zugetan, irgendetwas ließ ihn davor zurückschrecken.

Genauso, wie es ihm unmöglich war, die Zahnbürste einer anderen Person zu benutzen, auch nicht die seiner Freundin. Er konnte mit einer Frau zusammen sein, jeden Winkel ihres Mundes und ihrer Zunge erkunden, jede Falte und Höhle ihres Körpers, aber dieselbe Zahnbürste benutzen, das konnte er auf keinen Fall.

Marco würde in seinem alten Bett schlafen. Er öffnete das Fenster und fing an, ein wenig aufzuräumen.

Jedes Mal, wenn er hierher zurückkam, nahm er sich vor,

überflüssige Dinge wegzuwerfen. Aber am Ende konnte er sich nie dazu durchringen, weil jedes Ding ihn in eine längst vergangene Zeit zurückversetzte. Ein Stapel zwanzig Jahre alter Zeitschriften zum Beispiel: Darin zu blättern war wie eine vergnügliche Zeitreise.

Als er jetzt eine davon zur Hand nahm, entdeckte er auf Seite vier ein Foto von Bárbara Palacios, einer wunderschönen, zweiundzwanzigjährigen Venezolanerin, die damals, im Jahr 1986, den Titel der Miss Universum gewonnen hatte.

Marco wusste noch genau, wie er das Foto zum ersten Mal gesehen hatte und was ihm dabei durch den Kopf gegangen war. Damals war er dreizehn, und Mädchen verwirrten ihn. Damals war seine erste Frage: »Wer wird wohl der Glückliche sein, der sie ins Bett kriegt?« Die zweite: »Ob ich in meinem Leben jemals eine solche Frau vögeln werde?«

Als er an diesem Abend gerade schlafen gehen wollte, hatte sich die Tür geöffnet und anstelle seines Bruders war Bárbara Palacios erschienen, genau so gekleidet wie bei der Preisverleihung, genau so wie auf dem Foto. Mit verführerischer Stimme hatte sie ihn gefragt: »Marco, darf ich zu dir ins Bett schlüpfen? Mir ist schrecklich kalt.«

»Natürlich, Bárbara, komm nur«, hatte er geantwortet und die Decke aufgeschlagen. »Deine Füße sind ja eiskalt.«

»Ich weiß, tut mir leid.«

»Wie geht es dir? Freust du dich, dass du gewonnen hast?«

»Ja, aber jetzt bin ich endlich bei dir. Komm, lass uns vögeln, jetzt sofort.«

»Bist du sicher? Sollen wir nicht erst ein bisschen reden?«

»Ein anderes Mal, komm, ich habe solche Lust auf dich, Marco, ich finde dich wahnsinnig toll. Außerdem habe ich Angst, dass mein Freund uns erwischt.«

Marco war es kalt über den Rücken gelaufen. »In Ordnung«, hatte er mit leichtem Bedauern gesagt.

Während sie sich küssten, spürte er die Wärme ihrer Schenkel auf seinen, spürte ihre Hände nach seinem harten Schwanz greifen, der kurz vorm Explodieren stand.

Sie hatte ihn auf den Mund geküsst, dann auf den Hals, die Brust, den Bauch, und bevor es dazu kam, was beide wollten, hatte er sie einen Augenblick gestoppt. Sie hatte den Kopf gehoben und ihm in die Augen gesehen. »Willst du nicht, dass ich dich da küsse? Wenn du nicht willst, höre ich auf.«

»Natürlich will ich das, aber nimm vorher bitte die Krone ab, sonst zerkratzt du mir die Innenseite der Oberschenkel.«

»Danke, Marco, du bist wirklich sehr höflich und freundlich, aber jetzt sollten wir uns beeilen, bevor dein Bruder und mein Freund kommen.«

Dem armen Marco blieb nichts anderes übrig, als ihr den Wunsch zu erfüllen. Sie senkte wieder den Kopf, und schon spürte er den glühendheißen Mund der schönsten Frau der Welt.

»Was bin ich doch für ein toller Hecht, gleich bumse ich mit Miss Universum.«

Aber das hatte er nicht mehr geschafft, weil er schon nach wenigen Sekunden gekommen war.

»Jetzt schon?«, hatte sie ein wenig enttäuscht gefragt.

»Entschuldige, normalerweise halte ich länger durch. Wahrscheinlich liegt es an deinem südamerikanischen Akzent.«

»Ist schon gut, wenn du nur darauf scharf warst, möglichst schnell zu kommen, aber du musst mir versprechen, dass wir demnächst mal richtig vögeln.«

»Versprochen«, hatte er mit zitternder Stimme gesagt.

Als Marco die Augen aufschlug, war Bárbara nicht mehr da, und ihre Lippen hatten sich unterdessen in seine Socke verwandelt. Wie bei Aschenbrödel war plötzlich alles wieder ganz normal.

Irgendwie hatte er sich benutzt gefühlt, weil sie so rasch verschwunden war, ohne ein Wort zu sagen. Trotzdem, sie würden sich wiedersehen, das hatte er ihr versprochen. Und dieses Versprechen würde er halten, denn ein schneller Fick und Schluss, das war nicht seine Art. Wenn er sich band, dann richtig, das war später auch bei Samantha Fox so gewesen und vor allem bei Kim Basinger, nachdem er sie in *9 ½ Wochen* gesehen hatte.

Aber jetzt, mehr als zwanzig Jahren später, musste Marco bei dem Gedanken daran, wie er als Junge seine Selbstbefriedigung in Szene gesetzt hatte, unwillkürlich lachen. Nachdem er die Zeitschrift zurückgelegt hatte, ging er in die Küche und schaute in den Kühlschrank, er hatte Hunger. Es war nicht viel da. Er fand Toastbrot, Käse und saure Gurken und machte sich ein Brot. Nach diesem grauenhaften Imbiss ging er unter die Dusche, warf sich dann mit - einem Handtuch um die Hüfte aufs Bett und zündete sich eine Zigarette an.

Es war das Bett, in dem er sich tausend Leben erträumt,

tausend Fluchtwege ausgedacht hatte, das Bett der puber-
tären, existentiellen Ängste, in dem er nach tausend Antworten gesucht hatte. In seiner Jugend hatte er das Zimmer
gehasst, damals kam es ihm vor wie ein Käfig, der ihm seine
Freiheit raubte, wie ein Gefängnis, aus dem er unbedingt
ausbrechen musste, wenn er überleben wollte.

Doch wenn er nun, nach einem Leben in der Fremde, ge-
legentlich hierher zurückkehrte, freute er sich. Die Wände
des Zimmers begrüßten ihn wie gute Freunde und gaben
ihm ein Gefühl der Geborgenheit, und alles um ihn herum
erinnerte ihn an ganz persönliche Dinge.

Er ließ den Blick schweifen. Direkt vor ihm, an einer
Pinnwand aus Kork, hingen eine Eintrittskarte zu einem
Pink-Floyd-Konzert, ein Foto von New Yorker Wolken-
kratzern und ein Polaroid von ihm und Isabella in einer
Mansarde in Paris. Isabella war seine erste Freundin gewesen. Damals, als sie sich kennenlernten, war sie fünfzehn.
Sie war die erste Frau, mit der er geschlafen hatte. Bis heute
war sie die Frau, die ihn am besten kannte, der er die meisten Geheimnisse anvertraut hatte, vielleicht die einzige, die
er je geliebt hatte. Auf dem Foto saßen sie Arm in Arm lachend auf dem Bett. Sie hatten es selbst gemacht.

Seither waren mehr als zwanzig Jahre vergangen, und
dennoch erinnerte sich Marco haargenau an diesen Augenblick. Er erinnerte sich haargenau daran, was vor und nach
diesem Klick passiert war. Es war eine Sternstunde, einer
jener Höhepunkte, die im Gedächtnis bleiben, ein funkeln-
des Kleinod, das man ab und zu in Gedanken heraufbe-
schwört, um sich daran zu ergötzen und sich wohl zu fühlen.

Das Foto war frühmorgens aufgenommen, nach einer

langen Nacht. Eine dieser endlosen Nächte, die man schlaflos verbringt, um miteinander zu schlafen, zu reden und zu lachen bis zum Morgengrauen, in denen man sich gegenseitig die intimsten Dinge gesteht, für die man sich immer geschämt hat. In diesen Nächten fühlt man sich dem anderen so nah, dass keine Distanz mehr besteht. Plötzlich ist man sich in allem einig. In solchen Nächten ist alles so schön, dass sich die Zeitspanne, in der man glaubt, die Gegenwart sei vollkommen und man könne in sie hineinschlüpfen wie in ein perfekt sitzendes Kleidungsstück, endlos ausdehnt. Man fängt an, Versprechungen zu machen, Schwüre abzulegen, Verpflichtungen einzugehen, weil man den Wunsch hat, dieses Glücksgefühl in die Zukunft zu verlängern. Und plötzlich stellt man überrascht fest, dass es schon hell wird. Dass man Hunger hat, Hunger auf alles: Brot, Butter, Marmelade, aber vor allem Hunger auf Leben.

In solchen Nächten ist alles so schön, und man ist so glücklich, dass man, wenn man sich endlich auf die Seite dreht, um ein bisschen zu schlafen, irgendwo tief in seinem Inneren ein schmerzhaftes Ziehen spürt. Einen unbekannten Urschmerz, der allen Menschen eigen ist.

An jenem Tag hatten sich Marco und Isabella alles versprochen, alles, was zwei Verliebte, die noch keine zwanzig sind, einander versprechen können: »Wir werden uns nie trennen, eine Menge Kinder machen, zusammen in Paris ein glückliches Leben führen.«

»Marco, würdest du, wenn ich stürze und mich verletze, mir wieder aufhelfen und für mich sorgen?«

»Ich werde da sein, bevor du stürzt, und dich rechtzeitig auffangen.«

Ein paar Monate nach diesem Foto hatten sie sich getrennt. Sich gegenseitig Versprechungen zu machen gehört zu den Fehlern, die einem am leichtesten unterlaufen, wenn man glücklich ist.

Schon oft in seinem Leben hatte Marco sich gefragt, wie es ihm wohl ergangen wäre, wenn sie diese Versprechen tatsächlich gehalten hätten.

Wäre ich jetzt glücklicher? Wie viele Kinder hätten wir dann wohl?

In ein paar Tagen würde er vierzig werden, und immer noch zerbrach er sich den Kopf über solche Fragen.

Wie sähe unser Sohn wohl aus?

Ein paar Minuten später spürte er, wie ihn die Müdigkeit übermannte. Es war vier Uhr nachmittags. *Ich mache schnell ein Nickerchen, zehn Minuten, dann gehe ich einkaufen,* sagte er sich. Er dachte noch, wie blöd es gewesen war, so viele Gurken zu essen, denn jetzt hatte er schreckliches Sodbrennen. Dann schlief er ein. Als er aufwachte, war es mitten in der Nacht, und für ein paar Sekunden wusste er gar nicht, wo er war.

Ach wie gut … ich bin zu Hause!

Die Mutter

Die Mutter hieß Lucia. Sie war sehr sanft, freundlich und diskret. Sie hasste Klatsch und alles, was hinter vorgehaltener Hand geflüstert wurde, damit andere es nicht hörten. Drei Tage die Woche arbeitete sie bei einem Steuerberater, die restliche Zeit kümmerte sich um den Haushalt, die beiden Söhne und den Mann. Ihre Tage schienen endlos, doch sie beschwerte sich nie. Wenn es ihr mal nicht so gutging, merkte man das daran, dass sie stiller war als gewöhnlich. Aber das kam selten vor.

Eine eigene Familie hatte sie sich immer schon gewünscht. Sie las, wenn sie die Zeit dazu fand, und ging gern essen, dabei musste es kein elegantes Restaurant sein, sie gab sich auch mit einer einfachen Trattoria zufrieden. Mit Mann und Kindern zum Essen auszugehen war für sie das Größte, vor allem sonntags. Eine liebgewonnene Sitte ihres Vaters, an der sie hing und die sie deshalb aus Tradition fortführte.

Als Andrea fünfzehn und Marco zwölf waren, ging eine Veränderung in ihr vor. Fast immer fühlte sie sich erschöpft, schaffte nicht mehr alles wie früher, ab und zu musste sie sich setzen, um sich auszuruhen. Irgendwann hatte sie sich angewöhnt, nachmittags auf dem Sofa ein kleines Nickerchen zu machen.

»Geht's dir gut, Luce?« So wurde sie von ihrem Mann genannt.

»Ja, es ist nichts, ich glaube, ich werde einfach langsam alt.«

Keiner machte sich ernsthaft Sorgen, alle dachten, sie sei nur übermüdet.

An einem Sonntag, als alle schon zum Ausgehen bereitstanden, schlug sie plötzlich vor, zu Hause zu bleiben. Nach dem Essen legte sie sich aufs Sofa, um ein bisschen zu lesen. Andrea und Marco waren unten auf der Straße. Mit dem Buch in der Hand schlief sie ein, doch als sie wieder aufwachte, konnte sie plötzlich auf einem Auge nicht mehr richtig sehen.

»Du bist sicher nur müde, das passiert mir auch manchmal.«

»Ja, das wird es sein.«

»Hast du Kopfschmerzen?«

»Nein.«

Sie wollte niemanden beunruhigen, spielte wie immer alles herunter. Trotzdem ließ sie am nächsten Tag einen befreundeten Arzt kommen und schilderte ihm, was passiert war. Er tippte auf eine Migräne mit Aura, das würde auch die vorübergehenden Sehstörungen erklären, ordnete jedoch weitere Untersuchungen an.

Nach Abschluss der Untersuchungen teilte er dem Ehemann und den Kindern mit, es sei nichts Schlimmes, doch ihr Zustand verschlechterte sich rasch.

Immer öfter blieb sie nun im Bett. Die drei Männer teilten sich die anfallende Hausarbeit und schafften es so, den Haushalt mehr recht als schlecht weiterzuführen. Hin und wieder kreuzte auch Lucias Mutter auf. Die anderen Groß-eltern waren schon gestorben.

Mit der Zeit kam die Großmutter immer häufiger und blieb manchmal auch über Nacht, dann schlief sie bei Marco im Kinderzimmer und Andrea auf dem Sofa.

Allmählich, jeden Tag ein bisschen mehr, verlernten die Hände der Mutter, wie man Gegenstände richtig anfasst, oft ließ sie Dinge einfach fallen. Im Laufe der Zeit kam es immer häufiger vor, dass ihre Finger beim Aufwachen total steif waren und es eine Weile dauerte, bis sie die Hände wieder bewegen konnte. Auch das Gehen fiel ihr zuneh-mend schwerer, jeder Schritt war eine Qual und zudem äu-ßerst riskant. Ihr Körper gehorchte ihr immer weniger, sie wurde steif und bewegte sich ruckartig.

Unterdessen hatten Andrea und Marco vieles gelernt: Sie machten ihre Betten, bevor sie zur Schule gingen, stell-ten nach dem Essen das benutzte Geschirr ins Waschbe-cken, warfen schmutzige Wäsche und Kleidungsstücke in den Wäschekorb im Bad und hielten ihr Zimmer in Ord-nung.

Mit der Krankheit der Mutter hatte sich vieles verändert: In der Wohnung durfte nicht mehr gespielt werden, oft wurde das Telefon abgestellt, und laut Musikhören oder Fernsehen war verboten. Andrea und Marco hatten sogar gelernt, mit leiser Stimme zu streiten.

Aber die Mutter hasste all diese Veränderungen, sie hasste es, wenn man auf sie Rücksicht nahm, und empfand alles, was man ihr zuliebe tat, als demütigend. Sie hasste es, wenn alle anderen versuchten, möglichst leise zu sein, sie hasste es, wenn jeder versuchte, sie um keinen Preis zu stören, sie hasste dieses gewisperte, erstickte Alltagsleben. Solange sie lebte, wollte sie das Leben hören, wollte hören, wenn Sachen herunterfielen und kaputtgingen.

Unmerklich wurde die Stimmung immer gedrückter, weil sich alle gegängelt und unfrei fühlten.

Auch die Sprache veränderte sich, plötzlich wurden ganz neue Begriffe geläufig, von denen man zuvor noch nie gehört hatte: Bald wurde über Medikamente, Therapien und Fachärzte so selbstverständlich gesprochen, als würden sie zur Familie gehören.

Früher hatten auf der Kommode der Mutter ein Schmuckkästchen, eine kleine Tonfigur und einige gerahmte Familienfotos gestanden. Doch nun war die Kommode zu einer Art Miniapotheke geworden, mit all den Medikamenten, Rezepten, Zetteln mit Verordnungen und Arztterminen. Und der Vater, die Großmutter und die Söhne waren zu einem kleinen improvisierten Pflegeteam geworden. Dabei war es auch schon vorgekommen, dass keiner mehr wusste, ob die Mutter ihre Pillen schon genommen hatte. Deshalb holte der Vater eines Tages kurzerhand den Eiswürfelbehälter aus dem Gefrierfach und beschriftete jede Mulde mit dem Anfangsbuchstaben eines Wochentages. Er diente nun als eine Art Pillendose, und anstelle von Eiswürfeln lagen bunte Tabletten in den einzelnen Fächern.

Weil sie wussten, dass die Mutter nicht mehr gesund werden würde, fühlten sich die Verwandten bei ihren Besuchen verpflichtet, Andrea und Marco ein bisschen aufzuheitern, steigerten sich dabei aber oft in eine übertriebene Euphorie hinein, die aufgesetzt wirkte. Derartigen Auftritten konnten die drei überhaupt nichts abgewinnen. Offensichtlich taten sie den Leuten leid, doch sie wollten kein Mitleid.

Die Erwachsenen wussten, dass mit der Krankheit ein langer Schatten auf das Leben der beiden Jungs gefallen war; für die Söhne war der Zustand der Mutter wie eine Strafe.

Eines Sonntagmorgens hatte der Vater, mit dem Einverständnis der Mutter, Andrea mit in den Keller genommen, weil es dort angeblich einiges zu tun gab.

Andrea freute sich, er freute sich immer, wenn er mit dem Vater allein sein konnte.

»Ich muss dir etwas Wichtiges sagen.«

»Ja?«

»Du musst mir aber versprechen, stark zu sein.«

»Versprochen.«

»Gut. Aber du darfst es keinem verraten, auch nicht deinem Bruder, es ist ein Geheimnis zwischen dir und mir, Mama und Großmutter. Versprichst du das?«

Andrea war total aufgeregt. Die Idee, mit seinem Vater ein Geheimnis zu teilen, war für ihn etwas ganz Besonderes.

»Natürlich, ich verspreche, Marco nichts zu sagen.«

Der Vater legte ihm die Hände auf die Schultern.

»Mama ist sehr krank, das hast du selbst gesehen. Sie wird nicht wieder gesund.« Er konnte den Satz nicht vollenden, weil sein Sohn ihn derart erschrocken ansah, dass er innehielt.

Andrea hatte verstanden. »Mama liegt im Sterben, stimmt's?«

Der Vater nickte, Andrea schluchzte.

»Du hast doch gesagt, du würdest stark sein, das hast du mir versprochen.«

»Ich weiß, Papa. Entschuldige«, aber er konnte nicht an sich halten und hasste sich dafür.

Als sie wieder nach oben kamen, schloss Andrea sich im Badezimmer ein und grub sein Gesicht in ein Handtuch, damit man ihn nicht hörte. Sein Magen rebellierte, und er krümmte sich vor Schmerzen, bis der Weinkrampf schließlich abebbte.

Später sagte die Mutter zu ihm: »Ich weiß, es ist nicht leicht, der große Bruder zu sein, aber du bist stark; und ich bin erleichtert, wenn ich weiß, dass du auf deinen Bruder aufpasst und deinem Vater zur Seite stehst.«

Die Worte hatten ihm einen Stich versetzt. Tief im Innern spürte er einen heftigen körperlichen Schmerz. Ihm war schlecht. Er wusste, dass er nicht aufrichtig war, weder zu ihr noch zu seinem Vater. Ihm wurde bewusst, dass er keineswegs so stark war, wie er behauptete.

Marco erzählte er nichts davon, manchmal sah er ihn jedoch an und dachte: *Wenn du wüsstest, was ich weiß.*

Andrea machte seine Hausaufgaben im Zimmer der Mutter, er mochte die Stille, die unaufdringliche, friedliche Atmosphäre. Während er am Tisch saß und arbeitete, schlief sie, versuchte zu lesen oder sah wohlwollend zu ihrem Sohn hinüber, der so fleißig lernte.

Andrea hob gern den Blick, um ihr Gesicht zu sehen, wenn sie ihn beobachtete, dann lächelten sie sich zu.

»Brauchst du etwas, Mama?«

Sie schüttelte den Kopf.

Wenn er sich beobachtet fühlte, zog er manchmal absichtlich kleine Grimassen, biss sich auf die Lippe oder runzelte die Stirn, um Konzentration vorzutäuschen und ihr zu verstehen zu geben, dass er ernsthaft lernte. Er wollte, dass sie stolz auf ihn war.

»Du bist wirklich ein guter Junge, Andrea.«

Wenn sie so etwas zu ihm sagte, platzte er innerlich schier vor Freude, so als hätte er die ganze Zeit nur auf diese Worte gewartet.

In dieser Zeit redeten die beiden sehr viel miteinander, sie standen sich sehr nah, die Krankheit schenkte ihnen viel gemeinsame Zeit. Und Andrea wusste sehr genau, wie kostbar diese Nachmittage waren.

»Vielleicht sieht dein Gesicht im Alter ja ganz anders aus. Vor allem mit weißen Haaren. Und deine Frau, wie wird die wohl aussehen? Wirst du überhaupt heiraten? Such dir eine gute Frau, die dich wirklich gernhat ... Gibt es da vielleicht schon eine, die dir gefällt?«

Manchmal beobachtete Andrea seine Mutter im Schlaf, dann sah sie gar nicht krank aus. Dann wirkte sie so fein und zart, dass man sich kaum vorstellen konnte, was sie alles durchmachte.

Irgendwann hatten sich die drei Männer ernsthaft überlegt, ob es nicht besser wäre, sich Hilfe von außen zu holen. Aber es war offensichtlich, dass die Mutter sich bei bestimmten Dingen nur ungern von einer Fremden helfen lassen würde. Deshalb beschlossen sie, allein zurechtzukommen, solange es eben ging.

Der einzige Fremde, der regelmäßig zweimal die Woche ins Haus kam, war der Physiotherapeut. Irgendwann jedoch sahen sie sich gezwungen, eine Haushälterin einzustellen, es ging einfach nicht mehr anders. Anna war eine ernsthafte, diskrete Person, verfügte über eine besondere Einfühlungsgabe und konnte sich deshalb sehr gut in ihre Lage versetzen. Schon nach wenigen Wochen hatte sie sich die Sympathie und Wertschätzung aller Beteiligten erworben. Bald übernahm sie immer öfter auch pflegerische Aufgaben, obwohl sie dafür eigentlich gar nicht zuständig war. Es brauchte eine gewisse Zeit, aber dann eroberte sie die Herzen und gehörte fortan zur Familie.

Von allen intimen Verrichtungen waren die Söhne ausgeschlossen, das Waschen war Sache des Vaters und der Großmutter. Normalerweise lag die Mutter dabei im Bett, wurde mit einem feuchten Waschlappen abgerieben und dann umgedreht, ab und zu setzten sie sie auch nackt in die Dusche und stiegen dann selbst mit hinein, um sie einzuseifen.

Für die Mutter war das Leid, das sie ihrem Mann, ihren Eltern, besonders aber den Söhnen zufügte, eine große Belastung. Denn ihr war bewusst, dass dadurch die individuelle Entwicklung und die Zukunft der Söhne stark gefährdet wurde.

Kinder sollten nie aufhören, »Mama« sagen zu können, hatte sie eines Tages gedacht.

Andrea sah sich genau an, was der Physiotherapeut machte, und manchmal, wenn sie allein waren, imitierte er ihn und massierte der Mutter Füße, Waden, Arme oder bewegte ihre Beine.

Er half ihr in einen frischen Bademantel, ging ihr beim Kämmen und Schminken zur Hand. Seit ihrer Erkrankung legte die Mutter großen Wert auf ihr Äußeres. Als sie noch gesund war, hatte sie nie viel darum gegeben. Eigentlich war sie eher praktisch veranlagt und kein bisschen eitel.

»Hast du Angst, Mama?«, hatte Andrea sie einmal gefragt.

»Manchmal schon ... ein bisschen.«

»Bist du sicher, dass ich nichts für dich tun kann?«

»Du tust doch schon so viel. Manchmal denke ich, ich kann all das nur ertragen, weil ich dich habe. Aber eine Sache könntest du tatsächlich für mich tun.«

»Was denn?«

»Ich möchte nicht, dass du immer nur hier drinnen hockst, du solltest auch mal ausgehen.«

»Aber ich bin doch gerne hier.«

Der Zustand der Mutter verschlechterte sich zusehends, bald konnte sie nicht mehr richtig sprechen, und es fiel ihr immer schwerer, die passenden Worte zu finden. Inzwischen bekam sie nur noch püriertes Essen. Beim Trinken lief ihr die Flüssigkeit aus den Mundwinkeln. Alles veränderte sich, nach und nach wurde die gute Zeit von der Krankheit aufgefressen.

Eines Tages hatte die Großmutter zu Andrea gesagt, er müsse die Mutter jetzt allein lassen, das sei ihr eigener Wunsch; sie werde nun immer hinfälliger, diesen unerträglichen Anblick wolle sie ihm gern ersparen, denn sie wolle nicht, dass er sie so in Erinnerung behalte.

Dieses Verbot der Mutter hatte Andrea tief getroffen, tiefer noch als ihr Tod.

Marco hingegen hielt es bei der Mutter kaum aus. Mitunter hätte er ihr gerne gesagt, dass er sie liebhatte, aber die Worte kamen ihm nicht über die Lippen. Dann spürte er, wie ihm die Tränen kamen, aber er wollte nicht, dass seine Mutter ihn weinen sah.

Wenn es in der Schule zum Unterrichtsschluss klingelte, konnte er kaum glauben, dass es schon wieder Zeit war, nach Hause zu gehen. Wie in Zeitlupe packte er Bücher und Hefte in den Rucksack, und wenn er endlich fertig war, waren seine Schulkameraden schon längst draußen auf der Straße. Es war mehr als einmal vorgekommen, dass die Lehrerin an der Klassentür ungeduldig auf ihn wartete. »Na, Bertelli, was ist los, willst du vielleicht gleich bis morgen hierbleiben?« Sie konnte ja nicht ahnen, dass er am liebsten ja gesagt hätte. Wenn er endlich als Letzter die Schule verließ, hatte der Hausmeister das große Tor immer schon halb geschlossen und wartete nur noch auf ihn.

Um möglichst viel Zeit zu vertrödeln, war ihm jeder Vorwand recht, er suchte gezielt nach roten Ampeln und ging alternative Strecken, um den Heimweg zu verlängern. Ihm graute vor der Wohnung, vor der Stille, dem Leid und den geschlossenen Türen. Zu Hause angekommen, ging er direkt in die Küche, wo die Großmutter mit dem Essen auf ihn wartete.

»Wo warst du denn so lange? Soll ich das Essen aufwärmen?«

»Nein, danke, Oma, ist gut so.«

Manchmal ging er, nur um das Heimkommen hinauszuzögern, beim Bäcker vorbei und kaufte sich ein Stück Pizza; zu Hause tat er dann trotzdem so, als hätte er Hunger, und versuchte alles aufzuessen.

Dann ging er zu seiner Mutter, um ihr guten Tag zu sagen, wobei er sich immer wieder vornahm, diesmal stark zu sein und nicht zu weinen. Er gab ihr einen Kuss, sie fragte ihn, wie es in der Schule war, »gut« erwiderte er und blieb noch ein paar Minuten, dann stand er auf und ging wieder. Das Einzige, was er wirklich gerne tat, war, eins ihrer Lieblingsgerichte zu kochen, zusammen mit seiner Großmutter. Pizza, Kuchen und Kekse backen, darin war er schon ziemlich gut.

Marco hätte alles getan, damit seine Mutter wieder gesund würde. Insgeheim machte er auch Gott gegenüber Versprechungen. In seiner Klasse war ein Junge, der bei bestimmten Buchstaben Probleme mit der Aussprache hatte, das s sprach er wie f aus. So sagte er: »Fag ich ja, fo ein Blödfinn, fechs mal fechs ift fechsunddreiffig.« Deshalb wurde er von allen aufgezogen, zu seinem Unglück hieß er auch noch Simone, oder eben Fimone, wie er zu sagen pflegte. Zwei andere Jungs in der Schule hatten dasselbe Problem, zweimal die Woche verließen sie den gemeinsamen Unterricht und bekamen Förderstunden bei einem Logopäden. Eines Tages hatte Marco Gott einen Tausch angeboten: Wenn er die Mutter wieder gesund machte, würde er dafür diese Sprachstörung auf sich nehmen.

Ist doch egal, sollen sie mich doch aufziehen, ich weiß mich zu wehren und mir Respekt zu verschaffen.

Nach diesem Deal mit Gott machte er auf dem Heimweg die Probe und sagte sich alle Worte vor, die ihm in den Sinn kamen: »Heute verfuche ich, früh zu Haufe zu fein, dann effe ich Pafta und hoffe, daff ef danach Feezunge gibt.« Er stellte sich Gott so gütig vor, wie alle immer sagten, und hoffte inständig, seine Mutter würde wieder am Herd stehen, wenn er nach Hause käme. Dann würde er sie umarmen.

»Was ist denn los, Marco? Warum umarmst du mich so fest?«

»Weil ich dich liebhabe, Mama. Ich habe schlecht geträumt, in dem Traum warst du krank, aber jetzt ist alles wieder gut.«

Aber es klappte nicht. Als er nach Hause kam, war alles wie immer, seine Mutter lag im Bett, und er traute sich auch nicht, sie zu umarmen, weil er bei ähnlicher Gelegenheit früher einmal in Tränen ausgebrochen war, worauf sie ihm gut zugeredet hatte, doch je eindringlicher sie auf ihn einredete, desto weniger konnte er aufhören, und er wusste, dass seine Tränen ihr weh taten. Aber er war einfach nicht so gut und stark wie sein Bruder.

Eines Morgens war ihm auf dem Weg zur Schule plötzlich schlecht geworden, und er musste sich übergeben. Deshalb war er umgekehrt. Als er beim Betreten der Wohnung sah, dass die Badezimmertür hinten im Flur offen stand, hatte er sich heimlich angeschlichen. Keiner hatte seine Rückkehr bemerkt. Als er durch den Türspalt spähte, sah er die Mutter nackt auf einem Hocker in der Dusche sitzen, während die Großmutter, in Unterhose und mit einer Plastikhaube auf dem Kopf, dabei war, sie zu waschen.

Wie einem Kleinkind erklärte sie ihr, was sie gerade tat und was als Nächstes kam: »Jetzt ist der rechte Arm dran, dann kommt der Rücken, dann die Beine.« Als wäre ihre Tochter wieder das kleine Mädchen von damals.

Voller Entsetzen angesichts dieser erniedrigenden Prozedur stand er wie gelähmt da. Dann bemerkte ihn die Mutter, und sie sahen sich an, nur ein kurzer Blick, bevor die Großmutter sich umdrehte und ihn anschrie: »Was machst du denn hier? Mach die Tür zu, und geh nach nebenan.«

Wie ein ungebetener Zaungast hatte Marco einen Blick auf das geheime Leben erhascht, das sich vormittags in der Wohnung abspielte, wenn Andrea und er nicht zu Hause waren.

Mit Grippe und hohem Fieber musste Marco zwei Tage lang das Bett hüten. Da die Mutter sich nicht anstecken durfte, musste er die ganze Zeit in seinem Zimmer bleiben.

Das Bild der nackten, bleichen Mutter in der Dusche, wie sie kraftlos an der Großmutter hing, als klammere sie sich verzweifelt an das letzte bisschen Leben, quälte Marco. Als hätte er erst jetzt begriffen, wie krank sie wirklich war. Abends lag er hellwach im Bett und konnte nicht einschlafen. Die Nächte zogen sich schier endlos in die Länge. Er wurde von Gedanken und Ängsten bedrängt, die er kaum einordnen konnte. Sein Magen zog sich so heftig zusammen, dass an Schlaf nicht mehr zu denken war.

An einem Sonntagnachmittag hatte er zufällig mit angehört, wie sein Vater leise telefonierte. Was ihm da zu Ohren gekommen war, warf ihn aus der Bahn. Von dem Moment an wurde sein Verhalten immer seltsamer, immer öfter verweigerte er den Gehorsam.

»Hör auf zu schmatzen«, sagte der Vater beim Essen zu ihm.

Worauf Marco begann, mit der Hand zu essen.

»Nimm gefälligst die Gabel«, sagte der Vater genervt und wischte sich dabei mit der Serviette den Mund ab.

Doch Marco, wild entschlossen, ihn zu provozieren,

nahm noch eine Nudel mit den Fingern und schmatzte weiter. Wortlos sah der Vater ihn an, verpasste ihm dann aber so blitzschnell eine Ohrfeige, dass Marco völlig überrumpelt war.

»Du gehst jetzt sofort auf dein Zimmer. Ohne fertigzuessen.«

Zutiefst verletzt durch etwas, was viel schlimmer war als diese Ohrfeige, sprang Marco auf. Er fixierte den Vater und brüllte: »Ich weiß, dass Mama im Sterben liegt, ich habe alles gehört, was du am Telefon gesagt hast.«

Damit stürmte er in sein Zimmer und warf sich aufs Bett. Ein paar Minuten später hörte er die Wohnungstür, der Vater war ausgegangen. Seine Mutter lag im Bett. Er wusste, dass sie im Sterben lag. Er hatte Angst vor ihrem Tod.

Später kam die Großmutter, setzte sich zu ihm aufs Bett und streichelte ihm den Kopf.

Marco blieb zur Wand gedreht liegen, sie sollte nicht sehen, dass er geweint hatte. So schlief er schließlich ein, ganz erschöpft, mit Großmutters Hand auf seinem Haar. Als er am nächsten Morgen aufwachte, war er allein. Die Großmutter war in der Küche, der Vater bei der Arbeit, sein Bruder beim Frühstück.

Der Vater konnte mit Marcos neuem Verhalten nicht umgehen. Bekanntlich fällt einem die Elternrolle nicht einfach in den Schoß, bloß weil man Kinder hat. Was Elternsein bedeutet, lernt man erst allmählich, wenn man Kinder aufzieht und sich Tag für Tag um sie kümmert. Doch alleine, ohne die Hilfe seiner Frau, fiel das dem Vater schwer.

Um dem Sohn verständlich zu machen, was da passierte, hätte er offen über alles reden müssen, doch der Versuch, den Jüngeren vor der bitteren Wahrheit zu schützen, machte alles nur schlimmer und steigerte Marcos Ängste und Unbehagen nur. Die Entscheidung, Marco von allem auszuschließen, war ein großer Fehler.

So wurde es in der Wohnung bald immer stiller, man - verlegte sich aufs Schweigen, auf kleine Lügen, und vieles blieb unausgesprochen. Dafür musste jede Handlung präzise, jede Geste exakt sein, damit aus dem Schweigen keine Missverständnisse erwuchsen. Ein gefährlicher Balanceakt. Um sich zu verständigen, bediente man sich einer neuen Sprache ohne Worte.

Keiner aus der Familie mochte eine aufgesetzte Fröhlichkeit vorspielen. Um irgendwie zu überleben, zog sich jeder in sein Schneckenhaus zurück und litt still vor sich hin. In dieser Zeit haftete allen Handlungen, Worten, Plänen, ja dem ganzen Leben etwas Provisorisches an. Alles war vorläufig, denn alles war Erwartung. Die Erwartung des Schlimmsten.

Eines Nachmittags, als er gerade zu seinen Freunden unterwegs war, kam Marco die Erkenntnis, dass er die Mutter, immer wenn er an sie dachte, nur noch als Kranke vor sich sah, wie sie mit verzerrtem Mund in ihrem weißen Nachthemd im Bett lag. Dieses Bild war so dominant, dass es langsam alles andere, alle schönen, glücklichen Erinnerungen an die Zeit vor ihrer Krankheit, zu verdrängen begann. Marco war dabei, sie auch in seiner Vorstellung zu verlieren, ihr Gesicht verblasste.

Deshalb zwang er sich, wenigstens einmal am Tag daran zu denken, wie es früher war, als er noch eine echte Mutter hatte, eine, die ihm das Frühstück machte und ihm bei den

Hausaufgaben half, die sich anzog, die durch die Wohnung ging und dabei schmutzige Kleidungsstücke einsammelte und die mit ihnen zu Abend aß. Er nahm sich fest vor, jeden Tag ein paar Minuten darauf zu verwenden, diese Bilder aufzurufen, damit er seine richtige Mutter nicht ganz vergaß.

Manche dieser Bilder kamen wie von selbst, er brauchte nicht lange danach zu suchen, sie tauchten einfach auf: Wie sie Papier zurechtschnitt, um die Schubladen im Wohnzimmerschrank damit auszulegen, wie sie zum Fensterputzen mit Zeitungspapier in der Hand auf einen Stuhl stieg, wie sie mit dem Nudelholz die Tagliatelle ausrollte.

Um seine Erinnerung aufzufrischen, sah er sich manchmal heimlich alte Fotos an, aus der Zeit, als sie noch gesund und glücklich war und voller Leben. Und eines Tages sah er, dass auch Andrea in diesen Alben blätterte. Als er merkte, dass er beobachtet wurde, klappte er schnell das Album zu, als schämte er sich. Am liebsten hätte Marco zu ihm gesagt, dass er genau dasselbe tat: dass auch er versuche, die Mutter zurückzuholen, damit alles wieder wie früher würde. Zumindest in ihrer Erinnerung. So wie es eigentlich sein sollte, wenn der liebe Gott wirklich lieb wäre.

Als die Mutter dann tot war, bat Marco sie jeden Abend vor dem Einschlafen, sie möge ihm im Traum erscheinen. Aber das geschah kein einziges Mal.

Die Nachmittage nach der Schule

Eines Morgens, bevor er seinen Vater im Krankenhaus besuchte, verließ Marco die Wohnung mit der Absicht, in einer Buchhandlung vorbeizuschauen. Er hatte Lust, in Büchern zu blättern, daran zu schnuppern und darauf zu warten, dass ein Cover ihn magisch anzog. Gewöhnlich las er etwa ein Dutzend Zeilen, schlug dann aber nach dem Zufallsprinzip eine andere Seite auf. Hatte er Glück und erwischte zufällig eine Stelle, die genau zu dem jeweiligen Moment in seinem Leben passte, war das ein herrliches Gefühl.

Nachdem er die Regale durchstöbert hatte, kaufte er drei Bücher und ging damit zum Lesen in eine Bar unter den Arkaden. Als er an einem Bettler vorbeikam, der mit seinem Hund auf dem Boden saß, kramte Marco mit der Hand in der Hosentasche nach Kleingeld, wobei er sich bemühte, eine möglichst kleine Münze zu ertasten. Doch als er schließlich aus Versehen ein Zwei-Euro-Stück zutage förderte, gab er es ihm trotzdem, wenn auch mit Widerwillen. *Ich weiß, ich bin schrecklich.*

Dann setzte er sich an einen Tisch, und nach wenigen Sekunden erschien die Kellnerin. Sie trug eine knallenge Bluse, die so weit aufgeknöpft war, dass man den halben Busen sah. Während Marco ein Croissant, frischgepressten

Orangensaft, Wasser und Espresso bestellte, beugte sie sich ziemlich weit vor, um mit einem Schwamm kreisförmig den Tisch abzuwischen. Immer wenn er große, pralle Brüste sah wie die der Kellnerin, überkam Marco ein unwiderstehliches Verlangen, danach zu greifen, sich mit Gesicht und Fingern hineinzugraben wie ein Kind in den Eisbecher.

»Tut mir leid, wir haben leider keine Apfelsinen, aber ich kann Ihnen einen Fruchtsaft anbieten.«

»Macht nichts, dann nur Croissant, Wasser und Espresso.«

Er nahm ein Buch aus der Tüte und begann darin zu blättern. Dabei wurde er abgelenkt von einer Frau, die am Tresen ein Croissant aussuchte. »Nein, nicht das, das dahinter. Nein, nicht das zweite, ich möchte das dritte, das da drunter, das scheint mir größer. Ja genau das, super.«

Am liebsten wäre Marco zu ihr hingegangen und hätte sie in die Arme geschlossen: *Wenn solche Dinge Ihr Leben bestimmen, Signora, dann ist es besser, wenn Sie sich gleich erschießen, Sie ersparen sich damit viel Leid. Hören Sie mir zu, Signora, ich gebe Ihnen einen guten Rat: Kriegen Sie sich wieder ein, es geht hier nicht um eine Immobilie, sondern nur um ein schnödes Croissant.*

Er blieb eine halbe Stunde in der Bar, dann machte er sich auf den Weg zum Krankenhaus.

Beim Verlassen der Arkaden stellte er fest, dass er seine Sonnenbrille vergessen hatte, und ging eilig zurück. An der Tür stieß er mit einer Dame zusammen.

»Verzeihung«, sagte er höflich.

»Ich bitte um Verzeihung«, antwortete die Dame. »Marco.«

»Signora Rossana, wie geht es Ihnen denn? Ich habe Sie zuerst gar nicht erkannt.«

»Was machst du denn hier? Wohnst du nicht in London?«

»Ich bin nur ein paar Tage zu Besuch. Sie sehen aber gut aus.«

»Die Jahre vergehen, aber ich kann nicht klagen.«

»An Ihnen scheint die Zeit spurlos vorüberzugehen.«

»Vielen Dank, Marco, freundlich wie eh und je.«

»Und wie geht es Isabella?«

»Gut, in zwei Wochen kommt sie mich besuchen, mit dem Kind.«

»Davon wusste ich gar nichts.«

»Komisch, dass sie dir nichts gesagt hat, mir erzählt sie immer, dass ihr häufig telefoniert.«

Marco war verblüfft. »Stimmt schon, wir telefonieren oft, aber momentan habe ich viel zu tun, meinem Vater geht es nicht gut.«

»Hoffentlich nichts Schlimmes.«

»Er hat sich den Oberschenkel gebrochen und muss wohl zur Rehabilitation im Krankenhaus bleiben. Und mit seinem Kopf, da stimmt auch irgendwas nicht. Heute haben wir einen Termin beim Arzt, dann wissen wir mehr.«

»Das tut mir schrecklich leid, grüß ihn von mir, und wünsch ihm gute Besserung. Hat mich gefreut, dich wiederzusehen.«

»Mich auch, bis bald.«

Auf dem Weg ins Krankenhaus stieg ihm das Parfüm von Isabellas Mutter in die Nase, es war noch dasselbe wie früher. Schlagartig fühlte er sich in die Zeit zurückversetzt, als er bei ihnen ein und aus gegangen war. Ihm fiel wieder ein, wie er damals an ihrem Morgenmantel herumgeschnüffelt hatte, wenn er am Waschbecken im Bad masturbierte.

Damals ging er nach der Schule oft mit zu Isabella und verbrachte dort die Nachmittage. Er war so oft da, dass Signora Teresa, die Haushälterin, immer für ihn mit deckte. Die Eltern kamen nie zum Mittagessen nach Hause. Marco und Isabella aßen zusammen, dann räumten sie ab, stellten die Teller ins Spülbecken, und in null Komma nichts füllte sich der Tisch mit Büchern, Heften und Hausaufgaben.

Noch vor kurzem hatte Marco ein paar Freunden erzählt, dass er ohne Isabella das Abitur nie geschafft hätte. Tatsächlich hatte sie ihm nicht nur beim Lernen geholfen, denn als Marco sie kennenlernte, war ihm alles gleichgültig. Erst durch sie hatte er wieder Zuversicht und neue Lebenslust gewonnen. Sie war für ihn der erste Lichtblick seit Jahren, seit langem das Erste, wofür es sich lohnte, morgens aufzuwachen.

Isabella besuchte ein musisches Gymnasium, sie liebte die Fächer, die dort unterrichtet wurden, vor allem Kunstgeschichte. Marco hatte hingegen den kaufmännischen Zweig gewählt. Aber an diesen gemeinsamen Nachmittagen lernte er eine Menge über Kunst.

Dabei konnten sie stundenlang schweigend nebeneinandersitzen, jeder mit den eigenen Hausaufgaben beschäftigt. Es gab allerdings auch Tage, an denen Marco so erregt war, dass von Lernen keine Rede mehr sein konnte. Dann bekam er eine so heftige Erektion, dass es richtig weh tat, und er glaubte, er müsse gleich platzen.

Dann verschwand er ins Bad, sein Schwanz war so hart,

dass er in einer Sekunde kam. Es war einfach stärker als er, das dauernde Verlangen war unkontrollierbar.

Bei derartigen Gelegenheiten hatte er oft an dem seidenen Morgenmantel von Isabellas Mutter geschnüffelt. Während er am Waschbecken stand und das Gesicht tief in die Parfümwolke vergrub, rubbelte er mit der anderen Hand. Aber wenn er den Morgenmantel benutzte, schämte er sich auch ein bisschen. Besonders wenn er danach in die Küche zurückkam und Isabella dort sitzen sah, die nichts davon ahnte, was er gerade getrieben hatte. Er liebte Isabella. Was zwischen ihm und ihrer Mutter lief, hatte damit nicht das Geringste zu tun. Einmal hatte er im Wäschekorb eine gebrauchte Unterhose der Mutter gefunden. Daran hatte er lange gerochen. Ein starker Geruch, der ihn schwindelig machte.

Die Mutter war eine schöne Frau, mit einem enormen Busen, der so verlockend war, dass sie bisweilen auch außerhalb dieses Bades seine Phantasien anregte. Dann schloss er die Augen und stellte sich vor, er wäre in Isabellas Zimmer und die Mutter käme herein, mit offenem Morgenmantel und darunter nackt. Was blieb ihm da anderes übrig, als seine »Schwiegermutter« zu begehren?

In diesen Monaten verbrachten Isabella und er ganze Stunden mit Knutschen und Fummeln, ohne sich je auszuziehen. Isabella war noch nicht bereit, mit ihm zu schlafen, weshalb er immer wieder in der Unterhose kam. Irgendwann machte sie dann, auf wiederholt drängende Anfrage seinerseits, einige Zugeständnisse: Anfassen unter der Kleidung war endlich erlaubt, erst am Busen und dann im Intimbereich.

Marco hatte völlig den Kopf verloren. Er war wie ein Dampfkochtopf kurz vorm Explodieren. *Was interessieren mich Wirtschaft und Mathematik oder meine Zukunft? Ich will nur das eine, mit ihr schlafen.*

Für die Jungs war es ein Grund zum Angeben, wenn sie ein Mädchen im Intimbereich anfassen durften. In der Schule gab es welche, die behaupteten, es eine Stunde lang gemacht zu haben, oder sie prahlten damit, wie viele Finger sie reingesteckt hatten. »Ich habe ihr zwei Finger reingesteckt ... ich drei ... ich vier ... ich die ganze Hand ...«

»Und was soll das? Mit der ganzen Hand, wie beim Mund der Wahrheit ... so eine Nutte!« Dieser Kommentar kam von Daniele Pedretti und brachte die ganze 10 A zum Lachen.

Marco machte es Spaß, Isabella anzufassen, zu hören, wie ihr Atem sich beschleunigte, wenn sie vor Anspannung zu zittern begann und leise wimmerte, ein kleines, lustvolles Stöhnen ausstieß.

So wie als sie ihn fragte, ob er gekommen sei, als sie Tropfen an der Spitze austreten sah.

»Nein, das ist nur eine Flüssigkeit, die zum Schmieren austritt.«

»Sieht aus wie eine Träne«, hatte sie gesagt, während sie ihn neugierig berührte.

Er war die Zeit, in der sie den Körper erforschten, den eigenen und den des anderen. Jede Entdeckung löste Verwunderung, Erstaunen, Verblüffung aus.

Eines Nachmittags, als sie im Kino saßen, öffnete Isabella den Reißverschluss seiner Hose, steckte die Hand hinein und spielte ein bisschen an ihm herum. Marco war freudig überrascht von ihrer Initiative. Während er den Film sah, spürte er die ganze Zeit die Wärme ihrer Hand. Von da an musste er jedes Mal, wenn ihm dieser Film unterkam, wieder daran denken und bekam sofort eine Erektion.

Marco ließ sich gern von ihr befriedigen, denn das war ganz anders und wesentlich angenehmer, als wenn er es selbst machte. Nach einem solchen Orgasmus lag er dann glücklich und zufrieden auf dem Bett. Da sie bis dahin noch nie miteinander geschlafen hatten, konnte er ja nicht wissen, dass ihm das Beste noch bevorstand.

Als er Isabella zum ersten Mal nackt sah, verheißungsvoll hingegossen wie ein Traum, übermannte ihn ein derart heftiges Begehren, dass es ihn schon fast erschreckte. Vielleicht war dieser Traum doch zu groß für ihn, er hatte Angst, sie könne entschwinden, wenn er sie berührte. »Das schönste Wesen der Welt«, wie er sie oft nannte.

Eines Nachmittags lagen sie Seite an Seite auf dem Bett und streichelten sich gegenseitig das Gesicht, es war ein Moment unendlicher Zärtlichkeit. Isabella hatte zum x-ten Mal nein gesagt, sie wollte keinen Sex, ihr war nicht danach. Wie immer hatte Marco ihre Entscheidung akzeptiert, inzwischen hatte er sich daran gewöhnt.

Sie redeten über ihre Träume, darüber, was sie später - einmal werden wollten. Isabella war gut im Zeichnen und träumte davon, Modedesignerin zu werden. Ihr Zimmer war voller Skizzen von Frauen ohne Gesicht, die von ihr entworfene Kleider trugen. »Und Kinder will ich auch, mindestens drei. Aber erst, wenn es beruflich einigermaßen läuft und ich es mir leisten kann, mich selbst um sie zu kümmern. Da habe ich ganz andere Vorstellungen als meine

Eltern. Auf jeden Fall will ich auch mal mit den Kindern spielen und genügend Zeit haben für sie und meinen Mann.«

»Und dein Mann, das bin dann ich.«

»Aber nur, wenn du dich anständig benimmst.« Sie grinsten. »Ich weiß ja gar nicht, was du mal werden willst, jedes Mal, wenn ich danach frage, kommt nur ziemlich vages Zeug.«

»Aber doch nur, weil ich es selbst noch nicht weiß. Ich koche gern, aber ein Leben als Koch scheint mir eher unwahrscheinlich. Nach der Schule würde ich gern erst mal reisen, etwas von der Welt sehen, aber dann würdest du mir, glaube ich, schrecklich fehlen; oder du verlässt mich, wenn ich weg bin, und suchst dir einen anderen. Deshalb ist es wohl besser, ich fahre nirgendwohin und bleibe hier bei dir, irgendwas werde ich schon machen.«

»Aber wegen mir darfst du deine Träume nicht aufgeben.«

»Du bist doch mein Traum.« Und sie gaben sich einen Kuss.

Dann sahen sie sich an, und nach einem langen Schweigen sagte sie: »Lass es uns machen.«

»Was?«

»Lass uns Liebe machen.«

Marco schluckte. Auch wenn er seit Monaten auf diesen Moment gewartet hatte – als er nun diese Worte hörte, erschrak er.

Sie gaben sich noch einen langen, zarten Kuss. Langsam legte er sich auf sie, und nach ein paar ungelenken Versuchen gelang es ihm einzudringen. Und als sie fertig waren, begannen sie wieder von vorn.

Als er an diesem Abend in den Spiegel sah, blickte ihm ein richtiger Mann entgegen. Danach schlief er ein, mit einem Grinsen, das so breit war, dass ihm fast die Wangen geplatzt wären.

Von da an ging das jeden Nachmittag so. Aber hin und wieder verweigerte Isabella sich, das hatte sie sich so angewöhnt, dann konnte sie richtig gemein sein und sagte nicht bloß nein, sondern raunte: »Vielleicht, vielleicht auch nicht.«

Wenn es nichts Besonderes mehr gewesen wäre, sondern einfach selbstverständlich, hätte sie sich weniger begehrenswert gefühlt. Marco akzeptierte es, wenn sie sich weigerte, ging dann aber ins Bad, schloss die Augen und vögelte den Morgenmantel ihrer Mutter.

Die Nachmittage bei Isabella gehörten zu seinen schönsten Erinnerungen, daran klammerte er sich in schwierigen Augenblicken.

Nachmittags bei ihr seine Hausaufgaben zu machen, seinen Blick auf ihr ruhen zu lassen, war für Marco das höchste der Gefühle. Isabella war sanft und erregend zugleich. Manchmal verlor er sofort den Kopf und spürte, wie ihm am ganzen Körper heiß wurde, wenn er sie nur ansah: wie sie an ihrem Stift knabberte, mit einer Haarsträhne spielte und maliziös lächelte, wenn sie aufblickte und sah, dass er sie beobachtete. Dann hatte er das Gefühl, von einer inneren Flamme verzehrt zu werden.

Fasziniert glitt sein Blick über den Hals, das Profil, die Lippen, tastete die Kurven ab, und er hatte dabei den Eindruck, als wären sie immer anders, würden sich dauernd verändern.

Manchmal starrte er auf das winzige Hautdreieck, das durch den Spalt zwischen den Knöpfen der Bluse hervor lugte. Dann wartete er darauf, dass sich der Spalt bei irgendeiner Bewegung weiter öffnete und den Blick auf ein Stückchen BH freigab oder, wenn er Glück hatte, auf die Kurve ihrer Brust. Ihrer Brust, die perfekt in seiner Hand lag, schön, fest, mit einer rosafarbenen Brustwarze, die er so gern küsste.

Isabella wusste das, sie spürte es, viele ihrer Bewegungen waren gar nicht so zufällig, wie er dachte, sondern gehörten zum Spiel. Offenbar war ihr die Kunst der Verführung trotz ihrer Jugend schon in Fleisch und Blut übergegangen.

Sie ließ ihn gern zappeln, reizte ihn, forderte ihn heraus, kostete ausgiebig die Macht aus, die sie über ihn hatte.

Als Marco an diesem Morgen erfuhr, dass Isabella nach Mailand kommen würde, freute er sich. Seit zwei Jahren hatten sie nichts mehr voneinander gehört. Genau wie Isabella hatte auch er ihre Mutter angelogen. Manches kann man Eltern halt nur schwer erklären. In dieser Zeit hatten sie sich zwar bei gemeinsamen Freunden nach einander erkundigt, waren sich aber aus dem Weg gegangen. Es war schon öfter vorgekommen, dass sie längere Zeit keinen Kontakt hatten, doch im Grunde waren beide nie endgültig aus dem Leben des anderen verschwunden. Irgendetwas verband sie seit je.

Aber bei ihrem letzten Treffen hatte die Beziehung einen Knacks bekommen, er hatte sie schlecht behandelt.

Drei Männer, keine einfache Sache

Marco kam gegen elf im Krankenhaus an. Der Vater schlief, kaute nur ab und zu wie eine Kuh beim Wiederkäuen.

Marco setzte sich ans Bett für den Fall, dass der Vater aufwachte und vielleicht etwas bräuchte. Die Operation war gut verlaufen, so jedenfalls die beruhigende Auskunft der Krankenschwester.

Er beobachtete seinen Vater und versuchte ihn einfach als Menschen zu sehen, wie einen Unbekannten, mit dem ihn nichts weiter verband. Auch sich selbst beobachtete er wie ein unbeteiligter Außenstehender.

Zwischen ihnen beiden gab es keine nennenswerten Vorbehalte mehr, keine großen ungelösten Probleme. Mit den Jahren, vor allem den letzten, hatte sich ihr Verhältnis entspannt. Auch dank der räumlichen Distanz hatten sie sich gut verstanden, gegenseitig akzeptiert, und vor allem hatten sie einander verziehen. Seit er erwachsen war, wenn auch vielleicht nur auf dem Papier, hatte Marco vieles an seinem Vater besser begriffen und zu seiner großen Überraschung festgestellt, dass er ihm weit ähnlicher war, als er je gedacht hätte. Als Kind hatte er immer versucht, sich von ihm zu distanzieren, und zwar nicht, weil er ihn nicht liebte, im Gegenteil: Er liebte ihn so sehr, dass es ihm weh tat, ihn so unglücklich zu erleben. Marco konnte nicht ertragen, wie dünnhäutig er war, wie sehr er litt und sich quälte. Er wusste nicht, wie er mit der Verletzlichkeit, der stummen Ergebenheit und dem Gefühl der Ausweglosigkeit dieses Mannes umgehen sollte, dem plötzlich ein Leben aufgezwungen wurde, auf das er nicht eingestellt war. Seit dem Tod der Mutter hatte der Vater immer versucht, seine Söhne vor allem zu schützen, aber vor seinem eigenen Unglück konnte er sie nicht schützen. Daher wurde er immer schweigsamer. Sie brachten es nicht fertig, eine Familie zu sein, hätten gar nicht gewusst, wie sie das anstellen sollten. Ohne die Mutter war es, als ginge plötzlich alles aus dem Leim, als würden nun die Teile auseinanderfallen, die sie immer zusammengehalten hatte. Ohne sie waren sie wie drei Einzelteile, drei Männer, die zusammenwohnten.

Männer unter sich sind oft hilflos. Manchmal kamen sie selbst bei Miniproblemen ins Schleudern. Einmal war es beispielsweise vorgekommen, dass die Espressokanne streikte, die Hälfte des Kaffees kam problemlos heraus, aber dann war Schluss. Als die Großmutter das eines Tages mitbekam, nahm sie die Espressokanne vom Herd, hielt sie kurz unter kaltes Wasser, setzte sie wieder auf, und schon sprudelte auch der restliche Kaffee heraus. *Allein können wir uns nicht einmal einen Espresso machen,* hatte Marco gedacht.

Weil die Mutter fehlte, sah sich der Vater in eine Rolle gedrängt, zu der er weder Lust noch Talent hatte. Eigentlich hatte er sich sein Leben ganz anders vorgestellt, das war offensichtlich. Er war ein sanfter, rationaler Mensch. Er arbeitete viel, ging früh aus dem Haus und kam abends erschöpft zurück. Er redete kaum, wurde immer unsichtbarer. Für Andrea und Marco war der Vater die gebrauchte Espressotasse, die sie im Waschbecken vorfanden, wenn sie aufstanden, das schmutzige T-Shirt im Wäschekorb, der Mantel an der Garderobe neben der Eingangstür.

Im Umgang mit den Söhnen legte er eine gereizte, verbissene Strenge an den Tag, er war stur, lehnte jede Veränderung ab und hielt kategorisch an althergebrachten Regeln fest. Mitunter grenzte seine Härte an Stumpfsinn, weil er überzeugt war, die Söhne zügeln zu müssen, damit sie später mit den Widrigkeiten des Lebens zurechtkämen.

Als er diesen Mann jetzt dort liegen sah, begriff Marco plötzlich, dass er ihm alles verdankte. Nur seinetwegen, nur weil er sich von ihm abgrenzen wollte, hatte er schließlich den Entschluss gefasst, von zu Hause wegzugehen. Nur dadurch war es ihm gelungen, seine Persönlichkeit frei zu entfalten, hatte er den Mut gefunden, zu ertragen und zu widerstehen.

Und plötzlich empfand er Mitleid mit dem Vater. Wie er so hilflos, seiner Kräfte und jeder Unabhängigkeit beraubt, dalag. Immerhin hatte er ein Leben lang hart gearbeitet.

Was bleibt von all unseren Kämpfen und Auseinandersetzungen? Es bleibt, was aus uns geworden ist. Ich bin das Ergebnis meiner Rebellion gegen seine Verbote.

Marco hatte immer geglaubt, sein Vater und er hätten sich trotz ihrer Fehler und Schwächen geliebt, doch nun begriff er, dass das nicht stimmte: Sie liebten sich gerade *wegen* ihrer Fehler und Schwächen.

Gerade dann, wenn sie sich scheinbar am meisten hassten, wenn sie stritten, aufeinander losgingen, die Stimme erhoben und mit der Faust auf den Tisch schlugen, kam dieses Geschrei in Wahrheit einer Liebeserklärung gleich. Es war ihre Form der Zuneigung, die sich stets an dem entzündete, was sie an dem anderen am meisten hassten.

Was ihn früher zur Weißglut gebracht hatte, rührte Marco jetzt am meisten. Dabei konnte er nicht wissen, dass einer der Hauptgründe, warum dem Vater der Umgang mit ihm so schwerfiel, seine große Ähnlichkeit mit der Mutter war, im Charakter, im Aussehen, im Verhalten. Vor allem aber sein Blick und sein Lächeln.

Genau wie Marco fiel es ihr schwer, Dinge hinzunehmen, mit denen sie nicht einverstanden war, und sie musste immer ihren Senf dazugeben. Bei jeder Auseinandersetzung mit dem Sohn sah der Vater deshalb unweigerlich seine Frau vor sich, die er so innig geliebt und dann verloren hatte.

Weil Andrea, der sich gern als Erwachsener aufspielte, stets für den Vater Partei ergriff, bildeten die beiden ein Bündnis, von dem Marco ausgeschlossen war. So hatte Marco lernen müssen, sich alleine zu behaupten.

Oft riss Andrea das Gespräch an sich. Er war sein eigener Polizist, immer diszipliniert, verantwortungsbewusst, vernünftig.

Marco lehnte das kategorische Verhalten seines Vaters ab. Nichts vermochte seine innere Rastlosigkeit zu beschwichtigen, auch seine innere Stimme nicht, denn jede Einschätzung, jede Meinung, jede Erkenntnis wurde umgehend von einer Gegenposition hinweggefegt, es war ein ewiges Hin und Her. Zu jedem Gedanken, zu jeder Leidenschaft gab es das genaue Gegenteil. Dabei wusste er nie, ob er sich wirklich so quälen musste oder ob es auch leichter ginge. Vielleicht war das ja Teil des menschlichen Lebens. Unzählige Abende hatte er damit zugebracht, in sich hineinzuhorchen, um für alles eine Alternative zu finden.

Langsam entwickelte Marco so das dringende Bedürfnis, sein wahres Ich zu erkennen, jener Person ein Gesicht zu geben, die tief in ihm schon seit langem nach Verwirklichung drängte.

Langsam kam ihm der Verdacht, dass es dazu nur einen Weg gab: Er musste weg, um allem zu entfliehen, der Vergangenheit, der Gegenwart und vor allem der Zukunft, die ihn hier erwartete.

Um sein wahres Ich zu finden, musste er von zu Hause weg, aus diesem Leben aussteigen, das ihn lähmte, erdrückte und einschränkte. In seinem gegenwärtigen Leben hatte sein wahres Selbst keine Chance. Er musste weg von diesen Verhaltensweisen, die ihm fremd waren, von der eigenen Wut, die ihn zu zerstören drohte. In diesem Unbehagen kam eine Seite von ihm zum Tragen, die immer weiter hinab wollte, bis auf den Grund, um herauszufinden, wie tief das Gefühl von Leere reichte.

Die Situation war unerträglich. Da reichte es nicht, nur ein paar Spielregeln zu ändern, um die Symptome zu lindern, er brauchte ein ganz neues Spiel.

Ist es überhaupt möglich, irgendwo auf der Welt einen Zufluchtsort zu finden, wenn man es zu Hause nicht mehr aushält? Um eine Antwort auf diese Frage zu finden, blieb ihm nichts anderes übrig, als die Wohnungstür aufzumachen und von zu Hause fortzugehen.

Die Art, wie man in seiner Familie die Welt betrachtete, die ganze Einstellung, ging ihm einfach gegen den Strich.

Wäre er geblieben, hätte er nur den Spielverderber gegeben, denn inzwischen sagte er ohne Umschweife, was er dachte. Er wollte wissen, wie es dazu gekommen war, dass alle sich zum Lügen genötigt sahen. Er wollte sich nicht länger mit Lügen vertrösten lassen, hasste diese falsche Ruhe. Deshalb knallte er mit den Türen, wurde laut, stritt sich mit seinem Bruder.

Auch außerhalb der heimischen Wände überkam ihn nun oft ein Gefühl der Unzulänglichkeit. Marco hatte sich gegen ein Studium entschieden, er wollte sich zunächst eine Arbeit suchen, die ihm Spaß machte, um ein bisschen Geld beiseitezulegen und dabei zugleich auch herauszufinden, was er eigentlich wollte.

»Wenn du die Absicht hast, in einer Pizzeria zu jobben und dein Leben wegzuwerfen, dann lass dich nicht aufhalten.«

»Hör mal, Andrea, lass mich einfach in Ruhe und hör auf zu nerven.«

»Nein, ich lass dich überhaupt nicht in Ruhe. Nicht studieren, so eine saublöde Idee, das ist mal wieder typisch für dich. Wann wirst du endlich erwachsen?«

»Vielleicht ist es dir noch nicht aufgefallen, aber einen Vater, der mir sagt, was ich tun soll, den habe ich schon. Kümmer dich gefälligst um deinen eigenen Kram.«

»Das *ist* mein eigener Kram. Ich studiere und geh nebenbei arbeiten, ich rackere mich ab, um ein paar Euro nach Hause zu bringen, und du, du machst überhaupt nichts außer saufen, kiffen und anderen Probleme aufhalsen.«

»Wenn du meinst, ich bin das Problem, dann kann ich auch sofort ausziehen.«

»Super, hau doch ab. Damit tust du allen einen Gefallen.« Dieser Streit war der letzte in einer ganzen Reihe, die Marco das Leben zur Hölle machten.

Als er eines Tages verkündete, er werde ausziehen, war der Vater sehr traurig, zugleich aber auch erleichtert. Insgeheim wussten beide, dass das die beste Lösung war. Vielleicht wäre der Vater im Grunde auch liebend gern gegangen, wenn er gekonnt hätte. Je mehr Zeit verstrich und je länger Marco wartete, desto größer wurde die Distanz zwischen ihnen.

Andrea hingegen hatte seine Worte sofort bereut, so hatte er es gar nicht gemeint, denn eigentlich konnte er sich ein Leben ohne seinen kleinen Bruder gar nicht vorstellen.

Langsam kam der Vater zu sich. Er schlug die Augen auf, klappte sie aber sofort wieder zu und versuchte es dann noch einmal. Er war verwirrt.

»Was ist los, Papa? Keine Angst, du bist im Krankenhaus.«

Der Vater sah ihn an, als würde er ihn nicht wiedererkennen.

»Hast du die Skier? Wir müssen jetzt aussteigen.«

Instinktiv drückte Marco ihm die Hand. Er wusste gar nicht mehr, wann er ihm zuletzt die Hand gegeben hatte. Der Vater beruhigte sich, hörte auf zu reden und schlief bald darauf wieder ein.

Marco ging los, um eine zu rauchen. Als er ins Zimmer zurückkam, saß Andrea am Bett neben dem schlafenden Vater. Sie hatten jetzt einen Termin bei dem behandelnden Arzt.

Diagnose

Andrea und Marco saßen im Arztzimmer.

»Die Sache ist komplex, wir sind gerade dabei, noch ein paar Kontrolluntersuchungen zu machen. In den nächsten Tagen wissen wir dann Genaueres.«

Um herauszufinden, wie ernst die Lage war, blickte Marco hilfesuchend zu Andrea hinüber, aber der ließ den Arzt nicht aus den Augen.

»Sehr wahrscheinlich leidet Ihr Vater unter einer degenerativen Erkrankung des Gehirns. Die Symptome weisen auf fortschreitende Demenz, Gedächtnisverlust, Sprachstörungen und motorische Dysfunktionen hin.«

Marco war nervös, hätte sich am liebsten eine Zigarette angezündet und gern gewusst, was die Worte des Arztes zu bedeuten hatten. »Das heißt?«

Bevor der Arzt antworten konnte, kam ihm Andrea zuvor. »Welche Behandlungsmöglichkeiten gibt es denn da? Chemo? Operation? Bestrahlung?«

»Es ist kein Tumor, Signor Bertelli, aber wir müssen erst genau wissen, was er hat.«

»Wollen Sie damit sagen, dass es überhaupt keine Behandlungsmöglichkeit gibt?«, fragte Marco.

Nach kurzem Zögern sagte der Arzt: »Im Augenblick können wir das noch nicht sagen.«

Die Antwort traf die beiden wie ein Blitz. Damit hatten sie nicht gerechnet. Bisher hatte der Vater noch nie gesundheitliche Probleme gehabt.

Mit einem Schlag fühlten sie sich wieder wie damals beim Tod der Mutter, all die längst vergessen geglaubten Gefühle kehrten zurück und rissen sie mit sich fort. Wie versteinert saßen sie auf ihren Stühlen.

Keiner von beiden traute sich, weiter nachzufragen, die eine logische Frage zu stellen, nämlich wie lange der Vater noch zu leben hatte. Schließlich brach der Arzt das Schweigen. »Es gibt keinen Grund zur Sorge, jedenfalls nicht bevor alle Ergebnisse vorliegen. Jetzt eine Prognose abzugeben wäre sinnlos. Unter Umständen kann der Verfallsprozess auch Jahre dauern. Das ist individuell ganz unterschiedlich.«

»Vorhin hat mein Vater mich gefragt, ob ich auch die Skier dabeihätte. Kommt das von der Krankheit?«

»Bestimmt, allerdings könnte es sich auch um eine Nachwirkung der Narkose handeln, das kommt durchaus vor. Vor allem bei Patienten eines gewissen Alters sind Verwirrungszustände nach einer Vollnarkose keine Seltenheit. Sie müssen sich noch ein paar Tage gedulden, dann wissen wir Genaueres. Aber den genauen Verlauf der Krankheit kann man kaum vorhersagen, es kann durchaus Momente geben, in denen Ihr Vater wieder ganz der Alte ist.«

Nach einem energischen Händedruck des Arztes verließen Andrea und Marco das Sprechzimmer. Sie waren benommen, verwirrt.

»Hast du das verstanden?«, fragte Marco.

Andrea antwortete nicht.

»Was sollen wir denn jetzt machen? Er hat gesagt, es könnte Jahre dauern.«

»Keine Ahnung, aber auch der Doktor schien mir nicht besonders sicher, vielleicht ist es noch zu früh, und wir müssen einfach abwarten, wie's weitergeht.«

»Aber ich muss meine Zeit planen, fürs Restaurant. Eine Weile kann ich pendeln, dann sehen wir, was sie sagen.«

»Solange keine Verschlechterung eintritt und nichts Dringendes ansteht, kann ich hier allein die Stellung halten. Du kannst ruhig fahren. Ich halte dich auf dem Laufenden.«

»Ich möchte lieber hierbleiben.«

Dann kehrten sie ans Bett des Vaters zurück und versuchten, sich möglichst normal zu verhalten. Aber sie wussten nicht, was sie ihm sagen sollten. Glücklicherweise war der Vater wegen der Narkose nicht ganz bei sich, das erleichterte die Sache.

Sie brauchten Zeit, um die Worte des Arztes zu verdauen.

Marco ging eine Zigarette rauchen, und Andrea blieb am Bett des Vaters sitzen.

Isabella ist zurück

Mit Mathilde auf dem Arm stand Isabella am Gepäckband und wartete auf ihre Koffer. Der Flug von Paris nach Mailand war reibungslos verlaufen. Die Kleine hatte fast die ganze Zeit geschlafen, so dass Isabella ungestört ihre Arbeitsunterlagen durchsehen konnte.

Als sie den Gepäckwagen zum Ausgang schob, glitten die Türen automatisch auseinander, dahinter drängte sich eine Gruppe von Menschen, die auf andere Passagiere warteten, einige schwenkten Schilder mit Nachnamen oder Firmennamen. Da Isabella wusste, dass die Mutter draußen im Auto auf sie warten wollte, verließ sie schnurstracks das Flughafengebäude und sah sich suchend um. Nach ein paar Sekunden entdeckte sie das Auto, nur wenige Meter entfernt. Die Fahrertür ging auf.

»Marco?« Isabella war ziemlich überrascht, als sie ihn mit einem breiten Grinsen auf sich zukommen sah. »Was machst du denn hier? Soll das ein Scherz sein?«

»Ich bin hier, um dich abzuholen, eigentlich wollte ich drinnen auf dich warten, aber offenbar ist dein Flug früher gelandet. Steig mit dem Kind schon mal ein, ich kümmere mich um das Gepäck.« Marco verstaute die Koffer und stieg dann selbst ein.

»Tja, damit hast du wohl nicht gerechnet, was?«

»Ich bin schockiert.«

»Es war alles reiner Zufall. Vor zwei Wochen habe ich zufällig deine Mutter getroffen, und sie hat mir erzählt, dass du nach Mailand kommst. Gestern Abend hat sie mich angerufen und gefragt, ob ich dich vielleicht abholen könnte, weil ihr etwas dazwischengekommen ist.«

Marco verstand nicht ganz, ob Isabella verärgert war oder einfach nur überrascht.

Seit ihrem letzten Treffen in London waren zwei Jahre vergangen. Marco hatte gerade mit einem Freund im Bumpkin in der Old Brompton Road zu Mittag gegessen und dann die U-Bahn genommen, um zur Arbeit zurückzufahren.

Bestens ausgestattet mit neuen Kopfhörern, bei denen die Bässe besonders gut zur Geltung kamen, und seinen thematisch geordneten Lieblingsplaylists machte ihm das U-Bahn-Fahren neuerdings wieder großen Spaß. Unterwegs hatte er dann irgendwann in der Pause zwischen zwei Stücken plötzlich eine vertraute Stimme gehört. Er nahm die Kopfhörer ab – das war sie, kein Zweifel, das war Isabella. Er stand auf und blickte sich suchend um, aber in diesem Augenblick gingen die Türen auf, und eine Menschenmenge schob sich an ihm vorbei, so dass er nichts sehen konnte. Er hängte sich an die Gruppe und stieg ebenfalls aus. Während er sich noch umsah, hörte er allerdings niemanden mehr Italienisch reden und konnte auch keine Frau entdecken, die ihr ähnlich sah. *Vielleicht habe ich mir alles nur eingebildet,* sagte er sich. Daraufhin beschloss er, einen Spaziergang zu machen. Während er die Treppe hochstieg, sah er sich weiterhin aufmerksam um, irgendetwas sagte ihm, dass Isabella in der Nähe war, ein Bauchgefühl.

Als er aus der U-Bahn-Station kam, glitzerten die nassen Straßen in der Sonne. Er zündete sich eine Zigarette an und suchte nach einer passenden Playlist für den Spaziergang. Mit dem Daumen scrollte er die Liste durch und stoppte bei *Mellow Afternoon*. Der erste Song war *This Charming Man* von den Smiths.

Während er in Richtung Restaurant ging, kam ihm der Gedanke, dass ein solches Treffen gar nicht so unwahrscheinlich war, so etwas hatten sie oft erlebt, auch an völlig absurden Orten. Zum Beispiel, als Marco sie eines schönen Tages, nachdem sie sich monatelang nicht gesehen hatten, in einer Berghütte angetroffen hatte, wo sie mit Freunden Rast machte. Sie begegneten sich immer wieder, irgendwo auf der Welt, eine seltsame Form universeller Anziehung.

Auf das Stück der Smiths folgten The Ink Spots mit *I Don't Want To Set The World On Fire,* und Marco sang mit. Als er um eine Ecke bog, stand Isabella plötzlich vor ihm, sie sah sich ein Schaufenster an und kehrte ihm den Rücken zu.

Ich wusste es doch, ich hab mich nicht getäuscht.

Er blieb kurz stehen, um zu überlegen, wie er sich ihr am besten nähern sollte. Entweder er rief ihren Namen, dann würde sie sich umdrehen, oder er stellte sich hinter sie, hielt ihr die Augen zu und ließ sie raten.

Schließlich entschied er sich dafür, einfach eine Bemerkung zu machen. »Schöne Schuhe. Wenn du meinen Namen errätst, kaufe ich sie dir.«

»Marco.« Isabella wäre beinah ohnmächtig geworden. »Was machst du denn hier?«

»Ich wohne hier.«

Sie umarmten sich, zwei Hälften, die perfekt zusammenpassten.

»Wie lange haben wir uns nicht gesehen? Drei Jahre?«

»Ja, mehr oder weniger. Und was machst du hier in London?«

»Ich bin mit ihm hier«, dabei deutete sie auf den Mann im Geschäft. »Heute Abend findet ein wichtiges Arbeitsessen statt, eins, bei dem man auch die Ehefrauen mitbringt. Morgen Abend, wenn die Geschäftstermine erledigt sind, fahren wir wieder zurück nach Paris. Wie geht's dir denn?«

»Gut, wie immer.«

»Arbeitest du noch immer in dem Restaurant in Notting Hill?«

»Nein, ich bin jetzt Teilhaber eines Restaurants hier in der Nähe.«

»Dann hast du es also geschafft? Super, mein Kompliment. Ich muss mal bei dir essen kommen, ich habe dir nämlich was zu erzählen.«

»Unglaublich, dass wir uns zufällig getroffen haben, die Anziehung zwischen uns funktioniert immer noch.«

»Ja, die funktioniert.«

»Ich habe in der U-Bahn gesessen und so vor mich hin gedacht, als ich plötzlich deine Stimme gehört habe. Da bin ich ausgestiegen und habe nach dir gesucht.«

»Wie, du hast meine Stimme gehört?« Isabella verstand nicht.

»Ja, ich habe dich reden gehört, konnte dich aber nicht sehen.«

»Ich bin aber gar nicht mit der U-Bahn gefahren, weder gestern noch heute.«

»Was sagst du da? Soll das ein Witz sein?«

»Ich schwöre es.«

In diesem Augenblick kam ihr Mann aus dem Geschäft, und sie stellte ihn Marco vor.

Sie wechselten noch ein paar Worte, aber in seiner Anwesenheit war alles gleich viel förmlicher. »Hier die Karte von unserem Restaurant, wenn ihr es diesmal nicht schafft, dann vielleicht beim nächsten Mal.«

Marco setzte seinen Spaziergang fort. Schon häufiger war ihm der Gedanke gekommen, wie blöd er doch war, eine wie sie gehen zu lassen, die einzige Frau auf der Welt, die ihm je etwas bedeutet hatte. Und jetzt auch noch der Mann, zu blöd, dieses Paar gab es also wirklich.

Als Marco erfuhr, dass sie bald heiraten wollte, ging es ihm ziemlich schlecht. Um darüber hinwegzukommen, redete er sich ein, Isabella habe nun einmal unbedingt eine Familie gewollt, und da er dazu nicht bereit gewesen war, hatte sie sich dafür einen anderen gesucht. Eine Familie, das war für Isabella das Wichtigste, also war es richtig gewesen, sich zurückzuziehen.

Als er im Restaurant ankam, zapfte er sich ein Bier und merkte plötzlich, dass er glatt vergessen hatte, Zigaretten zu kaufen, so sehr absorbierte diese Begegnung seine Gedanken.

»*Sarah, I'm going to buy cigarettes*«, rief er der Frau zu, die gerade die Tische eindeckte. »*I'll be back soon.*«

Bei seiner Rückkehr teilte Sarah ihm mit, da habe jemand eine Nachricht hinterlassen, und gab ihm einen Zettel.

»*Meet me at the Stafford Hotel at St James's Place tomorrow morning at 10. Isabella.*«

Marco faltete den Zettel zusammen und steckte ihn in die Hosentasche. Den ganzen Abend konnte er an nichts anderes denken und ging nach Restaurantschluss sofort nach Hause.

Marco kannte das Hotel. Er stellte sich vor, wie er dort mit Isabella auf einem Sofa sitzen und Kaffee trinken würde, sie würden einander ihr Leben erzählen und dann einfach, ohne eine Ausrede erfinden zu müssen, aufs Zimmer gehen. Sie würden Sex haben, am späten Vormittag, seine Lieblingszeit, vielleicht bliebe sogar noch Zeit für ein gemeinsames Mittagessen. *Ich könnte sie in den Clifton Garden in Little Venice führen.*

An diesem Abend schlief er sehr spät ein. Am nächsten Morgen blieb er nach dem Aufwachen noch eine Weile liegen, um an das bevorstehende Treffen zu denken, dann legte er eine Platte von Bon Iver auf. Er war in der richtigen Stimmung für das Album. Draußen war es bewölkt, drinnen brannten die Lämpchen an der Deckenleiste und verbreiteten eine warme, gemütliche Atmosphäre. Er ging in die Küche, um Frühstück zu machen.

Auf einmal fühlte er sich hin- und hergerissen zwischen Vorfreude und einem seltsamen Widerwillen. Was wollte sie eigentlich noch von ihm? Vielleicht gar nichts Besonderes, nur ein bisschen reden und einen Kaffee zusammen trinken, während ihr Mann zu tun hatte. Aber etwas daran störte ihn. Für Isabella nur ein Freund zu sein, das war für ihn ein Ding der Unmöglichkeit, bei ihr war alles anders. *Vielleicht will sie nur von ihrer Ehe erzählen, von der Tochter, die sie vor kurzem bekommen haben, und ein paar Fotos zeigen, die sie auf ihrem Handy hat, vielleicht will sie mir klarmachen, wie schön das Leben zu dritt ist, mir zu verstehen geben, was ich alles verpasse, vielleicht will sie mir sagen, dass ich immer noch der Alte bin, immer noch hinter den Frauen herlaufe wie der letzte Idiot, dass ich nichts dazugelernt habe.* Mit ihm hat sie eine Familie, aber er sieht nicht aus, als wäre er besonders gut im Bett. *Außerdem ist er Franzose, seit wann sind Franzosen gut im Bett? Ja, vielleicht will sie nur das. Einen Kaffee trinken, dann aufs Zimmer und in dem riesigen weißen Bett einmal richtig guten Sex haben wie in alten Zeiten. Bestimmt zieht sie sich extra aufreizend an, damit ich meinen Verlust auch ja bereue, die blöde Kuh.*

Er ging unter die Dusche. Die Vorstellung, mit ihr zu schlafen, während ihr Mann bei der Arbeit war, missfiel ihm keineswegs. Dann zog er sich an und ging ohne Eile zur - U-Bahn-Station Angel. In Green Park stieg er aus und beschloss, sich im Café Nero noch einen doppelten Espresso zu genehmigen, bevor er ins Hotel ging.

Während er den Kaffee trank, dachte er: *Wir treffen uns, schieben eine schnelle Nummer, und dann fährt sie zum Bahnhof St. Pancras, steigt in den Eurostar nach Paris Gare du Nord, und ich, ich sitze hier wie ein Blödmann und denke an sie, darf mir vorwerfen, wie idiotisch es war, sie gehen zu lassen, wo sie doch die Frau meines Lebens ist, alles nur, weil es mir an Mumm gefehlt hat.* Er wusste, nur fürs Bett war Isabella nicht die Richtige. *Was denkt die sich eigentlich, ob die glaubt, ich hätte nur auf sie gewartet? Ob die meint, sie braucht nur anzurufen, und schon komme ich angerannt wie der letzte Hirni?* Während er den Kaffee trank, ging er nervös auf und ab und stritt im Geiste mit ihr.

Im selben Moment saß Isabella halbnackt, in Slip und Strumpfhose, in ihrem Zimmer und schminkte sich. Sie freute sich auf das Treffen mit Marco, sie hatte ihm viel zu erzählen, besonders eine Sache. Eine wichtige Sache, eine Sache, von der sie meinte, er sollte sie unbedingt wissen.

Als Marco seinen Kaffee ausgetrunken hatte, warf er den blauen Pappbecher weg und machte sich auf den Weg, jedoch nicht zum Hotel, sondern in die entgegengesetzte Richtung.

Er hatte beschlossen, die Verabredung sausenzulassen, er wollte ihr beweisen, dass er auch so glücklich war, dass er sie nicht mehr brauchte, dass er stärker war.

Seit dieser Geschichte in London hatten sie nicht mehr miteinander gesprochen, und das war zwei Jahre her. Jetzt saßen sie nebeneinander im Auto, und Marco wusste nicht, ob sie immer noch sauer auf ihn war, weil er sie damals versetzt hatte. Deshalb machte er lieber Konversation.

»Wie lange bleibst du in Mailand?«

»Ein paar Wochen, je nachdem, wie es mit der Arbeit läuft.«

»Was machst du denn gerade?«

»Ein ganz neues Projekt, das habe ich mir zusammen mit einer Freundin ausgedacht. Wir haben eine Kollektion für Neugeborene entworfen. Jetzt geht es um die Herstellung, dazu muss ich mich mit ein paar Unternehmen zusammensetzen.«

»Jedenfalls ist dein Studium tatsächlich zu etwas nütze.«

»Und du, was machst du hier in Italien?«

»Meinem Vater geht es nicht gut.«

»Was hat er denn?«

»Vor ein paar Wochen ist er gestürzt und hat sich den Oberschenkel gebrochen. Er wurde operiert, und jetzt ist er zur Reha im Krankenhaus. Das dauert etwa einen Monat, und in dieser Zeit fahre ich hin und her.«

»Das tut mir leid, hoffentlich wird er wieder gesund.«

»Tatsächlich gibt es da außer dem Oberschenkel noch ein paar andere Probleme, aber das ist ziemlich kompliziert, das erzähle ich dir ein andermal.«

»Und wie lange bleibst du diesmal?« Isabella hatte sich ein wenig entspannt.

»Eine Woche, zehn Tage. Mit dem Restaurant ist das nicht so einfach, ich bin jetzt schon mehrmals hier gewesen, aber eigentlich klappt es ganz gut, meine Leute sind ziemlich eigenständig.«

Marco und Isabella waren freudig erregt ob ihres Wiedersehens. Mit der Kleinen hinten im Kindersitz hätte man sie von außen für eine Familie gehalten.

Bei Isabella angekommen, half Marco ihr, das Gepäck zu tragen. Die Freude der Großmutter beim Anblick der Enkelin war rührend, sie knutschte die Kleine ab und lief mit ihr auf dem Arm durch die Wohnung, als wolle sie sie gar nicht wieder hergeben.

»Die Autoschlüssel lege ich hier auf den Tisch.«

»Bleib doch zum Mittagessen«, sagte Rossana.

»Lass mal gut sein, Mama, er hat uns doch schon abgeholt, er hat bestimmt viel zu tun.«

»Ich würde wirklich gern bleiben, aber ich muss ins Krankenhaus zu meinem Vater.«

»Fahr ihn doch schnell hin, Isabella, ich bleibe hier bei Mathilde.«

»Nein, nicht nötig, ich fahre allein.« Marco ging zur Tür. »Es hat mich gefreut, euch wiederzusehen«, sagte er zu den drei Frauengenerationen, die er vor sich hatte, und zu Isabella: »Vielleicht treffen wir beide uns mal an einem Abend und reden ein bisschen.«

»Ja, sicher, auch wenn es abends für mich schwierig ist«, gab sie eilig zurück.

Bevor er endgültig ging, sagte Isabellas Mutter mit dem Kind auf dem Arm: »Marco, warum kommst du nicht nächste Woche mal zum Abendessen? Das würde uns sehr freuen.«

»Gern«, antwortete er.

»Wie wär's mit Dienstag? Kannst du da?«

»Ja, das geht.« Und er sah Isabella an, die nicht gerade besonders begeistert aussah.

»Und du, Isa, kannst du am Dienstag?«, fügte die Mutter hinzu.

»Natürlich, Dienstag ist gut.«

Unten auf der Straße zündete Marco sich eine Zigarette an. Während das Nikotin ihm ins Blut ging und sein inneres Gleichgewicht wiederherstellte, dachte er, dass Isabella immer noch ein verdammt schönes Mädchen war – oder vielmehr eine verdammt schöne Frau.

Das Bett

Die Ergebnisse der Untersuchungen bestätigen mit hoher Wahrscheinlichkeit unsere Diagnose.«

Nach dieser Einleitung fuhr der Arzt mit der Aufzählung von Dingen fort, die möglicherweise eintreten könnten: Verlust der Fähigkeit, seine Gedanken korrekt in Worte zu fassen; Schwierigkeiten beim Benennen von Dingen, Verarmung des sprachlichen Ausdrucks, stereotype Sätze.

»Darüber hinaus müssen Sie auch mit Aggressionen rechnen, mit Stimmungsschwankungen, Persönlichkeitsveränderungen, es kann auch zu anfallartigen Schüben von hemmungslosem Autoerotismus kommen, bei den meisten Patienten endet es damit, dass sie immer dieselben Sätze wiederholen.«

Diesmal brachten sie den Mut auf, danach zu fragen, wie lange der Vater noch zu leben hätte. Wieder bekamen sie keine eindeutige Antwort, der Arzt sagte nur, es könnten Monate, aber auch Jahre sein, das hänge ganz vom Patienten ab.

Andrea und Marco lief es kalt über den Rücken, jetzt war der Moment gekommen, vor dem sie sich insgeheim ein Leben lang gefürchtet hatten. Es war so weit, der Vater lag im Sterben, da machte es auch keinen großen Unterschied mehr, ob ihm nun noch ein paar Jahre oder nur ein paar

Monate blieben. Es fühlte sich an, als steige der Vater aus dem Bus, in dem sie zusammen unterwegs waren, plötzlich irgendwo auf halber Strecke aus und sie müssten alleine weiterfahren. Auch wenn er inzwischen schwach und hinfällig war und sie sich um ihn kümmern mussten, blieb er doch ihr Vater, Inbegriff von Schutz und Wärme, und beim Gedanken, ihn zu verlieren, fühlten sie sich plötzlich schutzlos. Deshalb war ihnen kalt geworden.

Bevor sich der Arzt von ihnen verabschiedete, schärfte er ihnen noch ein, auf keinen Fall im Internet nach Informationen zu suchen, weil das meiste, was man dort finde, völlig falsch sei.

Aber kaum zu Hause, taten sie natürlich genau das als Erstes, jedoch heimlich, jeder für sich.

In etwa zehn Tagen sollte der Vater entlassen werden, auch wenn die Reha bisher noch nicht die erhofften Erfolge gebracht hatte. Beim Gehen zum Beispiel war er auf einen Rollator angewiesen. Folglich musste die Physiotherapie zu Hause fortgesetzt werden. Auch beim Aufstehen und Hinsetzen brauchte er Hilfe, überall musste jemand dabei sein, auch beim Toilettengang.

Die Brüder machten eine Einkaufsliste: Urinflasche, Bettpfanne, Windeln, Rollator, Toilettenaufsatz …

Unter anderem hatte der Arzt auch ein neues Bett empfohlen: ein höhenverstellbares Pflegebett für eine Person, mit Seitengittern und Bettgalgen.

Marco übernahm die kleineren Einkäufe, aber das Bett würden sie gemeinsam kaufen, darauf hatte Andrea bestanden. »Wir können mit meinem Auto fahren.«

Zu diesem Zweck hatten sie sich in der Bar unter Andreas Büro verabredet. Als Marco das Lokal betrat, fiel ihm sofort die ausgesprochen hübsche Frau am Tresen auf. Er setzte sich und wartete, dass der blonde Engel an seinen Tisch kam, um die Bestellung aufzunehmen. Inzwischen kontrollierte er noch schnell die Nachrichten auf seinem Handy, doch als er dann hochsah, stand zu seiner Enttäuschung ein junger Mann in schwarzer Schürze vor ihm.

»Einen verlängerten Espresso und ein Glas Mineralwasser mit Kohlensäure, bitte.«

»Kommt sofort.«

Mit großem Bedauern sah er zu der Frau hinüber, die hinter dem Tresen an der Kaffeemaschine hantierte, am liebsten hätte er ein paar Worte mit ihr gewechselt, vielleicht gefragt, ob sie mit ihm ausgehen wolle, oder sie sogar auf ein Wochenende nach London eingeladen. Bisher hatte das fast immer geklappt. Eine optimale Strategie zum Abschleppen. »Du brauchst mir nur zu sagen, wann du kannst, um alles andere kümmere ich mich dann.« Manchmal sagte er aber auch: »Du brauchst nur das Flugticket zu kaufen, wohnen kannst du bei mir.« Oder: »Du brauchst mir nur zu sagen, wann du kommst und in welchem Hotel du wohnst, dann zeige ich dir die Stadt.« Je nachdem, wie sehr ihm die Frau gefiel.

Es war aber auch schon vorgekommen, dass er einen dieser Sätze ausgesprochen, noch am selben Abend mit der Frau geschlafen und seine Einladung dann bereut hatte. In solchen Fällen machte er sich schnell aus dem Staub. *Ich bin schrecklich, ich weiß,* sagte er sich dann jedes Mal.

Einmal hatte er sich total in eine Holländerin verknallt, Liya. Damals war er mit Freunden auf einem Wochenendtrip in Amsterdam, und dabei lernten sie eine Gruppe Frauen kennen, darunter auch Liya. Marco fühlte sich magisch von ihr angezogen, da war etwas, wofür er bereit war, sein ganzes Leben umzukrempeln. Sie waren sich sofort sehr nah, und die letzte Nacht verbrachte er bei ihr. Er fuhr mit der Überzeugung nach London zurück, dass er dort alles aufgeben würde, um mit Liya zusammenzuleben. In der ersten Zeit telefonierten sie täglich, und Marco wollte unbedingt, dass sie ihn in London besuchte. Aber wegen ihrer Arbeit konnte sie nur übers Wochenende kommen.

Blind vor Liebe, zettelte er eine unglaublich großspurige Aktion an, mit der seine Freunde ihn immer noch aufzogen. An einem Freitagmorgen forderte er sie am Telefon auf, aus dem Fenster zu sehen. »Siehst du das schwarze Auto vorm Haus?«

»Ja.«

»In dem Wagen wartet ein Fahrer, um dich zum Flughafen zu bringen. Er hat ein Ticket auf deinen Namen bei sich, und am Flughafen in London hole ich dich ab. Du hast die Wahl, wenn du mitmachst, musst du in den nächsten vierzig Minuten einsteigen.«

Sie nahm das Angebot an, und gemeinsam verbrachten sie ein unvergessliches Wochenende in London. Leider hatte es danach nicht mehr funktioniert.

Eine andere Sache, die bei Frauen immer zog, war der Umstand, dass er kochen konnte, das fanden sie alle toll.

Aber jetzt, während er hier in dieser Bar auf seinen Bruder wartete, hätte er sich auch damit zufriedengegeben, mit der Barfrau nur ein Glas zu trinken. Er konnte kaum die Augen von ihr lassen.

»Entschuldige die Verspätung, ich musste noch etwas fertigmachen.« Das war Andrea.

»Ich könnte auch den ganzen Tag hier verbringen. Wer ist denn dieser Engel am Tresen?«

»Sie heißt Delia.«

»Und weiter?«

»Sie arbeitet erst seit ein paar Monaten hier. Viel habe ich nicht mit ihr geredet, ich glaube, seit meiner Bemerkung, dass sie ›Toaste‹ falsch geschrieben hat, habe ich es mir mit ihr verscherzt.«

»Wie jetzt?«

»Na ja, vor ein paar Wochen haben sie auf der Glasvitrine ein Schild mit der Aufschrift ›Belegte Toste‹ aufgestellt. Da habe ich ihr gesagt, dass das grammatisch falsch ist. Aber wie du siehst, ist das Schild immer noch da, und zwar unverändert.«

»Aber was, verdammt noch mal, kümmert es dich, wie sie den Plural von Toast schreibt? Absurd, so was kann auch nur dir einfallen«, sagte Marco, wobei er seinen Bruder völlig verständnislos ansah.

»Ich wollte doch nur nett sein. Jedenfalls hat sie bei dieser Gelegenheit gesagt, dass sie nur vorübergehend hier arbeitet, weil sie eigentlich Schauspielerin ist.«

Marco bezahlte und ging dann zu ihr, um sich zu verabschieden. Er wollte sie aus der Nähe sehen. »Danke nochmal, der Kaffee war ausgezeichnet.« Da strahlte sie ihn an.

Auf dem Weg zum Auto redete Andrea über den Vater, das Bett, was man alles ändern und organisieren müsse, während Marco nur daran dachte, wie gern er mit der Frau aus der Bar schlafen würde.

Plötzlich blieb Andrea stehen und wandte sich seinem Bruder zu.

»Was glaubst du, wie lange es dauert, bis sie das Bett liefern?«

»Hast du dir schon mal überlegt«, unterbrach ihn Marco, »dass Frauen sich gar nicht vorstellen können, wie viele Männer beim Masturbieren an sie denken? Jede Menge Männer, von deren Existenz sie gar nichts wissen.«

»Wie bitte?«

»Ich meine, eine wie sie zum Beispiel.«

»Welche sie?«

»Die Barfrau, wie hieß sie noch gleich? Dalila?«

»Delia.«

»Ach ja, Delia, Delia hat nicht die geringste Ahnung davon, dass jede Menge ihrer Kunden, für die sie tagsüber den Kaffee macht, abends beim Masturbieren an sie denken.«

»Entschuldige mal …« Andrea machte eine Pause. »Ich rede hier von Sachen, die wir jetzt machen müssen, und du denkst nur an die Barfrau und ihre Verehrer? Kannst du denn nicht mal für ein paar Minuten ernst sein?«

»Doch, doch, ich hab schon kapiert, aber es ist vollkommen sinnlos, jetzt schon über Liefertermine zu reden. Wenn wir im Geschäft sind, erkundigen wir uns danach, aber schon vorher darüber zu spekulieren, bringt überhaupt nichts.«

»Klar, lieber über die Barfrau.«

»Ich dachte, lieber ein schönes Bild, aber wenn du willst, können wir auch über Lattenroste und Matratzen reden.«

»Vergiss es, wenn du so anfängst, willst du mich nur zur Weißglut bringen.«

Eine halbe Stunde später waren sie in dem Geschäft und liefen zwischen den ausgestellten Betten umher. Andrea las sämtliche Produktinformationen.

Marco legte sich zur Probe hin. Am Fußende hatten die Matratzen einen Papierüberzug, um sie vor schmutzigen Schuhen zu schützen. »Komm, leg dich mal neben mich, die hier ist wirklich bequem. Fühlt sich an, als würde man umarmt. So eine würde ich mir glatt mit nach London - nehmen.«

Zuerst wollte Andrea nicht, aber als Marco nicht nachgab, ließ er sich schließlich überreden.

Dass sie zuletzt so nebeneinandergelegen hatten, war im elterlichen Ehebett, als Kinder.

»Weißt du noch, wie Großvater uns erzählt hat, es gebe professionelle Testschläfer?«, fragte Marco.

»Natürlich weiß ich das noch, das war damals doch dein Traumjob, jahrelang hast du uns damit in den Ohren gelegen.«

Schweigend musterten sie eine Weile die Decke des Geschäfts.

Ohne sich zu Andrea umzudrehen, sagte Marco plötzlich: »Manchmal wache ich morgens auf und kann mich für ein paar Sekunden überhaupt nicht mehr an mein Leben erinnern. So ähnlich wie wenn du morgens beim Aufstehen nicht mehr weißt, dass du einen Tag zuvor beim Friseur warst, und es dir erst wieder einfällt, wenn du in den Spiegel guckst. Als ich heute Morgen wach wurde, war Papa ein paar Sekunden lang gar nicht krank, sondern schlief ruhig in seinem Zimmer.« Andrea grinste.

»Meinst du, er liegt im Sterben?«

»Ich glaube nicht.«

Sie blieben schweigend liegen und musterten lange Zeit die Decke. Ab und zu kam ein Kunde dicht an ihrem Bett vorbei und blickte amüsiert auf die beiden vollständig angezogenen Männer, die dort lagen, als wären sie zu Hause.

»Dieses Modell hat einen flexiblen Federleistenrost. Die Matratze ist aus Latex.«

Das war die Verkäuferin, sie hatte eine schrille Stimme, war blond, nicht besonders groß, stark geschminkt. Andrea und Marco schnellten blitzartig hoch.

»Wirklich sehr bequem«, sagte Andrea.

Die Verkäuferin zählte die unterschiedlichen Produkttypen auf und führte sie dabei durch das Geschäft. »Dieses Modell hat Federleisten, die paarweise in Kautschukkappen lagern. Dieses Modell hat Spezialhüllen, die dafür sorgen, dass die Federleisten perfekt am Bettrahmen anliegen. Die Beine sind leicht zu montieren, und es gibt sie in zwei Höhen. Die Motoren sind von höchster Qualität und völlig wartungsfrei.« Während sie auf eine andere Abteilung zugingen, sagte sie: »Ich erlaube mir darauf hinzuweisen, dass neben den Federleisten und dem Rahmen natürlich auch die Wahl der Matratze entscheidend ist. Die hier sind aus Latex, diese in Hightech-Schaumstoff und die hier mit Federkern. Unser Angebot der Woche passt sich der Körperform an, mit ihrer viscoelastischen Auflage aus Memoryschaum auf einer Polyurethanplatte. Für flexible Lattenroste empfehle ich eine Matratze aus Polyurethan-Kaltschaum, die wir mit diesem antibakteriellen Überzug anbieten. Aber eins nach dem anderen. Fangen wir mit dem Bett und dem Lattenrost an.«

Andrea und Marco waren so ratlos wie Grundschüler, denen man die Funktionsweise einer Raumfähre erklärt.

»Verzeihung, Signora«, sagte Marco, »eigentlich wollten wir bloß ein Bett kaufen, aber offenbar fehlen uns die erforderlichen Grundkenntnisse. Veranstalten Sie vielleicht auch Abendkurse?«

Die Verkäuferin grinste und versuchte es noch einmal.

»Vielen Dank«, sagte Andrea, »wir sehen uns noch ein wenig um und überlegen.«

»In Ordnung, wenn Sie noch weitere Fragen haben, können Sie mich gerne ansprechen, ich stehe Ihnen jederzeit zur Verfügung.«

Sie gingen weiter. »Vielleicht sollten wir noch in ein anderes Geschäft gehen und uns ansehen, was es dort gibt«, sagte Andrea.

»Machst du das immer so? Bei den Ärzten willst du eine zweite Meinung hören, bei den Geschäften ein zweites Angebot. Offenbar kannst du es dir leisten, dafür jede Menge Zeit zu verplempern.«

»Mit Zeitverschwendung hat das überhaupt nichts zu tun, ich will nur nicht das Erstbeste nehmen, sondern mir erst einen Überblick verschaffen, bevor ich mich entscheide.«

»Nicht das Erstbeste? Sondern das Zweitbeste, oder wie?«

»Ich frage mich, warum ich überhaupt noch mit dir rede.«

»Pass auf, wir kaufen hier keine Wohnung, sondern ein Bett, das heißt eine schnöde Pritsche, denn nur darum geht es hier, um eine gottverdammte Pritsche, auch wenn die

Dinger neuerdings exotische, nach Raumfahrt klingende Namen haben, wir brauchen eine simple Matratze und einen Lattenrost. Punkt. Dafür muss man nicht die ganze Stadt abklappern. Was wir woanders einsparen, kostet uns nur mehr Benzin und vor allem mehr Zeit. Lass uns ein anständiges Produkt nehmen, von guter Qualität und zu einem vernünftigen Preis.«

»Ich weiß ja nicht, wie es um deine Finanzen steht, ich jedenfalls habe es nicht so üppig und kann nicht mal eben, ohne mit der Wimper zu zucken, solche Summen ausgeben.«

»Kein Problem. Ich strecke alles vor, und du zahlst mir deinen Anteil zurück, wenn du kannst. In Ordnung?«

»Darum geht's doch gar nicht! Die Frage ist doch nur, ob man dasselbe woanders vielleicht günstiger bekommt.«

»Weißt du was, wir machen es so: Du fährst mich jetzt nach Hause, und dann kannst du in aller Ruhe sämtliche Matratzengeschäfte abklappern. Wenn du das Richtige gefunden hast, zu einem Preis, den du für angemessen hältst, rufst du mich an, und ich gebe meinen Anteil dazu, in Ordnung?«

»Ach, mach doch, was du willst.«

Marco verlor langsam die Geduld. Sein Bruder war mal wieder so pedantisch, so unpraktisch, dass einem jede Lust verging, irgendetwas mit ihm gemeinsam zu machen. »Pass auf, wir entscheiden gemeinsam, was wir nehmen, und ich rede dann mit der Signora. Du kannst so lange rausgehen und die vorbeifahrenden Autos zählen«, sagte er mit spöttischem Unterton.

Und genau so machten sie es. Erst suchten sie gemeinsam

die Matratze, den Lattenrost und alles andere aus, dann rief Marco die Verkäuferin und verhandelte allein mit ihr, ohne Andrea, der sich lieber raushielt, weil ihm die Unverfrorenheit, mit der sein Bruder einen Sonderrabatt herausschlug, peinlich war.

Er beobachtete Marco aus der Ferne, sah, wie er redete und gestikulierte, mit der Verkäuferin lachte, als wären sie alte Freunde. Dann wurden sie plötzlich ernst. Die Verkäuferin machte ein betroffenes Gesicht, drehte sich zu Andrea um und lächelte ihm zu.

Was zum Teufel erzählt er ihr?

Marco holte Andrea ein, und sie verließen das Geschäft.

»Wie ist es gelaufen?«

»Wir zahlen ein bisschen mehr als den vollen Preis.«

»Wieso das denn? Was hast du bloß zu ihr gesagt, hast du sie etwa beleidigt?«

»Ich beleidige doch keine Frauen. Wir nehmen zwei Einzelbetten.«

»Wie zwei?«

»Ich finde es einfach zu deprimierend, wenn Papa nach einem ganzen Leben mit Ehebett plötzlich im Schlafzimmer nur noch eine einfache Pritsche hat. Lieferung und Montage gratis.«

Während sie nach Hause fuhren, dachte Andrea laut nach: »Ganz schön teuer so eine Pritsche, das hätte ich nicht gedacht.«

»Vor allem für eine Übergangslösung.«

»Aber wir wissen doch gar nicht, für wie lange, immerhin hat der Arzt gesagt, es könnte Jahre dauern.«

»Sicher, aber Papa wird auf jeden Fall immer unselbständiger werden, und irgendwann muss dann eine andere Lösung her, eine angemessene Unterbringung.«

»Wie meinst du das?«, fragte Andrea verblüfft.

»Wie kann ich das wohl meinen? Glaubst du etwa, dass Papa bis zum Ende seiner Tage zu Hause bleiben kann? Früher oder später müssen wir ihn in einer angemessenen Einrichtung unterbringen. Jetzt kann ich noch ein paar Tage bleiben, ich kann auch noch eine Weile pendeln, aber das ist keine endgültige Lösung. Du bist den ganzen Tag weg, wir brauchen jemand, der bei ihm bleibt, zumindest solange er noch geistig klar ist. Wenn das wegfällt, hat es keinen Sinn mehr. Unter anderem auch deshalb, weil eine Betreuerin nicht ausreicht, um einen ganzen Tag abzudecken, außerdem braucht man für die Pflege auch qualifiziertes Personal. Du wirst ja wohl einsehen, dass wir das ohne Hilfe nicht schaffen.«

»Es spielt keine Rolle, wie klar er im Kopf ist, Papa will auf jeden Fall zu Hause bleiben.« Andrea war empört. »Ich lasse Papa nicht im Stich. Fahr du nur nach London zurück, ich kümmere mich um ihn.«

»Was ist denn das für ein Quatsch? Hast du dich eigentlich schon mal reden gehört? Hier lässt niemand irgendwen im Stich. Meinst du etwa, Papa wäre mir gleichgültig? Ich versuche nur, die beste und für alle praktikable Lösung zu finden.«

»Das sieht mir aber gar nicht danach aus, jedenfalls kommt Papa nicht ins Heim«, erwiderte Andrea kategorisch.

»Jetzt hör endlich auf, mich immer wie den kleinen Bruder zu behandeln. Es reicht. Ich bin keine zwölf mehr, sondern vierzig. Hör endlich auf, mich von oben herab zu behandeln.«

Damit hatte Andrea nicht gerechnet, es war das erste Mal, dass er so etwas von Marco zu hören bekam. Er war sprachlos, wusste nicht, wie er darauf reagieren sollte. Deshalb machte er das Radio an.

Zehn Minuten später sagte Marco: »Kannst du bitte irgendwo anhalten? Ich möchte einen Spaziergang machen.« Seine Stimme klang ruhig, er hatte den Streit schon abgehakt. Er wollte allein sein und eine rauchen.

Lust auf Leichtigkeit

MARCO kaufte eine SIM-Karte mit italienischer Nummer und schickte eine SMS an Isabella.

»Ciao, hier ist Marco, das ist meine Nummer.«

Als er nach einer Stunde noch keine Antwort hatte, rief er sie an.

»Hallo, wer ist da?«

»Ich bin's, ich war mir nicht sicher, ob die Nummer noch stimmt. Hast du meine Nachricht nicht erhalten?«

»Doch, aber ich hatte noch keine Zeit zu antworten, entschuldige.«

»Macht ja nichts, ich wollte nur sichergehen. Was machst du gerade?«

»Ich hab mich kurz aufs Sofa gesetzt, ich bin todmüde.«

»Dann habe ich dich sicher gestört, das wollte ich nicht.«

»Nein, du störst nicht, wie geht's deinem Vater?«

»Die Ärzte sagen, es ist eine degenerative Erkrankung und …«

»Moment«, unterbrach ihn Isabella. »Warte, Mathilde, siehst du nicht, dass Mama telefoniert? Geh nach nebenan zu Oma, ich komme gleich … Ich kann jetzt nicht, ich spreche mit jemandem … Gut, in Ordnung, morgen kaufen wir neue.«

Während Marco zuhörte, fiel ihm plötzlich wieder ein,

wie er als Kind mit seiner Großmutter telefoniert hatte und wie sie, noch während sie den Hörer auflegte, schon wieder mit dem Großvater sprach, das Telefonkabel zu entwirren versuchte oder in den Spiegel sah und schon nicht mehr bei der Sache war. Es war schön, den Großeltern heimlich zuzuhören. Einmal, als die Großmutter nicht richtig aufgelegt hatte, belauschte er minutenlang ihr Gespräch. So erhaschte er einen Blick in ihr Alltagsleben, unbemerkt wie eine Stubenfliege.

»Tut mir leid, Marco, meine Tochter, sie beschwert sich über die Malstifte, es kommt keine richtige Farbe mehr heraus.«

»Versuch's doch mal mit Alkohol. Einfach hinten den Verschluss abmachen und ein bisschen Alkohol reinträufeln, weißt du nicht mehr, das haben wir doch früher immer so gemacht.«

»Stimmt, darauf bin ich gar nicht gekommen. Aber du wolltest gerade von deinem Vater erzählen.«

»Das erzähle ich dir, wenn wir uns sehen, jetzt rufe ich an, weil mir eingefallen ist, dass ich ja am Dienstag kochen könnte.«

»Das geht doch nicht, lass mal, du bist unser Gast.«

»Aber ich mache das wirklich gern.«

»Das ist doch komisch, wir laden dich zum Essen ein, und du kochst? Das würde meine Mutter bestimmt nicht gut finden.«

»Aber du weißt doch, dass ich liebend gern für Freunde koche.«

»Warte mal kurz.« Isabella fragte ihre Mutter.

»Ich finde das eine sehr gute Idee, wenn er Lust dazu

hat«, hörte Marco sie zur allgemeinen Überraschung antworten.

»Meine Mutter ist einverstanden. Ist zwar ein bisschen unverschämt von uns, aber egal.«

»Wenn ich schon mal was gut kann, dann lass es mich doch auch machen! Aber jetzt was anderes, hast du vielleicht heute Abend Zeit für einen Aperitif?«

Kurzes Schweigen.

»Die Sache ist ein bisschen kompliziert, ich melde mich später noch mal und sage dir Bescheid.«

»In Ordnung.«

Marco befürchtete, dass irgendetwas nicht stimmte. Zwar war sie nicht mehr sauer auf ihn wegen der geplatzten Verabredung in London, aber irgendwie wirkte sie distanziert, unterkühlt. So kannte er sie gar nicht. Und er ahnte, dass aus dem Aperitif nichts werden würde.

Ein paar Stunden später wurde diese Ahnung zur Gewissheit: In einer SMS teilte Isabella ihm mit, dass sie es nicht schaffen würde. Womöglich hatte sie Angst davor, mit ihm allein zu sein, weil es dann womöglich wieder so enden würde wie beim letzten Mal. Damals war er zur Beerdigung eines gemeinsamen Freundes nach Mailand gekommen, Lucio, der, wie der Priester gesagt hatte, »viel zu früh zum Vater im Himmel gerufen wurde«.

Zu diesem Begräbnis waren beide angereist, Marco aus London und Isabella aus Paris. Als sie sich in der Kirche begegneten, begrüßten sie sich nur mit einem flüchtigen Lächeln und einem kurzen Kopfnicken. Aber aus lauter Neugier schauten sie sich immer wieder verstohlen aus der Ferne an.

Für sie war es leichter, weil sie eine Sonnenbrille trug und deshalb ausgiebig hinsehen konnte, um in aller Ruhe die wesentlichen Veränderungen festzustellen: »er hat zugenommen/abgenommen«, »ist alt geworden/überhaupt nicht alt geworden«, »sieht gut/müde aus«, »macht einen glücklichen/traurigen Eindruck«. Vor allem aber: »er ist verliebt/nicht interessiert«. Auf diesen Punkt konzentrierte Isabella ihre Gedanken. *Marco hat sich nie an eine Frau gebunden. Vielleicht ist er absolut unfähig zu lieben. Er flirtet gern, ist ein großer Verführer, umwirbt die Frauen und lässt sich umwerben, hüpft andauernd von einer zur nächsten.*

Am Ausgang waren sie, sobald irgend möglich, aufeinander zugegangen, um sich endlich zu berühren, zu umarmen und sich mit zwei Küsschen auf die Wangen zu begrüßen.

»Wie geht's dir?«

»Gut.«

»Eigentlich hätte ich dich lieber unter anderen Umständen wiedergetroffen, aber ich freue mich, dich zu sehen.«

»Ich freue mich auch. Und wie geht's dir? Blöde Frage. Man sieht, dass es dir gutgeht, du bist wie immer wunderschön, offenbar wirst du mit dem Alter immer schöner.«

Isabella lächelte. »Du siehst auch gut aus. Bleibst du ein paar Tage, oder musst du sofort wieder nach London zurück?«

»Ich fahre morgen Abend zurück, und du?«

»Ich bleibe eine Woche hier. Kommst du noch mit zum Friedhof, oder gehst du sofort nach Hause?«

»Bist du mit dem Auto da?«

»Ja, wenn du willst, können wir zusammen zum Friedhof fahren.«

»In Ordnung.«

»Gib mir eine Minute, ich muss nur noch kurz telefonieren.« Sie ging ein Stück beiseite.

Marco zündete sich eine Zigarette an und ging den anderen aus dem Weg, er hatte keine Lust auf Small Talk, schon gar nicht auf die typischen Fragen, die er immer zu hören bekam, weil er im Ausland lebte: »Vermisst du Italien? Wie hältst du es ohne Espresso aus? Und ohne Bidet?«

Beim Rauchen sah er sich um und dachte, eigentlich müssten Trauerfeiern an einem abgeschiedenen Ort stattfinden, weit weg von der Welt, vielleicht in einer Kapelle in den Bergen, wo es immer regnet. *Eigentlich müssten Beerdigungen an sonnigen Tagen wie heute verboten werden.* In diesem Augenblick wirkte alles surreal: die schwarzgekleideten Menschen vor der Kirche, die sich die Hand gaben, sich gegenseitig auf die Schulter klopften, während rundherum das Chaos der Welt ungerührt weitertobte; Passanten gingen vorbei, Autos rasten, Mopeds knatterten, ein Krankenwagen heulte, er sah einen Mann mit einem kläffenden Hund, eine Frau mit einem schreienden Kleinkind an der Hand, einen Bus, der fremde, unbeteiligte Menschen ausspuckte. Das städtische Leben mit seinem lärmenden Durcheinander ging einfach weiter, ohne Anteilnahme, ohne jedes Erbarmen. Verantwortlich dafür waren die Menschen rundherum, durch ihre Teilnahmslosigkeit machten sie sich schuldig, wenn auch unbewusst.

Als Marco und Isabella, die sich seit Jahren nicht gesehen hatten, plötzlich allein im Auto saßen, unterhielten sie sich über dies und jenes, wie Fremde. Auch danach blieben sie zusammen, erst auf dem Friedhof, dann draußen vor dem

Friedhof und auch später in der Bar, wo sie mit allen Freunden einkehrten, um gemeinsam noch ein Glas zu trinken.

Sie stießen auf Lucio an, versicherten sich gegenseitig, dass er wirklich ein unglaubliches Pech gehabt hatte, weil er mit seinem Motorrad genau in dem Augenblick an dem blöden Auto vorbeigefahren war, als der Fahrer plötzlich abbog.

Sie erzählten von lustigen Begebenheiten, die sie mit ihm zusammen erlebt hatten. Es ist schon komisch, jeder wünscht sich, dass im Leben alles glattgeht, aber dann erzählen wir trotzdem immer von dem, was schiefgegangen ist: wie wir den Koffer verloren haben, wie uns am Bahnhof alles geklaut wurde, wie wir uns nachts selbst ausgeschlossen haben.

»Wisst ihr noch, wie Lucio einmal an Silvester sturzbetrunken eingeschlafen ist und wir ihm Gesicht und Brust mit wasserunlöslichen Stiften bemalt haben?«

»Und wie er einmal betrunken eine geküsst hat, ohne zu merken, dass es ein Transvestit war?«

Wie sie so nebeneinandersaßen, sahen Isabella und Marco immer noch aus wie Paar, und zwar so sehr, dass ein Freund sie fragte: »Seid ihr wieder zusammen? Das wurde aber auch Zeit.« Und alle lachten sich schief.

Wie immer nach einer Beerdigung herrschte ein großes Bedürfnis nach Leichtigkeit. Über jeden Blödsinn wurde gelacht, es herrschte eine derart positive Stimmung, dass man damit in null Komma nichts eine ganze Busladung von Zynikern hätte erschlagen können.

Allmählich wurde die Gruppe immer kleiner, viele mussten zurück zur Arbeit oder machten sich auf den Weg, um ihre Kinder von der Schule abzuholen.

Nur die beiden waren von ihrem normalen Leben weit entfernt. Marco überlegte sich, ob er nach Hause gehen sollte, er war erst frühmorgens angekommen und hatte den Vater nur flüchtig gesehen.

»Hast du Lust, bei mir noch einen Kaffee zu trinken? Ich will jetzt nicht alleine sein.«

Marco war so verblüfft, dass er kurz zögerte, bevor er die Einladung annahm. Mit »bei mir« meinte Isabella die Wohnung ihrer Mutter, in der sie gemeinsam einen wichtigen Teil ihres Lebens verbracht hatten.

Als sie in die Wohnung kamen, stürzten tausend Erinnerungen auf Marco ein. Seit über zehn Jahren war er nicht mehr hier gewesen, und jeder Winkel steckte voller Erinnerungen.

»Möchtest du Tee oder Kaffee?«

»Einen verlängerten Espresso bitte, wenn du eine italienische Espressokanne hast, gieße ich Wasser dazu.«

»Wenn du willst, kann ich einen französischen Presskaffee machen.«

»Super.«

Einen französischen Kaffee hatte Marco zum ersten Mal bei Isabella in Paris getrunken.

»Die habe ich vor ein paar Jahren aus Paris mitgebracht, aber wie du siehst, wird sie hier kaum benutzt, meine Eltern trinken lieber Espresso.«

»Jedes Mal, wenn ich französischen Kaffee trinke, muss ich an dich denken.«

»Warum?«

»Das erinnert mich an deine Mansarde in Paris, weißt du noch? Vorher hatte ich so ein Gerät noch nie gesehen.«

»Ach ja, mein Nest, hoch über den Dächern im Marais, das war eine schöne Zeit. Wenn ich zufällig dort vorbeikomme, bin ich auch heute noch gerührt.«

»Ich habe immer noch die Adresse im Kopf, Place du Marché-Sainte-Catherine. Weißt du noch, wie wir dort zusammen renoviert haben? Diese Woche mit dir gehört zu den schönsten meines Lebens.«

»Natürlich erinnere ich mich daran.« Und dann: »Ich will nur schnell die schwarzen Klamotten ausziehen, bin gleich wieder da.«

»Darf ich rauchen?«

»Sicher.«

Marco blieb alleine in der Küche zurück, diese Küche war ihm vertrauter als seine eigene. Er zog die Zigarettenpackung heraus, nahm sich eine und klopfte dann auf der Suche nach einem Feuerzeug wie ein *Macarena*-Tänzer sämtliche Taschen ab. Er hatte es im Auto vergessen.

Mit der Zigarette im Mund beugte er sich zu der Gasflamme unter dem Topf. Als die Zigarette brannte, stand Isabella plötzlich wieder in der Tür, gekleidet wie zuvor, in demselben Kostüm wie bei der Beerdigung, in dem sie seines Erachtens ausgesprochen sexy aussah. »Hast du es dir anders überlegt?«

»Nein, ich wollte bloß fragen, ob es dir was ausmacht, wenn ich schnell dusche. Es dauert nur eine Sekunde.«

»Nur zu.«

Er schob sich den Stuhl zurecht und setzte sich an die Längsseite des rechteckigen Tisches, auf den Platz, wo er früher auch immer gesessen hatte.

Er sah sich um, versuchte herauszufinden, was sich seither verändert hatte, und verlor sich in tausend Erinnerungen.

»Da bin ich wieder, warum hast du das Wasser nicht abgestellt?«

»Tut mir leid, ich war abgelenkt.«

»Guck mal, das T-Shirt.«

»Ich glaub's nicht, das T-Shirt mit Madonna. Und dieselbe Trainingshose von damals.«

»Ja, das habe ich alles hiergelassen, weil es hierhergehört.« Dann nahm sie den Topf vom Herd und goss den Kaffee auf. »So, jetzt erzähl mal von London. Was machst du denn jetzt?«

»Ich arbeite in einem Restaurant, aber wahrscheinlich werde ich bald kündigen und mit einem Freund ein eigenes Restaurant aufmachen.«

»Wie schön, freust du dich?«

»Mein Vater hilft mir bei dem Vorschuss, und den Rest kann ich abarbeiten. Ich habe keine große Lust mehr, als Koch zu arbeiten.«

»Und wohnst du immer noch mit dem Typen aus Neapel zusammen?«

»Nein, ich bin inzwischen umgezogen, jetzt wohne ich in Islington. Als du duschen warst, habe ich mir alles genau angesehen, der Kühlschrank ist neu, aber alles andere hat sich kaum verändert.«

»Stimmt, und weißt du was, mein Zimmer ist noch haargenau so wie früher. Meine Mutter hat nichts angerührt, hat alles so gelassen, wie es war, so ähnlich wie bei den Wohnräumen berühmter Leute, die später zum Museum umfunktioniert werden.«

»Und unsere Fotos sind auch noch da?«

»Natürlich, komm mit, ich zeig's dir, auf den Kaffee müssen wir ohnehin noch warten.«

Marco folgte ihr. »Wahnsinn, als wäre die Zeit stehengeblieben.«

»Das sind noch dieselben Fotos, dieselbe Bettdecke, dieselben Vorhänge. Weißt du noch, was wir hier drin alles gemacht haben?«

»Ich erinnere mich an alles. Ist dir klar, dass ich in diesem Zimmer zum ersten Mal Sex hatte? Wie lange ist das jetzt her?«

»Das war am einundzwanzigsten März.«

»Du weißt sogar noch das Datum?«

»Das weiß ich deshalb so genau, weil es Frühlingsanfang war. Damit hast du es damals geschafft, mich rumzukriegen.«

»Unglaublich!«

»Hier auf diesem Bett haben wir Stunden mit Küssen und Petting verbracht.«

»Das Wort Petting habe ich ewig nicht mehr gehört.«

Sie grinsten.

»Irgendwann hast du zu mir gesagt: ›Isabella, lass es uns heute tun, es ist Frühlingsanfang, kann es einen besseren Augenblick geben, um unsere Körper erblühen zu lassen?‹«

»Nein, das kann nicht sein, das denkst du dir aus! So einen Quatsch habe ich bestimmt nicht gesagt.«

»Doch, das hast du gesagt! Ich habe dich ausgelacht, aber du warst so süß, hast so große Augen gemacht, da konnte ich einfach nicht widerstehen.«

»Daran kann ich mich überhaupt nicht erinnern.«

»Na ja, eigentlich war ich schon seit ein paar Wochen - bereit, mit dir zu schlafen, aber wenn du dich als Mädchen in dem Alter leichtfertig hingibst, giltst du schnell als Nutte. Und sieh dir das an«, sagte sie und öffnete den Schrank.

»Das Poster von Duran Duran. Aber ich war ja auch deine zweite Liebe, direkt nach John Taylor.«

»Und ich deine, sofort nach Patsy Kensit.«

Plötzlich waren sie sich sehr nah, die Gesichter nur wenige Zentimeter voneinander entfernt. Reglos standen sie da, sahen sich in die Augen, wurden plötzlich und unerwartet von einem überwältigenden Glücksgefühl erfasst.

Dann sah er ihr auf den Mund, die roten Lippen, deren Beschaffenheit er so gut kannte, er wusste, sie waren weich, gut und üppig. Langsam, fast zögerlich, rückten sie noch näher zusammen, bis sie sich leicht berührten. Ein zarter, liebevoller Kuss. Beide durchlief ein Schauer, Marco roch ihren Atem, dem er nicht widerstehen konnte. Ihr Atem stieg in seine Nasenlöcher und seiner in ihre, und während sie sich gegenseitig einatmeten, wurden sie wie durch Zauberhand in frühere Zeiten zurückversetzt.

Dann folgte ein echter leidenschaftlicher Kuss, und sie begannen sich gegenseitig auszuziehen, so wie sie es immer gemacht hatten. Nach wenigen Minuten lagen sie im Bett und liebten sich.

Alles ging so schnell, dass sie gar keine Zeit hatten, darüber nachzudenken, was sie da taten. Vielleicht drehte es sich dabei gar nicht so sehr um Nostalgie oder alte Leidenschaft, der springende Punkt war vielmehr die Beerdigung.

Dieser Moment des Innehaltens, der Ungläubigkeit, der sich unweigerlich einstellt, wenn man plötzlich mit der Vergänglichkeit des Lebens konfrontiert wird.

In dem Liebesakt zwischen Marco und Isabella zeigte sich nicht nur das übliche Begehren, sondern auch ein unersättlicher Hunger nach Leben, eine Lust, ins Leben zu beißen und bloß keinen Augenblick zu verschwenden, sondern jeden Tag, jede Stunde, jeden Moment auszukosten.

Danach blieben sie engumschlungen liegen, eine stumme Umarmung, die eine Ewigkeit dauerte oder vielleicht auch nur ein paar Minuten.

Die Nase an ihrer Stirn, sog Marco schweigend ihren Geruch ein. Wie sie duftete und schmeckte, hatte ihn schon immer um den Verstand gebracht. Er kannte den Geruch in jedem Winkel ihres Körpers: hinter den Ohren, am Hals, unter den Achseln, zwischen den Schenkeln. Oft küsste er ihre Augenlider und sog dabei ihren Geruch ein.

»Wenn ich jeden Tag an dir riechen könnte, bräuchte ich gar nichts mehr zu essen«, hatte er bei einem der ersten Male gesagt.

Marco schossen tausend Gedanken durch den Kopf. Isabella war dünner, als er sie in Erinnerung hatte, das war ihm zunächst gar nicht aufgefallen. Erst im Bett, als er sie umarmte, Rücken, Hüften und Schultern berührte. Ihr Hintern war kleiner geworden, rund, fest, einfach zum Reinbeißen, wie er immer sagte.

Obwohl er keine andere Frau je wieder so geliebt hatte wie Isabella, war Marco doch stillschweigend davon ausgegangen, dass selbst dieses starke Gefühl früher oder später abflauen würde. Aber an diesem Tag war er wie ausgewechselt, alles fühlte sich so anders an, vielleicht war jetzt der Zeitpunkt gekommen, nicht mehr wegzulaufen, vielleicht war es jetzt an der Zeit, zu dieser Liebe zu stehen, sie beim Schopf zu packen und nicht mehr loszulassen.

Womöglich ist es genau das, was ich jetzt brauche. Er verspürte ein starkes Bedürfnis zu rauchen, wollte aber nicht aufstehen. Ob wohl auch sie dieses friedliche, wohlige Gefühl empfand?

Dann brach Isabella das Schweigen: »Fühlst du dich auch so wohl wie ich? Am liebsten würde ich für immer so liegen bleiben. Es ist, als wären all diese Jahre dazwischen gar nicht gewesen.«

Die Übereinstimmung ihrer Worte mit seinen Gedanken war wie ein Faustschlag in den Magen, das hatte er nicht erwartet.

Es verschlug ihm die Sprache, und zwar so sehr, dass er, als Isabella fragte, woran er denke, aus unerfindlichen Gründen antwortete: »An nichts. Ich gucke mir das Zimmer an und dich. Ich habe den Eindruck, du bist dünner geworden.«

»Ja, ein bisschen.«

Ein paar Sekunden Stille, dann sprang Marco aus dem Bett.

»Wo gehst du hin?«, fragte sie.

»Ich hole mir eine Zigarette.« Er war glücklich.

Als er nackt in die Küche ging, hatte Isabella den Eindruck, sie habe alles falsch gemacht.

Als er zurückkam, ging er zum Fenster und öffnete es einen Spalt.

Plötzlich war die gute Stimmung irgendwie getrübt, irgendetwas war schiefgelaufen und hatte eine Kettenreaktion ausgelöst, die Stille wirkte jetzt leicht angespannt.

»Hast du keinen Hunger? Erinnerst du dich noch, was wir früher nach dem Sex immer für einen Heißhunger hatten? Und was wir alles verdrückt haben?«

»Eine Zeitlang, das weiß ich noch, standen wir unheimlich auf gequirlte Eidotter mit Zucker.«

»Mmh, wie lecker, das habe ich schon ewig nicht mehr gegessen.«

»Ich auch nicht. Manchmal haben wir auch noch ein bisschen Kaffee oder Milch untergerührt.«

»Eine echte Kalorienbombe.«

»Stimmt, aber uns war das ja egal, wo wir doch ohnehin massenhaft Kalorien verbrannten.«

»Soll ich eins machen? Wie wär's?«

Marco dachte eine Sekunde nach, dann nickte er.

»Der Kaffee ist jetzt ohnehin eiskalt«, sagte Isabella auf dem Weg zur Küche.

Während er beim Rauchen aus dem Fenster sah, stellte er erstaunt fest, wie aufgeregt er war. Vielleicht sollte er sich jetzt endlich eingestehen, wie sehr ihm Isabella immer noch gefiel. Vielleicht machte ihn gerade das nervös.

Was er für sie empfand, hatte wie Glut unter der Asche geschwelt, und dieser gemeinsame Nachmittag hatte das Feuer neu entfacht.

Während sie in der Küche die Eier aufschlug, dachte Isabella, dass es vielleicht falsch gewesen war, so offen mit ihm zu reden, sie hätte sich mehr zurückhalten sollen, schließlich wusste sie, wie er tickte.

Als sie noch ein Paar gewesen waren, hatte sie lernen

müssen, ihm nie zu sagen, wie sehr sie ihn liebte, hatte lernen müssen, die angemessene Distanz zu wahren, die bei ihm je nach Laune und Lebensphase stark variierte. War sie zu weit weg, lief er ihr nach und bat sie, nicht zu verschwinden. War sie zu nah, wies er sie zurück und sagte, er brauche seinen eigenen Raum. Eine Qual, die sie nur deshalb auf sich nahm, weil sie in ihn verliebt war.

Ich bin wirklich blöd, kaum habe ich gesagt, was ich denke, ist er sofort abgehauen, mit der Ausrede, eine Zigarette zu holen. Er wird sich nie ändern.

Marco warf sich aufs Bett und überlegte, was er sagen sollte, wenn sie zurückkam. Er hatte Angst, denn er wusste, dass sie mit einem Franzosen zusammen war, aber er wusste auch, dass er ihn mühelos ausschalten konnte. Was zwischen ihnen lief, war einfach stärker. Der Franzose war wie ein Zug, der die Menschen brav von einem Bahnhof zum nächsten bringt, eine von diesen Geschichten, die einen nicht aus der Ruhe bringen, man streitet sich nicht, hat aber auch keine großen Erwartungen. Wenn es dann vorbei ist, kommt irgendwann die nächste Liebe, der nächste Bahnhof. Oft sind solche Züge ein Notbehelf, um sich abzulenken und nicht allein zu sein. Aber mit wahrer Liebe haben sie nichts zu tun, sie sind nur Übergangslösungen. Der Franzose war so eine Übergangsliebe.

Plötzlich trat eine fast unnatürliche Stille ein, man hörte nur den Teelöffel gegen den Becher schlagen. Marco war glücklich, vor allem weil er damit überhaupt nicht gerechnet hatte. Der Tag hatte ganz anders angefangen.

Und wenn ich falsch liege? Und sie mich mit meinem Vorschlag abblitzen lässt? Unmöglich.

Während er sich all das durch den Kopf gehen ließ, fiel sein Blick auf das Regal mit den Videokassetten, von denen sie viele gemeinsam angeschafft hatten. Damals schenkten sie sich gegenseitig eine Kassette pro Woche, damit jeder Geschmack zu seinem Recht kam. Marco kaufte: *Rambo, Top Gun, Die unglaubliche Reise in einem verrückten Flugzeug, Ghostbusters, Indiana Jones, Zurück in die Zukunft, Rocky IV, Full Metal Jacket, Die Klapperschlange.*

Isabella kaufte: *E.T., Flashdance, Gremlins, Die unendliche Geschichte, Gefährliche Liebschaften, Dirty Dancing.*

Als er die Titel las, musste er unwillkürlich grinsen.

Als sie mit zwei Tassen zurückkam, sah er sie lachend an. »Jetzt essen wir erst einmal, und dann muss ich dir was sagen.«

»Auch ich muss dir etwas sagen.«

»Gut. Du zuerst, wer kocht, hat Vorrang.«

»Danke. Ich weiß gar nicht, wie ich es dir sagen soll, ich komme mir so blöd vor … in ein paar Monaten heirate ich.«

Rundgang durch die Wohnung

Es war sechs Uhr morgens, Marco saß mit einem Espresso in der Küche. So früh stand er sonst nie auf. Wenn er zu Hause in London um diese Zeit wach war, dann nur, weil er noch gar nicht ins Bett gegangen war.

Über der Espressotasse kräuselte sich der Dampf und verlor sich in der Luft. Es war dieselbe Espressotasse wie eh und je, ein Hochzeitsgeschenk entfernter Verwandter an die Eltern. Ein Leben lang dieselben Espressotassen, dieselben Teller, dieselben Gläser, dasselbe Besteck, dieselben Töpfe, früher war das so Sitte. Zur Hochzeit bekam man alles Nötige geschenkt, um das Versprechen ewiger Treue einzulösen. Die Dinge hielten ewig und wurden ein Leben lang mitgeschleppt. Heute sind die Dinge, ebenso wie die Ehen, weniger haltbar, es wird nicht mehr konserviert, sondern konsumiert, alles, was nicht mehr funktioniert, wird weggeworfen und durch Neues ersetzt. In der Generation des Vaters verstand man sich hingegen noch darauf, kaputte Dinge zu reparieren.

In der Küche gab es auch ein paar Eindringlinge, die sich im Laufe der Jahre hierher verirrt hatten: das eine oder andere Nutella-Glas, ein paar antihaftbeschichtete Töpfe. Ansonsten hatten alle Dinge eine längere Lebensdauer als die Menschen, denen sie geschenkt worden waren.

Die Größe der Wohnung, einst genau richtig für eine vierköpfige Familie, die nun nicht mehr da war, zeugte von einer längst vergangenen Zeit. Für einen einzelnen Mann war sie viel zu groß.

Marco sah sich in der Küche um. Der Kühlschrank erinnerte ihn daran, wie er als Kind immer versucht hatte, die Tür möglichst langsam zu schließen, um herauszufinden, wann genau das Licht ausging. Am Herd war ein Brandfleck, der noch von der Mutter stammte. Für ihn war die leichte Bettdecke, unter der er jahrelang geschlafen hatte, nicht einfach irgendeine Decke, sondern *die* Decke. Dasselbe galt für *den* Schrank, und eine blaue Schüssel, in der die Wäsche eingeweicht wurde, war *die* blaue Schüssel. So hatte jedes Ding in dieser Wohnung seine ureigene Bestimmung.

Sein Blick schweifte durch das Zimmer und fiel auf den Schreibblock des Vaters. In letzter Zeit notierte er sich darauf oft Wörter, die er im Fernsehen gehört hatte, Namen von Personen, Büchertitel oder sonstige Sachen, die er nicht verstand, um sie sich später vom Erstbesten, der ins Haus kam, erklären zu lassen – meistens von Andrea. Diese Zettel waren rührend.

Von Nostalgie ergriffen, trank Marco den letzten Schluck Kaffee und begann einen Rundgang durch die Wohnung, einen Rundgang durch die Welt der Dinge, in der Absicht, sie aus ihrer Anonymität herauszuholen, aus der Unsichtbarkeit, in der sie oft aus purer Gewohnheit verschwinden. Auf dieser Tour wurde ihm schlagartig klar, dass die Dinge nicht nur simple Einrichtungsgegenstände sind, sondern großartige Hilfsmittel, um die Vergangenheit zu rekonstruieren.

Im Wohnzimmer gab es massenhaft Bücher, Enzyklopädien, Zeitschriften, gerahmte Fotos, eine Glasvitrine mit Sammeltassen und Gläsern, die kein Mensch je benutzt hatte. Wie Fremdkörper thronten dazwischen die beiden Kommunionsbonbonnieren von Marco und Andrea. In den Schubladen schlummerten mit Samt ausgeschlagene Besteckkästen. Es war offensichtlich, dass seit langem kein Mensch mehr einen Fuß in diesen Raum gesetzt hatte.

Im Wohnzimmer gab es auch ein Foto der Mutter, auf dem sie lachend unter einer Weinlaube voller Trauben zu sehen war. Immer wenn er ein Foto von ihr aus gesunden Tagen sah, war Marco verblüfft – als hätte er mitunter völlig vergessen, dass sie vor ihrer Erkrankung einmal ein glückliches Leben geführt hatte.

In der Vitrine war die Welt in Ordnung, die Zeit war stehengeblieben. Einerseits wirkte dieser Stillstand beruhigend, gleichzeitig machte er ihn aber auch nervös. Denn nach dem Tod des Vaters würde auf sie die Aufgabe zukommen, für diese ganze Welt eine neue Unterkunft zu suchen.

Marco ging ins Kinderzimmer. Im Schrank fand er eine Plastikkiste voller Kabel und Elektrozubehör, darunter auch seinen ersten Walkman. Für seine ersten Playlists hatte er damals Kassetten von sechzig oder neunzig Minuten Laufzeit benutzt. Manchmal hatte er sich allerdings verrechnet, dann war die Kassette mitten in einem Song plötzlich zu Ende, und die zweite Hälfte kam erst auf Seite B. Wenn er eine Kassette voll hatte, gab er ihr einen Titel: *Slow, Top Rock, Mix dance, Italienische Songs, Funky* oder einfach *Ausländische Songs.*

In dem Schränkchen im Flur fand er die in Leder gebundenen Fotoalben. Darunter auch das mit den Hochzeitsfotos der Eltern: ein junges, glückliches Paar, das sich küsste, die Torte anschnitt, tanzte. Diese Fotos kannte Marco in- und auswendig, weil er sie sich unzählige Male angesehen hatte. Sein Lieblingsfoto war das, wo sein Vater die lachende Mutter küsste. Auf den alten Fotos hatten fast alle rote Augen, denn dieser Effekt war damals bei Blitzlichtaufnahmen unvermeidlich.

Wenn man in den Alben blätterte, raschelten die Trennseiten aus Transparentpapier.

Von den Fotos waren auch etliche missglückt, unscharf oder mit halb abgeschnittenen Köpfen. Jede Menge Unvollkommenes, Verschwommenes, Verpatztes. Aber irgendwie echter. Menschlicher. Die Unvollkommenheit als Form der Freiheit.

Auf allen Fotos waren besondere Anlässe abgebildet. Damit man den Fotoapparat zur Hand nahm, brauchte es einen besonderen Anlass, ein besonderes Ereignis: eine Hochzeit, einen Geburtstag, eine Taufe, eine Kommunion, eine Reise, einen Urlaub. Früher wäre niemand auf die Idee gekommen, einen Teller Nudeln, eine Pizza oder ein Stück Kuchen zu fotografieren, wie es heute im Zeitalter von Digitalkamera und Handy gang und gäbe ist. Fotos ohne besonderen Grund knipste man nur, um den Film vollzumachen, damit man ihn zum Entwickeln bringen konnte. Und diese Fotos kamen auch nicht ins Album, sondern wurden in der Tüte mit den Negativen aufbewahrt. Marco und Andrea hielten gern die Negative gegen das Licht und rätseln herum, wer die Schatten darauf wohl sein könnten.

Auf seiner Erkundungstour erkannte Marco anhand altbekannter Dinge auch sich selbst wieder, ein Stück von sich, das immer noch da war, wie die Espressotassen, die Gläser, das Sofa. Einen Teil seines Ichs, der überlebt hatte, gut versteckt unter all den neuen Verhaltensweisen, die später dazugekommen waren.

Als er alle anderen Zimmer durchhatte, betrat er das Schlafzimmer. Hier überkam ihn die Versuchung, im Schrank und in den Schubladen nachzusehen, aber dann empfand er das doch als ungebührliches Eindringen.

Dort fand er neben den Kleidern des Vaters auch den alten Wintermantel mit Pelzkragen der Mutter, der seit je dort aufbewahrt wurde. Alle anderen Sachen hatten sie weggeben, bis auf den Mantel. In einem Karton fand er eine alte Badehose des Vaters. Die einzige, die er je besessen hatte, eine neue hatte er nie gekauft. Sie war dunkelblau mit weißen Streifen an der Seite.

Dann tat er etwas, was er seit Jahren nicht getan hatte, er warf sich auf das Ehebett und schloss die Augen.

Er dachte an das Leben, das sich früher in dieser Wohnung abgespielt hatte, beschwor bestimmte Bilder aus seiner Kindheit herauf. Wie sie nachmittags in ihrem Zimmer spielten und er seinem Bruder alles nachmachte. Wie die ganze Familie beim Abendessen saß, während im Fernsehen die Nachrichten liefen, wie sie sonntags mit dem Vater im Radio die Fußballergebnisse hörten. Er stellte sich vor, er würde jetzt aufstehen, in die Küche gehen und dort alle antreffen: Vater und Andrea am Tisch, die Mutter am Herd.

»Was hast du gekocht?«

»Dein Lieblingsessen, *melanzane alla parmigiana,* komm, setz dich.«

»Tag, Papa, wie war's bei der Arbeit?«

»Gut, danke, und bei dir in der Schule?«

»Auch gut. Andrea, gibst du mir bitte mal das Wasser?«

»Bitte schön. Nach dem Essen muss ich dir unbedingt was zeigen, das habe ich gestern zufällig gelesen, das wird dir bestimmt gefallen.«

Er stellte sich alles bis in die kleinste Kleinigkeit vor. Ein ganz normaler Abend, einer von unzähligen. Ob er damals glücklich war? So glücklich, wie er es heute wäre, wenn er alles noch einmal erleben könnte?

Dann ging er im Geiste in den Hof hinunter, um mit den Nachbarskindern zu spielen, Fußball, Verstecken, Ich sehe was, was du nicht siehst, Kunststücke mit den Fahrrädern. *Wie schön wäre es doch, so einen Tag noch einmal zu erleben, einen Tag aus der Kindheit,* dachte er.

Nach dieser Reise in die Erinnerung öffnete er die Augen und starrte ein paar Sekunden an die Decke. Plötzlich bemerkte er, dass die Wände in den Ecken und über den Heizkörpern ganz schwarz waren.

In der Wohnung herrschte ein Übermaß an Vergangenheit und ein völliges Fehlen von Zukunft. Es gab keine Pflanzen, keine Blumen, keine Tiere, keine Enkel.

Hier muss mal gründlich renoviert werden.

Er ging noch einmal durch die ganze Wohnung und listete auf, was alles gemacht werden müsste: eine kaputte Kachel im Bad, der Griff am Kühlschrank, der Fenstergriff im Schlafzimmer, das Rollo im Wohnzimmer.

Irgendwann klingelte das Telefon. Es war Andrea, der wissen wollte, ob alles in Ordnung sei und ob er etwas brauche.

»... weiße Farbe?«

»Ich will streichen und ein paar kaputte Dinge reparieren.«

»Lass mal gut sein, ich glaube, wir haben schon genug andere Sorgen.«

»So habe ich wenigstens was zu tun.«

Andrea wusste ganz genau, wenn sein Bruder sich etwas in den Kopf gesetzt hatte, war er durch nichts und niemanden davon abzubringen.

»Wenn du unbedingt willst.«

Nach dem Gespräch sah sich Marco noch einmal um und war von seiner Idee begeistert. Er war noch nie der Typ gewesen, der lange müßig herumsitzt. Sogar im Urlaub bot er Leuten seine Hilfe an, nur damit er beschäftigt war.

Noch am selben Abend versuchte Andrea, ihm die Sache auszureden, obwohl er doch wusste, dass es eigentlich sinnlos war.

Er ließ sich von Marco noch einmal aufzählen, was er alles machen wollte.

»Darf ich dich um einen Gefallen bitten?«

»Was denn?«

»Kannst du damit vielleicht noch zwei Tage warten?«

»Warum ausgerechnet zwei Tage?«

»Dann ist Samstag, und ich habe frei, dann können wir das zusammen machen. Daniela fährt dieses Wochenende zu ihrer Mutter.«

»Ich brauche aber keine Hilfe.«

»Ich mache das nicht, um dir zu helfen, sondern weil ich es gut finde.«

Marco hob den Kopf und sah zu seinem Bruder hinüber. Sie lächelten sich an.

»Fühlt sich das nicht gleich viel besser an?«
»Was denn?«
»Die Idee, diese Wohnung umzukrempeln.«
Andrea nickte.

Renovierung

Marco versuchte im Flur eine Plastikplane auszubreiten, dazu warf er sie schwungvoll in die Luft wie ein Laken beim Bettenmachen. Aber es funktionierte nicht.

»Hör mal, Andrea, der Kühlschrank kommt weg, wir können ihn im Wohnzimmer anschließen und dort so lange stehen lassen, bis wir mit der Küche fertig sind. Auch der Tisch muss raus, dann können wir die Kredenz in die Mitte rücken. Den Gasherd ziehen wir ein bisschen vor, nur so weit, wie der Verbindungsschlauch reicht, das Gas würde ich nicht abstellen.«

»Gut, ich fange mit dem Kühlschrank an.«

»Ich breite inzwischen die Folie aus und decke alles ab.«

Es war Samstag früh. Marco war voller Enthusiasmus und Tatendrang, die Aussicht, etwas Nützliches zu tun, beflügelte ihn und gab dem Wochenende einen Sinn.

Andrea hatte sich von seinem Bruder anstecken lassen. »Soll ich inzwischen noch einen Kaffee machen?«

»Gern.«

Die Idee, mit seinem Bruder gemeinsame Sache zu machen, gefiel Andrea so gut, dass er, als Marco vorschlug, jeweils ein Zimmer pro Nase zu machen, sagte, er würde lieber mit ihm zusammenarbeiten und sich ein Zimmer nach dem anderen vornehmen.

Die Vorarbeiten in der Küche waren schnell erledigt. Als der Espresso hochkam, war schon fast alles fertig.

Marco goss die Farbe in einen Eimer und rührte um, Andrea machte dasselbe mit dem Zucker im Kaffee. Als sie kurz aufblickten und den anderen bei derselben Handbewegung sahen, grinsten sie. Sie tranken den Kaffee, nahmen die vorbereiteten Farbrollen und begannen zu streichen.

Während sie in ihrem Elternhaus die Küche strichen, redeten sie wie alte Freunde viel über früher und waren beide gut gelaunt.

»Ich weiß, woran du denkst, an die Frau in der Bar unter meinem Büro«, sagte Andrea mit ironischem Unterton. Das Thema Frauen war eine todsichere Methode, um mit Marco ins Gespräch zu kommen, damit tat man ihm einen - Gefallen.

Marco hatte eine Zigarette im Mund und lehnte sich ein wenig zurück, damit ihm der Rauch nicht in die Augen stieg. »Kalt erwischt. Wie hieß sie noch mal?«

»Delia.«

»Die ist wirklich eine Wucht. Vielleicht begleite ich dich nächste Woche mal ins Büro.«

»Bei ihr stehen die Verehrer Schlange.«

»Einer wie ich hat das nicht nötig«, flachste Marco.

Andrea lachte. »Sie sieht toll aus, Schauspielerin eben, hab ich dir ja gesagt.«

»Jetzt arbeitet sie erst mal in der Bar.«

»Ja, aber nur vorübergehend.«

»Hoffen wir mal für sie, dass es klappt.«

Marco musste an die vielen Kellnerinnen denken, die er früher einmal in Los Angeles getroffen hatte. Von denen sagte keine: »Ich bin zwar Kellnerin, aber eigentlich träume ich davon, Schauspielerin zu werden«, alle sagten: »Ich bin eigentlich Schauspielerin, den Job als Kellnerin mache ich nur vorübergehend.« Auch wenn sie womöglich ihr Leben lang kellnerten.

Einmal war er auf einer Reise durch Kalifornien in Venice Beach zu einer Party eingeladen, wo man draußen auf der Terrasse saß und Joints rauchte. Das war zu der Zeit, als er davon träumte, Jim Morrison oder Jack Kerouac zu sein. Mit dem Joint in der Hand meinte Marco: »Schon komisch hier, jede Kellnerin gibt sich als Schauspielerin aus, so ein Scheiß, und keine einzige gibt zu, dass sie Kellnerin ist.« Alle kicherten, dann sagte ein Deutscher, nachdem er einen tiefen Zug genommen hatte: »Stellt euch mal vor, Jesus hätte das genauso gemacht, hätte als Junge, als er bei seinem Vater in der Tischlerei arbeitete, gesagt, das sei nur vorübergehend. Eigentlich sei er der Sohn Gottes und gekommen, um die Welt von ihren Sünden zu erlösen, was glaubt ihr, hätten die Leute gedacht, die hätten ihn für verrückt erklärt und gehörig aufgezogen. ›Na, Sohn Gottes, hast du meine Kommode fertig? Na, Erlöser der Menschheit, wie weit bist du mit meiner Truhe? Ist sie bald fertig?‹«

Das war einer jener Abende, wo einem vor Lachen die Luft wegbleibt, wo man Angst hat zu ersticken, so wie früher als Kind, wenn man durchgekitzelt wurde. Marco erzählte die Geschichte seinem Bruder, und sie lachten gemeinsam.

Um die Mittagszeit erbot sich Andrea, etwas zu essen zu holen. »Wie wär's mit einer Pizza aus dem Karton und einem eisgekühlten Bier?«

»Perfekt.«

Andrea ging in die nächste Pizzeria, und während er auf die Bestellung wartete, fiel ihm wieder ein, wie Daniela ihm vorgeschlagen hatte, die neue Wohnung selbst zu renovieren. Damals hatte er es vorgezogen, Handwerker zu bestellen. Erst jetzt ging ihm auf, wie dumm das war, dass er gar nicht verstanden hatte, was Daniela damit bezweckte. Wenn er über seine Ehe nachdachte, erkannte er neuerdings eigene Fehler, die ihm früher nie aufgefallen wären. *Ich bin wirklich ein ganz schöner Dickschädel,* sagte er sich.

Farbverschmiert saßen Andrea und Marco auf dem Boden und aßen ihre Pizza.

»Weißt du noch, wie wir ein Stück Pizza unter deinem Bett gefunden haben?«, sagte Andrea.

»Ein Stück Pizza unterm Bett?«

»Ja, das lag schon ein paar Tage da. Du hast im Bett Pizza gegessen und danach den Karton einfach unters Bett geschoben, obwohl noch ein Stück übrig war.«

»Ach ja, jetzt erinnere ich mich. Das waren Zeiten. Da war ich bestimmt betrunken oder sonst wie drauf.« Sie lachten.

»Auf jeden Fall hast du dich immer amüsiert. Ein bisschen beneide ich dich.«

»Willst du damit etwa sagen, du hättest dich auch gerne betrunken oder gekifft? Das ist ja ganz was Neues.«

»Ich habe nie geglaubt, dass Alkohol oder Drogen mir helfen würden, meine Probleme zu lösen, aber ein bisschen mehr Unbekümmertheit hätte ich schon gern gehabt.«

»Kein Mensch trinkt oder nimmt Drogen, um damit

Probleme zu lösen, man gönnt sich nur eine kleine Auszeit. Danach fühlt man sich oft nur noch beschissener. Es ist nur eine Flucht aus der Realität. Man lässt ein bisschen die Zügel schleifen, wenn einem alles zu viel wird. Du gehörst zu denen, die das nie machen und eines schönen Tages den Nachbarn erschlagen, weil er einen Nagel in die Wand schlägt und dabei Krach macht.« Sie lachten und gingen wieder an die Arbeit.

Inzwischen waren sie in der Küche fertig und hatten mit der Vorbereitung des Schlafzimmers begonnen. Andrea nahm einen Schluck Bier und sagte: »Es stimmt nicht, dass Daniela zu ihrer Mutter gefahren ist. Die Wahrheit ist, dass wir nicht mehr zusammen sind, wir haben uns getrennt.«

Marco machte ein ungläubiges Gesicht. »Wie getrennt?«

»Ja, vor drei Monaten haben wir uns getrennt, unsere Ehe ist am Ende. Wir sind dabei, die Wohnung zu verkaufen, sie wohnt zwar noch da, aber nur so lange, bis sie etwas anderes gefunden hat.«

Sie sahen sich an, Marco wusste nicht, was er dazu sagen sollte. Er brachte nur hervor: »Das tut mir leid. Und wo übernachtest du?«

»Mal bei einem Freund, mal im Hotel, manchmal auch hier, mit der Ausrede, dass ich nach dem Abendessen zu müde war, um heimzugehen. Aber sag Papa nichts, er weiß nichts davon, und jetzt möchte ich ihn lieber nicht damit behelligen.«

Marco fragte, ob er darunter leide. Andrea erwiderte, er sei ziemlich durcheinander, habe Höhen und Tiefen.

»Weißt du, manchmal vergesse ich sogar, dass wir uns getrennt haben, dann denke ich, dass ich gleich Daniela alles erzähle, was mir passiert ist. Wahrscheinlich will ein Teil von mir die Trennung nicht akzeptieren.«

»So ist es mir mit der Arbeit ergangen. Einmal bin ich mit der U-Bahn zu meinem alten Restaurant gefahren und habe es erst auf halber Strecke gemerkt. Vielleicht ist es nur der Wunsch, noch einmal für ein paar Stunden in das frühere Leben einzutauchen.«

Schweigend suchte Marco den Blick des Bruders.

»Es ist bestimmt nicht leicht, wenn die eigene Ehe scheitert und man den Menschen verliert, mit dem man jahrelang zusammen war, mit dem man abends schlafen gegangen und morgens aufgewacht ist. Das ist fast wie bei einem Trauerfall, es dauert eine Zeit, bis aus zwei wieder einer wird.«

Bislang hatte Andrea die Sache praktisch geheim gehalten, nicht bloß vor seinem Vater, sondern auch vor Freunden und Kollegen. Eingeweiht war nur der Freund, bei dem er ab und zu gewohnt hatte. Er wollte es nicht wahrhaben, und wenn er irgendwem davon erzählte, das spürte er, würde die Trennung Realität und er könnte sich selbst nichts mehr vormachen.

»Und warum, weil ihr nicht mehr glücklich wart, oder gibt es eine andere?«

»Nicht ganz.«

»Was soll das heißen?«

»Na ja, ich habe mich zwar nicht verliebt, aber es ist etwas passiert. Nur weiß ich noch nicht genau, ob das Ursache oder Wirkung ist.«

Andrea wusste schon, wodurch es zum Bruch gekommen war. Im letzten Jahr hatten er und Daniela immer weniger geredet. Plötzlich waren sie nicht mehr auf der gleichen Wellenlänge, hatten ihre gemeinsame Sprache, ihre Verständigungsmöglichkeit verloren. Die Missverständnisse häuften sich: Alles, was Andrea sagte, wurde von Daniela falsch verstanden. Als hätte sich urplötzlich ein Zerrspiegel zwischen sie geschoben, der jede Handlung, jedes Wort, jeden geäußerten Gedanken entstellte.

Sie wurden immer vorsichtiger in allem, was sie zueinander sagten, mieden gezielt bestimmte Themen. Jedes Wort wurde auf die Goldwaage gelegt und so lange abgewogen, bis sie sich schließlich nichts mehr zu sagen trauten.

So wurden sie allmählich immer wortkarger, schwiegen immer öfter, beschäftigten sich immer ausführlicher mit anderen Dingen, nur nicht mit sich selbst.

Vor lauter Angst, Vorsicht und falscher Rücksichtnahme errichteten sie so, ohne es zu merken, eine unsichtbare Mauer, und irgendwann standen beide, jeder auf seiner Seite, einsam davor.

Mit der Zeit häuften sich die Auseinandersetzungen, die mitunter auch in offenen Streit ausarteten. Da beide damit nicht umgehen konnten, spitzte sich die Sache immer weiter zu, bis zu dem Punkt, an dem es kein Zurück mehr gab, nämlich als Daniela sagte: »Vielleicht passen wir einfach nicht zusammen. Wir haben uns zwar gern, aber irgendwie funktioniert es nicht zwischen uns.«

Allein durch diese Worte wurde ein Gespenst heraufbeschworen, das vorher nicht da war.

Bei all den Diskussionen hatte Daniela eine Menge Dinge angesprochen, die ihr schon lange gegen den Strich gingen, und Andrea erinnerte sich an jedes einzelne: »Nach all den

Jahren, die wir nun schon verheiratet sind, ist es mir immer noch ein Rätsel, woran du eigentlich denkst, wenn du stundenlang kein Wort sagst. Mitunter bist du, selbst wenn du hier bist, völlig abwesend, und das stört mich ungemein. Ich verstehe einfach nicht, warum. Ist es, weil du dich mit mir langweilst oder weil dich andere Sachen beschäftigen? Unser Leben ist nur noch reine Gewohnheit, wir schenken einander gar keine Beachtung mehr. Du nimmst mich gar nicht mehr wahr. Manchmal redest du stundenlang kein Wort mit mir, tigerst durch die Wohnung, als wäre ich für dich Luft. Aber dann sprichst du mich plötzlich an, als wäre nichts gewesen. Dabei entgeht dir völlig, dass du mich stundenlang ignoriert hast.«

Als er das hörte, wurde Andrea klar, dass er es umgekehrt genauso empfand.

Aber er sagte nichts, und Daniela legte nach: »Aber ich weiß, wie du tickst. Immerzu musst du alles planen, quantifizieren, durchrechnen, auf handliche Gleichungen bringen, um dann für alles eine Erklärung zu haben. Glaubst du etwa, ich bin blöd? Ich habe deine Belehrungen satt. Es ödet mich an, wenn du so tust, als wärst du für mich da, und meinst, du müsstest mir lang und breit Sachen erklären, die mich nicht die Bohne interessieren.«

Es stimmte, obwohl sie seit Jahren zusammen waren, wussten sie das Schweigen des anderen nicht zu deuten, und das war der Schlüssel zu echter Intimität.

Zur ersten Auseinandersetzung dieser Art war es eines Abends gekommen, als sie schon im Bett lagen. Wieder einmal hatte Andrea nichts Böses geahnt, denn es war durchaus nichts Besonderes, wenn Daniela sich den ganzen Tag maulend in eine Ecke verkroch, wo sie sich auf die Schlacht vorbereitete.

An diesem Abend waren sie mit Freunden zum Essen ausgegangen. Wieder zu Hause, redeten sie über die anderen Paare und stellten Vergleiche an. Daniela warf ihm vor, dass er in Gesellschaft wie ausgewechselt sei, viel spritziger und sympathischer, als brauchte er ein Publikum, dann aber, sobald sie wieder allein waren, in sich zusammensackte.

Sie gingen zu Bett. Er war kurz vor dem Einschlafen, als Daniela urplötzlich das Licht wieder anknipste. »Wie kannst du jetzt nur schlafen?«

»Was ist denn los? Ist dir schlecht?«

»Merkst du denn gar nicht, was los ist? Wie kann man nur so unsensibel sein! Du drehst dich um, machst das Licht aus und schläfst einfach ein. Ich halte das nicht mehr aus.«

Andrea fragte sich, was er jetzt schon wieder falsch gemacht hatte.

»Kaum sind wir alleine, verhalten wir uns wie Fremde, wie Arbeitskollegen, nicht wie ein Paar. Wir kommen nach Hause, putzen uns die Zähne, gehen ins Bett, du liest, ich drehe mich auf die andere Seite und hoffe, möglichst rasch einzuschlafen. Aber oft gelingt mir das nicht, weil ich traurig bin, so traurig, dass ich heulen könnte.«

Nach dieser Aussage sah sie ihn erwartungsvoll an.

»Sag was, verdammt noch mal, sag wenigstens irgendetwas.«

Als er sie so reden hörte, war Andrea hin- und hergerissen: Einerseits wusste er, was sie meinte und dass sie recht hatte, andererseits widersprach er ihr vehement. Wahrscheinlich weil hatte er Angst.

Sogar als sie Schluss machten, sagte er noch: »Wir können uns doch nicht wegen so einer blöden Sache trennen.« An diesem Punkt nahm sie keine Rücksicht mehr und warf ihm alles an den Kopf, was sie dachte. Sie sprach langsam, sehr klar, ohne Pause. Ihre Ausführungen waren glasklar, scharfsinnig, vollendet. Die Worte waren perfekt, das Licht im Zimmer war perfekt, die Dunkelheit draußen war perfekt. Alles gestochen scharf in seiner Vollkommenheit, wie eine Offenbarung. Eine Epiphanie.

Andrea hörte ihr konzentriert zu und war absurderweise wie verzaubert. Er war entzückt, wie durchdacht, wie wunderbar konstruiert die Sätze waren. Abgelenkt war er bisweilen nur durch den Gedanken, dass sie nichts von ihrer Anmut, ihrer Eleganz, ihrer Verbindlichkeit verloren hatte. Sie brachte alles ans Licht, was er sich selbst nicht einzugestehen wagte. Je länger Daniela redete und die Brüchigkeit ihrer Beziehung darlegte, desto beeindruckter war er von ihr.

Aber Andrea fiel es schwer, sich mit den Tatsachen abzufinden, irgendetwas in ihm wehrte sich dagegen.

Daniela fuhr fort: »Es kommt nicht darauf an, wer was getan hat, Fehler machen wir alle. Du hast Fehler gemacht, ich habe Fehler gemacht. Der entscheidende Punkt ist ein anderer. Wir müssen aufrichtig zueinander sein, wir mögen einander, haben uns aneinander gewöhnt und wollen uns nicht weh tun, aber so kann es nicht weitergehen.«

Als er diese Worte hörte, bekam es Andrea mit der Angst. »Aber wir können doch nicht einfach alles sausenlassen, das geht doch nicht. Wir können uns doch anstrengen, damit es besser funktioniert, wir dürfen doch nicht gleich bei der ersten Schwierigkeit alles hinwerfen.«

Da begriff Daniela, dass sie alles allein machen musste, anstatt das Offensichtliche zu akzeptieren, würde er die Sache nur erschweren. »Schon wieder etwas, was ich nicht mehr ertragen kann.«

»Was denn?«

»Funktionieren, das Wort ›funktionieren‹. Das benutzt du auf Schritt und Tritt, du willst immer dafür sorgen, dass alles funktioniert, auch die Beziehungen. Ich will aber nicht funktionieren, ich bin kein Staubsauger, keine Maschine, kein Roboter. Ich will leben, ich habe keine Lust mehr, Dinge zu planen, die dann doch nie eintreten, ein Leben zu entwerfen, das ich doch nie leben werde, weil diese erträumte Zukunft gar nicht existiert. Ich habe es satt, mich einsam, unsichtbar, inexistent zu fühlen.«

»Aber du bist nicht allein, bist es nie gewesen.«

»Doch, das bin ich, und weißt du, wie ich das all die Jahre durchgehalten habe? Ich habe mir eine Menge Dinge vorgemacht, eine Menge Lügen zurechtgelegt, um Gesellschaft zu haben. Nur dass die seit einer Weile nicht mehr funktionieren, sie haben ihre Kraft eingebüßt, und jetzt stehe ich wieder alleine da. Ich fürchte, wenn ich bei dir bleibe, werde ich dir für alles die Schuld geben, was in meinem Leben schiefläuft. Damit habe ich schon angefangen. Oft denke ich jetzt schon, dass du all meine Träume zunichtegemacht hast. Ich weiß, dass das falsch ist, aber wenn ich schlecht drauf bin, dann führe ich das meistens auf dich zurück.«

Daniela hatte erkannt, dass sie eine andere Art von Mann an ihrer Seite brauchte, eine andere Art von Beziehung, in der sie sich erholen konnte. Sie hatte genug von einem

Mann wie Andrea, bei dem Reden eine Einbahnstraße war, der immer nur erklärte, belehrte, paraphrasierte.

Das alles erzählte Andrea seinem Bruder, während sie das Zimmer des Vaters strichen. »Möchtest du auch ein Glas Wasser? Ich habe eine ganz trockene Kehle.«

»Ja, gern.«

Marco hatte aufmerksam zugehört, es tat ihm leid für seinen Bruder, aber Daniela hatte recht, auch wenn er das jetzt nicht offen sagen konnte.

Er war froh, dass er nicht verheiratet war und keine feste Beziehung hatte. Derartige Spannungen hatte er selbst auch schon erlebt. Allerdings bemerkte er sie im Unterschied zu seinem Bruder immer recht schnell, weil er auf bestimmte Anzeichen im Verhalten der Frauen achtete: wenn sich ihr Atem veränderte oder sie sich im Schlaf ruhelos hin und her wälzten. Wenn derartige Symptome auftraten, wusste Marco, dass eine Entscheidung anstand: Entweder man tat, als würde man nichts merken, oder aber man fragte nach, ob etwas nicht stimmte. Er entschied sich stets für die erste Option und mimte den Dickfelligen, der überhaupt nichts mitbekam. *Ich bin ein schrecklicher Mensch,* sagte er sich in solchen Situationen.

Als Andrea zurückkam, reichte er seinem Bruder ein Glas und sagte dabei: »Womöglich war das alles unvermeidlich.«

Marco trank langsam, als würde er noch darüber nachdenken.

»Kaffee?«, fragte Andrea und klatschte dabei in die Hände, als wollte er sagen: »Machen wir weiter.«

»Ja, gern. Wenn du willst, mach ich den Kaffee.«

»Ich mach schon.«

Während Andrea die Espressokanne füllte, wurde Marco mit dem Streichen fertig.

Als Andrea mit dem Kaffee zurückkam, hüllte sich Marco respektvoll in Schweigen. Doch dann sagte Andrea: »Aber, um die Wahrheit zu sagen, es gibt da eine.«

»Was denn?«

»Eine Frau, die mir gefällt. Verliebt bin ich zwar nicht, aber sie gefällt mir.«

»Wer denn?«

»Eine Kollegin aus meinem Büro.«

»Wie heißt sie?«

»Irene.«

Marco sah seinen Bruder an. »Ist sie hübsch?«

»Sehr.«

»Und du gefällst ihr?«

»Sie hat gesagt, sie sei in mich verliebt.«

Marco stellte die Tasse auf der Untertasse ab. »Ist sie der Grund, weshalb ihr euch getrennt habt?«

Andrea antwortete nicht, hing aber seinen Erinnerungen nach und lächelte dabei verträumt.

»Kaum zu glauben, Andrea, das passt gar nicht zu dir.«

Andrea & Irene

Für Andrea war es völlig undenkbar, seine Frau zu betrügen. Ausgeschlossen, das kam für ihn absolut nicht in Frage. Auch nicht als Notlösung, so etwas wäre ihm nie und nimmer eingefallen.

Seine Treue war unverbrüchlich, und zwar nicht, weil die Liebe zu Daniela jeden Seitensprung ausschloss. Seine unbedingte Treue hatte mit ihrer Ehe nichts zu tun, sie war ein Versprechen, das er sich selbst gegeben hatte. Eine ganz persönliche Sache. Eine Sache der Moral.

Betrügen war falsch. Punkt. Seiner Auffassung nach war Betrug eine Respektlosigkeit. Das hatte man ihm beigebracht, und das war inzwischen sein Credo.

Würde ich meine Frau betrügen, würde ich das Fundament meines Lebens unterminieren, hatte er eines Tages gedacht, als er sich im Aufzug zum Büro im Spiegel betrachtete.

Genauso kategorisch war er in Bezug auf das Betrogenwerden. »Wenn ich herausfände, dass meine Frau mich betrügt, würde ich sie sofort verlassen«, hatte er einmal bei einem Abendessen gesagt, als man auf derartige Themen zu sprechen kam.

Dabei hatte er jedoch bei weitem unterschätzt, welche Kräfte das Verlangen einer Frau freisetzen kann. Wenn eine

Frau etwas will, kann sie Berge versetzen, wenn eine Frau einen Mann will, gerät die Welt aus den Fugen.

Andrea und Irene arbeiteten an demselben Projekt. Und schon nach wenigen Monaten war sie, die dreizehn Jahre jünger war als Andrea, vollkommen verknallt in ihn.

Irene nahm ihre Arbeit sehr ernst und zeigte großen Einsatz. Da sie noch nicht lange in Mailand lebte, hatte sie nicht viele Freunde und ging oft nach der Arbeit sofort nach Hause, aß vor dem Computer zu Abend und arbeitete dabei weiter. Ab und zu ging sie mit ein paar Frauen aus, die sie gerade erst kennengelernt hatte. Doch das waren keine echten Freundinnen, sondern eher Zufallsbekanntschaften, mit denen man etwas unternimmt, um nicht alleine zu sein. Weil sie mit diesen Frauen nicht sehr viel gemeinsam hatte, fühlte sie sich oft fehl am Platz, wenn sie mit ihnen ausging. Sie fühlte sich fremd, wenn nicht gar unwohl. Die Männer, die ihr begegneten, fand sie hingegen durchweg idiotisch. Äußerlich wie aus dem Ei gepellt, aber ohne jeden Funken Spontaneität, nicht einmal in den Augenbrauen. Großspurig gaben sie sofort damit an, was sie alles besaßen, was sie beruflich machten und was sie in Kürze besitzen würden. Aber eigentlich waren sie nur darauf aus, sie abzuschleppen. Alles nichts als schöner Schein. Die Anstrengung, sich interessant zu machen, war so offensichtlich und lächerlich, dass man sich unwillkürlich an Kataloge über zeitgenössische Kunst erinnert fühlte.

Gemeinsam mit einer dieser neuen Freundinnen meldete sie sich in einem Fitnesscenter an, eher um ein bisschen unter Menschen zu kommen, als um Sport zu treiben. Bei ihrem ersten Besuch stellte ihr ein Personaltrainer diverse Fragen, um ihre Daten aufzunehmen. Ein schöner Mann, fast wie ein Model. Er setzte Blicke und Stimme ein, um mit ihr zu flirten. Am liebsten hätte sie den Spieß umgedreht und ihn selbst ausgefragt.

»Ist dein T-Shirt nicht vielleicht ein bisschen zu eng?«

»Welche Kosmetikerin hat dir bloß weisgemacht, dass diese Augenbrauen in Form monströser Möwenflügel dir gut stehen?«

»Welche Farbe hätte deine Haut, wenn du nicht im Solarium eingeschlafen wärst?«

Bestimmt gehörte der Typ zu denen, die Fotos von sich in der Badehose auf Facebook posten, im Restaurant auf die Kalorienzahl des Menüs achten und beim Sex vorm Spiegel ihre Brustmuskeln bewundern.

Andrea dagegen war ein echter Mann, er flirtete nicht und behandelte sie gleichberechtigt, obwohl er eine höhere Position bekleidete. Er war nett, machte keine anzüglichen Bemerkungen, ein ernsthafter Mann, und diese Ernsthaftigkeit hatte es ihr angetan.

Er behandelte sie so zuvorkommend, wie sie es noch nie bei einem Mann erlebt hatte. Es waren nur Kleinigkeiten, manchmal brachte er ihr morgens ein Croissant mit, erkundigte sich, ob sie vielleicht müde sei und sie eine Pause machen sollten. Wenn sie gemeinsam das Büro verließen, begleitete er sie zu ihrem Auto, und zwar nicht, um sie zu verführen, sondern aus reiner Fürsorge und Höflichkeit.

Als Irene ihm einmal im Vertrauen erzählte, sie träume von einer Reise nach Australien, brachte er ihr ein paar Tage später einen Bildband über das Land der Kängurus mit, in der Hoffnung, dass sie ihn noch nicht hatte.

Als ihr Auto in die Werkstatt musste, lieh Andrea ihr seins. Da sie so viel Zuwendung gar nicht gewohnt war, empfand Irene all diese Aufmerksamkeiten, auch wegen ihrer Einsamkeit, als äußerst wohltuend. Obwohl er eigentlich gar nicht ihr Typ war, hatten seine freundlichen Gesten sie verzaubert. Dabei verlangte Andrea keinerlei Gegenleistung, es war einfach seine Art, er war halt »liebenswürdig«, wie seine Mutter es nannte. Seine Hilfsbereitschaft war reiner Selbstzweck.

Von seinem Charakter her war Andrea so ehrlich, dass er vor Daniela nichts geheim hielt, aber sie war weder eifersüchtig noch verärgert. Auch sie mochte es, dass er zu allen nett war, nicht nur zu ihr. Sie wusste auch über das geliehene Auto Bescheid.

Dann ging Irene eines Tages auf, dass sie sich in Andrea verliebt hatte. Doch da sie wusste, dass er verheiratet war, behielt sie ihre Gefühle für sich. Ein Verhältnis mit einem verheirateten Mann kam für sie nicht in Frage, »so ein Typ Frau bin ich nicht«. Aber in der Phantasie malte sie sich aus, wie es wäre, mit ihm zu schlafen, zu verreisen, sogar Kinder zu haben.

So vergingen die Monate, und irgendwann veränderte sich ihre Beziehung. Eines Tages sah Andrea sie auf eine andere Art an, vielleicht empfand auch er etwas. Da begann Irene vorsichtig zu hoffen.

Alles begann, als Andrea einen Unfall hatte und von einem Auto angefahren wurde. Als sie im Büro davon hörte, nahm Irene sogleich ein Taxi zum Krankenhaus. Es war nichts Schlimmes, er hatte einen Arm in Gips und musste zur Beobachtung dableiben.

Sie waren allein im Krankenzimmer. »Weiß deine Frau schon Bescheid? Soll ich sie anrufen?«

»Sie konnten sie noch nicht erreichen, das Handy war aus, aber sie haben eine Nachricht hinterlassen.«

»Sag mir, wenn ich etwas tun kann.«

Dabei nahm sie seine Hand, es war das erste Mal, dass sie sich berührten.

Sie war total aufgeregt, es hätte nicht viel gefehlt und sie wäre in Tränen ausgebrochen. »Ich bin zu Tode erschrocken, als ich von dem Unfall gehört habe. Hast du Durst? Brauchst du irgendwas?«

»Nein, danke. Ich glaube, sie haben mir ein Schmerzmittel gegeben, ich bin müde, ich werde wohl ein bisschen schlafen.«

»In Ordnung. Soll ich wieder gehen?«, fragte sie, während sie mit dem Daumen seine Fingerknöchel streichelte.

»Ich will dich nicht wegschicken, aber mir fallen die - Augen zu.«

Hand in Hand mit Irene schlief Andrea ein. Als er aufwachte, spürte er noch immer die Wärme ihrer Hand und schlug die Augen auf.

»Ciao, Andrea.«

»Ciao, Daniela«, sagte er mit leiser Stimme.

»Endlich bist du wieder wach. Wie geht's dir?«

»Ich habe Schmerzen, aber ich lebe«, und er zog die Hand weg.

Danielas Augen waren noch ganz feucht. »Ich habe mit dem Arzt gesprochen, er sagt, es sei nichts Schlimmes.«

»Geh nach Hause, Daniela. Ich möchte allein sein, ich bin müde.«

Daniela war von Andreas Reaktion überrascht, sie dachte, er stünde noch unter Schock. Sie beschloss zu tun, was er verlangte. Als sie weg war, liefen Andrea die Tränen aus den Augen.

Er blieb ein paar Tage im Krankenhaus, und als er wieder zu Hause war, wurde alles wieder genauso wie zuvor. Bis auf Andrea, er hatte sich grundlegend verändert.

Irene gegenüber verhielt er sich jetzt noch fürsorglicher. Manchmal, wenn sie plötzlich hochsah, überraschte sie ihn dabei, wie er sie mit einem Blick anstarrte, den sie nie zuvor an ihm bemerkt hatte. Aber sie verstand nicht.

Eines Abends lud er sie sogar zum Aperitif ein.

»Wo? Unten in der Bar?«

»Wir könnten ein neues Lokal ausprobieren, ich kenne eins nicht weit von hier, da können wir zu Fuß hingehen.«

Irene war glücklich, vielleicht war eine Veränderung in Gang gekommen, und sie hatten jetzt eine Chance.

Als sie in die Bar kamen, war schon alles für die Happy Hour gedeckt. Der Tresen stand voller Teller und Tabletts, wie bei einem Buffet auf einer billigen Hochzeit. Minipizzen, Dips, Würstchen, Bresaola-Röllchen mit Ricotta und Rucola. Daneben ein Stapel Plastikteller und Gläser mit Plastikgabeln.

Anstelle von Stühlen gab es würfelförmige Lederpuffs, die so niedrig waren, dass einem der Magen auf Ohrenhöhe hing.

Die Musik war laut, *Everybody* war das einzige Wort, das er aus dem musikalischen Lamento heraushörte.

Andrea hatte immer noch den Arm in Gips, und Irene half ihm dabei, sich etwas zu essen zu nehmen.

Sie erzählten sich ausführlich von ihrem jeweiligen Leben, lachten viel, und Andrea merkte, dass er ein wenig - beschwipst war, was seit Jahren nicht mehr vorgekommen war.

Auf diesen Aperitif folgten etliche weitere, und bald gingen die Mails, die sie sich schrieben, über das strikt Arbeitsmäßige hinaus.

Es folgte eine SMS, dann noch eine. Irene fragte Andrea nicht nach seinem Privatleben, sie beschränkte sich darauf, ab einer gewissen Uhrzeit nicht mehr zu schreiben. Oft schickten sie sich gegenseitig eine Nachricht aufs Handy, wenn sie nach der Arbeit oder dem gemeinsamen Aperitif auf dem Weg nach Hause waren. Wenn Daniela zum Abendessen ausging, schrieb Andrea an Irene.

Mit all dem verstießen beide gegen ihre Prinzipien, aber es war einfach stärker als sie.

Wenn sie beim Aperitif saßen, kam es vor, dass sie sich leicht berührten oder ein paar Sekunden an der Hand hielten. Die körperliche Annäherung geschah sehr langsam, keiner von beiden drängte in diese Richtung, auch wenn beide sich danach sehnten. Dann begleitete er sie eines Abends beim Verlassen des Büros zu ihrem Auto. Es regnete in Strömen.

»Steig ein, Andrea, ich fahre dich zur U-Bahn.«

Im Auto redeten sie nicht viel, er wirkte nervös, abwesend. Bevor er die Tür aufmachte, gaben sie sich die üblichen Wangenküsschen, neigten dabei aber den Kopf in dieselbe Richtung und hätten sich beinah auf den Mund geküsst.

»Oh, entschuldige.« Peinlich berührt lehnte Andrea sich

zurück, nahm die Aktentasche und blieb mit gesenktem Blick einen Augenblick reglos sitzen.

»Was hast du, Andrea?«

»Nichts, ciao, ich gehe. Bis morgen.«

Als er weg war, fühlte sich Irene unbehaglich.

Habe ich was falsch gemacht? Habe ich übertrieben? Vielleicht hat er seine Meinung geändert.

Ihr kamen die Tränen. Sie fragte sich, warum sie immer wieder in Situationen geriet, in denen sie das Verhalten der Männer nicht verstand. Im Grunde war Andrea auch nicht anders. *Die sind doch alle geisteskrank.*

Während sie noch darüber nachdachte, ging die Tür auf, und Andrea setzte sich wieder auf den Beifahrersitz.

»Was ist los? Hast du was vergessen?«

Er sah sie an, nahm ihr Gesicht in die Hände und küsste sie mit Leidenschaft, man hörte das geräuschvolle Ausatmen durch die Nase. Dann sah er ihr in die Augen. »Ich weiß, Irene, es ist nicht richtig, ich weiß es, aber ich kann nicht anders, ich kann nicht mehr an mich halten. Ich finde dich einfach umwerfend.«

Als er sie umarmte, brachte Irene kein Wort heraus.

Dann stieg Andrea plötzlich aus. »Ciao, bis morgen.«

Irene war wieder allein, aufgelöst, benommen.

Erst danach ging ihr auf, wie glücklich sie war, während der strömende Regen alle Zweifel fortspülte.

Betrug

Daniela hatte sich für Andrea als Ehemann entschieden, weil er so zielbewusst wirkte, immer wusste, was er wollte, und bereit war, Verantwortung für seine Entscheidungen zu übernehmen. In ihren Augen wirkte er resolut und zupackend und verkörperte Gewissheit und Vertrauen, emotionale, moralische und ökonomische Sicherheit. Mit ihm würde alles in Erfüllung gehen, was sie sich immer gewünscht hatte.

Ein paar Tage nach dem ersten Kuss fasste Andrea den Entschluss, sich mit Irene in ihrer Wohnung zu treffen. Allein der Gedanke machte ihn so nervös, dass er in der Nacht vor der Verabredung fast kein Auge zutat; außerdem, das kam noch hinzu, war er ein schlechter Lügner.

Wer bin ich? Was soll aus mir werden? Was geschieht mit mir? Er hatte keine Antworten, war voller Ängste.

Um halb sechs schreckte er auf, vielleicht wegen eines Geräuschs von der Straße, schlug die Augen auf und war schlagartig so hellwach, als hätte er überhaupt nicht geschlafen.

Langsam drehte er sich zu seiner Frau um, das Laken reichte ihr bis über die Augen, nur Stirn und Haare schauten hervor. Wie sie dabei noch Luft bekam, hatte ihn immer schon gewundert.

Wenn er sie früher im Schlaf beobachtet hatte, hatte er sich oft gefragt, wer diese Person eigentlich war, warum gerade sie und keine andere neben ihm lag. Hätte er auch eine andere lieben und trotzdem glücklich sein können?

Wenn er nachts traurig oder nervös war, kroch er dicht an sie heran und schnüffelte an ihr. Kaum füllten sich Nase und Kopf mit ihrem Geruch, beruhigte er sich auf wundersame Weise, als hätte der Geruch magische Kräfte. Aber nun funktionierte dieser Geruch nicht mehr.

Wann haben wir uns verloren? Woran liegt es, dass es mit uns nicht mehr funktioniert? Ist es nur Zufall, dass wir uns beim Einschlafen den Rücken zuwenden? Am Anfang war das anders, das weiß ich noch genau.

Dann begann der Tag, ein Samstag. Alles ruhig.

Er stand auf, um zu frühstücken, arbeitete noch ein bisschen am Computer. Gegen acht brachte er Daniela einen Kaffee ans Bett.

So etwas tat er gern, wenn sich die Gelegenheit dazu bot. Doch an diesem Morgen wurde Andrea eins klar: Unter diesen Bedingungen versetzte ihm jede kleine Gefälligkeit, die er ihr erwies, einen leichten Stich.

Das Gesicht noch ganz verknittert, schob sich Daniela ein Kissen in den Rücken, um den Kaffee zu trinken.

Als er in die Küche zurückging, war Andrea überzeugt, dass er die Verabredung mit Irene platzen lassen würde.

Ciao, entschuldige, dass ich mich erst jetzt melde, aber ich kann heute nicht, mir ist etwas dazwischengekommen. Diesen Text schrieb er, las ihn, las ihn noch einmal, löschte ihn wieder. Dann zog er sich an und verließ die Wohnung.

Frische Luft, Spaziergang, Nachdenken, sich umschauen.

Er kaufte eine Zeitung für sich und ein paar Zeitschriften für Daniela und setzte sich in eine Bar.

Rasch blätterte er die Zeitung durch, las nur die Überschriften. In wenigen Minuten erreichte er die letzte Seite, warf noch einen Blick auf die Wettervorhersage.

Dann beobachtete er die Leute, und sein Blick blieb an einem Pärchen hängen, das sich lächelnd, glücklich und verliebt streichelte und küsste.

Andrea freute sich mit ihnen, er war froh, dass es die beiden gab, dass die Welt noch immer diesen wunderbaren Zauber hervorbrachte, trotz allem.

Dieser Anblick nahm ihn völlig gefangen, lenkte ihn von allem ab, vor allem von sich selbst. Genau das, so stellte er zu seinem eigenen Erstaunen fest, war es, was er sich mit Irene wünschte. Ihm wurde plötzlich klar, dass er nicht nur mit ihr schlafen wollte, denn es war nicht das fleischliche Verlangen, das seine Gewissheiten erschüttert und hinfällig gemacht hatte, sondern das Bedürfnis nach Zärtlichkeit. Darin lag die eigentliche Sprengkraft. Denn was er für Daniela tat, hatte mit Zärtlichkeit nichts zu tun. Es war keine Zärtlichkeit, wenn er ihr einen Kaffee ans Bett brachte, es war keine Zärtlichkeit, wenn er mit dem Essen auf sie wartete, wenn sie sich verspätete, es war keine Zärtlichkeit, wenn er ihr kleine Gefälligkeiten erwies. Das alles waren nur eheliche Galanterie, Korrektheit, Freundlichkeit, gute Manieren.

Als ein junger Mann ihn nach der Zeitung fragte, wurde Andrea abrupt aus seinen Gedanken herausgerissen und unsanft in die Realität zurückkatapultiert.

Als er sich dann wieder seinem Kaffee zuwandte, meldete sich die Vernunft zurück und opponierte gegen seinen emotionalen Überschwang.

Die Wahrheit war, dass die beiden Verliebten da vor ihm sich sanft schaukeln ließen von einem Boot, mit dem sie wie alle irgendwann unweigerlich kentern würden.

In diesem Augenblick begriff er, dass er auf gar keinen Fall zu Irene gehen durfte, dadurch würde er nur Komplikationen heraufbeschwören, die er sich besser ersparte.

Für einen Neuanfang in seinem Leben musste er an etwas Konkretem ansetzen. An seiner Ehe. Mit dieser Überzeugung stand er auf, entschlossen, zu Daniela zurückzukehren.

»Die Zeitung kannst du behalten, ich habe sie schon gelesen«, sagte er zu dem jungen Mann und verließ die Bar.

Als Erstes musste er nun die richtige Worte finden, um Irene abzusagen: *Entschuldige, aber ich kann nicht;* oder: *Tut mir leid, mir ist etwas dazwischengekommen;* oder: *Entschuldige, aber ich kann das nicht;* oder: *Verzeih mir, aber ich kann nicht kommen;* oder: *Verzeih mir, Irene, aber ich kann nicht. Lassen wir es dabei.*

Er wollte sie nicht verletzen, immerhin war sie immer aufrichtig zu ihm gewesen. Das hatte sie nicht verdient.

Als er zu Hause ankam, hatte er die Nachricht noch immer nicht abgeschickt.

Daniela war noch in der Unterhose und machte sich gerade zum Ausgehen fertig. »Ich weiß nicht, was ich anziehen soll, ich kann das alte Zeug einfach nicht mehr sehen. Wenn ich den Schrank aufmache, finde ich alles blöd, am liebsten würde ich alles wegschmeißen. Ich brauche was Neues.«

»Was zum Beispiel?«

»Keine Ahnung, am liebsten einen ganz neuen Stil.«

»Dann kann ich dir ja eine Rapper-Kluft kaufen.« Sie schmunzelten.

Andrea ging in die Küche, wenig später kam auch Daniela.

»Gute Wahl, die Bluse steht dir gut.«

»Ach, ich weiß nicht. Ich mache mir einen Kaffee, willst du auch einen?«

»Nein, danke, ich habe schon einen in der Bar getrunken.«

»Kannst du mir das aufmachen?«, fragte sie und hielt ihm die Espressokanne hin.

»Was würdest du nur ohne mich machen? Noch nicht mal einen Kaffee brächtest du zustande.«

»Aber dann wäre wenigstens die Kanne nicht mehr so fest zugeschraubt, keine besonders romantische Bemerkung, ich weiß.« Wieder schmunzelten sie.

Von seinem Platz aus sah Andrea zu, wie geschickt sie den Kaffee aus der Dose in den Filter löffelte, ohne ein einziges Körnchen fallen zu lassen. Diese Präzision hatte ihn seit je fasziniert. Daniela machte nie die Küche schmutzig, darin war sie übergenau, fast besessen. Andrea bildete sich ein, dass sie diesen übertriebenen Ordnungsfimmel von ihm hatte, denn am Anfang war sie nicht so gewesen. Ihm zu Gefallen hatte sie irgendwann angefangen, im Kühlschrank alles säuberlich etikettiert in Reih und Glied aufzustellen und abends vorm Schlafengehen die Kleidung ordentlich zusammenzufalten. Er hatte ihr diesen Perfektionismus eingeimpft, diese ganze Disziplin. Und damit, so dachte er plötzlich, hatte er keine bessere Frau aus ihr gemacht.

Während er ihr zusah, merkte er, dass das, was er für

sie empfand, keine Liebe war, ihre Beziehung basierte nur noch auf der Zuneigung zu einem Menschen, den man seit Jahren kennt. Ihm kam sogar der Verdacht, dass sie sich womöglich nie geliebt hatten. Auf sie traf das vermutlich nicht zu, aber auf ihn, er war dazu gar nicht in der Lage.

Er stand auf, ging ins Bad und schrieb an Irene: »Ich komme in einer Stunde.«

Andrea versuchte, sich möglichst normal zu verhalten, aber Daniela kam ihm komisch vor.

»Was hast du heute vor?«, fragte sie, wobei sie ihn nicht ansah, sondern weiter geschäftig hin und her lief.

Andrea hatte sofort das Gefühl, unter Verdacht zu stehen. Jetzt war die erste Lüge fällig, ihm blieb keine andere Wahl, als sie auszuspucken, um dann tatenlos zusehen zu müssen, wie sie immer größer wurde, wie ein Schneeball, der den Berg hinunterrollt, im vollen Bewusstsein, dass eine Lüge die nächste nach sich zieht.

»Ich treffe mich mit Kollegen, und du?«

»Ich gehe zu Ale, ihr Sohn hat Fieber, und sie kann nicht weg.«

Als Andrea aufstand, um sich ein Glas Wasser zu holen, entdeckte er Kaffeepulver auf dem Herd: Daniela wusste Bescheid.

Vielleicht stimmte es auch gar nicht, dass sie zu Ale wollte, womöglich wollte sie ihm nachspionieren.

Ich hab das auch gemacht. Als ich dachte, sie hätte einen anderen, bin ich ihr bis zu ihrem Büro gefolgt. Warum sollte sie das umgekehrt nicht genauso machen?

Daniela stand im Flur vor dem Spiegel und tuschte sich die Wimpern. Um nichts zu verschmieren, bewegte sie kaum die Lippen, als sie ihn fragte: »Bist du um acht zurück?«

»Auf jeden Fall, wahrscheinlich schon früher.«

»Alles klar, bis später dann.« Sie verließ die Wohnung und schloss die Tür.

Unten angekommen, sah sich Andrea aufmerksam um, stieg dann ins Auto und beschloss, einen Umweg zu fahren, damit er sehen konnte, ob ihm jemand folgte.

Kurz vor Irenes Wohnung fiel ihm plötzlich ein, dass Daniela ihm gar nicht folgen musste, weil sie die Adresse ja kannte: Nach einem Arbeitsessen hatten sie Irene nach Hause gefahren.

Daniela hatte ein Gedächtnis wie ein Elefant. So wusste sie beispielsweise noch genau, welches Essen Andrea bei einer bestimmten Gelegenheit im Restaurant bestellt hatte, auch wenn das schon Jahre her war. Sie benutzte auch keinen Kalender, ihre Termine hatte sie im Kopf.

Bestimmt hatte sie sich irgendwo versteckt. Andrea wusste nicht, wie er sich verhalten sollte, er fuhr an Irenes Haus vorbei, bog ab, parkte und stellte den Motor ab. Nervös sah er in den Rückspiegel und erwartete jeden Moment, sie dort auftauchen zu sehen: Da kam sie schon um die Ecke.

Als er sie sah, hatte er den Impuls, den Motor zu starten und sich aus dem Staub zu machen, aber dafür war es jetzt zu spät. Also beschloss er, sich zu stellen.

Er öffnete die Tür, stieg aus und ging ihr entgegen, um ihr klarzumachen, dass er nicht davonlief. Doch als er sie ansah, stellte er fest, dass die Person nicht nur nicht Daniela war, sondern sogar ein Mann.

Er atmete tief durch, ihm fiel ein Stein vom Herzen. *Ich muss mich erst beruhigen,* sagte er sich und stieg wieder ein. *Ich bin eine Niete, als Mann, als Ehemann und als Geliebter. Für mich ist jede Rolle zu groß.* Das Telefon klingelte. Es war Daniela.

»Hallo Liebling, was gibt's?«

»Nichts Besonderes, ich bin gerade beim Einkaufen und wollte dich fragen, ob ich heute Linguine mit Meeresfrüchten machen soll.«

»Ja, gern. Wo bist du?«

»Im Supermarkt, hab ich doch gesagt. Also gut, dann kaufe ich den Fisch.«

»Okay.«

»Andrea, ist alles in Ordnung?«

»Ja, wieso?«

»Ach nichts, nur dass du seit Jahren nicht mehr Liebling zu mir gesagt hast. Ciao, bis später.«

Daniela war ihm nicht gefolgt, nein, sie dachte ans Abendessen.

Er stieg wieder aus und machte sich auf den Weg zu Irene. Im Gehen dachte er: *Daniela ist zwar kein Engel, auch sie hat Fehler gemacht, aber so etwas hat sie vielleicht doch nicht verdient.*

Mit jedem Schritt nahmen die Schuldgefühle zu. Vor der Tür angekommen, streckte er die Hand nach der Klingel aus, zog sie aber sofort wieder zurück, machte auf dem Absatz kehrt, ging zurück zum Auto und fuhr ins Büro.

Er schickte eine Nachricht an Irene und entschuldigte sich. Er war wütend auf sich selbst, auf Irene, auf Daniela.

Als er nach Hause kam, hatte er Sehnsucht nach familiärer Wärme und dem Duft von gutem Essen auf dem Herd. Aber Pustekuchen. Daniela stand unter der Dusche. In der Küche war nichts vorbereitet, keine Spur von Kochaktivitäten, kein Wasser aufgesetzt, keine Packung Pasta weit und breit. *Komisch, vielleicht ist ihr was dazwischengekommen.*

Dann sah er, dass sein Laptop aufgeklappt war. Manchmal benutzte Daniela ihn, um ins Netz zu gehen oder Musik zu hören.

Als sie in die Küche kam, erbot sich Andrea zu kochen. Doch sie sagte nur, sie müssten reden. Andrea erbleichte, das Blut gefror ihm in den Adern. *Vielleicht hat sie meine Mails an Irene gelesen.*

»Was gibt's denn?«

Sie sah ihn komisch an, war angespannt, das Gesicht ganz hart.

»Wir müssen über etwas reden, was uns beide angeht.«

Andrea begriff, sie wusste Bescheid. *Ich bin ein Idiot. Wie konnte ich nur so etwas tun?*

Er war kurz davor, ihr zu sagen, dass er gar nicht bei Irene war, er habe zwar einiges falsch gemacht, aber letztlich sei doch gar nichts passiert. Nur ein dummer Kuss. Aber er brachte kein Wort heraus.

Und in diese Stille hinein stieß Daniela einen langen Seufzer aus und sagte mit traurigem Gesicht: »Es tut mir leid, Andrea, es tut mir wirklich schrecklich leid, aber ich habe einen anderen. Seit Monaten. Ich glaube, ich liebe ihn.«

Spaghetti mit Venusmuscheln

Als Marco auf der Grundschule war, ging er oft zum Essen zu den Großeltern. Wenn er vor der Haustür ankam, klingelte er und sagte in die Sprechanlage: »Ich bin's.« Und wenn er kurz darauf vor der Wohnungstür stand, hielt die Großmutter immer noch den Knopf zum Öffnen gedrückt.

Sie war eine sehr gute Köchin und hatte irgendwann einmal zu ihm gesagt, für jemanden zu kochen sei eine Art, ihm mitzuteilen, dass man ihn gernhat. Diese Worte hatten sich ihm tief eingeprägt, und heute gab er sie auch an die Leute weiter, die für ihn arbeiteten.

Kochen hatte er von ihr gelernt. Als er mit zwanzig auszog, kannte er schon eine Menge Rezepte und konnte wunderbare Gerichte zubereiten. In London hatte er dann Arbeit in einem italienischen Restaurant gefunden und dort von dem neapolitanischen Koch die letzten Kniffe dazugelernt.

Doch durch den Dauerstress im Restaurant, wo nicht einmal Zeit blieb, den Kopf von den Bestellungen zu heben, hatte er allmählich die Lust am Kochen verloren.

Jetzt arbeitete er nicht mehr als Koch, sondern war zum Food Manager aufgestiegen.

Aber für sich und seine Freunde kochte er immer noch

gern. Als Isabella ihn zum Essen einlud, hatte er gern angeboten, selbst zu kochen. Das Menü bestand aus:

Salat aus Tintenfisch und Kartoffeln
Spaghetti mit Venusmuscheln und Bottarga
Goldbrasse aus dem Ofen
Schokoladentörtchen mit flüssigem Kern und Vanilleeis

Relativ einfache Gerichte, nichts Besonderes.

Schwer bepackt mit Einkaufstüten, kam Marco bei Isabella an. »Zuerst bereite ich den Nachtisch vor, der kommt dann sowieso erst in letzter Minute in den Ofen.«

»Ist gut, soll ich dir helfen?«, fragte Isabella.

»Nicht nötig. Wenn du magst, kann ich vorher noch eine Bloody Mary mixen.«

»Sehr gern.«

»Gut, nehmen Sie Platz.«

Sie stießen an, dann machte sich Marco ans Kochen. »Kannst du den Wein entkorken?«

»Aber ich hab noch Bloody Mary.«

»Der Wein ist für später, aber jetzt brauche ich schon mal den Korken, den koche ich beim Tintenfisch mit, dann wird er zarter.«

»Wirklich?«

»Nein, stimmt nicht. Aber der Trick stammt von meiner Großmutter, deshalb mache ich es trotzdem, aus Zuneigung zu ihr, ist so eine Art Ritual für gutes Gelingen.«

Isabella entkorkte die Flasche. »Sag mal, wie ist das eigentlich in London, wenn man im Supermarkt Obst oder Gemüse kauft, muss man das denn selbst abwiegen, oder macht das die Kassiererin?«

»Wo ich einkaufe, macht das die Kassiererin.«

»Wie in Paris. Heute Morgen war ich einkaufen, und dann stand ich mit fünf Tüten an der Kasse, allesamt nicht gewogen.«

»Musstest du dann noch mal zurück?«

»Nein, sie haben einen Angestellten losgeschickt, aber ich musste an der Kasse warten, das war vielleicht peinlich. Die Leute hinter mir wurden ganz ungeduldig. Als ich mich umdrehte, um mich zu entschuldigen, habe ich gemerkt, dass sie mich am liebsten gesteinigt hätten.«

»Wenn du willst, könnte ich jetzt Hilfe gebrauchen.«

»Gern, aber ich bin nicht sehr gut.«

»Du brauchst nur die Schokolade mit der Butter zu verrühren, bis sich alles aufgelöst hat. Entscheidend ist die Backzeit: eine Minute zu viel, und schon ist es mit dem flüssigen Kern vorbei.«

Als sie mit Rühren fertig war, setzte sich Isabella wieder hin, nahm ihr Glas Bloody Mary und ließ die Eiswürfel klingeln. Sie fand Marco am Herd unheimlich sexy, sie hätte ihm stundenlang zusehen können.

Seine Geschicklichkeit erregte sie. An jeder Kleinigkeit war zu erkennen, dass er sein Handwerk beherrschte, man brauchte nur zuzusehen, wie er sich an der Schürze die Hände abtrocknete, wie er das Gemüse schnitt, wie er Salz aufs Essen streute, wie er den Wasserhahn auf- und zudrehte, wie er zum Probieren den Holzlöffel an den Mund führt.

»Wie läuft's mit deinen Geschäftsterminen?«

»Ich habe einen Interessenten in der Nähe von Modena. Willst du mal ein paar Entwürfe sehen?«

»Gern.«

Isabella kam mit einem Skizzenbuch zurück: Hemd-chen, Schlafanzüge, Strumpfhöschen.

Während sie in den Entwürfen blätterten, kamen sie sich so nahe wie damals nach der Beerdigung. Am liebsten hätte Marco ihr einen Kuss gegeben. Es knisterte heftig, sie fühl-ten sich noch genauso zueinander hingezogen wie früher.

Aus dem Nebenraum hörte man die Mutter sagen: »Frisch gebadet, jetzt wird gegessen.«

Großmutter und Enkelin kamen in die Küche.

»Das riecht aber gut.«

Isabella machte das Abendessen für das Kind. Marco räumte seinen Platz am Herd und setzte sich mit Mathilde aufs Sofa, um *Familie Feuerstein* zu gucken.

Obwohl er selbst nie Kinder haben wollte, amüsierte er sich doch köstlich, wenn er bisweilen mit denen seiner Freunde zusammenkam.

»Wie geht's deinem Vater?«, fragte ihn Rossana.

»Er schafft es schon.«

»Hoffentlich kommt er bald wieder auf die Beine. Und wie ergeht es dir in London? Isabella hat mir erzählt, dass du jetzt ein sehr schönes Restaurant hast.«

»Es gehört nicht mir allein, wir haben es zu zweit. Aber ich bin für die Speisekarte und die Küche zuständig, es läuft sehr gut. Wir haben einen ausgezeichneten Koch.«

»Und hast du eine feste Freundin?«

»Mama, so was fragt man doch nicht, du bringst ihn ja in Verlegenheit«, sagte Isabella, als sie hereinkam, um das Kind zu holen.

»Na gut, entschuldige. Ich wollte nicht aufdringlich sein.«

»Das ist doch nicht aufdringlich, Isabella übertreibt wie immer ein bisschen. Dann gehe ich wohl mal wieder in die Küche. Schade, eigentlich hätte ich gerne noch gesehen, wie die Episode endet.«

»Mathilde liebt die Feuersteins. Das wird eine schöne Enttäuschung, wenn sie herausfindet, dass Menschen und Dinosaurier nie gleichzeitig existiert haben. So ähnlich wie mit dem Weihnachtsmann«, sagte Isabella, ohne dass Mathilde sie hören konnte.

Marco stand auf und ging wieder in die Küche, einen Augenblick lang stellte er sich vor, er wäre mit Isabella verheiratet und mit Frau und Tochter bei der Großmutter zu Besuch.

Wie Mathilde wohl aussähe, wenn sie meine Tochter wäre?

Als er weiterkochte, kam ihm der Gedanke, dass dies hier genau das Leben war, das er zwar nie hatte führen wollen, das ihm in diesem Augenblick jedoch keineswegs missfiel.

»Es muss doch frustrierend sein, wenn man als Fernsehjournalist bei den Zwanzig-Uhr-Nachrichten arbeitet, meinst du nicht?«, fragte Isabella, als sie in die Küche kam.

»Wieso?«

»Als wir klein waren, guckten wir immer die Nachrichten, um zu erfahren, was in der Welt passiert war, heute lesen wir fast alles in Realzeit im Internet, und am Abend wissen wir schon alles.«

Marco grinste. »Das ist eben die Wiederholung, wie früher in der Schule am Ende des Schuljahres.«

»Meine Mutter bringt jetzt Mathilde ins Bett, oder willst du das vielleicht tun?«, sagte sie ironisch.

»Eigentlich gern, aber zurzeit verlangt der Tintenfisch nach mir.«

Als sie sich nach etwa einer Stunde zu Tisch setzten, überschütteten die beiden Frauen den Koch sofort mit Komplimenten.

»Danke, ich habe absichtlich Gerichte ausgewählt, die sehr leicht zu kochen sind.«

»Weißt du noch, wie wir damals in Paris sonntags immer Fisch gegessen haben?«

»Ich erinnere mich vor allem an das Frühstück: hartgekochte Eier, Croissants mit Marmelade, *pain au chocolat* und Milchkaffee. Damals waren wir jung und hübsch. Aber ich bin immer noch jung und hübsch.« Und alle brachen in Lachen aus.

Das Essen verlief in einer angenehmen Atmosphäre. Man redete über alles Mögliche. In einer Pause fragte Isabellas Mutter plötzlich: »Sag mal, habt ihr eigentlich schon überlegt, wie ihr Mathildes Ferien unter euch aufteilen wollt? Ich muss die genauen Zeiten wissen, denn meine Freundin Valeria will mich auch in unserem Haus am Meer besuchen.«

Isabella war sichtlich verlegen. »Können wir das morgen besprechen?«

»Ist gut, ich hoffe nur, dass dein Exmann sich nicht auf die ersten beiden Augustwochen versteift.«

Isabella hielt die Augen auf den Teller gesenkt, denn sie wusste, dass Marco sie beobachtete, sie spürte seinen Blick.

Der konnte nicht fassen, was er da gerade gehört hatte. Isabella hatte sich von ihrem Mann getrennt und ihm nichts davon gesagt. Marco starrte sie so lange an, bis sie seinem

Blick nicht mehr ausweichen konnte. Dieser Blick sagte alles.

Danach war Marco den Rest des Abends ziemlich schweigsam, auch Isabella redete kaum.

Von all dem hatte die Mutter nichts bemerkt, sie hatte den Wein ausgetrunken und war ziemlich aufgekratzt. Dann kam sie auf ihren Exmann zu sprechen und fing an zu weinen. »Er hat mir die Wohnung und das Haus am Meer gelassen und geglaubt, damit käme er davon. Aber was soll ich mit zwei Wohnungen? Ich will mein altes Leben zurück, ich will, dass er zu mir zurückkommt und die blöde Gans verlässt, mit der er jetzt zusammen ist, die hat es doch nur auf sein Geld abgesehen.«

»Mama, du bist betrunken.«

»Bin ich nicht. Trotzdem gehe ich jetzt ins Bett und lasse euch ein bisschen allein, ihr habt euch bestimmt eine Menge zu erzählen. Marco, noch mal vielen Dank für das wunderbare Essen. Ich hoffe, du bist mir nicht böse, wenn ich den Nachtisch auslasse, aber nach so einem Tag mit meiner Enkelin bin ich abends fix und fertig. Gute Nacht.«

Marco und Isabella begannen, den Tisch abzuräumen. Kaum waren sie in der Küche, kam er sofort zur Sache. »Du hast dich von ihm getrennt und mir nichts davon gesagt?«

»Das ist doch schon zwei Jahre her.«

»Umso schlimmer! Wieso hast du mir nichts davon gesagt?«

»Ich wollte den richtigen Augenblick abwarten.«

Marco war sprachlos, damit hatte er nicht gerechnet.

»Eigentlich warst du der Erste, dem ich es sagen wollte, noch vor meinen Eltern.«

»Aber?«

»Das war damals in London, da habe ich dich zum Kaffee eingeladen, aber du bist nicht gekommen.«

»Als wir uns in London getroffen haben, da warst du schon getrennt?«

»Wir hatten schon beschlossen, uns zu trennen. Ich bin nur mitgefahren, um ihm einen Gefallen zu tun, ein Arbeitsessen, reine Formsache. Wenn du damals gekommen wärst …«

»Ich hatte einen wichtigen Geschäftstermin.«

»Dann hättest du wenigstens anrufen können, den ganzen Vormittag habe ich auf dich gewartet.«

»Du hast recht. Das war echt beschissen von mir.«

»Was soll's, ich kenne dich ja. Und dann ist die Zeit vergangen.«

»Wie, du kennst mich ja, was soll das denn heißen?«

»Du bist wie immer einfach verschwunden. Was hätte ich denn tun sollen? Dich anrufen und dir am Telefon sagen: ›Ciao, ich habe mich getrennt‹?«

Beim Abräumen gingen Isabella und Marco zwischen Küche und Wohnzimmer hin und her.

»Ich bin doch nicht verschwunden. Zu der Verabredung bin ich nicht erschienen, und dafür habe ich mich entschuldigt, aber verschwunden bin ich nicht. Verschwinden bedeutet, dass der andere dich nicht erreichen kann. Aber du wusstest, wo du mich erreichen kannst«, antwortete er gereizt.

»Hör mal, das ist kein Grund, sich aufzuregen oder sauer zu sein«, sagte Isabella, während sie die Tür der Spülmaschine aufklappte.

»Ich bin nicht sauer, nur ist es nicht das erste Mal, dass ich mir von dir oder anderen Frauen anhören muss, ich würde verschwinden.«

Isabella begann, die Teller abzuspülen. »Was andere Frauen sagen, interessiert mich nicht«, sagte sie verärgert.

Die abgespülten Teller gab sie an Marco weiter, der sie in die Spülmaschine stellte.

»Na gut, dann sagen wir halt, du hast dich danach nicht mehr gemeldet. Jedenfalls weißt du es jetzt.«

Nach einem kurzen Schweigen fügte er hinzu: »Bei dir bin ich nie endgültig verschwunden.«

Sie schmunzelte. Wenn er beleidigt oder überempfindlich war, fand sie ihn süß. »Das stimmt, du verschwindest nicht, du nimmst dir deine Auszeiten.«

Während er sich bückte, um die Pfanne unten einzusortieren, hob er den Blick und sah sie nachdenklich an, als interessiere ihn diese Theorie. »Lass mal hören.«

»Ja, du nimmst dir gern mal eine Auszeit. Du lässt andere gerade so viel an deinem Leben teilhaben, wie es dir passt, dann tauchst du wieder ab. Ich weiß so gut wie nichts von dir, und wenn ich nachfrage, wechselst du sofort das Thema, alles Private behältst du immer schön für dich. Auch wenn ich nach deinem Vater frage, weichst du aus.«

»Ich weiche nicht aus.« Marco lächelte, was ungefähr so viel hieß wie: Du hast recht.

»Und es stimmt auch nicht, dass du mich damals versetzt hast, weil du zu tun hattest. Du bist deshalb nicht gekommen, weil du dich rächen wolltest. Auch wenn du das nie zugeben würdest, ich weiß, dass es so ist. Du warst wütend auf mich.«

»Weshalb denn?«

»Das weißt du ganz genau.«

Isabella hatte recht, und Marco wusste das. Sie mit ihrem Mann zu sehen hatte ihn verärgert. Sie hatte ins Schwarze getroffen. Wie immer. Er musste grinsen, so wie wenn man kalt erwischt wird und vor lauter Verlegenheit keine richtige Lüge mehr herausbringt. »Da liegst du falsch, ich hatte wirklich zu tun. Alles andere ist Hirnwichserei.«

Da musste sie grinsen.

Als sie die Küche aufgeräumt und die Spülmaschine angestellt hatten, setzten sie sich an den Tisch.

»Soll ich jetzt den Backofen anmachen, für die Törtchen?«, fragte er mit belustigter Miene und amüsiertem Ton.

»Ich schlage vor, wir lassen den Nachtisch ausfallen und gehen ein Eis essen, wie in alten Zeiten, was hältst du davon?«

»Das scheint mir die intelligenteste Bemerkung des ganzen Abends zu sein«, sagte er ironisch. »Kann ich hier rauchen?«

»Dann mache ich das Fenster auf.«

»Nein, lass mal, ich rauche unten.«

Als sie aus dem Haus kamen, zündete Marco sich eine Zigarette an und hielt Isabella die Schachtel hin.

»Ich rauche nicht mehr.«

»Seit wann?«

»Seit der Schwangerschaft.«

»Schon wieder eine Neuigkeit, hast du davon noch mehr auf Lager?«

»Im Augenblick nicht. Und du, rauchst du immer noch aus Protest?«

»Klar.«

Isabella lachte. Damals, als Marco gerade anfing, heimlich zu rauchen, war seine Mutter krank geworden, und Marco hatte ein Gelübde abgelegt: Wenn Gott sie wieder gesund machte, würde er sich das Rauchen abgewöhnen. Aus dieser Zeit stammte der Spruch, er rauche aus Protest, aus Wut auf Gott.

Sie machten sich auf den Weg zur Eisdiele, gingen denselben Weg, den sie in ihrer Jugend tausendmal gegangen waren, der Betreiber hatte gewechselt, aber das Eis war immer noch dasselbe.

»Tut mir leid wegen meiner Mutter, normalerweise trinkt sie nicht so viel.«

»Dass sie sich getrennt haben, wusste ich ja schon, aber nicht, dass dein Vater schon eine andere hat.«

»Mein Vater hat es wirklich übertrieben. Er hat sich mit einer zusammengetan, die jünger ist als ich, einer aus seinem Büro.«

»Die Sekretärin?«

»Nein, die Assistentin der Sekretärin. Die Sekretärin war ihm schon zu alt. Darin seid ihr Männer echte Ungeheuer, ihr könnt es nicht ertragen, wenn eure Ehefrau altert, und tauscht sie einfach gegen eine Jüngere aus, als wäre sie ein Auto.«

»Wenn ein Mann seine Frau wegen einer viel Jüngeren verlässt, dann tut er das nicht, weil er es nicht erträgt, seine Frau alt werden zu sehen, sondern weil er es nicht erträgt, dass er selbst alt wird. Er muss sich beweisen, dass er immer noch ein toller Hengst ist.«

Während sie in ihrer Tasche nach einem Gummiband

kramte, sagte Isabella: »Du hast es erfasst, genau so ist mein Vater.«

Nach einer kurzen Pause wechselte sie das Thema: »Du wirst es nicht glauben, wer mich vor ein paar Monaten auf Facebook kontaktiert hat.«

»Wer denn?«

»Attilio Bassetti.«

»Unglaublich, den Namen hatte ich schon ganz vergessen. Und was wollte er?«

»Keine Ahnung, du weißt ja, wie das bei Facebook so ist, plötzlich schreiben dir Leute, von denen du Jahre nichts gehört hast, fragen, wie's dir geht, was du so gemacht hast, ob du verheiratet bist und Kinder hast … Ganz schön deprimierend, vor allem bei verheirateten Männern.«

»Wieso ausgerechnet bei denen?«

»Ich weiß nicht, irgendwie tun sie mir leid, Männer mit Familie, die abends auf Facebook nach alten Freundinnen suchen, das ist doch jammervoll.«

»Und was wollte Attilio?«

»Er hatte geschäftlich in Paris zu tun, wollte wissen, ob ich immer noch dort wohne und ob wir vielleicht mal einen Kaffee zusammen trinken.«

»Und, habt ihr euch getroffen?«

»Natürlich.«

»Hast du mit ihm geschlafen?«

»Spinnst du? Er hat mir erzählt, dass er verheiratet ist, zwei Kinder hat, für eine IT-Firma arbeitet, viel unterwegs ist und seit kurzem einmal im Monat in Paris zu tun hat. Wir haben viel über die alten Zeiten gequatscht, das Übliche halt.«

»Und wie sieht er aus? Hat er sich sehr verändert, oder ist er immer noch derselbe?«

»Immer noch derselbe, nur älter.«

»Und mit wem ist er verheiratet?«

»Seine Frau kennen wir nicht, sie ist nicht von hier. Danach hat er angefangen, mir E-Mails zu schreiben, wie sehr er sich gefreut hat, mich wiederzusehen, wie schön er mich findet und dass er immer an mich denken muss.«

»Stark.«

»Das war so unsäglich, dass ich gar nicht mehr geantwortet habe. Aber dann hat er erst richtig losgelegt und so maßlos übertrieben, dass ich dann doch ein paar Dinge schreiben musste, damit er endlich aufhörte.«

»Warum hast du ihn nicht einfach aus deiner Freundesliste rausgeschmissen?«

»Ich war ein bisschen erschrocken, der führte sich auf wie ein Psychopath. Ich hatte Angst, dass er plötzlich vor meiner Tür steht, wenn ich ihn einfach rausschmeiße. Denn blöderweise habe ich mich von ihm nach Hause bringen lassen, so dass er jetzt weiß, wo ich wohne.«

Sie zogen noch eine Weile über Attilio her. Dann erzählte Marco von seiner Arbeit, dass er nun endlich sein eigenes Restaurant habe, wo er nicht mehr in der Küche arbeiten müsse, und dass sie mit dem Gedanken spielten, ein weiteres zu eröffnen. Als er anfing, über seine Pläne zu reden, sah man alles förmlich vor sich und merkte, dass er Feuer und Flamme war.

Doch nach einer Pause kehrten seine Gedanken wieder zu Isabella und der Geschichte mit Attilio zurück. »Aber eine kleine Liebelei, weit weg von zu Hause, die hättest du doch ruhig haben können. Mit wem schläfst du denn seit der Trennung?«

»Wie bitte, ich verstehe nicht ganz, kannst du noch etwas direkter werden? Was für eine Frage!«

»Gerade hast du mir noch vorgeworfen, ich würde alles für mich behalten. Jetzt wollen wir doch mal sehen, wie es bei dir aussieht.«

»Und du, mit wem gehst du ins Bett?«

»Sind wir jetzt auf diesem Niveau? Wie die Kinder? Soll ich etwa jetzt sagen, ich hab zuerst gefragt?«

»Es gibt da einen, wir treffen uns ab und zu, wenn es geht.«

Das irritierte Marco nun doch. »Und wer ist dieser ›eine‹, mit dem du dich ab und zu triffst?«

»Darüber möchte ich nicht reden, vielleicht ein andermal.«

»Siehst du, du willst auch nicht alles teilen.«

Als sie in der Eisdiele ankamen, bestellte Marco, ohne zu fragen, welche Sorte sie wollte. Als Isabella sah, dass er sich noch genau an ihre Lieblingssorten erinnerte, war sie gerührt. Wie viele Kleinigkeiten sie doch über den anderen wussten.

Mit den Waffeln in der Hand setzten sie sich auf eine Bank. »Ich sag jetzt etwas nicht sehr Nettes«, sagte Marco. »Ich habe immer gewusst, dass du dich von deinem Mann trennen würdest.«

»Gewusst oder gehofft?« Sie sahen sich kurz an.

»Beides vielleicht. Und was hast du jetzt vor? Bleibst du in Paris, oder kommst du nach Italien zurück?«

»Das weiß ich noch nicht, das hängt auch von der Arbeit

ab. Aber ich will auf jeden Fall, dass Mathilde in der Nähe ihres Vaters aufwächst, vielleicht kann er ja hierherziehen. Für mich steht das Wohl des Kindes an erster Stelle.« Schweigend genossen sie die unverhoffte Nähe. Dann sagte Isabella: »Jetzt könntest du mir aber auch mal antworten.«

»Auf welche Frage?«

»Mit wem du dich in London triffst. Gibt's da eine, die dir gefällt, oder immer noch nichts?«

»Nein, ich habe da keine Spezielle.«

»Nun komm schon, rück raus damit.«

»Ich treffe mich ab und zu mit einer Frau, aber wir sind kein Paar, wir verbringen nur Zeit miteinander.«

»Ihr bumst.«

»Genau, so in der Art. Für eine richtige Beziehung habe ich gar keine Zeit, abends arbeite ich lange, morgens schlafe ich, nachmittags gehe ich wieder arbeiten, wann soll ich mich da mit einer festen Freundin treffen?«

»Also hast du dir ideale Bedingungen geschaffen.«

»Ich habe mir gar nichts geschaffen, mein Leben ist halt so, das hat sich so ergeben. Klar, die Tatsache, dass ich noch nie eine Familie wollte, hat sich entscheidend auf mein Leben ausgewirkt, wenn du das meinst.«

»Diese Selbsteinschätzung ist doch erstaunlich, du hast dazugelernt.« Sie zwinkerte ihm zu.

»Weißt du noch, wie du gesagt hast, in meinen Armen sei für dich der schönste Ort der Welt?«

»Wie romantisch.«

»Gilt das noch, oder hat mich inzwischen einer ausgestochen?«

»Das ist überholt.«

»Das gibt's doch nicht, der Franzose soll mich ausgebootet haben?«

»Nein, meine Tochter.«

»Da muss ich mich wohl geschlagen geben, mit deiner Tochter kann ich natürlich nicht mithalten.«

Sie machten sich auf den Rückweg. Kurz vor der Haustür überlegte Marco, ob er Isabella fragen sollte, ob sie meine, dass sie beide sich wirklich geliebt hatten. Hätte sie ja gesagt, dann hätte er die Bestätigung gehabt, dass er zumindest einmal im Leben geliebt hatte.

Aber er fragte nicht.

Als sie schließlich vor der Tür standen, waren sie plötzlich befangen und wussten nicht recht, wie sie sich verabschieden sollten. Sich auf die Wangen zu küssen schien zu formal, auf den Mund unangebracht. Schließlich umarmten sie sich, und er legte sein Kinn auf ihren Kopf, so wie früher. Sie liebte dieses Gefühl des Zusammenpassens, wusste, dass er ihr beim Weggehen einen Kuss auf den Kopf geben würde. Und so war es.

»Gute Nacht, Isabella.«

»Gute Nacht, Marco.« Und wieder lächelten sie, wie jedes Mal, wenn sie sich gegenseitig mit Namen anredeten.

Marco zündete sich eine Zigarette an und machte sich auf den Heimweg.

Ein leichter Wind streichelte ihm über Gesicht und Haare, er fühlte sich so wohl, dass er am liebsten die ganze Nacht weitergelaufen wäre.

Isabella lag noch lange wach und musste sich zwingen, nicht mehr an all die Dinge zu denken, die ihr spontan durch den Kopf gingen.

Virtuelle Tour durch das Reich der Träume

Marco lief durch die Wohnung, während er mit seinem Freund Ezio in London telefonierte; Ezio gehörte zu einer Gruppe von Italienern, die sich ein- bis zweimal im Monat zu einem Männerabend zusammenfand, bei dem Frauen nicht zugelassen waren.

Man traf sich reihum bei irgendeinem zu Hause, es gab italienisches Essen und italienischen Wein, vor allem aber wurde kein Wort Englisch gesprochen.

Marco kündigte gerade an, dass er demnächst für ein paar Tage nach London kommen und eine Menge italienischer Spezialitäten mitbringen werde.

Normalerweise trafen sie sich mittwochs, weil Marcos Restaurant dann geschlossen blieb.

Während Marco telefonierte, saß Andrea im Schlafzimmer vor dem Computer und studierte die Homepage des Immobilienmaklers, den Daniela und er mit dem Verkauf der gemeinsamen Wohnung beauftragt hatten.

Jedes Foto, das da online zu sehen war, schnitt ihm ins Herz; obwohl er spürte, wie weh das tat, konnte er sich nicht davon losreißen.

Doch damit nicht genug, klickte er auch noch den virtuellen Rundgang an und begann durch die Räume seiner Vergangenheit zu schweifen.

Er ging ins Wohnzimmer, den Flur entlang, in die Küche, wo Daniela am Herd stand, er gab ihr einen Kuss und fragte, wie es ihr ging, sie plauderten, spulten die gewohnten Bewegungen ab: Jacke am Kleiderständer aufhängen, Pantoffeln überstreifen, Musik anmachen, gekühlten Wein aus dem Eisschrank nehmen, nach dem Essen ins Bad, Pyjama anziehen und schließlich aneinandergekuschelt im Schlafzimmer einschlafen. Er ließ das eigene Leben rückwärtslaufen.

Auf dem Bildschirm erlebte er einen perfekten Abend mit seiner Exfrau. Alles lief so, wie es sollte. Virtuell. Aber real hatten sie vergessen, wie einfach es war, glücklich zu sein.

Die Vorstellung, dass Wildfremde einfach in ihre Wohnung, ihre Privatsphäre eindringen und durch diese Zimmer spazieren konnten, ging ihm gegen den Strich.

»Was machst du?«, fragte Marco beim Hereinkommen.

Blitzschnell klappte Andrea den Laptop zu. »Ach nichts, nur Arbeit«, sagte er verlegen.

»Wenn du auf YouPorn bist und deine Ruhe haben willst, brauchst du nur die Tür zuzumachen.« Marco grinste.

»Das war keine Erotikseite.«

Dabei klappte er den Laptop wieder auf, und es erschien der Schriftzug *Giorri Immobilien – Ihre Traumwohnung.*

»Ich habe nur nachgesehen, ob die Wohnung schon verkauft ist.«

»Kleiner Nostalgieanfall?«

»Vielleicht.«

»Vermisst du etwa deine Frau?«

»Ich weiß nicht, es ist alles so verwirrend. Früher wusste

ich immer genau, wo's langgeht, aber jetzt bin ich total ver-unsichert. Auch bei der Sache mit Daniela. Vielleicht wäre es doch besser gewesen, wenn wir uns noch eine Chance gegeben hätten.«

Mit solchen Zweifeln hatte Andrea oft zu kämpfen. In seinen Augen konnte man die Vertrautheit, die sie in diesen Jahren erlangt hatten, doch nicht einfach wegwerfen, sie war doch ein Wert, den es zu schützen und zu verteidigen galt.

Mit den Jahren wird der Partner, mit dem man zusam-menlebt, wie ein Bestandteil des eigenen Körpers; erkrankt dieser Körperteil, versucht man zunächst, ihn zu kurieren, aber wenn die Krankheit unheilbar wird und den ganzen Organismus zu infizieren droht, ist es richtig und nötig zu amputieren. Aber so krank war ihre Beziehung nun auch wieder nicht. Manchmal demoralisierte ihn allein der Ge-danke, mit einer anderen Frau wieder ganz von vorne an-fangen zu müssen: sich kennenlernen, Vertrauen aufbauen, Verständnis aufbringen, die Körpersprache erlernen. In das Leben des anderen eintreten, sich in die jeweilige Familie einfügen.

Zusammen mit einer neuen Partnerin bei seinem Vater am Tisch zu sitzen, das konnte er sich nicht vorstellen. In seinen Augen war das immer noch Danielas Platz.

»Am Schluss gab es wegen allem und jedem Streit. Es reichte, wenn ich ein Glas ins Becken stellte, ohne es abzu-spülen. Oder wenn ich ihr Ladegerät in eine andere Steck-dose umsteckte.«

Marco lag auf dem Bett und spielte mit einem Tennis-ball, den er immer wieder in die Luft warf. Doch dann konnte er nicht mehr an sich halten und platzte mit einer absolut indiskreten Frage heraus: »Aber hattet ihr trotzdem noch Sex?«

»Im letzten Jahr nicht mehr und im Jahr davor vielleicht dreimal.«

»Und bei diesem sagenhaften Durchschnitt trauerst du ihr immer noch nach? Dir ist wirklich nicht zu helfen.«

»Glücklicherweise besteht eine Beziehung nicht nur aus Sex.«

»Deine jedenfalls nicht, soweit ich sehe. Mein Freund Gianluca vertritt die These, wenn Frauen anfangen, sich über Kleinigkeiten wie Gläser, Zahnbürsten oder Ladegeräte zu beschweren, dann heißt das, dass sie gebumst werden wollen. Gut gebumst. Er meint, wenn du deine Frau oder Freundin regelmäßig vögelst, passiert so was nicht, denn im Grunde ist ihnen das Glas im Spülbecken scheißegal, richtig sauer werden sie nur, wenn sie vernachlässigt werden.«

»Superanalyse, und so tiefgründig, mein Kompliment an deinen Freund.«

In Wahrheit jedoch wusste Andrea, auch wenn er diese blöden Chauvi-Ansichten nicht teilte, ganz genau, dass der Sex in ihrer Beziehung zu kurz kam. Das hatte auch Daniela bei einer ihrer Diskussionen gesagt, doch diese Art Problem wird, sobald man es anspricht, nur noch schwerer zu lösen. Inzwischen hatte jede Geste in ihrem Liebesleben viel zu viel Bedeutung, was alles nur noch erschwerte.

»Ich glaube, es ist ganz normal, dass man nach einer Trennung Zweifel hat«, sagte Marco. »Faktisch hat es zwischen euch einfach nicht mehr funktioniert, aber es ist schmerzhaft, sich das einzugestehen. Erinner dich nur an die Autofahrten, von denen du mir erzählt hast, an die Streiterei wegen Nichtigkeiten, an die Spannungen.«

»Manchmal kam sie abends wutschnaubend herein, wenn ich beim Fernsehen auf dem Sofa saß oder am Computer in meinem Arbeitszimmer, und erst dann wurde mir plötzlich klar, dass sie stundenlang oder womöglich den ganzen Tag im Geiste mit mir gestritten hatte, wegen irgendwas, was ich am Morgen oder einen Tag zuvor gesagt hatte.«

»Und dem trauerst du nach?«, fragte Marco sarkastisch.

»Ich weiß, ich bin ein Idiot, aber es ist einfach stärker als ich.« Nach einem kurzen Schweigen fügte er hinzu: »Wer weiß, ob sie es allein schafft, vielleicht braucht sie Hilfe.«

Marco hörte seinem Bruder aufmerksam zu, während er weiter mit dem Ball spielte. »Erinnerst du dich noch an Marta, deine erste Freundin?«

»Ja sicher, wieso?«

»Ich musste gerade an sie denken.«

»Wieso denn das?«

»Vielleicht weil sie die erste Frau war, wegen der du gelitten hast. Wie alt warst du damals? Das war die einzige Gelegenheit, bei der es mir gelungen ist, dich dazu zu bringen, die Kopfhörer aufzusetzen und meine Platten zu hören. Damals hast du sogar mit dem Lernen aufgehört.«

»Bis heute muss ich an sie denken, wenn ich zufällig eins dieser Lieder höre. Damals war ich fünfzehn.«

»Weißt du noch, wie du mir erzählt hast, wie verzweifelt sie bei eurer Trennung war, wie sie sich die Augen aus dem Kopf geheult hat? Damals hast du alles versucht, um sie zu trösten. Sie hatte dich verlassen, und du, du hast mit allen

Mitteln versucht, ihr die Last zu erleichtern. Du hast dich überhaupt nicht verändert. Noch immer sorgst du dich mehr um die anderen als um dich selbst. Ich frage mich, wie du dich gefühlt hast, als Daniela dir gesagt hat, dass sie einen anderen hat. Das war bestimmt ein Schock.«

Andrea antwortete nicht, er stand auf, um das Fenster zu öffnen. Marco fürchtete schon, einen wunden Punkt getroffen zu haben.

Andrea sah aus dem Fenster und sagte, ohne sich umzudrehen: »Eigentlich habe ich es schon vorher gewusst.«

Marco legte den Ball auf den Nachttisch und setzte sich auf: »Wie bitte? Wie meinst du das? Hattest du einen Verdacht?«

»Nein, ich wusste es schon, weil ich es ein paar Monate früher herausgefunden hatte.«

Marco machte ein ungläubiges Gesicht. »Vielleicht habe ich irgendwas nicht mitgekriegt. Du willst mir also sagen, dass du an dem Tag, als du zu Irene wolltest und es dann nicht über dich gebracht hast, schon gewusst hast, dass deine Frau eine Affäre mit einem anderen hat?«

»Genau.«

»Das erklär mir mal.«

»Den echten Schock hatte ich, als ich es entdeckt habe.«

Marco sah Andrea an und verstand gar nichts. »Und warum hast du nichts gesagt?«

»Keine Ahnung. Es hat sich angefühlt wie damals vor Mamas Tod. Die Vorstellung, noch einmal einen geliebten Menschen zu verlieren, war einfach zu viel für mich. Ich dachte, wenn ich gleich sage, dass ich Bescheid weiß, wäre sofort alles aus. Also habe ich lieber nichts gesagt, weil ich gehofft habe, ich könnte noch etwas ändern und sie dadurch vielleicht zurückgewinnen.«

»Du bist nicht normal.«

»Ich wollte einfach nicht, dass meine Ehe sang- und klanglos in die Brüche geht, jedenfalls nicht ohne einen Versuch, sie noch zu retten. An dem Tag, als ich die Wahrheit entdeckte, wurde ich von einem Auto angefahren, und als ich wieder zu mir kam, wusste ich so gut wie gar nichts mehr, dann kamen die Notaufnahme, die stationäre Aufnahme und der ganze Rest. Ich war verwirrt, hatte Schmerzen, keine Kraft mehr.«

»War das der Unfall vor deinem Büro?«

»Ja, ich war wie betäubt, bin benommen über die Straße gewankt wie ein Zombie und habe dabei die rote Ampel übersehen. Dann wurde ich ohnmächtig.«

Marco machte ein entgeistertes Gesicht. »Und da dachtest du, du gehst den Kreuzweg bis zum bitteren Ende. Verstehe ich das richtig?«

»Von da an habe ich mich innerlich verändert und angefangen, die Sache mit Irene anders zu sehen.«

»Vielleicht hast du instinktiv nach einer Alternative gesucht, einem Ausweg. Wie hast du denn entdeckt, dass Daniela dich betrügt?«

»Durch Zufall, ein eigenartiges Zusammentreffen. Eines Morgens kam unten in die Bar eine Frau, die jede Menge Schnickschnack zum Kauf anbot, Feuerzeuge, Stofftiere und ähnlichen Kram; ohne hinzusehen, lehnte ich ab. Aber sie war hartnäckig, und als ich schließlich aufsah, war ich wie vom Donner gerührt, sie sah aus wie Mama. Ich schwör's dir, mir ist es kalt über den Rücken gelaufen.«

»Ja, das ist mir auch schon passiert.«

»Bei ihrem Anblick bekam ich eine Gänsehaut. Schließlich kaufte ich ihr ein Handyetui ab, sie hatte kein Wechselgeld und gab mir zwei. Das eine war schwarz und das andere rosa mit Nieten. Abends erzählte ich Daniela davon und gab ihr das rosa Etui. Wir stellten uns vor, wie es wäre, mit einem solchen Telefon zur Arbeit zu gehen, und lachten uns schief. Aus Spaß gab mir Daniela das rosa Etui und behielt das schwarze. Am nächsten Morgen lagen beide auf dem Küchentisch, es kam eine Nachricht, und weil ich nicht mehr genau wusste, welches meines war, und bevor mir dämmerte, dass ich ihres erwischt hatte, las ich den Anfang der sms: ›Ciao sexy, ich kann es gar nicht erwarten, dich zu sehen und auf mir zu spüren. Heute habe ich eine Überraschung …‹ Mein Gesicht lief puterrot an, ein Stromschlag schoss mir die Wirbelsäule hinunter. Ich knallte das Handy auf den Tisch. Die sms habe ich gar nicht aufgemacht, der Anfang hat mir gereicht.«

»Scheiße, und das hat dich nicht dazu veranlasst, sofort mit dem Telefon zu ihr ins Bad zu rennen und eine Erklärung zu verlangen? Du hast nicht gesagt: ›Wer, verdammt noch mal, ist das, der dir diese sms geschickt hat?‹« Marco war so aufgebracht, als wäre Daniela seine Frau. Plötzlich ging er so vollständig in seiner Bruderrolle auf, dass alles Ironische, Sarkastische und Zynische von ihm abfiel.

»Ich weiß nicht, die Nachricht war von einem gewissen *Roby Fitnesscenter*. Als Daniela in die Küche kam, erkundigte sie sich besorgt, ob mit mir alles in Ordnung sei.«

»»Nein, gar nichts ist in Ordnung, mir geht es verdammt beschissen. Gerade habe ich erfahren, dass du mit einem anderen schläfst, einem, der nicht einmal so intelligent ist, mit seinen Nachrichten zu warten, bis ich aus dem Haus bin. Nein, verdammt noch mal, bei mir ist überhaupt nichts in Ordnung.‹ Das hättest du sagen sollen. Was hast du stattdessen gemacht?« Marco hatte die Stimme gehoben.

»Ich habe gesagt, ich hätte vielleicht die Grippe. Dann bin ich anstatt zur Arbeit zu ihrem Büro gegangen und habe dort den ganzen Morgen gewartet, bis zur Mittagspause. Dann habe ich gesehen, wie sie herauskam, zu einem ins Auto stieg, ihn auf den Mund küsste und schließlich mit ihm wegfuhr. Am liebsten wäre ich ihnen nachgefahren, aber ich war zu Fuß. Ich glaube, ich habe mich noch nie so beschissen gefühlt wie in diesen zwei Stunden.«

»Aber entschuldige mal, wieso hast du sie nicht angerufen und ihr auf den Kopf zugesagt, dass sie aufgeflogen ist? Dass du weißt, was sie gerade treibt?«

»Wie gesagt, ich war fix und fertig. Aber deshalb gleich unsere Beziehung aufs Spiel setzen, das wollte ich auch nicht. Ich konnte ja nicht wissen, was passieren würde, wenn ich sofort was gesagt hätte, deshalb hielt ich es für besser, erst einmal Zeit zu gewinnen. Ich dachte, vielleicht ist alles gar nicht so schlimm, und wenn ich die Sache für mich behielt, könnte ich unsere Beziehung vielleicht noch retten.«

»Wie bitte, soll das ein Witz sein? Sie treibt es mit einem anderen, und du hast nichts anderes im Kopf, als die Beziehung zu retten?«

»Ich weiß nicht mehr genau. Ich war, wie gesagt, völlig durch den Wind und bin einfach in einen Park gegangen und habe mich auf eine Bank gesetzt. Welche Gedanken mir da durch den Kopf gingen, weiß ich nicht mehr. Ich habe nur noch das Bild einer Taube vor Augen, die um mich herum humpelte, weil ihr ein Bein fehlte.«

»Ich an deiner Stelle hätte mich auf das Auto gestürzt und es mit Tritten und Fäusten demoliert.«

»Ich hingegen bin herumgelaufen wie ein Zombie und dann in einem Krankenwagen wieder zu mir gekommen.«

»Mit deinem Kopf stimmt was nicht.«

»Ich war überzeugt, dass ich Zeit gewinnen und hinauszögern musste, was dann ein paar Monate später eintrat.«

Bei den letzten Worten war Andreas Stimme brüchig geworden, es war nicht zu überhören, dass er ein Schluchzen unterdrückte.

Marco hatte seinen Bruder noch nie so deprimiert gesehen. Vielleicht würde es ihn auf andere Gedanken bringen und ein bisschen aufheitern, wenn sie was trinken gingen.

»Wollen wir ausgehen? Irgendwas unternehmen?«

»Keine Lust.«

»Nur um noch ein bisschen zusammen zu sein.«

»Es ist schon spät, und morgen früh will ich joggen. Kommst du mit?«

Marco machte ein Gesicht, als hätte man ihm gerade gesagt, er müsse zum Zahnarzt.

Andrea war ein leidenschaftlicher Jogger und lief dreimal die Woche. Darin war er eisern. Was er einmal angefangen hatte, machte er auch weiter, und zwar mit Ausdauer. Marco hingegen hatte sämtliche Sportarten der Welt angefangen, sich aber jedes Mal schnell gelangweilt und alles wieder hingeschmissen. Disziplin war für ihn ein Fremdwort. In ihrer Kindheit war es Usus, bei jeglicher Art von Sportausrüstung erst einmal die billigste anzuschaffen, eine hochwertigere bekam nur, wer ernsthaft bei der Sache blieb. Doch dazu hatte es Marco nie gebracht. Immer wenn er sich für eine Sportart begeisterte, trainierte er anfangs wie ein Wilder, gab dann aber spätestens nach ein paar Monaten wieder auf. Er startete einfach leidenschaftlich gern, aber ins Ziel zu kommen interessierte ihn nicht.

Als Marco am nächsten Morgen aufwachte, zog sich Andrea gerade an.

»Hast du einen Trainingsanzug? Oder soll ich dir einen leihen?«

»Drüben finde ich bestimmt was, ich sehe mal nach.«

Wenn Marco joggte, kämpfte er gegen alles. Er zwang sich, nicht auf die Uhr zu sehen, denn das endete unweigerlich mit einer Enttäuschung: Immer wenn er glaubte, es seien mindestens schon zwanzig Minuten vergangen, waren es todsicher erst fünf oder jedenfalls unter zehn. An diesem Morgen schleppte er sich nur mit Mühe durch den Park, wenn Frauen seinen Weg kreuzten, riss er sich zusammen, machte große Schritte, reckte den Hals und lächelte, aber sobald sie vorbei waren, ließ er sich hängen.

Dass er kein echter Jogger war, sah man allein schon daran, wie er angezogen war. Vor allem an den Schuhen, denn er joggte in seinen normalen Alltagsschuhen, von dem restlichen Aufzug ganz zu schweigen ... Inzwischen trägt jeder ein hautenges, futuristisch angehauchtes Trikot und sieht aus wie Diabolik in Farbe. Dagegen wirkte Marco in Frottee-Sweatshirt und Schlabberhose hoffnungslos veraltet.

»Machst du denn in London nicht wenigstens ein bisschen Fitness?«

»Manchmal, wenn es mich mal wieder packt, melde ich mich irgendwo an, aber das hält nie lange an. Ist einfach nicht meine Welt, ich fühle mich dort fehl am Platz. Alles hat sich grundlegend verändert, sogar die Gymnastik. Als Kinder mussten wir noch die Beine spreizen und mit der rechten Hand die linke Fußspitze berühren. So was macht heute keiner mehr.«

Andrea lachte. In gemächlichem Tempo drehten sie eine Runde durch den Park und unterhielten sich dabei, Andrea freute sich, dass sein Bruder ihm Gesellschaft leistete. Plötzlich war die alte Nähe und Vertrautheit wieder da, er war wieder der große Bruder und kümmerte sich um den kleinen. Das gefiel ihm.

»Und, bist du seitdem wenigstens mit einer anderen ausgegangen? Du weißt schon, nach der Devise ›den Teufel mit dem Beelzebub austreiben‹.«

»Nein, bin ich nicht.«

»Auch nicht mit Irene?«

»Nein, da habe ich mich ganz zurückgezogen. Zu ihr habe ich gesagt, ich bräuchte, jetzt nach der Trennung, ein bisschen Zeit für mich. Das hat sie verstanden.«

»Aber wieso denn? Du hättest doch auch so mit ihr schlafen können, ohne feste Beziehung.«

»Der Gedanke ist mir auch gekommen. Aber sie war doch in mich verliebt, und das wollte ich nicht ausnutzen.«

»Aber Irene ist doch keine fünfzehn mehr, sondern eine erwachsene Frau.«

»Trotzdem, das wollte ich nicht riskieren, stell dir nur mal vor, Daniela wäre doch noch zu mir zurückgekommen. Ich brauche mehr Zeit.«

»Ich verstehe dich ja, aber glaub mir, mit einer anderen auszugehen täte dir gut. Frauen sind schlauer, als du denkst. Wenn sie nicht gewollt hätte, hätte sie dir das sofort gesagt. Frauen sind uns in vielem voraus.« Marco bekam kaum noch Luft und japste.

»Aber du weißt doch, wie ich bin.«

»Natürlich weiß ich das, aber es gibt Augenblicke im Leben, wo man das Vergangene hinter sich lassen und ein neues Kapitel aufschlagen kann.«

Andrea sagte nichts. Weil er wusste, dass ihm sein Bruder in puncto Frauen haushoch überlegen war, hörte er ihm aufmerksam zu und verließ sich auf seine Ratschläge. »Ich habe nie verstanden, was Frauen eigentlich wollen. Du bist doch ein Meister im Frauenverstehen. Kannst du mir mal erklären, was sie wollen?«

»Das weiß keiner, oft wissen sie es selbst nicht.«

»Na toll.«

»Sagen wir mal so, in den meisten Fällen wollen sie beachtet werden, sie wollen, dass du zuhörst und ihnen Gesellschaft leistest, sie wollen dich unbedingt überall dabeihaben, auch wenn es überhaupt nicht passt.«

»Daniela wollte immer, dass wir alles zusammen machen, vor allem am Anfang. Samstags zum Beispiel, wenn ich endlich einmal nicht aus dem Haus musste und es mir gerade bequem gemacht hatte, um in aller Ruhe ein Buch zu lesen, wollte sie plötzlich zum Shoppen in die Stadt. Wenn ich dann sagte: ›Warum rufst du nicht eine Freundin an und gehst mit ihr, unter Frauen macht das doch viel mehr Spaß‹, bekam ich zur Antwort, sie wolle jetzt aber mit mir bummeln, mit ihren Freundinnen gehe sie ein anderes Mal.«

»Frauen gehen halt gern mit ihrem Mann spazieren. Weißt du noch, als wir klein waren, da sah man sonntags immer die Paare beim Spaziergang, und die Männer hielten sich das Radio ans Ohr, um die Fußballübertragung zu hören?«

»Stimmt, das hatte ich schon ganz vergessen. Ein ziemlich trauriger Anblick. Das Problem dabei ist, dass man nicht weiß, wie man das rechte Maß finden soll. Entweder es ist zu viel, dann fühlen sie sich erdrückt, oder zu wenig, dann fühlen sie sich vernachlässigt. Da die richtige Balance zu finden ist so gut wie unmöglich.«

Andrea hatte keine Probleme, beim Laufen zu reden, für ihn war das ein Spaziergang, die reinste Erholung. Marco dagegen war knallrot im Gesicht und rang nach Luft. Fast flüsternd sagte er: »Und Irene ist wirklich in dich verliebt?«

»Ich glaub schon, jedenfalls hat sie das gesagt.« Und nach einer Pause fügte er hinzu: »Findest du es komisch, dass eine Frau sich in mich verliebt?«

»Nein, überhaupt nicht. Ich wollte es nur wissen, manchmal sagen sie es zwar, aber es stimmt nicht.«

Schweigen. »Und woher weiß man, ob es stimmt oder nur so dahergesagt ist?«

»Das erkennst du an ihrem Blick.«

»Und wie sieht der aus?«

»Den erkennst du auf Anhieb«, sagte Marco mit einem Lächeln. Als sie an einem Brunnen vorbeikamen, blieb er stehen, um zu trinken. »Ich muss unbedingt mit dem Rauchen aufhören.«

Ich hole dich zum Abendessen ab

Nachdem er seinen Vater im Krankenhaus besucht hatte, ging Marco auf einen Sprung nach Hause, duschte rasch und zog sich eine saubere Jeans und ein weißes T-Shirt mit V-Ausschnitt an. Dann machte er sich auf den Weg zu Isabella und ging dabei wieder dieselbe Strecke ab, die er früher, vor einer halben Ewigkeit, millionen Mal gegangen war. Dabei fiel ihm wieder ein, wie er diese Strecke zum ersten Mal zurückgelegt hatte, damals um Isabella zu fragen, ob sie mit ihm gehen wollte. Da war er ungefähr fünfzehn gewesen. Kennengelernt hatte er sie auf der Piazzetta, aber dass sie ihm gefiel, hatte er selbst seinen Freunden nicht verraten. Sie war wunderschön, hatte glattes braunes Haar, helle Augen und ein Lächeln, das die Welt anzuhalten vermochte. Alle mochten sie, sie brauchte kein modisches Outfit, um sich beliebt zu machen, sie zog an, was ihr gefiel, sie tanzte, nicht um andere zu beeindrucken, sondern weil sie gern tanzte. Sie war sich selbst genug, hätte die Welt keine Augen gehabt, hätte sie trotzdem existiert.

Marco und Isabella gehörten zu verschiedenen Cliquen und hatten noch nie miteinander gesprochen. Marco glaubte, sie sei für ihn unerreichbar. In den achtziger Jahren war es sehr wichtig, was man anhatte, wie man sich kleidete, die

Klamotten hatten sogar eigene Namen: Schuhe hatten einen Namen, Gürtel hatten einen Namen, Jacken hatten einen Namen, ja sogar Socken. Was du anhattest, entschied darüber, wie viel du wert warst.

Bei Marco zu Hause haperte es zwar nicht am Geld, aber die Eltern lehnten diesen Markenfetischismus ab, weil sie ihn für blödsinnig und pädagogisch kontraproduktiv hielten, und weigerten sich daher kategorisch, all die teuren Sachen zu kaufen. Der Zeitgeist dieser Jahre ließ sie kalt.

Isabella hingegen hatte immer die richtigen Sachen, ihre Mutter kaufte ihr alles, was sie wollte, eine Methode, um mühelos und ohne großen Aufwand die Leere zwischen ihnen auszufüllen. So bekam sie auch ein Moped, ein Sì Piaggio, damals das begehrteste Modell. Es hatte eine lange Sitzbank, aber als Mädchen musste man ganz vorne sitzen.

Marco träumte von einer Caballero Fantic, aber auch das hatte der Vater abgelehnt.

Das war auch der Grund, warum beide zu unterschiedlichen Cliquen gehörten, die sich an den entgegengesetzten Seiten der Piazzetta trafen: Jede Gruppe hatte ihr Revier, und wer sich wo traf, war streng geregelt.

Eigentlich war sie für ihn unerreichbar, aber Marco war verrückt nach ihr und beobachtete sie aus der Ferne.

Eines Tages, als sie sich zufällig begegneten, sprach sie ihn mit seinem Namen an. Marco traute seinen Ohren nicht, die Tatsache, dass sie seinen Namen wusste, schien ihm so unglaublich, dass er sein Glück kaum fassen konnte.

Verstohlen beobachteten sie sich aus der Ferne, lächelten oder nickten sich zu, damit die anderen es nicht merkten. Marco hatte nicht die leiseste Ahnung, wie er es anstellen sollte, an sie heranzukommen. Doch irgendwann hatte sie ihn einfach gefragt, ob er mit ihr ein Eis essen gehen wollte.

Bei dieser Gelegenheit redeten sie viel und tauschten auch die Telefonnummern aus.

Ein paar Wochen später nahm Marco allen Mut zusammen, rief bei ihr an und bat sie, vor dem Haus auf ihn zu warten, weil er sie etwas fragen wolle.

Immer wieder sagte er sich seine einstudierte Rede auf: *Ich wollte dir sagen: Manchmal passieren Dinge, da will ich am liebsten nur noch abhauen, ich kann es gar nicht mehr erwarten, dass ich endlich achtzehn werde und von hier weg kann. Inzwischen weiß ich nämlich, dass das Leben ungerecht ist, und das macht mich wütend. Dann träume ich davon, aus dieser Stadt rauszukommen, weg von meinen Freunden, aber vor allem weg von meiner Familie, und mir eine Arbeit und ein Zimmer zu suchen. Ich will weder reich werden noch Karriere machen, darauf lege ich keinen Wert, ich will nur so leben, wie es mir passt. Ich kann dir gar nicht sagen, wie oft ich schon im Bett gelegen, an die Decke gestarrt und meine Flucht geplant habe. Aber in letzter Zeit gelingt mir das nicht mehr. Jedes Mal wenn ich sauer oder deprimiert bin und mich aufs Bett lege, um mir einen Ort vorzustellen, wo ich glücklich sein könnte, muss ich an dich denken. Ich weiß nicht genau, warum, vielleicht, weil ich immer, wenn ich dich sehe, wenn wir uns unterhalten oder ein Eis essen gehen, etwas empfinde, was ich noch nie zuvor empfunden habe, und das ist mehr wert als alle Orte auf der Welt. Ich kann nicht so gut erklären, was das für ein Gefühl ist, mein Herz klopft dann wie verrückt, ich kann es nicht kontrollieren, und das macht mir ein bisschen Angst, aber es ist auch schön. Und auch was ganz Besonderes, denn nichts anderes löst dieses Gefühl in mir aus. Für mich bist du das Schönste, was mir je in meinem Leben begegnet ist, ja sogar schöner als alles, was ich mir je vorgestellt habe. Und wenn ich auf dem Bett liege, kommst du mir in den Sinn und ersetzt alles andere, und anstelle fremder Orte sehe ich dich, wie du redest, wie du lächelst, wie du gehst, und ich werde ganz aufgeregt. Ich möchte zu dir kommen und dich in die Arme schließen. Neulich, als dir kalt war, habe ich dir meine Jacke gegeben. Ich glaube, ich war noch nie so glücklich wie in diesem Augenblick, als ich dich mit meiner Jacke gesehen habe, die dir viel zu groß war, das sah lustig aus. Ich möchte, dass du mich immer um meine Jacke bittest, wenn dir kalt ist.*

Das wollte er, Marco, fünfzehn, die Hände voller Mut in den Taschen, sagen, als er zu Isabella unterwegs war, um sie zu fragen, ob sie mit ihm gehen wollte. Denn damit endete die Rede: *Willst du meine Freundin werden? Du musst nicht sofort antworten, falls du es dir noch überlegen willst.*

Aber es lief nicht so, wie er es sich vorgestellt hatte. Denn als sie aus dem Haus kam, hatte Marco plötzlich alles vergessen, sogar, wie er hieß. Er brachte nur ein wirres, unverständliches Gestammel heraus. Doch an dieser Schüchternheit, dieser Aufgeregtheit und den ungeschickten Worten erkannte Isabella, dass der Junge, der da vor ihr stand, bis über beide Ohren in sie verliebt war. Das fand sie süß und sagte ja. »Ja, ich will deine Freundin werden. Und ich brauche auch keine Bedenkzeit.«

Von da an waren sie ein Paar. Schon bald wurden sie von allen beneidet, ihre Art, zusammen zu sein, war einfach schön. Von einer solchen Liebesbeziehung konnten ihre Freunde nur träumen. Sie klebten nicht immer aneinander, mussten nicht dauernd knutschen, das machten sie, wenn sie allein waren. Auch in der Gruppe unterhielten sie sich oft mit unterschiedlichen Personen, und es war durchaus keine Seltenheit, dass sie den ganzen Nachmittag getrennt verbrachten. Das Schönste daran war, dass sie ab und zu nach einander Ausschau hielten, ohne dass der andere es merkte. Nicht aus Eifersucht, sondern weil sie auch auf die Entfernung zusammen waren. Beneidenswert.

Jetzt, fast fünfundzwanzig Jahre später, ging er denselben Weg wie damals.

Er freute sich darauf, sie abzuholen und mit ihr essen zu gehen.

Allerdings lag, obwohl sie doch nur Freunde waren, etwas von Date in der Luft. Vor dem Haus angekommen, zündete sich Marco eine Zigarette an und wartete. Als Isabella aus der Haustür kam, meinte er, das Mädchen von früher wiederzusehen. Sie entschuldigte sich wegen der Verspätung. Sie sahen sich schweigend an, und zum Spaß fragte er sie wie damals, ob sie seine Freundin werden wollte. Und sie antwortete wie beim ersten Mal: »Ja, das will ich. Und ich brauche keine Bedenkzeit.«

Als er diese Worte hörte, auch wenn es nur zum Spaß war, überkam Marco ein unerwartetes Glücksgefühl. Gemächlich schlenderten sie auf das nahegelegene Restaurant zu. Sie wollten gern draußen im Innenhof sitzen, aber es war alles reserviert. Doch so leicht gab Isabella nicht auf, sie redete mit dem Besitzer und schaffte es schließlich, überzeugend wie immer, draußen noch einen Tisch zu ergattern. Darin war sie eine Meisterin: Sie kam überall rein, schaffte es, an jeder Schlange vorbeigewinkt zu werden, bekam in jedem Klub ein Separee und in jedem Restaurant einen Tisch. Ein Rätsel. Sicher, sie war eine schöne Frau mit strahlendem Gesicht, lachenden Augen und forschem Auftreten, aber da war noch irgendwas anderes, Unsichtbares. Vielleicht war es eine Frage der Ausstrahlung.

»Ich muss höllisch aufpassen, was ich bestelle, denn ich bin gerade so ausgehungert, dass ich am liebsten alles bestellen würde, ich muss mich schwer zusammenreißen, um nicht den ganzen Brotkorb leer zu essen.«

»Die Versuchung ist groß, auch wenn man gar nicht besonders hungrig ist. Deshalb gibt es in meinem Restaurant kein Brot, es sei denn, die Gäste verlangen ausdrücklich danach.«

»Weißt du schon, was du nimmst?«

»Einen Salat und ein Fleischgericht, den ersten Gang lasse ich aus. Du auch?«

»Nein, für mich kein Fleisch.«

»Bist du jetzt Vegetarierin?«

»Nein, aber ich versuche trotzdem, möglichst wenig Fleisch zu essen. Vor allem kein rotes. Ich nehme einen Primo.«

»Wusstest du, dass Kühe zu den Hauptverursachern der Umweltverschmutzung zählen? Eine Kuh produziert mehr als fünfhundert Liter Methan pro Tag, und durch Aufessen eliminiere ich sie nach und nach. Ein langer Kampf, ich weiß.«

»Willst du damit sagen, dass du dich in all den Jahren

kein bisschen verändert hast und noch immer derselbe Witzbold bist?«

»Mehr oder weniger.«

»Das ist angekommen.« Und sie lachten.

Wenn man zwei Menschen im Restaurant sieht, erkennt man meistens sofort, ob sie ein Paar sind oder nur Freunde oder ob sie womöglich zum ersten Mal zusammen ausgehen. Bei Marco und Isabella war das wesentlich schwieriger. Sie wirkten sehr vertraut, probierten wie selbstverständlich vom Teller des anderen und unterhielten sich angeregt, wie frisch Verliebte.

»Weißt du schon, dass mein Bruder sich von seiner Frau getrennt hat? Und genau wie du hat er mir nichts davon gesagt. Ich verstehe nicht, was das soll. Man trennt sich und sagt es keinem? In diesem Fall auch mir nicht.«

»Schon wieder dieses Thema?«

»Reine Neugier, ich will nur wissen, wieso ihr euch getrennt habt.«

»Ehrlich gesagt, weiß ich das auch nicht so genau.« Schweigend aßen sie weiter, dann erzählte sie ihm von ihrer Ehe. »Zu meiner Hochzeit bist du nicht gekommen.«

»Ich war zu weit weg.«

»Wie weit? Zwei Stunden Flugzeit?«

»Weniger.«

»Genau.«

»Ich meinte damit, weit weg von deiner Entscheidung zu heiraten.«

»An dem Tag war alles perfekt, die Kirche, die Blumen, die Gäste. Ich bin in einem Oldtimer vorgefahren, am Steuer saß mein Cousin, hinten im Fond mein Vater und ich, es war wie im Märchen. Ich weiß noch, dass ich ihn mehrmals gebeten habe, langsamer zu fahren. Ich wollte es möglichst lange hinauszögern. Beim Aussteigen war ich total nervös, ich hatte Angst, ich könnte hinfallen oder bei der Zeremonie etwas falsch machen.«

»Und dein Mann war schon da?«

»Ja, er war schon da und erwartete mich mit einem strahlenden Lächeln. Er sah toll aus und war ganz aufgeregt. Als ich neben ihn trat, musste ich mich zusammenreißen, um nicht laut loszulachen, keine Ahnung, warum, vielleicht wegen der Anspannung. Alles war perfekt, bis auf eins.«

»Du hast ihn nicht geliebt?«

»Natürlich habe ich ihn geliebt. Das Problem war mein Kleid, umwerfend schön, perfekt. Nur der Reißverschluss, der kratzte, hinten zwischen den Schulterblättern. Ein mikroskopisch kleiner Punkt, der unglaublich juckte. Natürlich ruinierte dieses Jucken nicht den ganzen Tag, aber es war wie ein dummer Streich.«

»Vielleicht waren das meine negativen Gedanken.«

Isabella grinste und fuhr fort: »In all den gemeinsamen Jahren habe ich hin und wieder dieses Jucken gespürt, dieses kleine Zwacken. So als käme es von innen. Unsere Ehe war perfekt, bis auf eine Kleinigkeit, die uns den Spaß verdarb.«

»Was war das?«

»Das habe ich nie verstanden, bis heute nicht.«

»Und das hat für eine Trennung gereicht?«

»Ach weißt du, es war nicht leicht. Wenn er gewalttätig oder aggressiv gewesen wäre oder wenigstens unverschämt, oder wenn er mich betrogen hätte … Aber nichts von alledem. Es war alles einfach nur langweilig. Ja, das ist es vielleicht, ich habe mich zu Tode gelangweilt.«

»Schlimm genug.«

»Tatsächlich hat es ewig gedauert, bis ich mich endlich dazu durchringen konnte. Ich war wirklich unausstehlich und habe jede Kleinigkeit genutzt, um einen Streit vom Zaun zu brechen.«

»Hast du ihn gemobbt?«

Isabella lachte. »Gemobbt? Gibt's das denn zwischen Mann und Frau?«

»Natürlich, damit kann man dem anderen das Leben zur Hölle machen. Aber das ist wirklich die niederträchtigste Sache der Welt.«

»Nein, nein, das war kein Mobbing, ich habe ihn ja nicht gehasst. Ich habe nur dauernd Streit gesucht, weil ich dieser Monotonie entkommen wollte. Der Ärmste, das hatte er wirklich nicht verdient.«

»Aber er hat bestimmt auch seinen Teil dazu beigetragen.«

»Natürlich, aber zumindest war er immer sehr aufrichtig und pragmatisch, er ist kein großer Gefühlsmensch. Er tut immer, was sich gehört, nicht, was er als richtig empfindet. Vielleicht empfindet er auch gar nichts.«

»Das hört sich an, als würdest du von meinem Bruder reden.«

»Ja, stimmt, sie haben eine gewisse Ähnlichkeit. Aber sie versuchen es wenigstens.«

»Was meinst du damit?«

»Ach nichts.«

Es folgte ein längeres Schweigen, dann fragte Marco

plötzlich: »Und wir, was meinst du, haben wir uns wirklich geliebt, oder waren wir einfach zu jung?«

»Klar haben wir uns geliebt. Ich auf jeden Fall und du auch. Ich weiß immer noch genau, wie du mich angeschaut hast. Warum fragst du?«

»Nur so, aus Neugier.«

Isabella wunderte sich, so eine Frage hatte sie nicht erwartet, nicht von Marco. »Du hast ja keine Ahnung, wie oft ich mich in dich verliebt habe.«

»Wieso, hast du etwa irgendwann damit aufgehört?« Wieder lachten sie, und kurz darauf wurde schon der Nachtisch gebracht – nur einer, denn sie hatten beschlossen, sich einen zu teilen.

Sie hatten einen schönen Abend zusammen verbracht, und um auseinanderzugehen, das spürten beide, war es noch zu früh. Als sie vor ihrer Haustür ankamen, schlug Isabella vor, sich noch ein Weilchen in den Hof zu setzen. Als Jugendliche hatten sie das tausendmal gemacht. Auf dem Hof gab es eine große Glyzinie, die sich an der Mauer zum Nebengrundstück emporrankte und gerade in Blüte stand. Marco liebte diesen intensiven Duft. Für ihn dufteten Glyzinien nach Isabella.

Während sie dort saßen und sich unterhielten, wanderten Marcos Finger langsam über Isabellas Arm. Sie verstummte und schloss verzückt die Augen. Schweigend genossen sie den Augenblick. Für mich ist sie immer noch die schönste Frau, die ich je gesehen habe, dachte Marco, auch wenn ihm sicher schon schönere über den Weg gelaufen waren. Plötzlich fiel ihm wieder ein, wie sie sich zum ersten Mal geküsst hatten. Und nun, nach all den Jahren, saßen sie wieder hier, auf dieser Treppe, und standen sich immer noch sehr nah. Selbst die leichteste Berührung hatte etwas Elektrisierendes. Beim Anblick ihrer Lippen wünschte er sich nichts sehnlicher, als sich vorzubeugen und sie zu küssen. Er würde sie küssen, zart und lange, er würde sie küssen, und dann würden sie sich lieben, hier auf dieser Treppe, wie in alten Zeiten.

Langsam beugte er sich vor und gab ihr einen Kuss, womit Isabella nicht gerechnet hatte. Ihre Lippen öffneten sich wie eine aufblühende Knospe. In der Stille des Treppenhauses waren nur ihre Atemzüge zu hören. Ihre Küsse waren immer wundervoll, hinreißend, intensiv. Weich.

Dann, als wäre sie plötzlich aus einem Traum erwacht, stieß sie ihn zurück.

»Nein, Marco, ich will das nicht.«

»Warum denn nicht?« Mit einer Zurückweisung hatte er nicht gerechnet. »Tut mir leid, ich dachte, es würde dir gefallen.«

»Darum geht es aber nicht, es hat einfach keinen Sinn.«

Marco rückte von ihr ab. Sie schwiegen lange.

»Jetzt sei bloß nicht gleich eingeschnappt. Ich will nur nicht unsere Beziehung aufs Spiel setzen, du bist mir wichtig.«

»Na gut, ich verstehe.«

Aber irgendetwas hatte sich verändert, und das ließ sich weder verschleiern noch verbergen. Sie wechselten das Thema, doch die Leichtigkeit des Abends war plötzlich dahin.

Wenig später verkündete Marco, er sei müde und wolle ins Bett. Isabella begriff und drängte ihn nicht zu bleiben, sie brachte ihn zur Haustür, und sie verabschiedeten sich rasch.

Mit einem Stoßseufzer schloss sie hinter ihm die Tür. Sie liebte ihn noch immer, das war ihr gerade klargeworden.

Mit grimmiger Miene steckte sich Marco draußen vor der Tür eine Zigarette an und machte sich auf den Heimweg. Dabei machte er ein Gesicht, als würde er am liebsten den nächstbesten Passanten verprügeln.

Ist das Glück?

Andrea und Irene lachten sich schief, vor lauter Lachen kamen sie kaum die Treppe hinauf und mussten auf jedem Absatz stehen bleiben. Sie waren leicht angeheitert, alberten herum wie Kinder und amüsierten sich köstlich.

Vor der Wohnungstür fing Irene an, in ihrer Handtasche nach dem Schlüssel zu kramen. Andrea lehnte sich an die Wand und sah ihr dabei zu. Für den Bruchteil einer Sekunde durchzuckte ihn ein glasklarer Gedanke: Gleich würde er mit ihr schlafen – er konnte es kaum erwarten.

Nach einer halben Ewigkeit fand Irene endlich den Schlüssel und betrat die Wohnung. Andrea blieb noch ein paar Sekunden an die Wand gelehnt stehen. Ihm fiel ein Satz ein, den seine Frau kürzlich bei einem Streit gesagt hatte: »Und weißt du was, Andrea, vom weiblichen Körper hast du überhaupt keine Ahnung, nicht die geringste.«

Seit Jahren hatte er außer Daniela keiner anderen Frau mehr nackt gegenübergestanden, folglich machten ihn diese Worte nervös.

Irene ging ins Bad, er sah sich neugierig um. Die Wohnung war klein, eine offene Küche, ein Bad und ein Schlafzimmer ohne Tür, vom Rest der Wohnung nur durch einen Vorhang abgetrennt.

Die Matratze sah aus wie ein Futon, und auf der Kommode standen Fotos, ein kleiner Fernseher und ein Schmuck-kästchen. Auf dem Nachttisch ein paar Bücher und eine orangefarbene Lampe. Es sah aus wie in einer Studenten-bude. Als Irene aus dem Bad kam, ging er selbst hinein. Auch das Bad war klein, es war gerade mal Platz für eine Waschmaschine vom Typ Toplader und drei Körbe mit Bürsten, Reinigungsmilch, verschiedenen Cremes für Gesicht, Körper und Hände und Schminkutensilien.

Die Wohnung wirkte sehr gemütlich.

Als er aus dem Bad kam, setzte sich Andrea aufs Sofa.

Irene stand am Waschbecken und trank Wasser. »Möchtest du auch?«

»Ja, bitte.«

Sie brachte ihm ein Glas, dann setzte sie sich auf seinen Schoß. Andrea rührte sich nicht, und sie küsste ihn endlos lange. Er war so erregt wie seit Jahren nicht. Langsam knöpfte Irene ihre Bluse auf und zog sie schließlich aus. Ihre Brüste waren nicht riesig, drängten aber doch aus dem Büstenhalter hervor, als wären sie dort eingesperrt. Dann griff sie mit beiden Händen hinter sich, öffnete den Verschluss und streifte den BH ab, wobei sie die Schultern leicht nach vorne beugte.

Verzückt betrachtete Andrea die dicken dunklen Nippel, so dunkel, wie er es noch nie zuvor gesehen hatte. Er küsste sie, leckte und knabberte daran.

Nach ein paar Minuten ging Irene vor ihm auf die Knie, öffnete Gürtel, Hosenknopf und Reißverschluss und zog ihm die Hose runter, wobei sie ihm auch gleich die Schuhe auszog. Im Handumdrehen fand sich Andrea in Hemd und Socken wieder und mit einem ordentlichen Ständer. Irene beugte sich vor und ließ ihn in ihrem Mund verschwinden. Es war Jahre her, dass eine Frau ihm einen geblasen hatte.

Er schloss die Augen und keuchte leise. Fühlte sich Glück vielleicht so an?

Dann sah er auf sie hinab, am liebsten hätte er ihr die Haare aus dem Gesicht gestrichen, tat es aber nicht. Als hätte sie seine Gedanken erraten, schob sie die Strähne, die ihr ins Gesicht hing, hinters Ohr.

Andrea dachte: *Sie ist viel besser als Daniela.*

Nach einem Spiel mit Händen und Lippen setzte sich Irene wieder zurück. Sie waren nackt. Sie küssten sich, sie knabberte an seinen Lippen, am Hals, an den Ohrläppchen und flüsterte ihm ins Ohr: »Du musst langsam machen, wenn du ihn einführst, sonst tut es weh. Ich bin ein bisschen eng.«

Andrea spürte, wie ein Stromstoß durch seinen Körper flutete, ihre Worte hatten ihn noch mehr erregt.

Als er sie berührte, fühlte er, wie heiß und feucht sie war, merkte aber auch, dass sie wirklich sehr eng war. Er versuchte, in sie einzudringen, aber es ging nicht. Irene setzte sich auf ihn, bewegte sich langsam auf und ab, damit er ihr nicht weh tat. Um sie zu öffnen, benutzte er drei Finger. Zwei auf den Lippen, den Mittelfinger auf der Klitoris. Eine lange Massage.

Andrea verspürte eine unbändige Lust. Heimlich leckte er seine Handfläche und strich damit über die Eichel, um sie anzufeuchten. »Wenn es weh tut, sag es mir, dann höre ich sofort auf.«

»Gib mir einen Kuss.«

»Tu ich dir weh?«

»Nein.« Und Irene ließ sich noch ein Stück weiter sinken.

»So? Ist es gut so? Ich mache gar nichts, das überlasse ich dir.«

»So ist es gut.«

Als sein Penis noch weiter in ihr versank, bewegten sie sich nicht und verharrten einige Sekunden reglos.

Nach und nach passte er ganz in sie hinein. Sie saß auf ihm und rührte sich nicht. Sie hatte das Gefühl, er reiche ihr bis zum Magen. Dann begann sie sich leicht zu bewegen.

»Tut's weh?«

»Nein, keine Sorge. Jetzt geht es.«

Andrea spürte, dass Irene warm war, glühend heiß, nass. Aufnahmebereit. Am liebsten hätte er alle Kontrolle fahrenlassen, nichts zurückgehalten und sich vollkommen der Lust hingegeben, diesem schwindelerregenden Gefühl, das er noch nie so stark empfunden hatte. Der Akt dauerte nur ein paar Minuten, wobei Andrea äußerst passiv war, aber die Nacht war lang, und sie liebten sich bis zum Morgengrauen. Kurz bevor sie am Morgen einschliefen, konnten es beide kaum glauben, dass sie dreimal zum Orgasmus gekommen waren. Mit diesen drei Orgasmen in einer Nacht war Andrea öfter gekommen als in den letzten beiden Jahren mit Daniela.

Bei Irene fiel ihm alles viel leichter, er brauchte sich nicht zu konzentrieren, um die Erektion zu halten, wie es ihm bei seiner Frau oft passiert war, weil er sich bei ihr nicht wiedererkannt hatte, er war nicht er selbst.

Es folgten viele weitere Treffen, zusammen hatten sie viel Spaß, sie spielten und lachten, waren ungezwungen und liebten sich, sooft sie nur konnten.

Andrea lernte eine Menge Dinge über die Liebe, lernte schmusen, knutschen, streicheln, um ihre Lust zu steigern, bevor er in sie eindrang. Auch wenn er ihn, sobald er sie nackt sah, am liebsten sofort reingesteckt hätte.

Die Chemie stimmte, es gab die richtige Mischung aus Energie und Verlangen, wie sie einem nur selten im Leben begegnet. Für Andrea war alles neu, ein unbekanntes Glücksgefühl, erfüllend, aufregend, von der Art, dass man dafür am liebsten neue Worte erfinden möchte, um sie auf dem Heimweg von der Arbeit lauthals herauszuschreien.

Eines Tages stellte er fest, dass Irenes Haut nach Sommer duftete, nach Kirschen, Aprikosen, Pfirsichen. Nach Pinien und nach Meer. Die beiden waren so aufgekratzt wie Jugendliche, die ihre ersten Erfahrungen sammeln, genau die, die Andrea nie gemacht hatte. Selbst das Versteckspiel im Büro, wo sie sich verstohlene Blicke zuwarfen, war erregend.

Die kleine Wohnung war der perfekte Ort für ihre Treffen, ein Nest, wo sie Zuflucht finden und die Welt aussperren konnten. Dabei fiel ihm ein Satz ein, den er in einem Buch gelesen hatte: »Ein Liebesnest ist immer ein Versteck.«

Andrea entdeckte, dass ihm Spiele unter der Bettdecke Spaß machten, zu küssen, zu lecken, mit der Zunge ihre Schamlippen zu teilen, das Gefühl ihrer Hände auf seinem Kopf, die kleinen Zuckungen vor dem Höhepunkt, die Spannung, die sich schließlich in einem lauten Stöhnen entlud. Dabei lernte er auch, eine Frau mit der Zungenspitze zu erregen.

Wenn er sie auf diese Art stimulierte, verbarg Irene oft ihr Gesicht unterm Kopfkissen, und anfänglich fragte sich Andrea, ob sie es wegen des Lichts oder aus Schüchternheit tat. Aber er mochte dieses gedämpfte Seufzen und Stöhnen, diese halb erstickten Schreie.

Wie war es bloß möglich, dass diese zarte, sanfte Frau so leidenschaftlich, so sinnlich und erotisch wurde? Dass zwei Körper sich so viel Lust verschaffen, so außer sich geraten konnten, hatte Andrea bisher nicht geahnt. Er wusste nicht, wie es ist, wenn man am liebsten in den anderen Körper hineinbeißen, ihn zerreißen und verzehren würde, weil Sex allein nicht ausreicht, um dieses unbändige Verlangen zu stillen.

Dieses neue Lustgefühl war so stark, dass es seinem Leben einen Sinn gab, ihm half, alles zu vergessen, zumindest für die Zeit, die sie gemeinsam verbrachten.

Draußen, außerhalb dieses kleinen Verstecks, war die Welt voller Probleme. Doch sie waren glücklich.

Eine Woche lang hatte er sogar die Krankenbesuche bei seinem Vater ausfallen lassen, das war noch nie vorgekommen.

Marco freute sich, dass sein Bruder nun ein wenig das Leben genoss. Endlich.

Der Keller

Marco, kannst du mir mal helfen?«, rief Andrea aus dem Schlafzimmer des Vaters.

»Ich komme.«

Andrea wollte den Hometrainer verschieben, ein Geschenk an den Vater, das dieser jedoch nie benutzt hatte. Und nun auch nie mehr benutzen würde.

»Kannst du mir mal helfen, den da rüberzutragen?«

»Das habe ich gestern auch schon versucht, aber das Ding ist sauschwer.«

»Im Übrigen tut mir seit Tagen der Atlaswirbel weh«, sagte Andrea mit schmerzverzerrtem Gesicht.

»Der was?«

»Der Atlaswirbel.«

»Und was ist das?«

»Der oberste Wirbel in der Wirbelsäule heißt ›Atlas‹. Nach der Figur aus der griechischen Mythologie, die das ganze Himmelsgewölbe auf ihren Schultern tragen musste.«

Marco sah ihn kurz an. »Du bist ein bisschen wie dieser Atlas, du denkst, du müsstest die ganze Welt auf deinen Schultern tragen.«

»Meinst du?«

»Du fühlst dich nur wohl, wenn du eine ordentliche Last zu tragen hast.«

»Eigentlich habe ich mich immer eher mit dem Mythos von Sisyphos identifiziert.«

»Und was hat dieser Sisyphos gemacht?«

»Er war von den Göttern dazu verdammt, einen großen Felsbrocken über einen Berg auf die andere Seite zu wälzen, doch jedes Mal, wenn er kurz vor dem Gipfel war, entglitt ihm der Brocken und rollte wieder ins Tal zurück, so dass er immer wieder von vorne anfangen musste. Heute ist Sisyphos der Inbegriff für schwere, aber sinnlose Arbeit. Du rackerst und rackerst, stehst aber immer wieder am Anfang.«

»Warum bringen wir das verdammte Ding nicht gleich in den Keller?«, warf Marco ein, aus Angst, Andrea könnte ihm die gesamte griechische Mythologie erzählen.

»Bist du in letzter Zeit mal im Keller gewesen?«

Marco schüttelte den Kopf.

»Ist auch besser so. Wenn du das hier oben schon für ein Chaos aus überflüssigem Kram hältst, dann kriegst du da unten erst recht eine Krise. Ich weiß auch gar nicht, ob da überhaupt Platz wäre für das Teil.«

»Aber der Keller ist doch riesig.«

»Trotzdem, da ist alles voll.«

»Jetzt hast du mich aber neugierig gemacht, lass uns gucken gehen.«

Sie nahmen den Schlüssel. Auf der Treppe war Andrea ein paar Stufen voraus. »Hast du schon mal vom Messie-Syndrom gehört? Zwanghaftes Horten?«

»Nein.«

»Das ist eine ernste Sache, zwar ist Papa nicht wirklich davon betroffen, aber viel fehlt nicht mehr. Menschen mit diesem Syndrom können sich von nichts trennen. Offenbar hat es mit einer neuronal bedingten Entscheidungsschwäche zu tun, man wirft nichts weg, weil man es ja später vielleicht noch brauchen kann.«

»Das auch noch, na toll.«

Marco wusste noch genau, wie der Keller früher ausgesehen hatte, superordentlich und blitzblank wie ein Operationssaal. An der Wand über dem Tisch hingen die Schraubenschlüssel nach Größe sortiert, die Bohrmaschine, der Hammer, die Schraubenzieher, ebenfalls nach Größe sortiert. Vor allem aber wusste er noch ganz genau, dass er und sein Bruder ohne die Erlaubnis des Vaters nichts anfassen durften.

Als Andrea die Kellertür öffnete, traute Marco seinen Augen nicht. Wie eine Wand türmten sich dort Dosen, Schachteln, Zeitungen, Zeitschriften, alte Spielsachen, Möbel, Nachttische, Kleiderständer, Holzbretter, Stöcke, Krücken, kaputte Fahrräder. Sogar eine Pritsche. Marco war fassungslos, und als sich ihre Blicke kreuzten, wussten sie, dass sie beide dasselbe dachten: Wenn der Vater starb, standen sie vor der titanischen Aufgabe, diesen Keller leerzuräumen.

Sie bahnten sich einen Weg durch diesen Dschungel, schlugen Schneisen zwischen den hohen Stapeln, ein echter Friedhof der Erinnerung. Dabei musste man äußerst vorsichtig sein, durfte nirgendwo anstoßen, denn alles war nur provisorisch aufgetürmt, wackelig, einsturzgefährdet.

»Papa kommt sowieso nicht mehr hier runter, vielleicht sollten wir so schnell wie möglich damit anfangen«, sagte Marco. Kaum hatte er den Satz ausgesprochen, merkte er jedoch, dass das unmöglich war. Den Keller noch zu Vaters Lebzeiten auszuräumen, das wäre einem Begräbnis vor der Zeit gleichgekommen.

Deshalb wechselte er schnell das Thema. »Unglaublich, sogar die Fliegenklatsche hat er aufbewahrt. Die hattest du auf dem Rummelplatz gewonnen, zusammen mit den Goldfischen.«

»Damals waren wir der Schrecken der Fliegen, weißt du noch, unser Wettbewerb? Wer die meisten erlegte, hatte gewonnen.«

»Zum Totlachen, letztes Jahr in Spanien habe ich eine elektrische Fliegenklatsche gekauft. Damit habe ich fliegende Sachen gefangen, die so groß waren, dass es danach in der Wohnung nach gegrilltem Fleisch roch.«

»Fliegende Sachen? Diese Klatschen sind doch für Mücken, nicht etwa für Schmetterlinge.«

»Ich metzel doch keine Schmetterlinge, aber irgendwie packt es einen, du fängst mit Mücken an, dann nimmst du dir die Fliegen vor, dann die Wespen, und zum Schluss würdest du am liebsten auch noch Tauben und Hühner jagen. Dich überkommt einfach die Lust, es mit allem zu versuchen. Auch deshalb, weil es heute wesentlich weniger Fliegen gibt als zu unserer Kinderzeit, es gibt kaum noch Tiere, die in der Wohnung herumfliegen. Damals, das weiß ich noch, da brummten die Fliegen im Sommer um die Deckenlampe herum. Jetzt sehe ich gar keine mehr.«

»Daran sind die Unkrautvernichtungsmittel schuld, es gibt einfach weniger Insekten.«

»Weißt du noch, wie wir die toten Fliegen fein säuberlich auf dem Nachttisch aufgereiht haben, weil wir dachten, die noch lebenden würden sich vom Anblick der Leichen abschrecken lassen, rasch einsehen, dass sie hier nicht erwünscht sind, und sich deshalb umgehend davonmachen?«

»Ja, ich erinnere mich. Als ich damals behauptet habe, das sei Blödsinn, hast du gesagt: ›Würdest du denn freiwillig ein Zimmer voller Leichen betreten?‹ Deine Argumentation war einwandfrei.«

Nach einer kurzen Pause fuhr er fort: »Weißt du eigentlich, warum die Fliegen tagsüber um die Deckenlampe kreisen, auch wenn das Licht aus ist?«

»Nein, das habe ich mir noch nie überlegt.«

»Für mich ist es ein Rätsel.«

Außer einem Berg wertloser Dinge barg dieser Keller auch einen Teil ihrer Familiengeschichte, jede Menge Dinge, die an tiefe Gefühle rührten und längst vergessene Erinnerungen weckten.

»Guck mal, Andrea! Erinnerst du dich noch an diesen Wecker? Der tickte so laut, dass ich mich immer gefragt habe, wie Mama und Papa dabei schlafen konnten.«

Immer wieder riefen sie sich gegenseitig herbei, um dem anderen ein besonderes Fundstück zu zeigen: ein Spielauto, ein Fort mit Soldaten, ihre Schulbücher, Zeichenhefte, das Schwert von Zorro.

Als Andrea den Rappen von Big Jim entdeckte, drehte er sich zu Marco um, der schon seit einer ganzen Weile nichts mehr gesagt hatte. Er saß auf dem Boden, balancierte eine rote Blechdose auf den Knien und war gerade dabei, die Papiere zu lesen, die er darin gefunden hatte.

»Was ist denn das?«

»Briefe.«

Andrea kam näher.

»Von Mama. Die hat sie an Papa geschrieben.«

»Vielleicht sollten wir die lieber nicht lesen«, sagte Andrea.

»Ja, vielleicht.«

Die Briefe stammten aus der Zeit, als die Eltern noch nicht verheiratet waren, und aus späteren Jahren, als die Mutter schon krank war.

Marco und Andrea kamen sich vor wie Eindringlinge in eine Intimsphäre, die ihnen jedoch so vertraut war, dass sie sich von den handgeschriebenen Worten nicht losreißen konnten. Es waren schöne Formulierungen aus einer anderen Zeit, die heute niemand mehr verwenden würde, voller Zärtlichkeit, Gefühl und Scham. Und natürlich voller Liebe. Zarte Worte, so zart wie ihre Handschrift. Unverwechselbar, schwungvoll, elegant.

In den Briefen aus der Zeit vor ihrer Ehe beschrieb die Mutter, was sie sich für ihr gemeinsames Leben erträumte. In denen aus der Zeit nach ihrer Erkrankung bedauerte sie, ihn mit zwei Kindern allein lassen zu müssen und ihren Mutterpflichten nicht nachkommen zu können.

Sie waren nicht darauf gefasst gewesen, in all dem Chaos so eine Kostbarkeit zu finden. Schweigend verharrten sie eine ganze Weile mit den Briefen in der Hand, jeder hing seinen eigenen Erinnerungen nach.

Die Lektüre der Briefe rührte sie, auch wegen der Handschrift. Die Handschrift zeugte von ihrer Sanftheit, von der Art, wie sie ihre Hände bewegte, rief aber auch Erinnerungen wach an ihr Lächeln und sogar an ihren Geruch.

Unter den Briefen lagen Fotos. Auf einigen war die Mutter mit dem Vater zu sehen, auf den meisten war sie allein abgebildet, auf einem mit einem Mann.

»Wer ist das denn?«, fragte Marco.

»Ein Freund von Papa, der Name ist mir entfallen. Als wir klein waren, kam er oft zu Besuch. Dann habe ich ihn nicht mehr gesehen. Du warst noch zu klein, um dich an ihn zu erinnern. Einmal bin ich sonntags mit ihm und Mama Eis essen gegangen. Er war sympathisch.«

»War er bei Mamas Beerdigung?«

»Weiß ich nicht mehr.«

»Ob er wohl tot ist?«

»Keine Ahnung.«

»Wenn wir wieder oben sind, gucken wir auf Facebook nach, vielleicht finden wir ihn ja.« Sie lachten. Marco nahm die Briefe und legte sie in die rote Dose zurück.

Als sie wieder nach oben gingen, nahmen sie die Briefe mit, außerdem ein Foto der Eltern, die Fliegenklatsche und das Schwert von Zorro.

»Und wie ist das bei dir, hast du in London auch einen Keller voller Dinge, die du nicht mehr brauchst?«

»Nein, wo ich wohne, sind Keller genauso teuer wie Wohnungen, Wohnraum ist Luxus. Seit der Krise ist es in London in Mode gekommen, die Keller umzubauen und als Ein-Zimmer-Apartment zu vermieten. Und außerdem werfe ich Dinge, die ich nicht mehr brauche, weg oder verschenke sie. Warum? Hast du einen Keller mit altem Kram?«

»Ich habe nicht mal mehr eine Wohnung, geschweige denn einen Keller.« Wieder lachten sie.

Sie schoben den Hometrainer ins Wohnzimmer.

»Ich habe immer noch Muskelkater in den Beinen, vom Joggen neulich, alles tut weh«, sagte Marco. »Ich brauche unbedingt eine Massage.«

»Weißt du eigentlich, dass ich mich noch nie habe massieren lassen?«

»Noch nie?«

»Noch nie!«

»Dann muss ich dich dieser Tage mal mitnehmen, ich lade dich ein. Vielleicht sollten wir ja sogar in einen Salon mit Happy Ending gehen.«

»Was ist das denn? Eine Party nach der Massage?«

»Mehr als eine Party, da kriegt auch dein Pimmel seinen Spaß.«

»Nein, danke, lieber eine normale Massage. Die nehme ich gerne an.«

Marco war verblüfft, normalerweise lehnte Andrea immer alles von vornherein ab, doch seit ein paar Tagen war er ungewöhnlich locker, fast schon euphorisch. Marco hatte das Gefühl, seinen Bruder nach langer Zeit wiedergewonnen zu haben. Sie gingen gemeinsam ins Bad, um sich die Hände zu waschen. Marco pinkelte.

Andrea wandte sich seinem Bruder zu und sagte: »Ich habe eine Idee.«

»Lass hören.«

»Ich muss zur Vorsorgeuntersuchung der Prostata, da könnte ich doch gleich auch für dich einen Termin machen. Als Geburtstagsgeschenk zu deinem Vierzigsten.«

Marco drehte den Kopf wie eine Eule und sah seinen Bruder stirnrunzelnd an. Dann blickte er wieder nach vorn und sagte, während er sich die Hose zumachte und die Spülung drückte: »Wie verschieden wir doch sind, ich schenke dir eine Massage mit Happy Ending, und du schenkst mir eine Untersuchung beim Urologen. Findest du das normal?«

»Wenn ich das nicht für dich organisiere, gehst du doch nie im Leben hin. Wir werden alt, mein Lieber«, antwortete Andrea schmunzelnd.

»Du willst mich wohl verschaukeln, soweit ich weiß, steht das doch erst ab fünfzig an, nicht ab vierzig.«

»Das war früher, jetzt haben amerikanische Forscher herausgefunden, dass es besser ist, mit vierzig anzufangen.«

»Immer diese Amerikaner. Aber es ist doch hoffentlich nur ein Bluttest.«

»Der ist nicht so zuverlässig, eine rektale Exploration ist besser.«

»Wie Exploration? Wie weit geht die denn?«

Andrea lachte. »Das wirst du dann schon sehen.«

Sie verließen die Wohnung und fuhren ins Krankenhaus. Anfänglich hatten sie erwogen, dem Vater die Briefe mitzubringen, sich dann aber dagegen entschieden.

Im Auto sagte Marco plötzlich unvermittelt: »Hast du auch manchmal Gewaltphantasien? So in der Art, einfach auf den Bürgersteig zu rasen und alle über den Haufen zu fahren?«

Andrea musterte seinen Bruder. »Ehrlich gesagt, nein.«

»Ich habe manchmal solche Anfälle, dann höre ich eine innere Stimme, die mich auffordert, so etwas zu tun, einfach so, um zu sehen, was passiert.«

»Jetzt auch?«

Marco grinste. »Nein, jetzt nicht, aber wenn wir still sind, höre ich sie vielleicht.«

Andrea stellte das Radio lauter. Sie mussten lachten. Sie verstanden sich gut.

Kurz darauf stellte Andrea seine Internetrecherche am Handy ein. »Ich glaube, ich habe die Antwort auf meine Frage.«

»Welche denn?«

»Warum Fliegen um die Deckenlampe kreisen, auch wenn sie aus ist. Ein Wissenschaftler vertritt die Theorie, es handle sich dabei um Tropismus.«

»Ich weiß zwar, was Happy Ending ist, aber Tropismus, keine Ahnung, ist das was Schlimmes?«

»Das kommt vom griechischen Wort *tròpos* – Wendung. Also Fliegen sind Insekten, die sich in ihrer Bewegung an Reizen der Umgebung orientieren, das nennt man Tropismus. In einfachen Worten, die Fliegen kreisen um die Deckenlampe, weil sie sich in der Zimmermitte befindet, das ist die beste Stelle, um die Umgebung zu erkunden.«

»Man lernt nie aus«, sagte Marco ironisch.

Als sie im Krankenhaus ankamen, war der Vater stark verwirrt. Sein Bettnachbar sagte, er habe schon den ganzen Tag wirres, unzusammenhängendes Zeug gemurmelt. »Seit einer Stunde redet er immer von Mama.«

»Papa, was hast du? Geht's dir gut?«, fragte Andrea.

»Nein, es geht mir überhaupt nicht gut.«

»Wie fühlst du dich? Hast du Schmerzen?«

»Mama war hier.«

»Wie meinst du das?«

»Vorhin war Mama hier.«

»Deine oder unsere Mama?«

»Deine Mama ist an Luft gestorben.«

Andrea und Marco sahen sich alarmiert an, dann versuchten sie ihm gut zuzureden, und wenig später beruhigte sich der Vater wieder.

Marco und der Vater

Marco trank seinen Espresso und wartete darauf, langsam wach zu werden. Mit der Tasse in der Hand wanderte er durch die Wohnung. Im Flur blieb er stehen, lehnte sich an den Türrahmen und warf einen prüfenden Blick in das Zimmer des Vaters. Alles hatte sich total verändert, hier war nichts mehr, wie es einmal war.

Mit dem neuen Bett, einem verstellbaren Pflegebett mit Seitengitter und Bettgalgen, wirkte das Zimmer so trostlos, als wäre man im Krankenhaus. Der leere Raum mit Pflegebett sagte so viel über das Leben aus, dass einem bei diesem Anblick leicht übel wurde. Das ganze Zimmer beleidigte das ästhetische Empfinden, wirkte wie ein sperriger, gewaltsam eingedrungener Fremdkörper, der mit dem Familienleben nicht mehr das Geringste zu tun hatte. Das unpersönliche Zimmer stand für ein unausweichliches Schicksal. Ästhetische Maßstäbe gehörten endgültig der Vergangenheit an.

Marco brachte die Tasse in die Küche, stellte sie ins Waschbecken und machte sich auf den Weg ins Krankenhaus. Als er das Zimmer des Vaters betrat, waren die Pfleger gerade dabei, das Bett zu machen. Da der Vater nicht aufstehen konnte, wickelten sie ihn in eine Art Laken und hoben ihn dann mit Hilfe eines Lifters in die Höhe.

Als er mit ansehen musste, wie sein Vater, mit baumelnden Beinen und durch das dicke Windelpaket verunstaltet, hilflos wie ein Baby in der Luft hing, als hätte ihn der Klapperstorch gebracht, empfand Marco das als sehr entwürdigend.

Sein Vater lag den ganzen Tag im Bett und war zu vielem, auch den einfachsten Verrichtungen, nicht mehr in der Lage. Immer öfter war er desorientiert, konnte sich an nichts erinnern und erkannte niemanden mehr, mitunter nicht einmal seine Söhne. Eine vernünftige Unterhaltung war nicht mehr möglich.

Während Marco über den Vater und sein gegenwärtiges Leben nachdachte, wurde ihm bewusst, dass dieser Mann viel mehr verkörperte als ein Individuum mit seiner Identität, seinem Leben und seiner persönlichen Erfahrung. Er repräsentierte alle Männer und Frauen. Die gesamte Menschheit.

Marco begriff, dass er alles, was dem Vater gegenwärtig widerfuhr, in Zukunft selbst erleben würde, deshalb sah er in ihm nicht nur ein »er«, sondern ein »wir«, ein kollektives Schicksal.

»Soll ich dich rasieren, Papa?«

»In Ordnung.«

Das war die letzte Rasur im Krankenhaus, am nächsten Tag sollte er entlassen werden. Alles war vorbereitet, das Zimmer war hergerichtet, und für die Zeit von neun bis achtzehn Uhr hatten sie eine Pflegerin engagiert. Zusätzlich würde Marco tagsüber auf Abruf bereitstehen, und an den Abenden würden die Brüder sich abwechseln.

Marco wusch ihm das Gesicht mit warmem Wasser, rieb

es mit Mentholcreme ein und trug dann den Rasierschaum auf. Für einen Augenblick sah der Vater aus wie der Weihnachtsmann. Mit äußerster Vorsicht begann Marco dann mit dem Rasieren. Der Vater rührte sich nicht, phasenweise starrte er ins Leere, dann wieder durchbohrte er Marco mit seinem Blick. »Tue ich dir weh?«

»Nein, du machst das sehr gut«, antwortete er und hielt dann den Mund geschlossen, um sich möglichst wenig zu bewegen.

Für Marco war das Rasieren des Vaters wie eine mystische Erfahrung. Derselbe Mann, den er als Kind für den stärksten der Welt gehalten hatte, war nun so schwach, dass er sich nicht einmal mehr selbst rasieren konnte und Windeln trug wie ein Neugeborenes. Wenn er ihn jetzt ansah, wusste Marco, dass der Vater nicht mehr er selbst war.

Meinen Vater gibt es nicht mehr, dieser Gedanke war ihm einmal beim Verlassen des Krankenhauses durch den Kopf gegangen.

Es war schwer zu glauben, schwer zu akzeptieren, noch schwerer zu verstehen, aber es war die Wahrheit. Auch wenn er noch da war, hatte sich sein Vater eigentlich schon lange verabschiedet. Geblieben war nur eine Hülle, ein Körper in beklagenswertem Zustand, dessen Anblick den Sohn unendlich rührte und betroffen machte, alles andere war verschwunden.

Wenn es ihm besonders schlechtging, sah ihn der Vater voller Panik an und fragte: »Wer bist du? Wie heißt du?« Dann spürte Marco, wie sein Magen sich verkrampfte.

So tief erschüttert hatte ihn bisher nur seine Mutter. - Beinah ungläubig stellte Marco fest, wie viel Zärtlichkeit und Mitgefühl er dem Vater entgegenbrachte, das hätte er selbst nicht für möglich gehalten. Der Vater brach ihm das Herz.

Je weniger sein Verstand funktionierte, desto mehr kam eine andere, allerdings nicht weniger reale Persönlichkeit zum Vorschein. Die Erinnerung lebt von Bildern, die dem Vater jedoch zunehmend abhandenkamen, und die wenigen verbliebenen verwechselte er auch noch. Ohne sein Gedächtnis, das begriff Marco nun, war ein Mensch nicht mehr er selbst.

Manches an dieser neuen Person, die Ähnlichkeit mit meinem Vater hat, gefällt mir sogar besser, dachte er.

Langsam wurde die Persönlichkeit des Vaters durch die Krankheit aufgezehrt wie eine Kerze, die nicht ausgeblasen wird, sondern erst verlischt, wenn auch das letzte bisschen Wachs aufgebraucht ist. Das Flämmchen, das immer kleiner wurde, machte diesen Mann zu einem sanften, schutzlosen Wesen, voller Zuneigung und Zärtlichkeit.

Einen Tag zuvor hatte Marco dem Vater beim Umlagern geholfen. Dazu hatte er sich so weit vorgebeugt, dass ihre Gesichter sich fast berührten, dann die Arme um ihn gelegt und ihn hochgewuchtet. Dabei hatte sich der Vater an ihn geklammert wie ein Kind und ihm plötzlich einen Kuss auf den Kopf gegeben.

Ich glaube, mein Vater hat mich in seinem ganzen Leben kein einziges Mal geküsst.

Durch die Krankheit hatte die Schutzmauer, die der Vater um sich errichtet und sein Leben lang auch gegen die Söhne verteidigt hatte, Risse bekommen. Durch die Krankheit war eine neue Nähe entstanden. Seit er auf Hilfe angewiesen war, hatten sie automatisch mehr Körperkontakt, mussten sich zwangsläufig dauernd anfassen und umarmen.

Sie halfen ihm beim Anziehen, stülpten ihm den Pullover über, bis sein Kopf aus dem Halsausschnitt hervorlugte wie ein Murmeltier aus dem Bau, fädelten seine Arme in die Ärmel ein, indem sie auf halbem Weg nach seinen Fingern griffen, richteten ihn wieder auf, wenn er im Laufe des Tages im Bett nach unten rutschte, weiteten die Socken vor dem Anziehen, so gut es ging, kämmten ihm die Haare und schnitten ihm die Fingernägel, nahmen ihm das Gebiss aus dem Mund und reinigten es. Sie setzten sich über alle Grenzen hinweg, verletzten jedes Schamgefühl, weil sie wussten, dass gutes Benehmen, Manieren, Etikette unter diesen Bedingungen hinfällig waren, und weil sie keine andere Wahl hatten.

Bis dahin hatten Andrea und Marco den Vater noch nie nackt gesehen, das war absolut tabu gewesen, denn bei ihnen zu Hause war man sehr prüde. Doch inzwischen geschah es fast täglich. Beim ersten Mal hatte Marco ein Gefühl der Beschämung beschlichen, es fühlte sich an, als würden sie ihm seine Würde nehmen. Inzwischen sahen und berührten die Söhne alles an ihm, nahmen seinen kleinen, verschrumpelten Penis, der fast in dem dichten Schamhaar verschwand, und steckten ihn in die Urinflasche. Die Nacktheit des Vaters hatte jedes Geheimnis verloren.

Wenn sein Vater ihn ansah, hatte Marco mitunter den Eindruck, in Wahrheit verstehe er alles und spiele ihnen nur etwas vor. Wie ein Schauspieler in der letzten, tragischen und authentischsten Rolle seines Lebens. Marco wollte gerne glauben, dass sein echter Vater, der, der ihm nie einen

Kuss gegeben, ihm nie gesagt hatte: »Ich hab dich gern«, dass dieser starke Vater, mit dem er mitunter aus läppischen Gründen nicht geredet hatte, irgendwo noch existierte. *Es stimmt gar nicht, dass er krank ist, er will nur, dass alle das glauben. Er hat diese Krankheit nur erfunden, damit er endlich sein kann, was er schon immer sein wollte: er selbst. Nach einem ganzen Leben, in dem er nicht er selbst sein konnte, hat er sich dafür entschieden, mich zu küssen, zu umarmen, mir zu sagen, dass er mich gernhat, mich zu fragen, wann ich ihn wieder besuchen komme. In der Zielkurve hat er die Maske fallen lassen.*

Marco glaubte sogar, in seinen Augen ein kleines Leuchten zu sehen, ein maliziöses Lächeln, so als wollte er sagen: *Ich werde es nie zugeben, aber ich bin noch da und endlich frei.* Genährt wurde Marcos Verdacht durch kurze Augenblicke absoluter Klarheit. Dann redete der Vater plötzlich so weise wie ein Erleuchteter, der plötzlich auf mysteriöse Weise von etwas inspiriert ist, von dem man zuvor nie etwas gemerkt hat.

In diesen seltenen Momenten versuchte Marco, möglichst viel über das Leben des Vaters zu erfahren. »Weißt du noch, als du nach Pisa versetzt werden solltest, auf eine Stelle, an der dir sehr viel lag, auf die du dann aber wegen uns verzichten musstest?«

»Natürlich weiß ich das noch.«

»Warst du damals sauer auf uns?«

Der Vater verstand die Frage nicht und sah ihn verständnislos an.

»Ich meine, weil du die Stelle wegen uns nicht annehmen konntest.«

Der Vater lächelte.

Nach einer kurzen Pause legte Marco nach, weil er wusste, dass diese Augenblicke der Klarheit rasch vorbeigingen. »Hast du es nicht bereut, dass du Mama geheiratet hast, die dich dann mit zwei Kindern allein gelassen hat?«

Wieder lächelte der Vater. Marco fürchtete schon, er sei wieder in seine wirre Traumwelt abgetaucht, aber dann kam die Antwort: »Ich war nicht sauer, als ich nicht nach Pisa konnte, ich habe es nie bereut, dass ich deine Mutter geheiratet und dich und deinen Bruder bekommen habe. Wenn ich noch einmal zurückkönnte, würde ich alles wieder genauso machen, selbst wenn ich wüsste, wie es endet. Ihr beide, du und dein Bruder, ihr seid das Schönste, was ich in meinem Leben zustande gebracht habe.«

Als Marco das hörte, war er verblüfft und fragte sich, was daran authentisch und was seinem mentalen Zustand geschuldet war. Marco war nie auf die Idee gekommen, dass sein Vater auch nur einen Augenblick in seinem Leben glücklich gewesen war. Aber nun fing er an, ihn in einem anderen Licht zu sehen, und langsam dämmerte ihm, dass es ein Fehler gewesen war, das Schweigen und die Kontaktschwierigkeiten des Vaters als Zeichen von Unglück und unendlicher Traurigkeit zu deuten.

Das Erinnerungsvermögen des Vaters war unberechenbar: Mitunter konnte er ein Gedicht aufsagen, das er als Kind in der Schule gelernt hatte, oder ihm fiel die Telefonnummer eines Freundes wieder ein, den er seit Jahren nicht mehr angerufen hatte, wusste aber gleichzeitig nicht mehr, was er zu Mittag gegessen oder gerade erst im Fernsehen gesehen hatte. Über die Mutter jedoch wusste er noch alles.

Daher fragte Marco ihn alles Mögliche, was er sich nie zu fragen getraut hatte: »Was für ein Frauentyp war Mama eigentlich? Warum hast du dich in sie verliebt?«

»Sie war die schönste Frau, die ich je gesehen habe, sie war immer freundlich, hatte aber ihren eigenen Kopf und ließ sich nicht unterkriegen. Das gefiel mir. Als ich ihr zum ersten Mal begegnet bin, trug sie ein weißes Kleid, darin sah sie aus wie ein Engel. Eine solche Frau hatte ich gar nicht verdient. Sie hätte nicht gutgeheißen, wie ich mit euch umgegangen bin. Um alles Mögliche habe ich mich gekümmert, statt meine Zeit mit euch zu verbringen.«

»Es war für keinen von uns leicht, Papa, für dich am allerwenigsten.«

»Unglaublich, wie leicht man die eigenen Kinder verletzen kann, Kinder sind so zarte Kreaturen. In meinen Gebeten bitte ich sie immer um Verzeihung.« Bei den letzten Worten veränderte sich sein Gesichtsausdruck. Vielleicht war der Augenblick der Klarheit vorüber, und er befand sich wieder in seiner eigenen Welt.

»Wie, du betest?«

Darauf bekam er keine Antwort.

Nur zu gern hätte Marco noch nach einer Sache gefragt, die ihn schon häufiger beschäftigt hatte: *Warst du nach Mamas Tod noch einmal mit einer Frau zusammen?*

Ja, das hoffe ich für dich, gab er sich selbst die Antwort. *Selbst wenn du vielleicht nur im Puff warst, ich hoffe wirklich, dass du nicht all die Jahre Mama die Treue gehalten hast.* Dann stellte er keine Fragen mehr.

Nun lag der Vater glattrasiert und duftend im Bett und schlief. Bei diesem Anblick stellte sich Marco die Frage, ob

241

man dieses Leben überhaupt noch als solches bezeichnen konnte. Unter Leben verstand er Würde, Bewusstsein, aber auch Abenteuer, den Wunsch, Neues zu entdecken und zu erlernen, zu lieben, zu spüren. Zu verstehen.

Nunmehr bestand das Leben seines Vaters nur noch aus Warten, Warten auf etwas, was niemand zu benennen wagte, das aber seine Schatten vorauswarf, genau wie bei seiner Mutter. Der einzige Unterschied war, dass der Vater gar nicht mitbekam, wie es um ihn stand, während die Mutter stets bei klarem Bewusstsein gewesen war. Das war auch der Grund, warum sie so unwirsch reagierte, wenn man sie wie ein Kind behandelte, langsam und deutlich sprach oder schlimmer noch: über sie redete, als wäre sie gar nicht da.

Wenn der Tod nicht plötzlich eintritt, sondern schon lange seinen Schatten vorausgeworfen hat, ist man nicht besonders überrascht, und mit der Trauer geht ein gewisses Gefühl der Erleichterung einher. Als wollte man sagen: »Jetzt ist endlich eingetroffen, wovon wir so lange geredet haben, das also ist Sterben. Ein endgültiger Akt.« Der Tod hatte ihnen die Mutter genommen, zugleich aber auch die Belastung, die mit der Krankheit verbunden war, dieses erstickende Gefühl von Beklemmung, das alle ergriffen hatte. Endlich konnte man die eigene Trauer herausschreien und sich wieder dem normalen Alltagsleben zuwenden. Dennoch ist danach nichts mehr wie zuvor, man ist für immer gezeichnet.

Der Hügel

Andrea hatte sich einen Tag Urlaub genommen, um gemeinsam mit Marco den Vater aus dem Krankenhaus abzuholen. Marco saß vorne neben dem Fahrer des Krankenwagens, Andrea hinten, mit dem Vater und einem Sanitäter.

»Wie fühlst du dich, Papa?«

Der Vater gab keine Antwort. Man sah, dass er verängstigt und nervös war. Andrea legte ihm die Hand aufs Knie und versuchte ihn zu beruhigen. Der Vater war verwirrt, weil die Autofahrt ihn aus seiner Routine riss, für ihn kam jede Veränderung einem Kraftakt gleich. Andrea versuchte, ihm begreiflich zu machen, dass er nun nach Hause komme und endlich wieder in seinem Bett schlafen könne.

Als sie in der Wohnung ankamen, brachten sie ihn gleich ins Bett. Auch wenn damit für ihn die größte Aufregung vorbei war, beruhigte er sich nur langsam und wirkte weiterhin nervös und angeschlagen. Deshalb blieb Andrea solange bei ihm, bis er endlich einschlief.

In der Küche sortierte Marco derweil die Rezepte und machte eine Liste der Medikamente, die sie besorgen mussten. Als er im Wohnzimmer sein Handy klingeln hörte, beschloss er, nicht ranzugehen, sondern erst die angefangene Arbeit zu Ende zu bringen. Später sah er nach, wer angerufen hatte – es war Isabella. Seit Tagen hatte er nichts von ihr gehört, seit dem Kuss auf der Treppe. *Jetzt denkt sie bestimmt, dass ich deswegen nicht rangegangen bin.* Deshalb rief er sofort zurück.

»Tut mir leid, ich konnte nicht abnehmen, wie geht's?« Das sagte er in neutralem Ton, um gleich klarzumachen, dass er nicht beleidigt war.

»Mir geht's gut. Und dir? Wie geht's deinem Vater?«

»Wir haben ihn heute aus dem Krankenhaus geholt.«

»Wird er bald wieder gesund?«

Es entstand eine Pause. »Ihm haben wir das zwar eingeredet, aber es ist eine Lüge, in Wahrheit kann sich sein Zustand nur noch verschlechtern.«

»Besser eine Lüge zum guten Zweck als eine Wahrheit um jeden Preis.«

»Lass uns das Thema wechseln. Wie geht's dir denn?«

»Danke, gut, ich rufe an, weil ich dir sagen wollte, dass ich übermorgen in die Gegend von Modena muss, da habe ich einen Termin bei der Firma, die meine Babykollektion produzieren soll. Ich weiß, dass du mit deinem Vater ziemlich beschäftigt bist, aber ich dachte, vielleicht tut es dir gut, mal für einen halben Tag rauszukommen. Hast du Lust mitzukommen? Meine Mutter leiht uns ihr Auto.«

Marco überlegte kurz. »In Ordnung, wann müssen wir da sein?«

»Um zwölf. Wir könnten gegen neun losfahren, dann brauchen wir uns nicht zu beeilen.«

»Die Pflegerin kommt um neun, ich könnte um halb zehn bei dir sein, meinst du, das reicht?«

»Super.«

Nachdem er aufgelegt hatte, dachte Marco verwundert, wie rätselhaft Isabella mitunter sein konnte. Auch als sie noch zusammen waren, hatte er ihr Verhalten oft nicht verstanden. Diesmal erwähnte sie das letzte Treffen mit keiner Silbe, ganz so, als wäre überhaupt nichts vorgefallen. Ein Balanceakt auf einem ziemlich schmalen Grat.

Zu seiner Überraschung fühlte sich Marco zwei Tage später beim Aufwachen seltsam euphorisch. Er freute sich darauf, einen Tag mit ihr zu verbringen. Er nahm einen Rucksack, steckte ein Buch, ein sauberes weißes T-Shirt und eine Überraschung für Isabella ein. Als er bei ihr ankam, stand sie bereits wartend vor der Haustür und empfing ihn mit einem Lächeln. Als sie ihm den Autoschlüssel zuwarf, fing er ihn auf und öffnete ihr die Wagentür. »Bitte schön, Madame, nehmen Sie Platz.«

Sie programmierten den Navigator, Entfernung und Fahrzeit erschienen auf dem Display, und sie fuhren los. Jedes Mal wenn Marco einen Navi benutzte, packte ihn der Ehrgeiz, und er setzte alles daran, um vor der berechneten Zeit anzukommen. Irgendwie kindisch, aber es war einfach stärker als er. Dabei war es auch schon vorgekommen, dass er nicht anhielt, obwohl er zur Toilette musste, nur um den herausgefahrenen Vorsprung nicht zu gefährden.

»Ich habe eine Überraschung für dich.« Dabei holte er eine CD aus dem Rucksack, die er am Abend zuvor eigens gebrannt hatte, ihre Lieblingsstücke aus der Zeit, als sie noch zusammen waren: *I Like Chopin, Please Don't Go, Call Me, Bette Davis Eyes, Ebony and Ivory, Let's Dance, Time after Time, Like a Virgin*. Dieser Compilation hatte er den Titel gegeben: *Disco-Hits der achtziger Jahre*.

Dann kamen sie auf den gemeinsamen Sommerurlaub zu sprechen, den sie einmal im Haus eines Freundes auf Sardinien verbracht hatten, und erzählten sich Anekdoten von der Fahrt dorthin, zum Beispiel, wie viel Schiss sie hatten, als sie mit einem Marihuana-Päckchen unter dem Auspuff auf die Fähre gefahren waren. Dieser Sommer zählte zum Schönsten, was sie je erlebt hatten. Damals lag ihnen die Welt zu Füßen, alles war möglich, sie waren so aufgekratzt, dass sie kaum schliefen, denn Schlafen war Zeitverschwendung. Und wenn sie die ganze Nacht durchgefeiert hatten, gingen sie morgens, wenn die Sonne schon hoch am Himmel stand, erst einmal frühstücken. Sie waren jung, schön, verliebt, leichtsinnig.

Die ganze Fahrt über hörten sie Musik und redeten ununterbrochen. Es war, als hätte es den kleinen Zwischenfall mit dem verweigerten Kuss gar nicht gegeben.

»Ein Auto mit dem Linkslenker bin ich schon lange nicht mehr gefahren.«

»Ach ja, stimmt, daran habe ich gar nicht gedacht. Und wie fährt es sich so in London?«

»Es kommt selten vor, ich habe ja kein Auto. Hin und wieder nehme ich das von Freunden. Solange es geradeaus geht, ist alles easy, aber wehe, es kommt ein Kreisverkehr, da überkommt einen am Anfang schnell die Panik, am liebsten würde man auf der Stelle aussteigen und zu Fuß weitergehen.«

»Im Linksverkehr zu fahren habe ich noch nie probiert.«

»Wenn du mich besuchst, lasse ich dich mal ans Steuer. Dann mieten wir ein Auto und machen einen Ausflug nach Yorkshire, eine wunderbare Gegend mit kleinen schnuckeligen Steinhäusern, davor sitzen ältere Damen im Sessel, streicheln ihre Katze und schlürfen Tee.«

»Was für ein hübsches, romantisches Bild, lass uns gleich hinfahren.«

»Weißt du, warum siamesische Zwillinge oft nach England fahren?«

Sie sah ihn verständnislos an.

»Weil da auch der andere ein bisschen fahren kann.« Pause. »Uralt, ich weiß, und außer mir findet das keiner lustig.«

»Das ist auch nicht lustig, aber du schon, wenn du solchen Blödsinn erzählst, du Witzbold.«

»*You mean funny, funny how? How am I funny?*«

»Spinnst du?«

»Ich imitiere doch nur Joe Pesci in *Goodfellas*. ›Wie lustig? Lustig wie ein Clown? Das findest du lustig?‹ Hast du etwa *Goodfellas* nicht gesehen?«

»Nein.«

»Den musst du dir unbedingt angucken, setz ihn auf die Liste der Filme, die wir uns demnächst mal gemeinsam anschauen.«

Dann trat Stille ein. Wie es manchmal vorkommt, wenn man auf Reisen ist. Plötzlich taucht ein Gedanke auf, der einen ablenkt, und man hängt ihm ein paar Minuten nach. Isabella dachte darüber nach, was gerade passiert war. Natürlich hatte Marco wie immer nichts gemerkt. Aber sie würde darauf nicht mehr reinfallen: Immer wenn er davon redete, was sie demnächst alles gemeinsam unternehmen würden, wusste sie schon, dass daraus nichts werden würde. Früher hatte sie Gott weiß wie oft darauf gewartet, dass den Ankündigungen endlich Taten folgten, um dann jedesmal enttäuscht festzustellen, dass er sich gar nicht mehr erinnern konnte, was er gesagt hatte. Doch damit war jetzt Schluss, sie hatte einfach keine Lust mehr auf den dauernden Frust.

Noch vor ein paar Jahren hätte sie gedacht: *Aha, so ist das also, er redet davon, dass wir uns wiedersehen, wieder regelmäßig treffen, dann ist also doch noch nicht alles vorbei.*

Früher hätte sie ernsthaft daran geglaubt, dass er eines Tages tatsächlich mit ihr aufs Land fahren oder einen bestimmten Film anschauen würde. Aber die Zeiten waren nun endgültig vorbei.

Deshalb hatte sie ihn neulich auch abblitzen lassen. In diese Falle würde sie nicht noch einmal tappen, auf keinen Fall.

Sie wusste ja, wie das lief. Spontan irgendetwas vorzuschlagen, einfach so, wie er das machte, das kam für sie nicht in Frage, weil er dann gleich nervös wurde, auswich und fast panisch das Thema wechselte. Deshalb hatte sich Isabella allmählich daran gewöhnt, für sich zu behalten, was ihr durch den Kopf ging, sie zensierte nicht nur ihre Worte, sondern auch Gesten und Verhaltensweisen. Sie lernte, sich zu bremsen und den Wunsch nach Zärtlichkeit zu unterdrücken. Denn oft war es nicht der richtige Augenblick. Manchmal war Marco so geistesabwesend, dass sie das Gefühl hatte, sie müsse ihn für ihre Anwesenheit erst um Erlaubnis bitten. Wenn sie den Impuls hatte, ihn zu streicheln, zu küssen oder zu umarmen, wusste sie nie genau, wie er reagieren würde, ob er das gut fand oder sich dadurch womöglich vereinnahmt, ja sogar gefesselt fühlte.

An dem Abend, als sie ihn abgewiesen hatte, hatte sie

noch lange wachgelegen und sich tausendmal gesagt, dass es richtig gewesen war, ihn zu stoppen. Es war richtig, weil sie es satthatte, sich dauernd zu verstellen, weil sie keine Lust mehr hatte auf diese Gratwanderung, diese Achterbahn der Gefühle und den ewigen Frust aus Angst, sie könne etwas falsch machen. Sie hatte nein gesagt, weil Marco keiner war, bei dem sie sich einfach gehenlassen konnte, um den Augenblick zu genießen, und basta. Er war nicht wie der Typ aus Paris, mit dem man sich ab und zu traf, Sex hatte, einen ruhigen Abend verbrachte, und dann ging jeder wieder seiner Wege. Marco war kein kurzes Intermezzo vom Alltag, bei ihm war alles anders. Sie liebte ihn, immer schon, immer noch. Von dem Kuss auf der Treppe war ihr schwindelig geworden, deshalb hatte sie ihn abgewiesen. Denn jedes Mal wenn sie dachte, sie sei darüber hinweg, könne ihm einfach nah sein, ohne sofort wieder den Kopf zu verlieren, stellte sich heraus, dass sie ihm erneut mit Haut und Haar verfallen war.

Aber diesmal war sie fest entschlossen, hart zu bleiben. Gewöhnlich schaffte Marco es mühelos, sie einzuwickeln, auch gegen ihren Willen, auch gegen jede bessere Einsicht. Er hatte eine natürliche Begabung, ihren inneren Widerstand zu brechen und frühere Erfahrungen zu entkräften. Im Grunde hatte sie auch nie das Bedürfnis gehabt, sich endgültig von ihm abzuwenden.

»Woran denkst du?«, fragte Marco.

»An nichts Besonderes. Daran, was ich bei dem Termin sagen muss.«

»Wollen wir anhalten und einen Kaffee trinken? Ich hätte Lust auf ein Croissant mit Marmelade.«

Isabella wollte sich keinen Kopf machen, sich nicht mit all diesen Problemen belasten, sondern einfach den Tag mit ihm genießen. Sie wusste zwar, dass sie nicht zu weit gehen durfte, wollte aber auch nicht auf alles verzichten. Sie hielten an, nahmen ein zweites Frühstück zu sich, kauften Wasser und fuhren dann weiter.

Es fühlte sich an, als führen sie in Urlaub, sie waren in Ausflugslaune.

Als sie in dem kleinen Nest bei Modena ankamen, wo die Firma ihren Sitz hatte, stand auf dem Ortsschild: atom- und apartheidfreie Gemeinde, Partnerstadt einer unbekannten Stadt in Afrika.

Darunter hatte jemand hinzugefügt: »Fahren Sie vorsichtig, wir sind hier schon sehr wenige.«

»Weißt du eigentlich, dass es hier in der Nähe einen Ort gibt, wo auf der Piazza eine Leninbüste steht? Und in einem anderen die Statue von einem Schwein?«

»Jetzt hör aber mit dem Blödsinn auf.«

»Ich schwör's, wenn du fertig bist, zeige ich es dir auf Google.«

Sie hielten ein Stück weiter auf dem Parkplatz eines Supermarktes, da Isabella sich noch zurechtmachen wollte.

Isabella tauschte ihre flachen Schuhe gegen ein Paar Pumps mit Absatz, das sie in einer Plastiktüte mitgebracht hatte, dann sah sie in den Rückspiegel, besserte das Make-up nach und kämmte sich. »Wie sehe ich aus?«, fragte sie, wobei sie sich Marco zuwandte.

»Du bist wunderschön.«

»Danke. Wir sehen uns dann später, tut mir leid, dass du warten musst, aber es dauert höchstens eine Stunde.«

»Kein Problem, ruf mich an, wenn du fertig bist.«

Isabella machte sich auf den Weg zu ihrem Termin und Marco auf die Suche nach einer Bar. In der Gegend gab es kaum Wohnhäuser, sondern vor allem Gewerbe, Autohändler, Werkhallen und ein paar Bürogebäude. Als Marco auf der Straße weiterfuhr, kam er bald in den nächsten Ort, und dort fand er auch eine Bar.

Als er sein Buch in die Hand nahm, stellte er fest, dass er den Bleistift vergessen hatte. Ohne Bleistift zum Unterstreichen fiel ihm das Lesen schwer. Also suchte er im Handschuhfach nach einem Stift. Aber nichts, kein Stift weit und breit. Im Handschuhfach lagen ein paar Briefe, eine CD mit klassischer Musik, eine von Michael Bublé und ein paar Fotos.

Marco sah sich die Fotos an. Darauf war Isabellas Mutter mit der Enkelin, als diese noch ganz klein war. Auf einem Foto lachte das Mädchen. Marco bemerkte, dass sie genau wie er fast keine Ohrläppchen hatte.

Er legte die Fotos zurück, ging in die Bar und setzte sich an einen Tisch.

»Ich hätte gern einen Toast, ein Wasser mit Kohlensäure und einen Espresso.«

»Wollen Sie den Espresso sofort oder danach?«

»Danach, bitte.«

Außer dem Chef, einem Riesenkerl um die fünfzig mit rotem Gesicht voll geplatzter Äderchen, waren noch ein paar andere Gäste in dem Lokal: An den Spielautomaten stand eine ältere Dame, und an einem Tisch saß ein junges Pärchen, er um die dreißig, sie ein bisschen jünger.

Die Frau hätte durchaus als hübsch durchgehen können,

wäre da nicht das viel zu dick aufgetragene Make-up, die nuttigen Klamotten, die pechschwarz gefärbten Haare, die superdünnen, bogenförmigen Augenbrauen und die superlangen, buntlackierten Fingernägel gewesen.

In dieser Aufmachung sah sie aus wie der Abklatsch einer drittklassigen Pornodarstellerin. Hinter dem Rücken ihres Freundes warf sie Marco mehrmals provokante Blicke zu. Bestimmt hatte sie nicht das geringste Interesse an ihm, aber da er nicht von hier war, wollte sie wohl einfach mal testen, wie weit sie gehen konnte.

Am liebsten wäre Marco zu den beiden rübergegangen, hätte dem Mann gesagt, er sei ein Idiot, »das sieht man dir an«, und der Frau, sie solle mitkommen. Er hätte ihr erst mal eine natürliche Haarfarbe verpasst, ein weniger tief ausgeschnittenes, weniger billiges T-Shirt, hätte dafür gesorgt, dass die falschen Fingernägel abkamen, dann die tausend Armbänder, Ringe, Kettchen, mit denen sie aussah wie eine mit Opfergaben behängte Madonna, und hätte ihr klargemacht, dass man Kaugummi durchaus auch kauen kann, ohne den Mund auf diese Art aufzusperren. Erst dann hätte er Sex mit ihr gehabt, den ganzen Nachmittag bis zur Abendessenszeit. Schließlich hätte er sie in die Bar zurückgebracht und dort eine völlig veränderte Frau abgegeben.

Diese Phantasien brachten Marco innerlich zum Grinsen. *Ich weiß, ich bin schrecklich,* sagte er zu sich selbst.

Unterdessen standen Toast und Wasser vor ihm. Er hatte Hunger. Als er aufgegessen hatte, trank er den Espresso, bezahlte und stieg wieder ins Auto. Ziellos fuhr er durch den Ort.

Irgendwann klingelte das Telefon. Marco dachte, es sei

Isabella, die ihm sagen wollte, dass sie schon fertig war. Aber es war Andrea. »Ciao, störe ich dich gerade?«

»Überhaupt nicht, ist was passiert?«

»Nein, ich wollte nur wissen, ob du heute Abend bei Papa bleiben kannst, ich muss zu einem wichtigen Essen.«

»Natürlich, spätestens um sieben bin ich zurück.«

»Danke. Ciao.«

»Ciao, und grüß Irene von mir«, sagte Marco, womit er durchblicken ließ, dass er genau wusste, worum es sich bei dem wichtigen Essen handelte.

Nach etwa einer Stunde rief Isabella an, er holte sie ab, und gemeinsam verließen sie dieses Kaff am Arsch der Welt.

Am Tag zuvor hatte sich Isabella nach einem Restaurant in der Gegend erkundigt, und eine Freundin hatte ihr eine Trattoria in den Hügeln empfohlen. Auf der Fahrt dorthin rief sie ihre Geschäftspartnerin an und erzählte ihr, wie das Treffen gelaufen war.

Als sie auf den Hof der Trattoria fuhren, knirschte der Kies unter den Rädern. Es war ein schöner, sonniger Tag. Sie bestellten gegrilltes Huhn, Salat, mit Käse überbackene Kartoffeln aus dem Ofen, dazu den Wein des Hauses, einen Lambrusco, der spritzig wie Champagner war. Während des Essens lachten und scherzten sie.

Isabella war froh, das Treffen war gut verlaufen.

»Bist du glücklich?«

»Sehr.«

Nach dem Essen wollten sie noch ein Stück spazieren gehen und schlugen den Weg hinter dem Restaurant ein.

Marco riss einen Grashalm ab und steckte ihn in den Mund, so wie man es manchmal im Film sieht. Er wusste, dass er sich nichts vormachen durfte, inzwischen waren sie nur noch Freunde, und alles in allem war ihm das sogar recht. Im Grunde hatte er sich schon damit abgefunden, vielleicht war es nur sein Stolz, der ihm zu schaffen machte, vielleicht war ihre Beziehung doch nicht so toll, wie er es sich erhofft hatte. Ihm war schwindelig, der kühle, spritzige Wein war ihm in den Kopf gestiegen und hinderte ihn am Reden. Schweigend stapften sie bergan bis zur Spitze des Hügels. Die Umgebung war trostlos, man sah nur die Straße in der Ferne. Sie setzten sich unter einen Strauch.

»Ich sterbe. Wer hatte diese glorreiche Idee?«, sagte Marco außer Atem.

»Du.«

»Ach so.«

Sie schwiegen eine Weile, dann fragte sie ihn: »Bist du immer noch sauer wegen neulich?«

»Nein, ich bin nicht sauer.«

»Tut mir leid, aber du bist mir wichtig.«

»Du brauchst dich nicht zu entschuldigen. Ich hab's kapiert.«

»Ich dachte schon, du würdest bestimmt nicht mitkommen, aber ich bin froh, dass du dich anders entschieden hast.«

»Hab ich gern gemacht.«

Sie lächelte. »Komm her, näher zu mir«, sagte sie.

»Willst du etwa testen, ob ich anbeiße?«

»Vielleicht«, und dabei küsste sie ihn.

Marco war verwirrt, wusste nicht, was er tun sollte.

»Küss mich«, sagte sie. Ein paar Sekunden war er wie betäubt, aber dann küsste er sie. Zuerst zögerlich, aus Angst, sie könnte ihn erneut zurückweisen, aber das war schnell vorbei. Der Kuss wurde immer leidenschaftlicher. Sie ließ sich rückwärts zu Boden sinken und zog ihn mit. Da hörte er auf zu küssen und sah sie an. Seine Augen wanderten über ihr Gesicht, dann streichelte er sie, küsste sie auf die Stirn, die Wangen, den Mund, den Hals. Er vergrub die Nase in ihr Haar, und dort auf diesem Hügel, mitten im Nichts und weit weg von allen, liebten sie sich, benommen vom Wein, vom Essen und von ihrem unerschöpflichen Verlangen. Niemand konnte sie hören, niemand konnte sie sehen.

Danach blieben sie engumschlungen liegen. Sie fühlten sich wohl, so voller Leben, so voller Emotionen, dass für nichts anderes mehr Platz war, auch nicht für Worte. Deshalb schwiegen sie lange: Sie waren glücklich. Nach all den Jahren war ihre Liebe immer noch da, unverändert.

Einer mit Superexamen

Andrea verließ das Büro eine halbe Stunde früher als gewöhnlich, ging noch auf einen Sprung zu Hause vorbei und traf sich dann zum Essen mit Irene. Sie hatten sich in einem Restaurant verabredet, wo man draußen sitzen konnte, und dort wartete Irene auf ihn.

Glücklich, ihr strahlendes Lächeln zu sehen, ging Andrea auf sie zu.

»Entschuldige die Verspätung.«

»Aber du bist doch gar nicht zu spät.«

Der Tisch wackelte, deshalb erbat sich Andrea vom Kellner ein Stück Papier zum Unterlegen. »So, erledigt. Lösungen zu finden ist meine Mission«, sagte er ironisch.

Irene sah ihn an. »Du sagst das jetzt im Scherz, aber im Büro kommen alle immer zu dir, wenn es ein Problem gibt.«

»Ich helfe eben gern, wenn ich kann.«

»Wann hast du dich eigentlich dazu entschlossen, Ingenieur zu werden?«

»In der Mittelstufe wollte ich eigentlich Biologie studieren, aber das änderte sich, als ich größer wurde, wann genau, weiß ich gar nicht mehr. Vielleicht habe ich mich auch deshalb dafür entschieden, weil schon mein Vater Ingenieur war.«

»Biologie? Habe ich auch immer gern gemacht.«

»Jedenfalls hätte es mich sehr interessiert, Gene, Stoffe oder Proteine zu manipulieren, da geht es immerhin um Grundfragen: Ethik, Religion, Sinn des Lebens. Biologie ist die dritte industrielle Revolution.«

»Du hast garantiert einen super Uniabschluss, mit Bestnote.«

Andrea grinste.

»Das dachte ich mir, man sieht, dass du ein Streber warst. Etwa auch mit Auszeichnung?«

»Auch mit Auszeichnung.« Den Master und die Promotion ließ er kurzerhand weg, er wollte nicht übertreiben.

Voller Bewunderung sah sie ihn an, mit dem verzückten Blick einer verliebten Frau. »Wem ähnelst du mehr, deinem Vater oder deiner Mutter?«

»Vom Charakter her vermutlich eher meinem Vater, wir sind beide gleich stur und verbissen, Ingenieure eben, aber im Aussehen habe ich überhaupt nichts von ihm. Auch nicht von meiner Mutter. Dafür ist mein Bruder ihr wie aus dem Gesicht geschnitten.«

Im Verlauf des Essens wurden sie immer vertrauter, so dass Andrea ihr viele persönliche Dinge erzählte. Um seine Schüchternheit und Befangenheit zu überwinden, spielte er mit der leeren Grissini-Tüte, machte Knoten hinein und rollte sie zusammen.

»Lernen hat mir immer Spaß gemacht, das gebe ich zu. Als ich aufs Gymnasium ging, war meine Mutter schwer krank, und beim Lernen für die Schule leistete ich ihr Gesellschaft.«

»Tut mir leid, das wusste ich nicht.«

»Macht ja nichts, ist alles schon viele Jahre her. Als ich

dann auf die Uni ging, war sie schon nicht mehr da, trotzdem habe ich mir damals aus mysteriösen Gründen angewöhnt, alles immer auch für sie zu machen. Ich war davon überzeugt, dass sie mir zusieht, deshalb habe ich mich nie beschwert, meinem Vater keine Probleme gemacht und mich immer anständig benommen. Meine Mutter war für mich eine Art Himmelssheriff, der mich kontrollierte und dem ich beweisen musste, dass ich ein guter Sohn war. Ich wollte nicht, dass irgendjemand dächte, sie sei keine gute Mutter gewesen und hätte mich schlecht erzogen.«

»Du hängst sehr an deiner Familie, auch an deinem Vater.«

»Ist das so offensichtlich?«

»Über deine Mutter habe ich bisher gar nichts gewusst, aber dass dein Vater dir wichtig ist, das sieht man. Wenn ich dich frage, wie's dir geht, erzählst du fast sofort von ihm. Ein paar Worte über dich, dann nur noch über deinen Vater. Ich finde das schön. Dass du ein ernsthafter, verantwortungsbewusster Mensch bist, wusste ich ja schon, aber ich hätte nicht gedacht, dass du auch so liebevoll und fürsorglich bist.«

Andrea lächelte, er war freudig überrascht von Irenes Sensibilität und ihrer Beobachtungsgabe.

»Anfänglich dachte ich, du wärst nur nett und freundlich zu mir, weil du damit wie die meisten Männer einen bestimmten Zweck verfolgst. Doch irgendwann ist mir klargeworden, dass du wirklich so bist. Und von da an fiel mir das Aufstehen leichter, weil ich mich darauf freute, dich zu sehen. Plötzlich hatte ich einen guten Grund, zur Arbeit zu gehen. Ich wollte dich sehen, mit dir reden, diskutieren und planen, Meinungen, Ideen, Informationen austauschen. Auch fachlich hast du mir eine Menge beigebracht. Am Anfang habe ich mir alles Mögliche vorgestellt, ja sogar, mit dir Kinder zu haben.«

»Tja, ich bin wohl ziemlich schwer von Begriff. Weißt du, dass ich davon nicht das Geringste mitbekommen habe?«

»Am Anfang dachte ich, du spielst absichtlich den Ahnungslosen. Trotzdem hätte ich mich nie mit dir eingelassen, solange du verheiratet warst. Ich bin einfach nicht der Typ dafür, eine andere Beziehung zu zerstören.«

»Das habe ich an dir immer sehr geschätzt. Du bist so anständig, derartige Skrupel hat heutzutage sonst niemand mehr.«

»Ich habe eine Freundin, die immer wieder Affären mit verheirateten Männern hat. Dabei ist doch klar, dass manche Menschen immer einen Dritten brauchen, um ihre Ehe zu stützen, wie bei einem dreibeinigen Tisch. Zu ihr sage ich immer: ›Warum gibst du dich dafür her, das dritte Bein zu spielen? Warum hilfst du anderen dabei, ihre Ehe zu retten? Warum lässt du dich als Lückenbüßerin missbrauchen und nimmst all diese Demütigungen in Kauf? Ich könnte es ja noch verstehen, wenn du dafür bezahlt würdest, aber so ist es wirklich völlig unverständlich, warum du für andere ein solches Opfer bringst.‹«

Andrea gab ihr recht.

Nach dem Essen stand sie auf, um zur Toilette zu gehen. Aus Höflichkeit erhob sich auch Andrea, und dann küsste er sie, mitten im Lokal, vor allen Leuten, mit der Serviette in der Hand. So etwas Unerhörtes hatte er in seinem ganzen Leben noch nie getan.

Andrea verlangte die Rechnung. Während er darauf wartete, stellte er eine Überlegung an: Irene war eine Frau, mit der er glücklich werden konnte. Sie war sanft, ernst, unterhaltsam und hatte gesunde Prinzipien. Als er noch nicht so weit war, hatte sie ihm Zeit gelassen, ohne ihn unter Druck zu setzen. Außerdem war sie sexy, supersexy sogar, eine, bei der man sich im Bett leicht blamieren könnte. Dennoch hatte er sich nie so gut gefühlt wie beim Sex mit ihr. Sie war toll im Bett. Sie mochte es, Liebe zu machen, und stand dazu.

Während er mit den Krümeln auf dem Tischtuch spielte, wurde er vom Kellner aus seinen Gedanken gerissen. Nachdem er den Kreditkartenbeleg unterschrieben hatte, nahm er Irenes Handtasche und ging zum Ausgang, um dort auf sie zu warten. Plötzlich wurde er weiß wie die Wand, als hätte er ein Gespenst gesehen, und bekam eine trockene Kehle: An einem Tisch saß Daniela mit ein paar Freundinnen.

Andrea war wie gelähmt, sein Herz klopfte. Zum Glück hatte sie ihn noch nicht bemerkt. Fast eine Minute stand er ratlos da und wusste nicht, wie er sich verhalten sollte. Dann machte er kehrt und verließ das Lokal durch den Hinterausgang, der auf eine andere Straße führte. Dann überquerte er die Straße und versteckte sich hinter einem Auto.

Kurze Zeit später verließ Irene das Lokal durch den Haupteingang.

»Ich bin hier«, sagte Andrea.

»Plötzlich warst du weg, ich dachte schon, du wärst einfach gegangen. Warum hast du nicht auf mich gewartet?«

»Tut mir leid, aber der Kellner brauchte den Tisch, und ich wollte nicht mitten im Lokal stehen, vor allen Leuten.«

»Macht ja nichts, aber die sind wirklich unmöglich.«

»Ist doch egal, wir wollten doch sowieso gerade gehen.«

Während er zu Irenes Wohnung fuhr, sagte Andrea kein Wort mehr. Er war fix und fertig, und das blieb Irene nicht verborgen. »Ist alles in Ordnung?«

»Ja. Ich bin bloß ein bisschen müde.« Wie ein Automat steuerte er den Wagen, machte automatisch die richtigen Bewegungen: schalten, blinken, Lenkrad drehen.

In der Stille ließ Irene noch einmal den Abend Revue passieren und versuchte herauszufinden, ob sie vielleicht etwas Falsches gesagt oder getan hatte. *Vielleicht hätte ich das mit dem Kinderkriegen nicht sagen sollen, vielleicht war das zu extrem, und ich habe ihn damit erschreckt. Vielleicht ist er beleidigt, weil ich gesagt habe, dass er so laut schnarcht wie ein Traktor.* Aber Irene verstand nicht.

Als Andrea ihre Verlegenheit bemerkte, tat er etwas, was er bisher noch nie gemacht hatte, er log: »Mein Bruder hat mir geschrieben, Papa geht es schlecht, ich mache mir Sorgen.«

»Das tut mir leid, hoffentlich nichts Schlimmes.«

Andrea fühlte sich schrecklich, das war nicht seine Art. *Jetzt bin ich schon wie mein Bruder,* sagte er sich.

Vor Irenes Haus verabschiedeten sie sich mit einem Kuss.

Bevor er weiterfuhr, wartete er noch, bis sie im Haus verschwunden war. Als er endlich allein war, ließ er seinen angestauten Gefühlen freien Lauf und atmete erst einmal tief durch. Er konnte kaum glauben, wie viel Macht Daniela noch immer über ihn hatte. Trotzdem war er gerne mit Irene zusammen, bei ihr fühlte er sich leicht und unbefangen.

Daniela hatte mit fünf Freundinnen an einem Tisch gesessen, aber sie hatte er als Erstes entdeckt.

Wie schön sie ist, wer weiß, wann ich sie je wieder sehe.

Als er zu Hause ankam, machte er den Motor aus, doch statt sofort auszusteigen, blieb er schweigend sitzen. Er nahm ein Kaugummi und steckte es in den Mund.

Plötzlich kam ihm eine von Danielas Phantasien in den Sinn. Früher hatte sie mehrfach vorgeschlagen, sie sollten sich in einem Restaurant treffen und so tun, als würden sie sich nicht kennen, ein bisschen flirten, zusammen essen und dann zu Hause zusammen schlafen. Da Andrea den Einfall lächerlich fand, sagte er stets, für so einen Blödsinn seien sie zu erwachsen. Während er noch darüber nachdachte, kam eine SMS, er wusste, dass sie von Irene war, weil sie ihm jeden Abend gute Nacht wünschte. Deshalb sah er gar nicht nach, sondern starrte weiter vor sich hin und dachte dann plötzlich, dass er vielleicht jetzt sofort zu Daniela fahren sollte, um ihr zu sagen, jetzt habe er den Sinn des Spiels erfasst und sei bereit dazu. Allerdings war ihm sofort klar, dass das keine gute Idee war und sie ihn nur auslachen würde.

Dann verlegte er sich auf das blöde »Wenn«-Spiel, wie zu Unizeiten. Wenn ich in einer anderen Familie geboren wäre, wenn Hitler den Krieg gewonnen hätte, wenn Baggio den Elfmeter nicht verschossen hätte. *Wenn* Daniela ihre Meinung geändert und Kinder gewollt hätte. *Wenn* sie sich trotz der Kinder getrennt hätten, *wenn* blöde Kleinigkeiten und Streitereien keine Rolle mehr gespielt hätten, weil anderes wichtiger war: *Wenn ich jetzt in das Restaurant zurückführe, wenn ich mehr auf ihre Bedürfnisse eingegangen wäre, wenn ich weniger gearbeitet und mehr Zeit mit ihr verbracht hätte.* Mit Daniela konnte man dieses Spiel endlos weiterspielen.

Besser, ich gehe jetzt nach oben, dachte er irgendwann. Als er vor der Tür nach dem Schlüssel suchte, berührte er versehentlich das Handy, und das Display leuchtete auf. Zu seiner großen Überraschung war die SMS nicht von Irene, sondern von Daniela.

Hast du mich wirklich nicht gesehen, oder hast du nur so getan? Grüße an Irene.

Seit Monaten hatte Andrea keine SMS mehr von ihr bekommen, nur ein paarmal hatte sie ihm wegen bürokratischer Sachen geschrieben. Jetzt befürchtete er, dass Daniela, als sie ihn mit Irene sah, womöglich meinte, er habe sie schon vergessen.

Mindestens zwanzigmal las er ihre SMS, versuchte den Ton, die Absicht, den Subtext, das Unausgesprochene zu ergründen, vor allem aber eine mögliche Antwort.

Er setzte sich auf die Treppe, weil ihn keine der Antworten, die er angefangen hatte einzutippen, zufriedenstellte. Schließlich entschied er sich für die einfache und ehrliche Lösung: *Ich habe dich erst beim Rausgehen gesehen und wusste nicht, wie ich mich verhalten soll. Ich wollte nicht stören. Nächstes Mal sage ich dir guten Tag.*

Diese Nachricht schickte er ab und wartete auf der Treppe auf die Antwort. Die Sache musste vom Tisch, bevor er nach oben ging.

Plötzlich klingelte in dem stillen Treppenhaus das Telefon: Es war Daniela. Er stürzte die Treppe hinunter und ging nach draußen. Einen Anruf hatte er nicht erwartet.

»Hallo, ich bin's.«

»Ich weiß, wie geht's dir?«

»Bist du allein? Kannst du reden?« Diese Frage klang sonderbar aus ihrem Mund.

»Natürlich bin ich allein.«

»Hätte ja sein können, dass du mit deiner neuen Lebensgefährtin zusammen bist.«

»Sie ist nicht meine Lebensgefährtin.«

»Du hättest mir ruhig hallo sagen können.«

»Ich wusste einfach nicht, was ich machen soll, du warst ja mit deinen Freundinnen zusammen.«

»Wie geht's dir denn, Andrea?«

Sein Name aus ihrem Mund hatte eine hypnotische Wirkung.

»Gut, ich kann nicht klagen.«

»Und dein Vater?«

»Na ja, dem geht es nicht so gut, aber so ist das Leben.«

»Das tut mir leid. Ist er noch im Krankenhaus oder schon zu Hause?«

»Er ist jetzt zu Hause.«

»Vielleicht komme ich in den nächsten Tagen mal auf einen Sprung vorbei, um ihm guten Tag zu sagen, natürlich nur, wenn ich nicht störe.«

»Du bist immer willkommen, das weißt du doch.«

»Das höre ich gern.«

Andrea ging auf dem Bürgersteig auf und ab. »Und du, wie geht es dir? Ich fand, du siehst gut aus.«

»Es war keine leichte Zeit.«

Sie wollte schon weiterreden, als Andrea sie unterbrach. »Auch für mich nicht, wie du weißt.«

»Inzwischen weiß ich, dass du in vielem recht hattest.«

Andrea blieb stehen und lehnte sich an ein Auto.

Es war ein schönes Telefongespräch, sie waren nett zueinander, sanft, sie lachten, achteten auf ihre Worte, hielten ihre Begeisterung im Zaum, waren aber froh, so miteinander reden zu können, in einer eigenartigen Mischung aus altgewohnter Vertrautheit, aber ohne die üblichen Probleme, Spannungen, Missverständnisse.

Als sie sich voneinander verabschiedeten, fanden es beide bedauerlich. Das Gespräch hatte eine Stunde und zwölf Minuten gedauert, wie Andrea mit einem Blick aufs Handy feststellte.

Als er in die Wohnung kam, verkündete Marco, dass er sich jetzt noch auf ein Glas mit einem alten Freund treffe. »Ist gut, trink für mich ein Bier mit.«

Als er im Bett lag, dachte Andrea noch lange über alles nach, was sie sich erzählt hatten, ließ die Worte im Geiste Revue passieren und versuchte herauszufinden, ob ihm vielleicht irgendetwas entgangen war. An diesem Abend blieb die Gute-Nacht-SMS von Irene aus, aber er merkte es gar nicht. Es war, als sei das Essen mit Irene eine Ewigkeit her, wie aus einem anderen Leben.

Zum ersten Mal seit langer Zeit empfand Andrea den Gedanken an Daniela nicht mehr als schmerzhaft. Es hatte sich ein kleiner Lichtblick aufgetan, ein Hoffnungsschimmer.

An diesem Abend fand er keinen Schlaf. Und tat deshalb etwas, was er schon lange nicht mehr gemacht hatte. Er dachte an Daniela, an ihren Duft und ihre Formen, und onanierte. Er war zu glücklich, um zu schlafen.

John Wayne

Seit der Vater wieder zu Hause war, verliefen die Tage mehr oder weniger gleichförmig. Alles richtete sich nach ihm, er bestimmte Zeiten, Prioritäten, Erfordernisse.

Dabei nötigte er sich und andere, sich auf eine Reihe von Bedürfnissen, Regungen und mechanischen Handlungen einzustellen. Jeden Tag dasselbe Muster, von dem niemand wusste, woher es kam noch wozu es gut war.

Gewöhnlich wachte er gegen sechs auf und verlangte sein Frühstück. Manchmal wurde er jedoch auch mitten in der Nacht wach, glaubte, es sei schon Morgen, und rief mit lauter Stimme: »Bringt mir das Frühstück.«

»Es ist noch zu früh, Papa, schlaf noch ein bisschen«, antwortete dann entweder Andrea oder Marco aus dem anderen Zimmer. Dann beruhigte sich der Vater langsam und schlief wieder ein.

Das Frühstücksritual bestand aus Milchkaffee und fünf Keksen, nicht vier oder sechs, genau fünf, und keiner durfte zerbrochen sein. Oft übernahm Andrea die Aufgabe, ihm das Frühstück zu bringen, bevor er ins Büro ging.

Gegen neun kam Sonia, sie zog ihn an, half ihm beim Aufstehen und brachte ihm den Rollator; damit schleppte er sich bis ins Wohnzimmer, setzte sich in seinen Sessel, und sie machte ihm den Fernseher an.

Das alles geschah wortlos, ohne Bitten, ohne Fragen, ohne Antworten. Es war selbstverständlich. Ein feststehender, eingespielter Ablauf, begleitet höchstens durch ein paar freundliche, aufmunternde Bemerkungen.

Vormittags gab es zwei Fernsehprogramme, die der Vater unbedingt sehen wollte. Obwohl er nicht folgen konnte und nichts von dem verstand, was da geredet wurde, starrte er wie hypnotisiert auf den Bildschirm. Fernsehen war wie Kaugummi für sein Gehirn, das Wiederkäuen sinnloser Worte beruhigte ihn.

Nachmittags sah er sich einen Film auf DVD an, und zwar immer denselben: *Bis zum letzten Mann* mit John Wayne.

Jedes Mal wenn er diesen alten Schauspieler sah, musste Marco an einen Dokumentarfilm denken, in dem behauptet wurde, dass bei den meisten Filmen mit John Wayne die Türen verkleinert wurden, um ihn größer und kräftiger aussehen zu lassen, viel größer und imposanter, als er in Wirklichkeit war.

Wenn der Film zu Ende war, halfen Marco und Sonia dem Vater beim Aufstehen und brachten ihn wieder ins Bett. Gegen halb sieben gab es Abendessen. Marco brachte ihm das Essen, das Sonia kochte, bevor sie ging, weil ihre Schicht zu Ende war.

Es war schon öfter vorgekommen, dass der Vater ausgerechnet in der kurzen Zeit, wenn Sonia schon weg und Andrea noch nicht zurück war, aufs Klo musste. Deshalb hatte Marco ihn eines Tages ironisch gefragt, ob er das mit Absicht mache. »Musst du ausgerechnet immer dann, wenn außer mir niemand da ist?« Das amüsierte den Vater sichtlich.

Wenn es mal wieder so weit war, half Marco ihm aus dem Bett, schob ihm den Rollator hin, führte ihn ins Bad, zog ihm die Unterhose runter, setzte ihn auf die Schüssel und wartete. Ab und zu fragte er: »Bist du fertig?«

Wenn der Vater mit »Ja« antwortete, half Marco ihm beim Aufstehen, wischte ihm den Hintern ab, zog die Unterhose hoch, bediente die Wasserspülung, führte ihn ins Schlafzimmer zurück und brachte ihn wieder ins Bett.

Wenn Marco scherzhaft darauf hinwies, er habe wirklich einen Riesenhaufen gemacht und es stinke grässlich, grinste der Vater.

Einmal, als Marco ihm schon den Hintern abgewischt hatte und gerade dabei war, die Hosen hochzuziehen, musste der Vater plötzlich noch einmal, schaffte es aber nicht rechtzeitig, Bescheid zu sagen. Es gab eine Riesensauerei – es war alles voll: Knöchel, Boden, Klobrille.

Mit Engelsgeduld säuberte Marco den Vater, zog ihm frische Wäsche an und brachte ihn wieder ins Bett, um dann das Bad sauberzumachen. Dabei wusste er nicht recht, ob er lachen oder heulen sollte, entschied sich dann aber dafür zu lachen. Später, als er wieder zu ihm ins Zimmer ging, sagte er: »Mensch, Papa, du scheißt wie ein Elefant.« Darüber kicherte der Vater belustigt, bevor er die Augen schloss. Zum Glück blieb es bei diesem einen Zwischenfall, denn normalerweise sagte der Vater rechtzeitig Bescheid, wenn er zur Toilette musste.

Eines Tages sagte er nach dem Frühstück, er wolle nach Hause. »Aber Papa, du bist doch schon zu Hause«, antwortete Marco, aber der Vater ließ nicht locker: »Ich will nach Hause, bring mich nach Hause.« Da führte Marco ihn am

Rollator zum Aufzug, fuhr mit ihm ins Erdgeschoss hinunter und anschließend wieder nach oben. Der Weg nach Hause tat seine Wirkung, und der Vater beruhigte sich. Als er sich in den Sessel vor dem Fernseher setzte, sagte er nichts mehr.

Die meiste Zeit war er sanft, freundlich, unbeschwert. Nur wenn der gewohnte Tagesablauf durcheinanderkam, wurde er nervös und aggressiv. Wenn er dann laut wurde und unverschämte oder beleidigende Dinge sagte, wusste Marco nicht, wie er damit umgehen sollte. Und zwar nicht, weil er sich angegriffen oder ungerecht behandelt fühlte, sondern weil dieses Verhalten für seinen Vater derart untypisch war, dass Marco schmerzlich vor Augen geführt wurde, wie stark die Krankheit sich auswirkte, wie mächtig das Ungeheuer war, das von ihm Besitz ergriffen hatte. Bei solchen Anfällen konnte er äußerst aggressiv werden, auch wenn er körperlich immer hinfälliger wurde.

Wenn sie ihn zum Waschen oder beim Wäschewechsel auszogen, fanden sie überall Blutergüsse, große blaue Flecken, die immer größer wurden. Sie entstanden leicht, es reichte, ihn anzufassen, um ihn zu stützen oder hochzuheben.

An dieser mühsamen traurigen Routine nahm auch Andrea teil. Wenn er von der Arbeit kam, sagte er dem Vater guten Tag, und sie unterhielten sich, wenn er nicht gerade eins seiner zahllosen Nickerchen machte.

Eines Tages hörte Andrea einen Kollegen sagen, wenn er Überstunden mache, sehe er seine Kinder überhaupt nicht mehr, weil sie bei seiner Rückkehr schon schliefen. Genau wie bei uns, dachte Andrea. Inzwischen waren sie die Eltern und der Vater das Kind. Ein Kind, das sich zurückentwickelte und jeden Tag etwas mehr verlernte, auch elementare Dinge: wie man sich die Schuhe zubindet oder den Gürtel umschnallt, wie man sich ordentlich die Nase putzt, wie man das Besteck benutzt. Er vergaß die Bezeichnungen für Dinge und die Namen der Menschen. Wenn ihn jemand nach seinem Namen fragte, antwortete er wie ein Schulkind: Bertelli, Luigi.

Gegen zehn, wenn der Vater endgültig eingeschlafen war, ging einer der Brüder in sein Zimmer und löschte das Licht, nahm ihm das Gebiss aus dem Mund und legte es mit einer Reinigungstablette in ein Wasserglas. Der Fernseher blieb immer an, ohne Ton, denn für den Fall, dass er nachts wach wurde, wollte der Vater das Bild sehen, auch wenn er nichts hörte. Vom Flur aus konnte man das flackernde Licht aus dem Schlafzimmer sehen.

»Es ist alles schrecklich, aber wir können trotzdem froh sein, dass Papa nicht leidet und keine Schmerzen hat. Vielleicht ist es ihm in seinem Leben nie bessergegangen«, sagte Marco eines Abends zu seinem Bruder.

»Für die Angehörigen ist es viel schlimmer«, fügte Andrea hinzu.

Eines Morgens wartete Marco, bis Sonia da war, und ging dann los, um einen alten Freund des Vaters zu einem Besuch abzuholen. Er hieß Giuseppe. Aber der Vater erkannte ihn nicht. Daher setzte sich Giuseppe einfach neben ihn und leistete ihm beim Fernsehen Gesellschaft.

Gemeinsam sahen sie sich die Schießereien mit John Wayne an, scheinbar einander nahe, in Wahrheit jedoch fremd. Stundenlang saßen sie so nebeneinander. Als Marco irgendwann hereinkam, um nachzusehen, ob alles in Ordnung war, wurde er Zeuge, wie Giuseppe den Vater mit feuchten Augen und zitternden Lippen anstarrte und um Fassung rang.

»Es war herzzerreißend, wie die beiden dort nebeneinandersaßen«, sagte Marco am Abend, als er mit Andrea beim Vater im Zimmer war.

Es war zehn Uhr. Sie redeten, ohne sich anzusehen, beobachteten den Vater im Schlaf, er wirkte gelöst, endlich entspannt.

»Und wie hast du Giuseppes Telefonnummer ausfindig gemacht?«

»Ich habe in Papas Adressbuch nachgesehen. Darin zu blättern ist wie eine Reise in die Vergangenheit. Auf jeder Seite findest du Namen, an die du dich kaum noch erinnern kannst. Als ich auf Giuseppes Namen stieß, habe ich gehofft, Papa würde ihn vielleicht wiedererkennen und könnte wie durch ein Wunder ein bisschen mit ihm plaudern, mit ihm lachen.«

Es entstand eine Pause. Dann sagte Andrea: »Weißt du, was mein schönstes Erlebnis mit Papa war?«

»Nein, was denn?«

»Ich muss damals ungefähr dreiundzwanzig gewesen sein, es war zu der Zeit, als wir beide hier allein gewohnt haben. Damals bin ich einmal um Mitternacht nach Hause gekommen, und er war noch in der Küche. Normalerweise schlief er um diese Zeit schon. Er war merkwürdig aufgekratzt, vielleicht wegen irgendetwas bei der Arbeit, jedenfalls war er gut gelaunt. Als ich gerade ins Bett gehen wollte, fragte er plötzlich, ob ich vielleicht Hunger hätte. »Sollen wir uns eine Pasta kochen?« Ich war total verblüfft, damit hatte ich nicht gerechnet. Wir machten uns einen Teller Spaghetti mit Käse und Pfeffer und tranken ein Bier. Anfänglich war ich ein bisschen befangen, aber dann haben wir uns gut verstanden und uns unterhalten wie zwei alte Freunde, die sich lange nicht gesehen haben. Er erkundigte sich, wie es mit dem Studium lief und ob ich verliebt sei. Am liebsten hätte ich die ganze Nacht weitergeredet. Aber am nächsten Tag war es, als hätte ich alles nur geträumt. Er war wieder der Alte. Du kannst dir nicht vorstellen, wie oft ich später an dieses gemeinsame Mitternachtsmahl zurückgedacht habe.«

Marco lächelte.

Andrea sprach weiter: »Weißt du noch, wie du als Kind geglaubt hast, Miss Universum sei ein Wettbewerb zwischen extraterrestrischen Frauen?«

»Natürlich.«

»Wie alt warst du da?«

»Sechs, sieben vielleicht. Gar nicht so abwegig die Schlussfolgerung, wo du mir doch erklärt hattest, Miss Italia sei ein Wettbewerb unter Italienerinnen.«

»Vollkommen logisch. Aber als ich dir dann sagte, dass man bis dahin noch keine anderen Lebensformen im Weltall entdeckt hatte, warst du richtig enttäuscht und hast behauptet, dann sei eine Miss Universum doch Quatsch.«

Sie lachten.

Marco fiel wieder ein, wie er sich an diesem Tag vor dem Einschlafen ausgemalt hatte, dass die schönsten Frauen aus dem All eines Tages auf die Erde kommen würden, um von sämtlichen Miss Universums der Erde den Titel zurückzuverlangen, weil er ihnen nicht zustand, genauso wenig wie gedopten Athleten beim Sport. »Wie bist du jetzt auf diese Geschichte gekommen?«

»Weil es das einzige Mal war, wo Papa herzhaft gelacht hat.«

»Papa hat sich immer schwergetan, seine Gefühle und Empfindungen zu äußern, auch schon bevor Mama krank wurde«, sagte Marco. »Das haben wir bestimmt von ihm. Ich auf jeden Fall.« Dann nach einer Pause: »Im Übrigen habe ich es fast mit einer Miss Universum getrieben.«

»Was, wo denn? In London?«

»Nein, in unserem Zimmer, mit dreizehn.«

»Verstehe.« Sie lachten. Nach einer längeren Pause fragte Andrea: »Hast du eigentlich Angst vorm Sterben?«

»Nein.«

»Ich auch nicht. Manche Leute haben einen echten Horror vorm Sterben.« Er machte eine Pause. »Vielleicht ist es ein Unterschied, ob man sich das Sterben nur vorstellt oder es schon mal mit erlebt hat. Wer den Tod kennt, hat vielleicht weniger Angst davor.«

Ein paar Minuten hingen sie ihren Gedanken nach und schwiegen.

Dann brach Andrea das Schweigen. »Kannst du weinen?«

»Nicht sehr gut.«

»Ich auch nicht.«

»Hast du ihn je weinen gesehen?«, fragte Marco.

»Wen? Papa? Nie.«

»Ich schon, einmal. Aber er weiß nichts davon.«

Überrascht wandte Andrea den Blick vom Vater zum Bruder. »Wann denn? Kürzlich?«

»Nein, da lebte Mama noch, ein paar Tage vor ihrem Tod.«

»Warum hast du mir nie davon erzählt?«

»Ehrlich gesagt, hatte ich es ganz vergessen. Ich glaube, ich habe es verdrängt. Es ist mir erst wieder eingefallen, als wir neulich unten im Keller waren.«

»Hat er wegen Mama geweint?«

»Ich glaube schon. Wir beide hatten den Tisch gedeckt, und ich bin in den Keller gegangen, um ihn zum Abendessen zu rufen. Als ich nach unten kam, habe ich seltsame Geräusche gehört und leise die Tür geöffnet, ohne etwas zu sagen. Er hat mich nicht bemerkt, saß mit dem Rücken zu mir auf einem Stuhl und weinte. Mit dem Kopf in den Händen schaukelte er mit dem Oberkörper vor und zurück und sagte: ›Das verzeihe ich dir nie, das verzeihe ich dir nie.‹ Ich war so erschrocken, dass ich nichts gesagt habe und weggelaufen bin. An der Tür zum Treppenhaus habe ich dann so getan, als wäre ich gerade erst gekommen, und laut gerufen, das Essen sei fertig. Er antwortete: ›Ich komme.‹ Als er nach oben kam, ging er sofort ins Bad, wahrscheinlich hat er sich die Tränen abgewischt, denn als er zu Tisch kam, sah er nicht aus, als hätte er geweint. Ich dachte sogar, ich hätte mich vielleicht getäuscht.«

Andrea hörte seinem Bruder aufmerksam zu und sah ihn neugierig an. »Wie konntest du so etwas nur vergessen?«

»Ich habe nicht die leiseste Ahnung. Ich habe es vollkommen verdrängt.«

»Und glaubst du, er hat Mama gemeint?«

»Vielleicht.«

»Was hätte er ihr verzeihen sollen? Ihre Krankheit?«

Marco antwortete nicht. Aus dieser Zeit gab es noch jede Menge zu verzeihen.

Sie redeten langsam, machten lange Pausen, in denen sie sich voller Zuneigung stumm ansahen. Andrea versuchte zu verstehen, vielleicht fand er eine Antwort, wenn er nur scharf genug nachdachte.

Irgendwann sagte Marco: »Wäre das Leben ein Spiel, müsste man es an bestimmten Stellen unterbrechen, wie beim Fußball, wenn ein Spieler sich verletzt und der Schiedsrichter die Partie unterbricht. Man müsste anhalten, um festzustellen, wie schwer die Verletzung ist und ob der Spieler überhaupt weitermachen kann. Aber das Leben geht einfach weiter, es gibt keine Atempause, und wenn du dich verletzt, musst du trotzdem weiterspielen, auch wenn du humpelst. Echt beschissen.« Er legte eine kurze Pause ein. »Denk nur mal an Papa, plötzlich steht er mit zwei Söhnen und ohne Frau da und muss trotzdem jeden Morgen aufstehen, als wäre nichts geschehen, muss sich einen Kaffee machen, zur Arbeit fahren, die Kollegen begrüßen, Probleme lösen, Pläne fertigstellen und dann auf die Baustelle fahren. Anschließend nach Hause, einkaufen, den Haushalt führen, sich um uns kümmern. Genau daran fehlt es im wirklichen Leben: an der Möglichkeit, sich ab und an in der Umkleide kurz hinzusetzen, ein Glas Wasser zu trinken, zu duschen, kurz durchzuatmen, sich auszuruhen und sich das eigene Leben in der Wiederholung anzusehen, um vielleicht die Taktik oder die Strategie zu ändern und herauszufinden, was man zum Überleben braucht.«

Sie schwiegen. Nach einer Weile stand Andrea auf.

»Komm, Papa schläft so ruhig, wir können ihn jetzt alleine lassen.«

Sie verließen das Schlafzimmer, um ins Wohnzimmer hinüberzugehen, und machten hinter sich das Licht aus.

Hose aus, Unterhose runter

Ziehen Sie die Hose aus, die Unterhose runter, legen Sie sich auf die Liege, die Knie an die Brust.« Marco tat, was man ihm sagte. In dieser Position sah er aus wie ein Astronaut, der gleich in den Weltraum geschossen wird.

Mit einem knallenden Geräusch zog der Arzt die Gummihandschuhe über, nahm eine Tube und spritzte Gel auf Marcos Hintern. Das Gel war kalt, Marco schauderte. Er versuchte sich abzulenken, dachte an den gestrigen Abend, an dem er und sein Bruder sich zum ersten Mal gemeinsam betrunken hatten.

Andrea hatte auf dem Bett gelegen, in der Hand das vierte Bier, Marco hatte rauchend auf dem Boden gesessen und in einem Stapel Schallplatten gestöbert. Schließlich entschied er sich für *Urban Hymns* von The Verve.

»Das muss man sich mal vorstellen«, sagte Marco, »alles haben sie erforscht und erfunden, das menschliche Genom entschlüsselt, die DNA sequenziert, aber für eine Prostatauntersuchung muss man sich immer noch einen Finger in den Arsch stecken lassen. Ich finde das unglaublich!« Sie kicherten wie Kinder, die zum ersten Mal unflätige Wörter benutzten.

»Papa würde sagen, sogar auf dem Mond sind sie gelandet«, kommentierte Andrea.

Das war eine Redensart, die der Vater immer benutzte, wenn er irgendwas nicht hinkriegte: »Da sind wir auf dem Mond gelandet, und ich, ich schaffe es nicht einmal, die Waschmaschine zu reparieren? Da sind wir auf dem Mond gelandet, und ich verlaufe mich in Mailand?« Nach Armstrongs Mondlandung hatten sich alle wie Versager gefühlt.

Sie lachten, dann sagte Marco: »Was für ein absurder Job.«

»Was, Astronaut?«

»Nein, Urologe.«

»Aber das ist doch eine wichtige Arbeit.«

»Stell dir mal vor, du studierst eine Ewigkeit, nur um dann anderen den Finger in den Arsch zu stecken.«

»Du vereinfachst maßlos, immerhin sind sie Mediziner.«

»Wenn du abends nach Hause kommst und deine Frau dich fragt, wie dein Tag war, was sagst du dann? Ich habe soundso viele Ärsche untersucht? Und wenn du morgens beim Frühstück dein Croissant in den Cappuccino tunkst und es gerade genüsslich zum Mund führst, fällt dir vielleicht plötzlich ein, dass du es mit demselben Finger hältst, den du schon in Millionen Ärsche versenkt hast.«

»Na ja, aber immerhin mit Handschuh.«

»Das ist ja wohl das Mindeste.« Und nach einer kurzen Pause: »Was meinst du, ob der Finger durch das ewige Reinstecken vielleicht dünner wird als die anderen?«

»Du spinnst echt. Hast du eigentlich gewusst, dass amerikanische Astronauten normalerweise in Florida landen, bei schlechtem Wetter aber in Kalifornien? Überleg mal, wie groß die Distanz ist. Das ist ungefähr so, als würdest du abends nach der Arbeit dein Auto in New York parken, das ist ungefähr die gleiche Entfernung.«

»Was willst du damit sagen?«

»Nichts, ist mir nur gerade eingefallen.«

»Du bist betrunken.«

»Wenn man sich vorstellt, dass es Menschen gibt, die auf einem anderen Planeten waren. Unglaublich. Und das alles mit vorsintflutlichen Computern.«

»Weißt du noch, wie wir uns als Kinder einen Computer gewünscht haben?«

»Natürlich, einen Commodore 64. Und Papa hat nein gesagt.«

»Ich habe ihn mir dann auch noch von Großmutter zu Weihnachten gewünscht, aber die hat nur gesagt, das sei doch ein blödes Geschenk, so eine Mode, die bestimmt schnell vorübergehe, denn Kinder würden doch lieber draußen spielen, als stundenlang vor so einem Ding zu hocken. Wenn die wüsste, was heute los ist, würde sie sich die Augen reiben.«

»Echt vorausschauend, die Großmutter.«

»Wenn man heute den leeren Hof sieht, ohne spielende Kinder, ist das schon ein ziemlich trauriger Anblick.«

»Neulich bin ich an der Piazzetta vorbeigekommen, wo wir uns nachmittags immer getroffen haben. Da war keine Menschenseele. Wo sind bloß all die Kinder geblieben?«

»Zu Hause, auf Facebook.« Dann wechselte Marco das Thema. »Hör dir mal diesen Song an. Als ich mir damals die Platte gekauft habe, habe ich ihn pausenlos gehört, *Why worry,* dabei kriege ich heute noch eine Gänsehaut.«

Von Musik hatte Andrea keine Ahnung, die Platten seines Bruders hatte er nie angerührt. Er hörte schweigend zu, das Stück gefiel ihm. »Wer ist das?«

»Die Dire Straits.«

Langsam machte sich bei Andrea die Wirkung des Biers bemerkbar, er hatte wenig gegessen und war den Alkohol nicht gewohnt. Irgendetwas ging in ihm vor, er wurde sentimental und bekam feuchte Augen. Zur Musik von Mark Knopfler hingen Marco und Andrea ihren Erinnerungen nach.

»Manchmal denke ich, ich habe alles falsch gemacht im Leben«, sagte Andrea. »Ich habe immer versucht, alles richtig zu machen, wollte ein guter Sohn sein, ein guter Ehemann, ein guter Bruder, ein guter Ingenieur, doch am Ende habe ich auf der ganzen Linie versagt.« Er starrte auf die Bierflasche in seiner Hand. »Keiner liebt mich.«

Sein Bruder, das wusste Marco jetzt, gehörte eindeutig zu denen, die im Suff weinerlich werden und in Selbstmitleid verfallen.

»Meine Frau hat mich verlassen, mein Vater und mein Bruder finden mich unausstehlich, und auch in meinem Job muss ich sehen, wo ich bleibe. Die Firma geht den Bach runter, und ich hab's nur mit Idioten im Zweireiher zu tun.«

»Das stimmt doch gar nicht, ich finde dich nicht unausstehlich, und Papa auch nicht.«

»Doch, genauso ist es, du und ich, wir sind zwar Brüder, haben aber überhaupt keinen Kontakt. Als du noch hier warst, hast du tagelang kein Wort mit mir geredet.«

Nach dem Tod der Mutter hatte Andrea seinen kleinen Bruder umsorgt und bevormundet, ihn wie ein Kind behandelt, weil er glaubte, er müsse ihm die Mutter ersetzen. Aber Marco weigerte sich hartnäckig, ihm diese Rolle zu-

zubilligen, und ließ sich von ihm überhaupt nichts sagen. Dadurch wurden sie einander fremd, verstanden sich immer weniger und hatten sich immer weniger zu sagen.

»Wozu auch, du wusstest doch immer ganz genau, was richtig und was falsch ist. Guck dir nur mal deine Ehe an: Als du erfahren hast, dass deine Frau dich betrügt, hast du einfach weitergemacht wie bisher, weil du zu stur bist, um einmal getroffene Entscheidungen in Frage zu stellen. Wir alle machen Fehler im Leben, nur dass du dich für unfehlbar hältst, weil du keinen Widerspruch zulässt. Du bist mir immer vorgekommen wie einer, der nur darauf aus ist, allen, die ihr Glück auf andere Art suchen, den Spaß zu verderben.« Marco nahm einen Schluck. »Du kannst das Leben nicht genießen. Als könntest du dir selbst das kleinste bisschen Glück nicht gönnen. Entspann dich doch mal.«

Es folgte ein langes Schweigen. Andrea dachte über die Worte seines Bruders nach. »Als Mama starb, hat sie mich gebeten, Papa zu helfen und mich um dich zu kümmern. Ich wollte niemanden ersetzen. Oft genug war ich selbst so deprimiert, dass ich am liebsten geheult und meinen Frust rausgelassen hätte, aber ich hatte ihr doch versprochen, stark zu sein. Damit habe ich mich einfach übernommen und mir eine Verantwortung aufgehalst, die über meine Kräfte ging.«

»Du hättest ja auch nein sagen können.«

»Ich will ihr nicht die ganze Schuld geben, am Anfang war ich auch stolz auf so viel Verantwortung, das gab mir Sicherheit und das Gefühl, erwachsen zu sein. Aber dann habe ich alles falsch gemacht, weil ich zu überheblich war.«

»Jetzt übertreib mal nicht, man kann dem Ganzen auch

komische Seiten abgewinnen. Wenn ich daran denke, wie du mir damit in den Ohren gelegen hast, nicht so oft zu wichsen, muss ich heute noch lachen. Weißt du noch, wie du mich mal im Bad erwischt und dann zu mir gesagt hast: ›Kannst du dich nicht wenigstens Weihnachten mal ein bisschen zusammenreißen?‹«

»Und wie ich dich beschimpft habe, wenn du es hier im Zimmer gemacht hast, vorm Einschlafen, und so laut, dass ich zwangsläufig alles mithören musste.«

»Und du, hast du denn nie gewichst?«

»Doch natürlich, aber weniger als du. Als Mama tot war, hab ich mich eine Weile zurückgehalten, weil ich dachte, sie sieht mich.«

»Ich auch.«

»Seit ich mit Irene zusammen bin, habe ich wieder angefangen.«

»Ich hoffe, du denkst dabei nicht an deine Exfrau.«

»Als ich noch mit ihr zusammenlebte, schon.«

»Das ist doch krank. Gerade wenn man verheiratet ist, ist das doch die einzige Möglichkeit, sich mal eine andere vorzustellen. Und du hast tatsächlich an Daniela gedacht?«

Andrea antwortete nicht.

»Ich nehme den Computer mit ins Bett, und wenn ich fertig bin, lösche ich sofort die Chronik. Wahrscheinlich typisch katholische Schuldgefühle.«

Andrea stand auf und ging in die Küche. »Diese Einzelheiten interessieren mich nicht. Willst du noch ein Bier?«

»Ja, gern.«

Als er zurückkam, hatte Andrea ein Bier in der Hand, ein Glas und eine Flasche Whisky. »Hier nimm, das war das letzte im Kühlschrank, die anderen habe ich ins Eisfach gelegt. Ich trinke inzwischen einen Whisky.« Sie stießen an.

»Vielleicht«, sagte Andrea, während er mitten im Zimmer stand, »ist mein Problem, dass ich immer zu viel wollte, immer dachte, ich sei zu Großem berufen, zu Hause war ich spitze, aber draußen in der Welt war alles anders. Weil ich in der Schule immer die besten Noten hatte und Klassenprimus war, dachte ich, das ginge im Leben immer so weiter. Aber so war's nicht. Wissen ist zwar wichtig, aber längst nicht alles im Leben, es kommt vielmehr darauf an, was man daraus macht. Für eine Spitzenposition im Leben braucht man noch jede Menge andere Qualitäten, und diese Qualitäten habe ich nie besessen.«

»Meines Erachtens warst nicht du zu ehrgeizig, sondern Papa. Dein Ehrgeiz war seiner.«

»Auf jeden Fall habe ich alles vermasselt.« Er fing an zu lallen.

»Jetzt mach mal halblang, das ist der Alkohol«, sagte Marco, um die Atmosphäre aufzulockern. »Isabella hat mal gesagt, dass sich Kinder automatisch am Vorbild der Eltern orientieren, und zwar mehr an ihrem Verhalten als an ihren Worten. Denn Kinder folgen deinem Beispiel, nicht deinen Ratschlägen. Das gilt auch für die Stimmung, wenn Eltern unglücklich sind, fällt es Kindern schwer, es nicht auch zu sein.« Dann fügte er in heiterem Ton hinzu: »Und Papa, der hat in seinem Leben ja nun auch nicht gerade Großartiges vollbracht. Es ist vielleicht nicht schön, so etwas zu sagen, aber so ist es nun mal. Zumindest müssen wir uns nicht mit dem Problem eines übermächtigen Vaters herumschlagen.

Stell dir mal vor, du wärst der Sohn von einem der Beatles oder der Rolling Stones oder von Elvis.« Und er stand auf, um die Zigarette, die schon lange ausgegangen war, aus dem Fenster zu werfen.

Andrea nahm den Gedanken des Bruders auf. »Stell dir vor, du wärst der Sohn von Isaac Newton. Du kommst ganz aufgekratzt nach Hause, weil du ein Problem gelöst hast, und er hat in der Zwischenzeit mal eben schnell das Gesetz der Schwerkraft formuliert. Oder denk an Einstein, an Enrico Fermi oder Gandhi. Oder an Freud.«

»Oder stell dir vor, du wärst der Sohn von Neil Armstrong und gehst auf Reisen. Sollst du einem, der auf dem Mond war, etwa die Fotos unter die Nase halten und sagen: ›Sieh mal Papa, hier bin ich im Bus auf der Fahrt ans Meer‹?« Marco klopfte Andrea lachend auf die Schulter und verbarg prustend sein Gesicht an seinem Arm. Sie wurden nicht müde, immer neue Beispiele von Söhnen berühmter Persönlichkeiten aufzuzählen. Zuletzt kam der Sohn von Dostojewski, der mit einem Aufsatzthema nach Hause kam.

Dann warf Andrea sich aufs Bett. »Jedenfalls hast du dich in deinem Leben amüsiert. Du kannst dir gar nicht vorstellen, wie oft ich dich insgeheim beneidet habe, weil du immer gemacht hast, was du wolltest, und auf die anderen gepfiffen hast.«

»Das ist ja ganz was Neues.«

Andrea trank noch einen Whisky. »Aber du hast recht, ich war ein echter Spielverderber, unglaublich, dass ich dir sogar das Wichsen verbieten wollte.« Und er kicherte vor sich hin. »Und weißt du was, ich kann mir keine Pornofilme angucken, weil mir die Darstellerinnen sofort leidtun. Sobald da eine schöne Frau auftritt, denke ich sofort: ›Die Ärmste, warum macht sie das nur?‹ Und der Gedanke lenkt mich ab. Dann würde ich am liebsten mit ihr reden, ihr dabei helfen, eine richtige Arbeit zu suchen, und ihr nahelegen, Haarfarbe und Frisur zu ändern.«

Marco lachte. »Und wieso Haarfarbe und Frisur?«

»Damit man sie in ihrem neuen Leben nicht wiedererkennt.«

»Ja, richtig. Sonst könnte es passieren, dass sie mit ihrem Freund ausgeht, und die anderen Männer fragen: ›Haben wir uns nicht schon mal irgendwo gesehen?‹« Wieder brachen sie in Lachen aus. »Nicht hinlegen«, schärfte Marco ihm ein, »bleib bloß sitzen.«

»Ich bin müde.«

Sie redeten nicht mehr. Marco suchte nach einer anderen Platte. Plötzlich sprang Andrea auf und rannte ins Bad, um sich zu übergeben. Marco ging ihm nach, legte ihm stützend die Hand an die Stirn und sah angewidert zur Seite.

»Raus damit, das hilft, dann fühlst du dich morgen nicht ganz so beschissen.«

Sein Bruder antwortete nicht und kotzte weiter. Als er fertig war, setzte er sich auf den Boden.

»Warten wir noch ein paar Minuten, ob noch was kommt, dann bringe ich dich ins Bett«, sagte Marco.

Andrea nickte.

»Es tut gut, dich so zu sehen, so wirkst du richtig menschlich.«

»Wie ein echter Idiot, meinst du wohl.« Andrea lächelte, dann sagte er wieder: »Keiner liebt mich.«

Marco sah ihn an und meinte: »Es gibt drei Gruppen von Betrunkenen: die Aggressiven, die Leutseligen und die Jammerlappen, und zu denen gehörst du.«

»Ich jammere nicht, ich sage nur die Wahrheit. Ich bin allein, Marco, ich bin einsam, und keiner liebt mich. Dich lieben alle.«

»Blödsinn.«

»Ach, ich bin ein armes Schwein, so stinknormal und ohne jedes Charisma, was soll so einer wie ich bloß machen?«

»Gar nichts, nur kotzen.«

»Weißt du, was das griechische Wort Charisma bedeutet?«

»Selbst beim Kotzen spielst du noch den Oberlehrer?«

»Charisma bedeutet Gnade, göttliche Gabe. Verstehst du? Eine Gabe, die kann man nicht erwerben, entweder man hat sie, oder man hat sie nicht, ich habe sie nicht, du schon. Die Leute lieben nicht die guten Menschen, sondern die interessanten.«

»Aber du bist nicht mal gut, du bist nur betrunken«, sagte Marco ironisch.

»Mich hat Papa nie so angeschaut wie dich, mit mir hat er nie so geredet wie mit dir«, fuhr Andrea fort. »Wenn er dich sieht, leuchten seine Augen. Du bist sein ganzer Stolz.«

»Nur weil ich weit weg wohne und selten da bin, dich sieht er immer.«

Aber es stimmte, Andrea hatte immer alles versucht, um ganz besonders geliebt zu werden. »Du kannst dir nicht vorstellen, wie oft ich, auch als ich schon verheiratet war, hier war, um ihn ein bisschen zu unterstützen, und jedes

Mal war es, als wäre ich gar nicht da. Oft weiß ich auch einfach nicht, was ich ihm sagen soll.«

Das ging auch Marco so. Es war schon komisch, wenn er in London war, fehlte ihm der Vater, und er machte sich auf, um ihn zu besuchen. Wenn er dann bei ihm war, wusste er oft nicht, wie er sich verhalten, was er tun oder sagen sollte. Deshalb war er bei der Abreise oft erleichtert, aber nach ein paar Tagen vermisste er den Vater erneut. In diesem endlosen Wechselbad der Gefühle war er nie zur rechten Zeit am rechten Ort.

»Papa liebt dich mehr als mich.«

»Andrea, du bist betrunken und redest Unsinn. Papa hat uns beide gleich gern, vielleicht ist es eher so, dass du besonders geliebt werden möchtest.« Obwohl Andrea betrunken war, ging Marco ernsthaft auf alles ein. »Mit mir hat er es leichter, weil wir beide weniger perfekt sind. Verdammt noch mal, Andrea, du bist so was von arrogant, dass jede Kritik an dir abprallt, nichts kann dich erschüttern, du lässt dir von niemandem was sagen, weil du glaubst, dass keiner dir das Wasser reichen kann.«

Bei diesen Worten wurde Marco plötzlich klar, dass er genau das schon immer hatte sagen wollen, sich aber nie getraut hatte.

Inzwischen lag Andrea mit dem Kopf auf der Toilette und war praktisch eingeschlafen. Marco lud ihn sich auf die Schultern und brachte ihn ins Bett. Zur Sicherheit stellte er noch eine Schüssel daneben. Dann legte auch er sich schlafen.

Plötzlich hörte er ein dumpfes Geräusch aus der Küche. Um besser zu hören, drehte Marco den Kopf nach Art der

Tiere, die zum Lauschen das Ohr in den Wind halten. Aber es war still. Wenig später schoss ihm ein Gedanke durch den Kopf. »Scheiße, das Bier im Eisfach!«

Während Marco in Gedanken all das Revue passieren ließ, spürte er den Finger des Urologen. Es war nicht angenehm, er biss die Zähne zusammen, dann sagte der Arzt, mit seiner Prostata sei alles in Ordnung.

Der größte Fehler

Irene telefonierte stundenlang mit ihrer Freundin und erzählte ihr haarklein die ganze Geschichte mit Andrea, bis zu dem Abendessen, bei dem er plötzlich angefangen hatte, sich seltsam zu benehmen und ihr auszuweichen. An den folgenden Tagen hatte sie ihn als distanziert erlebt: Er hatte Ausreden erfunden, um sich nicht mit ihr treffen zu müssen, war plötzlich abweisend.

Zusammen mit der Freundin erstellte sie eine Liste möglicher Ursachen, erwog eigene Fehler, kam aber auf nichts, was dieses Verhalten hinlänglich erklärt hätte.

Vielleicht wurde es ihm einfach nur zu viel.

Unterdessen telefonierten Andrea und Daniela wieder jeden Tag. Daniela lud ihn auf einen Aperitif ein, und Andrea sagte zu.

Im Büro wusste Andrea nicht, wie er sich Irene gegenüber verhalten sollte, und entschloss sich schließlich zu einer Halbwahrheit: »Heute habe ich eine Verabredung mit meiner Exfrau, wir müssen über die Wohnung sprechen.«

»Sicher, das verstehe ich.«

Die halbe Lüge hatte eine beruhigende Wirkung, schlagartig fühlte er sich Irene gegenüber besser. Außerdem fiel ihm eine Bemerkung von Marco ein: »In einer Beziehung muss man sich nicht alles sagen.«

Um sieben verabschiedete er sich eilig von Irene, verließ fluchtartig das Büro und rannte zu seiner Verabredung mit Daniela. Unterwegs vergaß er rasch Irenes enttäuschten Blick. Er dachte an den wachsenden Einfluss, den Marcos Worte auf sein Verhalten ausübten, dann dachte er an gar nichts mehr, außer an Daniela.

Er war vor ihr da, und als er sie hereinkommen sah, war er so freudig erregt, dass er vor Aufregung schlucken musste. Sie begrüßten sich mit förmlichen Küsschen auf die Wange. Als er ihr Parfüm roch, sah Andrea in Gedanken, wie sie es auflegte: Sie verspritzte es in der Luft und tauchte dann in die Duftwolke ein. Jetzt saßen sie in einer Bar in der Nähe ihres Büros und sahen aus wie gute Freunde, die sich freuten, einander nach langer Zeit wiederzusehen.

Daniela verbarg nichts, tat nicht so, als ginge es ihr gut, als wäre sie Gott weiß wie glücklich, sie hatte beschlossen, ehrlich zu sein, die Maske fallen zu lassen und sich zu ihrem wahren Gemütszustand zu bekennen. »Ich habe vieles falsch gemacht, eine Menge Blödsinn verzapft, aber vielleicht habe ich das gebraucht, um mir über vieles klarzuwerden. Jetzt kann ich sagen, dass ich eine Menge verstanden habe.«

»Das freut mich für dich«, erwiderte Andrea.

»Ich war oberflächlich, es war eine komische Zeit, ich fühlte mich nicht wohl, war mit meinem Leben unzufrieden und habe das an dir ausgelassen, weil du mir am nächsten standest. Ich habe mir eingeredet, wenn wir uns trennen, wäre ich frei und könnte ein ungezwungeneres Leben führen, ohne große Komplikationen. Doch das stimmt nicht, das habe ich bald eingesehen. Ich werde mir nie verzeihen, was ich alles gesagt und wie sehr ich dir weh getan habe. Ich habe alles zerstört.«

Als er sie so selbstkritisch reden hörte, war Andrea freudig überrascht und versuchte sofort, sie zu beruhigen. Es gäbe keinen Grund, sagte er, sich bei ihm zu entschuldigen, und vor allem sei es überhaupt nicht wahr, dass sie alles zerstört habe. »Auch ich habe vieles begriffen, vielleicht war diese Erfahrung nötig. Vielleicht haben wir den Abstand, die Trennung gebraucht, um zu verstehen.«

»Ich weiß nicht, was mit mir los war, ich habe mir sogar Sachen eingebildet, die gar nicht existierten.«

»Du triffst dich also nicht mehr mit dem anderen.«

»Er war der größte Fehler meines Lebens.«

Andrea sah sie an und versuchte zu ergründen, ob sie ihm damit etwas Bestimmtes sagen wollte.

In der kurzen Stille sahen sie sich in die Augen. Daniela war attraktiv. Unter dem enganliegenden schwarzen Top zeichneten sich deutlich die Brustwarzen ab. Fast verlegen lächelten sie sich an. Die Situation war vertraut und zugleich neu.

Plötzlich sagte Daniela: »Warum fahren wir nicht für ein Wochenende in die Berge?«

Andrea glaubte seinen Ohren nicht zu trauen, sein Herz schien vor Freude zu zerspringen. »Dieses Wochenende ist mein Bruder da und könnte nach Papa sehen, ich könnte mich also freimachen. Oder ist das für dich zu früh?«

»Das passt perfekt.« Sie waren glücklich.

»Hast du heute Abend schon was vor?«, fragte Andrea.

»Eigentlich war ich mit einer Freundin verabredet, aber wenn du Zeit hast, sage ich ihr ab.«

So gingen sie nach dem Aperitif gemeinsam essen. Man hätte meinen können, sie wären frisch verliebt, so aufmerksam und liebenswürdig gingen sie miteinander um.

Im Verlauf des Essens hatte Andrea zwei Erektionen und war so scharf auf seine Exfrau, wie es ihm während seiner gesamten Ehe nie passiert war. Am liebsten hätte er sie auf die Toilette geschleppt, ihr die Kleider vom Leib gerissen und sie an der Wand gevögelt. Seit er mit Irene geschlafen hatte, hatte sich einiges verändert, er wollte ihr zeigen, was er gelernt hatte, ihr beweisen, dass er nicht mehr der Alte war. Er wollte ihren vertrauten Duft riechen, ihre Haut berühren, ihr Haar, ihren Körper, der viel größer und abweisender war als Irenes. Irene war geschmeidig wie eine Katze, sie rollte sich zusammen, räkelte und reckte sich, machte einen Buckel. Daniela war ein ganz anderer Frauentyp.

Nach dem Essen brachte er Daniela nach Hause.

»Schon komisch, dich nach Hause zu bringen, in unsere Wohnung.«

Daniela sah ihn schweigend an, er sah zurück. Dann fragte sie: »Willst du noch mit raufkommen?«

Es war alles irgendwie surreal. Gerade hatte Daniela ihn gefragt, ob er mit zu ihr kommen wolle, oder besser zu ihnen. Vor Andrea spulten sich die Szenen ab, die ihn beim Abendessen so aufgegeilt hatten. »Nein, danke«, sagte er, »für heute ist es genug.«

Auf dem Heimweg hatte er das Gefühl, die Frau wiedergefunden zu haben, die er immer begehrt hatte. Sie war nicht mehr so gemein und distanziert wie in letzter Zeit.

Als er fast zu Hause war, rief sie ihn an.

»Hallo, was ist los?«

»Nichts, ich wollte dir nur gute Nacht sagen. Ich habe mich sehr wohl gefühlt mit dir. Vielleicht hätten wir uns nicht trennen sollen, jetzt hätte ich dich gerne bei mir.«

»Ich werde erst mit hochkommen, wenn ich auch bleiben kann«, erwiderte er mit selbstsicherer Stimme.

In diesem Augenblick trat Isabella aus der Haustür.

»Warte mal kurz«, sagte er zu Daniela. »Ciao, Isa, wie geht's?«

»Gut, und dir?«

»Auch gut, ich wusste gar nicht, dass du kommst.« Andrea wollte Daniela nicht zu lange warten lassen. »Vielleicht machen wir bald mal ein Essen, dann können wir uns unterhalten.«

»Gern. Aber jetzt muss ich gehen, ciao.«

Das war alles ziemlich förmlich, Isabella schien in Eile und wirkte angespannt.

Zu Daniela sagte er: »Die hat sich bestimmt mit meinem Bruder gestritten.«

»Wieso, sind sie wieder zusammen?«

»Sie haben wieder zueinandergefunden, zum ersten Mal seit Jahren. Ich fände es gut, wenn sie zusammenblieben, so eine wie Isabella findet mein Bruder nicht noch einmal.«

Dann verabschiedeten sie sich und versprachen einander, bald wieder von sich hören zu lassen, um das gemeinsame Wochenende zu organisieren.

Dasselbe Zimmer

An dem Abend, als Andrea mit Daniela zum Essen ausging, blieb Marco zu Hause. Er brachte dem Vater das
Essen, schaltete für ihn den Fernseher ein und ging dann in
die Küche, um sich eine Gemüsepfanne mit Quinoa zu
machen.

Als das Essen fertig war, nahm er den Teller mit ins
Wohnzimmer, stellte den Laptop auf einen Stuhl und machte es sich auf dem Sofa bequem, um sich ein paar Folgen
seiner derzeitigen Lieblingsserie anzusehen. Serien schaute
er nie im Fernsehen, sondern kaufte die DVDs oder lud sie
sich aus dem Internet herunter. Oft zog er sich dann eine
Folge nach der anderen rein, weil er geradezu süchtig danach
war und sich kaum losreißen konnte. Mitunter kämpfte er
dabei sogar gegen den Schlaf an, rechnete aus, wie viele Minuten es noch bis zum Ende der Folge dauern würde, und
guckte bis zur völligen Erschöpfung. Wenn er sich vor lauter Gier zu viele Folgen nacheinander angesehen hatte,
träumte er nachts manchmal von den Serienfiguren und
baute sich dabei selbst in die Handlung ein. Manchmal fragte er sich dann auch tagsüber, was die Serienhelden wohl gerade machten, als wären sie reale Personen und gute Bekannte.

Marco wusste, dass dieses Verhalten zwanghaft war, genauso wie der Impuls, morgens beim Aufwachen gleich als Erstes Nachrichten auf dem Handy zu checken. Im Dunkeln war das fast unmöglich, das Licht vom Display blendete ihn so stark, dass er heftig blinzeln und ein Auge zukneifen musste. Obwohl es tierisch unbequem war, surfte er dann manchmal sogar noch im Netz, bis seine Finger anfingen zu kribbeln. Es war einfach stärker als er.

Während er sich das Essen und die Serienfolge reinzog, klingelte das Telefon.

Wer kann das sein? Isabella.

»Was machst du?«

»Ich habe gerade meinen Vater ins Bett gebracht, und du?«

»Ich Mathilde. Hast du vielleicht Lust, ein Eis essen zu gehen?«

»Mein Bruder ist ausgegangen, deshalb muss ich heute den Krankenpfleger spielen. Sonst wäre ich gern gekommen.«

»Ich könnte Eis holen, Pistazie und Schokolade, und dann bei dir vorbeikommen.«

»Superidee. Ich warte auf dich.«

Etwa vierzig Minuten später kam Isabella.

»Kann ich deinem Vater guten Tag sagen?«

»Der schläft schon.«

»Dann beim nächsten Mal.«

Sie setzten sich aufs Sofa und aßen das Eis.

»Wie lange warst du nicht mehr hier?«

»Mindestens zwanzig Jahre.«

Für beide war es ein komisches Gefühl, nach so langer Zeit wieder zusammen in dieser Wohnung zu sein.

Nach dem Eis ging Marco mit ihr in sein Zimmer, um ihr das Foto aus Paris zu zeigen.

»Das habe ich ja gar nicht, das will ich auch. Weißt du noch, wie du mich damals in Paris besucht hast und wir sonntags in dem Bistro unten im Haus immer rohen Fisch gegessen haben?«

»Natürlich weiß ich das noch.«

»Eiskalter Weißwein und Austern und hinterher Zigaretten und Pastis.«

»Ich erinnere mich noch ganz genau an deine Mansarde, die Matratze auf dem Boden, die Kleider an den Türen und die endlose Reihe von Schuhen an der Wand entlang.«

»Was für ein Gefühl von Freiheit, wir hatten nichts und trotzdem alles. Hast du noch mehr Fotos?«

»Nein, hier ist nur dieses eine, die anderen habe ich in London.«

Isabella lächelte erfreut.

Marco umarmte sie von hinten und küsste sie auf den Hals. Verzückt schloss sie die Augen und drehte sich um, sie gaben sich einen langen Kuss. Marco hielt ihr Gesicht, während er sie Richtung Bett dirigierte. Unter seiner Führung ging sie rückwärts bis zur Matratze, dann glitten sie gemeinsam auf sein altes Bett, zogen sich aus und liebten sich. Jedes Mal wenn Isabella die Augen aufschlug und dieses Zimmer sah, hatte sie das Gefühl, nie weg gewesen zu sein.

Sie blieben eine Weile liegen, dann ging Marco ins Bad und ließ sie allein zurück. Doch statt sich überglücklich zu fühlen, war Isabella angespannt und verspürte eine leichte Traurigkeit.

Was mache ich hier eigentlich? Nach zwanzig Jahren bin

ich wieder in demselben Zimmer mit derselben Person, die noch genau dieselben Ängste hat wie damals. Und ich bin genauso frustriert wie damals.

Langsam wurde ihr klar, dass sie ein gefährliches Spiel spielte. Dasselbe Spiel wie früher.

Wieso muss es immer so enden? Wieso mache ich immer wieder denselben Fehler?

Es gab immer wieder Momente, in denen Marco eine Seite von sich zeigte, die sie liebte und bei der ihr das Herz aufging. Die sich in der Art äußerte, wie er mit ihr redete. Das konnte einen Augenblick dauern, aber auch einen ganzen Nachmittag. Doch dann verschwand diese Seite wieder, und er war wie ausgewechselt. Eine halbe Ewigkeit war sie bei ihm geblieben, nur um diese Seite zu sehen, ihre Stimme zu hören. Dabei hatte sie sich oft gefragt, ob das tatsächlich ein echter Bestandteil von ihm war oder nur etwas Vorübergehendes, eine Eingebung, der Hauch eines Engels.

Als Marco zurückkam, legte er sich neben sie, nahm sie in die Arme und schwieg. Sie rückte mit dem Kopf so weit ab, dass sie sein Gesicht besser sehen konnte.

»*Was ist das nur, Marco? Hast du einen Namen dafür?*«

»*Wofür denn?*«

»*Für das, was gerade mit uns passiert.*«

»*Wozu willst du das wissen?*«

»*Weil ich keine Angst haben will.*«

»*Das war schon immer deine Macke.*«

»*Was für eine Macke denn?*«

»*Für alles nach einer Definition zu suchen. Was soll das bringen? Uns geht's gut, reicht dir das nicht?*«

»Es geht nicht um Definitionen, sondern darum, ob wir uns nur amüsieren oder ob wir eine gemeinsame Perspektive haben.«

»Willst du das wirklich diskutieren, ausgerechnet jetzt, wo wir uns so wohl fühlen? Können wir nicht einfach den Augenblick genießen?«

»Ich will keinen Streit, sondern nur Klarheit. Auch um Missverständnisse zu vermeiden.«

»Du kannst es nicht lassen, immer wenn es mit uns gut läuft, musst du mit deinem Klärungswahn alles kaputtmachen.«

»Ich mache alles kaputt? Ich mache überhaupt nichts kaputt, es ist nur so, dass ich bei dir nie weiß, woran ich bin. Du verwirrst mich. Jedes Mal, wenn ich auf Abstand gehe und mich endgültig von dir trennen will, tauchst du auf und bändelst wieder mit mir an, warum? Und ich Idiotin falle prompt darauf herein.«

»Ich habe nie etwas von dir verlangt, wenn du nicht mitspielen willst, brauchst du es nur zu sagen.«

Isabella kannte ihn und seine Antworten so gut, dass sie sich den ganzen Dialog nur vorgestellt hatte. Das kam öfter vor. Daher sagte sie jetzt lieber nichts, weil sie wusste, dass er auf ihre Fragen überhaupt nicht eingehen, sondern sich nur verteidigen würde. So war es immer, immer fühlte er sich gleich angegriffen und igelte sich dann instinktiv ein. Oder machte dumme Sprüche.

Wie in Erwartung einer Antwort auf ihre unausgesprochenen Fragen drehte sie sich zu ihm um. Dann streichelte sie ihn, und er lächelte – er hatte keine Ahnung, was ihr durch den Kopf ging.

Doch diese Zurückhaltung war keine Lösung, weil die Zweifel bestehen blieben, Isabella dadurch noch mehr verunsichert war und all das Unausgesprochene zwischen ihnen stand.

Wenn sie dafür wirklich jemandem die Schuld geben wollte, dann sich selbst. *Er ist der einzige Mann in meinem ganzen Leben, für den ich mich freiwillig so klein gemacht habe.*

»Ich glaube, ich gehe jetzt besser.«

»Jetzt schon?«, fragte er und schlug die Augen auf.

»Ja, morgen muss ich früh aufstehen, weil ich mit Mathilde einen Ausflug zum Aquapark mache.«

»Und wie kommst du dahin?«

»Mit dem Zug.«

»Wenn du willst, fahre ich euch.«

»Mit dem Zug geht es schneller.«

»Aha, du willst mich also nicht dabeihaben.«

»Ich möchte lieber mit ihr allein sein.« Dann stand sie auf und ging ins Bad.

Marco war frustriert, er kannte sie zu gut, um nicht zu merken, dass irgendetwas passiert war. Er bekam es durchaus mit, wenn sie mit ihren Gedanken ganz woanders war. Er überlegte, ob es an ihm lag, ob er vielleicht etwas falsch gemacht hatte: *Vielleicht weil ich nach dem Sex die Augen zugemacht habe und sie dachte, ich wäre eingeschlafen.*

Isabella kam ins Zimmer zurück.

»Bist du sauer? Du bist so komisch.«

»Ich bin nicht sauer.«

Im Bad hatte Isabella schon bereut, dass sie nichts gesagt hatte.

»Du willst mich morgen nicht dabeihaben, das verstehe ich ja, aber wie du das gesagt hast, das hörte sich schon ziemlich sauer an.«

Schweigend überlegte Isabella, ob sie die Sache fallen lassen oder mit der Sprache herausrücken sollte. »Sauer bin ich nicht. Ich will nur nicht, dass meine Tochter eine Person liebgewinnt, die dann plötzlich verschwindet, den Deckel zumacht und sich eine Auszeit nimmt. Solange du das mit mir machst, ist es in Ordnung, aber bei Kindern geht das nicht. Das ist alles.«

»Was meinst mit ›Deckel zumachen‹?«

»Jetzt tu nicht so, du weißt genau, was ich meine.«

»Nein, weiß ich nicht.«

»Dein Leben ist wie eine große Schachtel, mit vielen kleinen Schachteln darin. Jetzt, wo wir hier sind, machst du die Schachtel mit meinem Namen auf, aber sobald du die Lust verlierst, machst du den Deckel schnell wieder zu und öffnest die nächste. Eine Schachtel für die Arbeit, eine für die Familie, eine für andere Frauen und so weiter und so fort. In deinem Kopf hat alles einen bestimmten Platz und wird in streng getrennten Fächern deponiert, und wer in ein anderes Fach will, wird gnadenlos abserviert. Alle müssen brav dort bleiben, wo du sie einsortiert hast, und dürfen ihr Fach nicht verlassen. Schachtel auf, Schachtel zu, ich weiß schon, wie das läuft. Wenn du abreist, stellst du meine Schachtel wieder ins Regal und machst eine andere auf, sobald du wieder in London bist. Du weißt schon, was ich meine.«

Marco setzte sich aufs Bett, während Isabella mitten im Zimmer stand. »Aber das stimmt nicht, ich mache keine

Schachteln auf und zu, es ist doch so, dass sich unser Leben in ganz unterschiedliche Richtungen entwickelt hat und wir weit voneinander entfernt leben. Ich mag keine Fernbeziehungen, Liebe machen auf Skype, das ist nicht mein Ding.«

»Marco, ich verlange ja gar nichts von dir, ich will nur meine Tochter da raushalten.«

»Das verstehe ich ja, aber ich weiß, was du denkst, ich kenne dich doch.«

»Na gut, ich weiß, was du denkst, und du weißt, was ich denke, dann ist ja alles klar«, sagte sie leicht genervt.

»War's das? Bist du jetzt zufrieden?«

»Was willst du eigentlich von mir? Was soll ich denn deiner Meinung nach noch sagen? Dass ich deine Denkweise, deine Art, die Dinge zu sehen, richtig finde? Wir sind unterschiedlicher Meinung, das war schon immer so, was willst du hören? Soll ich etwa sagen, dass es im Leben nun mal so ist und keiner was dafür kann? Ich sehe das anders, das weißt du doch.«

»Willst du damit sagen, dass es meine Schuld ist, dass du in Paris lebst und ich in London? Das erklär mir mal, das verstehe ich nämlich nicht«, sagte er und sah sie herausfordernd an.

Isabella wollte nicht streiten, sie wollte nur weg, weg aus dem Zimmer und weg aus dieser Situation. Denn sie wusste, dass es sinnlos war. Marco sah sie immer noch fragend an, in Erwartung einer Antwort, die nicht kam.

»Hatten wir in den letzten Tagen nicht eine schöne Zeit?«

»Was hat das eine denn mit dem anderen zu tun?«

Isabella lächelte gequält. Sie wusste in- und auswendig,

was Marco jetzt alles abspulen würde. Das hatte sie in der Phantasie alles schon durchexerziert. Doch sie konnte das Gespräch nicht einfach abbrechen. »Marco, ich will nicht streiten, wirklich nicht.«

»Wir streiten nicht, wir reden.«

»Na gut, wenn wir reden«, sagte Isabella entspannt, »dann sag mir jetzt bitte ein für alle Mal, was du mit deiner Behauptung meinst, wir hätten uns nun einmal zu weit voneinander entfernt und daran könne auch das, was wir in diesen Tagen gemeinsam erlebt haben, nichts ändern.«

»Damit meine ich, dass wir uns aufgrund diverser Umstände jetzt zufällig hier getroffen, ein paar schöne Stunden miteinander verbracht und uns dabei total wohl gefühlt haben. Aber das ist nicht unser normales Leben, ich wohne in London, du wohnst in Paris. Was soll daraus werden? Eine Fernbeziehung? In unserem Alter? Das hat doch keine Zukunft.«

»Ach, Scheiße, du und deine Angst vor der Zukunft! Kannst du dich nicht einmal über das freuen, was du hast? Vor lauter Zukunftsangst stehst du dir selbst im Weg und kannst die Gegenwart nicht genießen.«

»Ich versuche nur realistisch zu sein. Überleg mal, was glaubst du, wie lange eine solche Beziehung halten würde?«

»Vielleicht eine Woche, vielleicht aber auch ein ganzes Leben, das weiß man erst, wenn man es probiert. Außerdem stellt sich die Frage, ob die Tatsache, dass wir in verschiedenen Städten leben, wirklich ein reales Problem darstellt oder nur eine Superausrede ist, um von anderen Ängsten abzulenken. Den echten Ängsten.«

»Welche Ängste denn?«

»Keine Ahnung, sag du es mir. Was schreckt dich so sehr an einer Beziehung? Meinst du, wir wären zusammen, wenn ich nach London ziehen würde?«

»Du kannst nicht nach London ziehen.«

»Wer sagt das?« Schweigen, dann fuhr Isabella fort: »Marco, ich habe von dir nie gehört, nicht ein einziges Mal, dass du mit mir zusammen sein willst. Jetzt sag die Wahrheit: Willst du mit mir zusammen sein?«

Marco antwortete nicht.

Isabella legte nach: »Für mich zählt mehr, was wir haben, als das, was uns fehlt. Fangen wir doch mal damit an, was uns verbindet, nicht damit, was uns trennt. Wenn wir uns jetzt zum x-ten Mal trennen, bloß weil wir die Mühe eines Umzugs scheuen, ist das noch lange keine Garantie dafür, dass wir in Zukunft glücklicher werden.«

Marco sagte noch immer nichts, sie sah ihn erwartungsvoll an, aber er brachte kein Wort heraus.

»Es tut mir leid, ich wollte dich nicht unter Druck setzen. Ich weiß, dass du das hasst wie die Pest und dich ans andere Ende der Welt wünschst.«

»Manchmal habe ich den Eindruck, dass du die Dinge nicht siehst oder so tust, als würdest du sie nicht sehen, und mich als Miesmacher hinstellst.«

Als sie ihn ansah, wusste sie, dass sie gegen eine Wand redete, dieselbe Wand, an der sie schon so oft gescheitert war. Beide wussten, dass sie im Begriff waren, sich zum - x-ten Mal zu trennen, diesmal vielleicht für immer.

Sie senkte die Stimme. »Ach Marco, wenn es um Erklärungen geht, bist du mir haushoch überlegen. Es fällt mir schwer, mich auszudrücken. Trotzdem glaube ich, dass zwei Menschen, wenn sie es wirklich wollen, auch einen Weg finden. Du dagegen legst dir lieber zurecht, was alles gegen eine Beziehung spricht, auch um dich selbst zu überzeugen. Aber wie sehr du dich auch anstrengst, wie oft du deine Theorie auch wiederholst, irgendetwas geht daran nicht auf, sonst wärst du gar nicht hier. Wenn wir immer noch zusammen schlafen und du mich dabei auf diese Art ansiehst, kann das doch nur heißen, dass deine Theorie nicht stimmt, weil sie eine Lücke hat. Nach zwanzig Jahren sind wir immer noch am selben Punkt, mit denselben Problemen. Was für eine Bankrotterklärung. Dein Problem ist immer noch die Zukunft, du lässt dich von der verdammten Zukunft terrorisieren. Du sorgst dich um Dinge, die gar nicht existieren, die noch gar nicht passiert sind und vermutlich auch nie passieren werden. Für dich zählt die Gegenwart überhaupt nicht, du machst deine Entscheidungen von einer imaginären Zukunft abhängig. Du lebst voller Zukunftsängste.«

Marco antwortete reflexartig: »Das stimmt nicht, ich bin nur realistisch und will den Tatsachen ins Auge sehen.«

»Du bist ein Wahrsager. Wozu lebst du überhaupt noch, wenn du alles schon weißt?«

»Spar dir deinen Spott. Ich habe erlebt, wie Menschen sich vor lauter Enthusiasmus in unhaltbare Situationen manövriert und damit ihr Leben ruiniert haben. Ich versuche nur, derartigen Schwachsinn zu vermeiden.«

»Wenn du meinst, dass eine Beziehung mit mir Schwachsinn ist …«

»Das habe ich nicht gesagt, ich frage mich nur, wie das gehen soll, wenn wir jetzt schon so viele Probleme haben.«

»Du weichst doch nur der entscheidenden Frage aus: Willst du mit mir zusammen sein oder nicht? Du machst dir weiß Gott welche Gedanken über die Zukunft, weil du zu feige bist, auf diese Frage eine Antwort zu geben. Die Zukunft macht dir Angst, ist aber zugleich dein Rettungsanker.«

Marco schwieg, er hatte begriffen, dass Isabella bereit war, auf jegliche Forderung seinerseits einzugehen, er umgekehrt jedoch nicht im Geringsten.

Dann fuhr sie fort: »Ich kenne dich nun seit einer Ewigkeit und weiß genau, weshalb du bestimmte Dinge tust. Aber ich warte auf den Tag, an dem du dich endlich entschließt, die Vergangenheit hinter dir zu lassen. Tu endlich was, lass die faulen Ausreden, und hör auf, das arme Opfer zu spielen.«

Marco krampfte sich der Magen zusammen.

»Ich sage ja gar nicht, dass du alles vergessen oder so tun sollst, als wär das alles nicht passiert«, fuhr Isabella fort. »Ich weiß, du hast viel durchgemacht, auch wenn ich es nicht nachempfinden kann, aber jetzt muss auch mal Schluss sein. Du darfst nicht zulassen, dass die Vergangenheit dein ganzes Leben überschattet und die Angst vor der Zukunft deine Entscheidungen bestimmt.«

Isabella wusste, dass dies ein heikler Punkt war, dass sie sich damit auf gefährliches Terrain wagte, aber sie meinte es ehrlich.

Marco verzog das Gesicht. »Lass gefälligst meine Mutter aus dem Spiel! Sie hat damit nicht das Geringste zu tun. Alles, was ich sagen will, ist, dass ich keine Lust habe, mir das Leben schwerzumachen. Du und ich, das ist keine Lösung, sondern nur ein weiteres Problem.« Seine Stimme war laut geworden. »Guck dich doch an, ein französischer Exmann, den du ein Leben lang am Hals hast, du kannst dich nicht frei entscheiden, wo du leben willst, weil du auf deine Tochter Rücksicht nehmen musst. Wenn du noch einmal zurückkönntest, würdest du dich anders entscheiden, dann hättest du jetzt keine Tochter, die dich daran hindert, frei zu sein und zu tun, was du möchtest. Meine Mutter hat damit überhaupt nichts zu tun.«

Es folgte ein langes Schweigen.

Isabella sah so traurig aus, wie Marco sie noch nie gesehen hatte. »Ich glaube, ich gehe jetzt besser.«

Marco merkte, dass er zu weit gegangen war, und spürte, wie ihm heiß wurde, heiß vor Scham, weil er die falschen Worte gewählt hatte. »Jetzt sei doch nicht gleich beleidigt. Ich versuche doch nur, dir klarzumachen, was ich meine; ich will doch nur verhindern, dass dein Leben noch komplizierter wird.«

Sie warf ihm einen abschließenden Blick zu, denn inzwischen waren sie meilenweit von ihrem vertrauten Umgang entfernt. Sie war enttäuscht und entmutigt. Auch verletzt.

»Jetzt guck mich nicht so an, als wäre ich der Hinterletzte, du weißt doch, was ich meine«, fügte Marco noch hinzu.

Isabella sagte nichts mehr, mit Tränen in den Augen drehte sie sich um, ging zur Tür, verließ die Wohnung und stürmte die Treppe hinunter. Vor dem Haus traf sie Andrea, der telefonierte.

»Ciao, Isa, wie geht's?«

»Gut, und dir?«

»Auch gut, ich wusste gar nicht, dass du kommst. Vielleicht machen wir bald mal ein Essen, dann können wir uns unterhalten.«

»Gern. Aber jetzt muss ich gehen, ciao.«

Andrea widmete sich wieder seinem Telefongespräch, und Isabella machte sich auf den Heimweg.

Mathilde

Marco war noch immer aufgebracht über Isabellas Worte. Er hatte eine Zigarette geraucht und beschlossen zu duschen. Es war ein langer, anstrengender Tag gewesen, der ihn völlig ausgepumpt hatte.

Er stellte sich unter die Dusche, und nach dem Waschen ließ er sich noch ein paar Minuten das heiße Wasser über den Hals laufen, um sich zu entspannen. Dann zog er den Bademantel über. Der Spiegel war so beschlagen, dass er sich nicht sehen konnte.

Mit der Hand im Ärmel wischte er kreisförmig über den Spiegel, um das Kondenswasser abzuwischen. Er musterte aufmerksam sein Gesicht, kämmte die Haare nach hinten, legte Deodorant auf, putzte sich die Zähne. In Gedanken stritt er sich immer noch mit Isabella: *Warum gerate ich immer wieder in solche Situationen? Warum muss ich mich ständig rechtfertigen? Dauernd wollen mir alle sagen, wie ich mein Leben führen soll. Ich stelle keine Ansprüche an niemanden, ich will nur meine Ruhe haben. Zum Glück fahre ich bald nach Hause. Dann bin ich endlich allein, dann kann mir keiner mehr auf die Nerven gehen.*

Nachdem er sich so vor dem Spiegel gut zugeredet hatte, warf er sich noch lächelnd einen verschwörerischen Blick zu und ging dann in sein Zimmer und warf sich aufs Bett.

Aber ein komisches Gefühl ließ ihm keine Ruhe: Er konnte nicht leugnen, dass er gern mit ihr zusammen war. *Wenn man die Zeit zurückdrehen könnte, wenn wir beide noch hier wohnten, wenn wir in unserem Leben andere Entscheidungen getroffen hätten, dann könnten wir es jetzt noch einmal versuchen.*

Das Geräusch des Schlüssels im Schloss lenkte ihn von seinen Gedanken ab. Es war Andrea. Er sah glücklich aus, als er ins Zimmer kam.

»Du siehst aus wie ein Fürst, in Bademantel und mit Zigarette.«

Marco grinste.

»Alles in Ordnung?«

»Ja, es war ein langer Tag.«

»Und Isabella?«

»Was ist mit ihr?«

»Ich habe sie unten getroffen. Alles klar mit ihr?«

»Ja, alles klar.«

»Besteht vielleicht die Möglichkeit, dass ihr euch wieder zusammentut?«

»Nein, spinnst du?«

»Schade, ich fände das schön.«

»Da bist du nicht der Einzige, ihre Mutter auch, aber es geht nicht.«

»Warum nicht?«

Marco antwortete mit demselben Sermon, den er kurz zuvor abgelassen hatte: er in London, sie in Paris, Fernbeziehung.

Dann stand er auf, streifte den feuchten Bademantel ab und zog eine Unterhose über.

»Seid ihr sicher, dass ihr es nicht wenigstens versuchen wollt?«

»Ich schon, sie hingegen lässt sich wie alle Frauen von der romantischen Vorstellung leiten, dass der Wille allein genügt, damit alle glücklich und zufrieden sind.«

Andrea lächelte vage. »Das ist keine Frage von Romantik, sie glaubt bestimmt daran.«

»Schon möglich. Jedenfalls sagt sie das, aber ich halte es für besser, realistisch zu bleiben und nicht in Euphorie zu verfallen. Das heißt nicht, dass es mir nicht leidtut, ich bin nur realistischer als sie. Eines Tages wird sie mir dafür dankbar sein.«

»So, so.«

»Ja, du weißt doch, was ich meine.«

»Bist du glücklich mit ihr, oder gibt es da etwas, was dich nicht ganz überzeugt?«

»Habt ihr vielleicht über mich geredet? Ihr stellt dieselben Fragen. Klar, bin ich glücklich mit ihr, aber das hier ist nicht unser Leben, die paar Tage sind wie Urlaub. Wie viele Leute kennst du, die im Urlaub am Meer ihre Telefonnummer austauschen, um sich später wiederzusehen, und wie viele von denen haben das wirklich gemacht? Nicht alle schönen Dinge im Leben haben eine Zukunft, manches dauert halt nur so lange, wie's eben dauert. Sie meint, das sei alles nur ein Vorwand, in Wirklichkeit hätte ich bloß Angst. Vielleicht hat sie recht, aber ich glaube das nicht.«

»Du hast mir mal vorgeworfen, ich würde durch Logik und Rationalität mein Leben zerstören, willkommen im Club.« Marco grinste. Aber Andrea ließ nicht locker: »Hast du Angst davor, dass es langweilig werden könnte?«

Marco langweilte sich schnell, nicht nur bei Frauen, sondern bei allem. Wenn er sich für etwas begeisterte, dachte er Stunden, Tage, Monate an nichts anderes, war hin und weg, verliebt, erregt, doch dann kam unweigerlich der Augenblick, da er mit einem Schlag das Interesse verlor, das Objekt der Begierde sich in Luft auflöste und nur noch eine leere Hülle zurückblieb, die ihn nicht mehr die Bohne interessierte.

Die Vorstellung, jeden Abend mehr oder weniger zur gleichen Zeit nach Hause zu kommen, sich gegenseitig zu fragen, wie der Tag gelaufen war, dann gemeinsam zu Abend zu essen, ein bisschen fernzusehen, um schließlich ins Bett zu gehen, und das jeden Tag, genau diese Vorstellung turnte ihn ab. Die machte ihn nervös. Bei so einer Routine würde er wie viele seiner Freunde jegliche Lebendigkeit einbüßen und in eine Depression stürzen. Mit seinen Freunden fühlte er sich wohl, aber nur, weil er sie nicht jeden Tag sah. Deshalb hatte er auch keine Lust, mit ihnen in Urlaub zu fahren.

»Das war immer meine größte Angst«, antwortete er.

Andrea machte eine kurze Pause. »Aber ich meinte die umgekehrte Richtung, ich rede nicht von der Angst, dass du dich langweilen könntest, sondern von der Angst, dass sie sich womöglich mit dir langweilt, wenn ihr zusammenlebt, und es vielleicht bald nicht mehr aushält. Deswegen willst du doch immer neue Beziehungen und machst dich aus dem Staub, wenn es ernst wird.«

»Wie spitzfindig. Seit du mit Irene vögelst, bist du ein anderer Mensch, das Glück steht dir förmlich ins Gesicht geschrieben.«

Eigentlich hätte Andrea seinem Bruder gern den wahren Grund dafür verraten, warum er so glücklich war, hätte ihm gern davon erzählt, was Daniela alles gesagt hatte, von ihrer Bereitschaft, es noch einmal miteinander zu versuchen, von den Plänen für ein gemeinsames Wochenende. Aber er sagte nichts, ein bisschen, weil er abergläubisch war, und ein bisschen, weil er wusste, wie Marco darauf reagieren würde. Daher beschränkte er sich darauf, ihm einen Rat zu geben: »Die Menschen ändern sich und auch die Situationen. In ein paar Monaten, in ein paar Jahren wirst du nicht mehr derselbe sein wie heute, und sie auch nicht. Lass es doch einfach mal drauf ankommen, einen Versuch ist es allemal wert. Sollte sich dann herausstellen, dass es nicht funktioniert, habt ihr wenigstens die Erfahrung gemacht und nicht nur vage Vermutungen und Theorien darüber, wie es wohl gewesen wäre.«

»Du solltest dich mit Isabella zusammentun, ihr sagt genau dieselben Sachen. Wenn du willst, gebe ich dir ihre Nummer. – Ich möchte jetzt nicht gemein sein, aber objektiv gesehen, habt ihr beide eine gescheiterte Ehe hinter euch. Deshalb sind eure Ratschläge doch wohl ein bisschen fehl am Platz, meinst du nicht?«

»Na und? Daniela und ich haben es versucht, wir haben versucht, zusammen glücklich zu werden, immer wieder, nicht bloß am Anfang, aber wir haben es nicht geschafft. Das bedeutet gar nichts. Wir haben immer wieder neue Anläufe gemacht, doch alle Versuche sind an irgendwelchen Schwierigkeiten gescheitert, wir haben es nicht hingekriegt. Trotzdem habe ich nicht das Gefühl, mit ihr meine Zeit verschwendet zu haben, es tut mir unendlich leid, weil wir beide daran geglaubt und alles gegeben haben, und eins kann ich dir sagen, wir haben eine Menge dazugelernt, wir sind nicht mehr dieselben wie damals, als wir geheiratet haben. Außerdem«, und jetzt brach die Euphorie des Abends mit ihm durch, »kann man nie wissen, vielleicht haben Daniela und ich uns nur eine Auszeit genommen, wer weiß?«

»Hoffentlich nicht«, antwortete Marco ahnungslos. »Vielleicht war mein Vergleich daneben, aber ich bin nun mal nicht wie du, ich kann mich nicht ändern, ich bin, wie ich bin. Vielleicht ist das der Punkt: Womöglich bin ich gar nicht der Mann, den Isabella sich wünscht, und würde ich mich ändern, würde ich es früher oder später bereuen.«

Andrea begann sich auszuziehen, um unter die Dusche zu gehen. Mit dem Kopf unter dem T-Shirt sah er witzig aus, der kopflose Andrea. »Du befürchtest immer, nicht mehr du selbst sein zu können, doch wenn man Abstriche macht, heißt das nicht, dass man sich selbst aufgibt, vielmehr lernt man, Kompromisse zu machen, anstatt immer nur zu flüchten. Der entscheidende Punkt ist, ob du sie liebst oder eben nicht.«

Letztlich waren all diese Diskussionen wie ein Labyrinth, das stets vor derselben Tür endete. Aber auch diesmal hatte Marco keine Antwort parat.

Andrea fuhr fort: »Wenn du sie nicht liebst und dich nur zu ihr hingezogen fühlst, werden selbst dumme Missverständnisse zum Problem, aber wenn du sie liebst, nimmst du das in Kauf und machst weiter, weil die Liebe nicht an solchen Kleinigkeiten scheitert.«

Nach dieser geistreichen Bemerkung ging er ins Bad.

Marco warf sich aufs Bett, er war todmüde, ahnte aber schon, dass an Einschlafen nicht zu denken war. Seine Gedanken rasten. Zur gleichen Zeit lag auch Isabella im Bett und fand keinen Schlaf. Sie waren wie zwei Einsame, die sich nacheinander sehnten, aber nicht wussten, wie sie das Trennende durchbrechen sollten.

Frisch geduscht, kam Andrea zurück und machte das Licht aus. *»Goodnight and sleep tight!«*, sagte er. Er war bester Laune. »Gute Nacht, Ladykiller.«

Mindestens eine halbe Stunde wälzte sich Marco von einer Seite auf die andere und fand keine bequeme Schlafposition. *Ich hasse dieses Kissen, nächstes Mal muss ich mir unbedingt ein neues kaufen.* Dann dämmerte er langsam weg, schreckte aber nach einer Viertelstunde aus einem Alptraum wieder hoch und lag hellwach da. Es war kurz vor zwei.

Alles war still, sein Bruder schlief, das erkannte man an seiner Art zu atmen.

Irgendetwas beunruhigte ihn, da war noch mehr als die Sache mit Isabella, tief in ihm war etwas in Bewegung gekommen und drängte an die Oberfläche. Er wurde immer nervöser und begriff nicht, wieso. Er schwitzte, noch wusste er nicht wieso, wirre Gedanken schwirrten ihm durch den Kopf, nebelhaft und unbewusst, und formierten sich zu einem Bild, das er immer vor Augen gehabt, aber nie erkannt hatte.

Wie eine Supernova. Diese komische Erregung war im Begriff, einen Namen zu erhalten.

Ihm wurde heiß. Er öffnete die Augen. Am liebsten wäre er aufgestanden, aber er war wie gelähmt, konnte keinen

Finger rühren. Ein paar Minuten stand er unter Schock, dann machte er das Licht an.

»Andrea, Andrea.«

»Was ist los? Ist etwas mit Papa?«, antwortete der erschrocken.

»Mathilde ist meine Tochter.«

»Wie bitte?«

»Mathilde, Isabellas Kind, ist meine Tochter.«

Nachts in der Küche

Die beiden Brüder saßen in der Küche und versuchten, Ordnung in die Gedankenflut zu bringen, die so unerwartet über Marco hereingebrochen war wie ein Hagelschauer mitten im Sommer.

»Jetzt, wo ich es weiß, fällt es mir wie Schuppen von den Augen, und mir fallen tausend Dinge ein, die ich vorher überhaupt nicht verstanden habe.«

»Meiner Meinung nach liegst du völlig falsch«, sagte Andrea. »Denk doch mal nach, meinst du wirklich, Isabella hätte dir nicht gesagt, dass sie von dir schwanger ist? Das glaubst du doch selber nicht. Du bist doch nicht irgendein x-Beliebiger, mit dem sie aus Versehen im Bett gelandet ist.«

»Irre, echt irre.«

»Hast du gehört, was ich gesagt habe? Marco, es kann nicht sein, dass Isabella dir die ganze Zeit nichts davon gesagt hat.«

»Zwei Monate vor der Hochzeit haben wir zusammen geschlafen, und mehr oder weniger einen Monat später hat sie gemerkt, dass sie schwanger war. Da stand der Hochzeitstermin aber schon fest, alles war vorbereitet, alles schon organisiert. Was hätte sie denn tun sollen?«

»Spinnst du? Alles absagen natürlich. Meinst du etwa, sie hat alles für sich behalten, bloß um das Fest zu retten?«

»Wäre sie damit herausgerückt, dass sie von mir ein Kind erwartet, hätte sie eine Menge Leute unglücklich gemacht. Außerdem wusste sie, dass ich nicht begeistert sein würde. Bestimmt hat sie diese Last auf sich genommen, um allen Beteiligten Kummer zu ersparen. Da wäre sie nicht die Erste. Ich kenne eine, die das so gemacht hat.«

»Was gemacht hat?«

»Einen Mann geheiratet, obwohl das Kind von einem anderen war, genau genommen vom besten Freund des Bräutigams. Was blieb ihr denn anderes übrig? Alle hätten gelitten und gestritten, und das Chaos wäre noch größer geworden.«

»Was ihr übrigblieb? Zunächst mal, nicht mit dem besten Freund des Bräutigams zu vögeln.«

»Klar, aber unter diesen Umständen war es für sie vielleicht die beste Lösung.«

»Die beste Lösung… Also weißt du, man kann sich die Sachen auch schönreden.«

In der nachfolgenden Stille hörte man nur das Klicken des Feuerzeugs – Marco zündete sich eine Zigarette an.

»Wenn du mich fragst«, sagte Andrea dann, »solltest du erst mal mit Isabella reden, bevor du voreilige Schlüsse ziehst. Trotzdem bleibe ich dabei, ich kann mir einfach nicht vorstellen, dass sie so etwas für sich behält.«

Marco ging zum Kühlschrank, nahm ein Bier heraus und blieb mit der Hand am Griff stehen.

»Gibst du mir auch eins?«

Marco zog an dem Griff, aber die Tür ging nicht auf, wie so oft, wenn man sie gerade erst zugemacht hat. Daraufhin zog er so heftig, dass er fast den ganzen Kühlschrank umgerissen hätte.

»Das ist noch lange kein Grund, die Wohnung zu zerlegen«, sagte sein Bruder ironisch und fuhr dann fort: »Du machst dir einen Kopf über ungelegte Eier. Bestimmt lacht Isabella sich tot, wenn du damit ankommst.«

»Vielleicht hast du ja recht, aber ich habe so ein komisches Gefühl, eine dunkle Ahnung, ein Bauchgefühl.«

»Jetzt trinken wir das Bier aus, quatschen noch ein bisschen, damit du dich beruhigst, dann gehen wir ins Bett und versuchen zu schlafen. Morgen früh rufst du sie an, lädst sie auf einen Kaffee ein und redest mit ihr.«

»Vielleicht sollte ich lieber gar nichts sagen, auch weil Mathilde schon zu groß ist, um sie damit zu konfrontieren, dass ihr Vater ein anderer ist.«

Andrea hielt das für eine Ausrede.

Marco stand auf, öffnete das Fenster, stützte sich mit den Ellbogen auf die Fensterbank und sah hinaus. Andrea schwieg diskret und wartete, bis Marco wieder das Wort ergriff. Der wischte sich gerade die Ellbogen ab und schloss das Fenster.

»Weißt du noch, dass du damals, als du erfahren hast, dass Daniela dich betrügt, auch nicht gleich mit ihr geredet hast, weil du erst mal nachdenken wolltest? So geht's mir auch. Vielleicht sage ich erst mal nichts, dann habe ich mehr Handlungsspielraum, mehr Zeit, um die Sache zu überdenken. Wenn ich jetzt gleich mit der Tür ins Haus falle, können wir nicht mehr so tun, als ob nichts wäre, und das macht die Sache nicht unbedingt einfacher.«

Andrea begriff, dass sein Bruder völlig durch den Wind war und absurdes Zeug redete. »Aber nichts zu sagen ist auch keine Lösung.«

Marco setzte sich wieder. »Sie hat nichts gesagt, also muss ich auch nichts sagen. Wenigstens eine Zeitlang, bis ich weiß, was ich will.«

»Ich kann gut verstehen, dass du nichts überstürzen willst, aber es ist vollkommen illusorisch, wenn du glaubst, du könntest mit dieser Ungewissheit leben. Hier geht es immerhin darum, ob du eine Tochter hast. Du glaubst doch nicht allen Ernstes, dass du mit dieser Unsicherheit abreisen und dein altes Leben in London wiederaufnehmen kannst?«

Marco nahm sein Handy und sah sich die Fotos von dem Mädchen an, die er bei Isabella gemacht hatte. »Guck mal, findest du nicht, dass sie mir ähnlich sieht? Und Ohrläppchen hat sie auch keine, genau wie ich.«

Andrea sah sich das Foto an, konnte aber keine besondere Ähnlichkeit feststellen. »Hier, wo sie lacht, sieht sie irgendwie vertraut aus, aber das hat gar nichts zu bedeuten.«

»Du versuchst nur, mich zu beruhigen, aber diesmal habe ich recht, das spüre ich einfach.«

»Marco, lass uns ins Bett gehen, selbst wenn du nicht schlafen kannst, ist das immer noch besser, als wenn du dich hier mit Fotos und Vermutungen abquälst.«

»Ich rauche noch eine, dann komme ich auch.«

Andrea putzte sich die Zähne, um den Biergeschmack aus dem Mund zu spülen, und ging dann ins Bett. Er war froh über das Essen mit Daniela. Er war froh, dass er zu seiner Frau zurückkonnte, er war froh über sein einfaches, normales, geordnetes Leben ohne große Komplikationen. Mehr brauchte er nicht.

Nach der ersten Zigarette rauchte Marco noch eine und dann noch eine. Er ging nicht ins Bett, er blieb in der Küche und rauchte, die ganze Nacht, eine endlose Nacht, so lang wie alle Stunden eines Jahres, so lang wie alle Stunden eines Lebens. Um sechs Uhr morgens duschte er, zog sich an und verließ die Wohnung.

Er musste an Isabellas Wort denken: »Besser eine Lüge zum guten Zweck als eine Wahrheit um jeden Preis.« Er wusste zwar nicht mehr, in welchem Zusammenhang sie diesen Satz gesagt hatte, aber er ging ihm nicht mehr aus dem Kopf.

Als er am Park vorbeikam, waren die Wärter gerade dabei, die Tore aufzuschließen. Er ging hinein.

An diesem Morgen war der Himmel bewölkt und ließ nichts Gutes erwarten. Der Park war leer, gegen sieben kamen die ersten Leute mit Hunden.

Es roch nach Gras und feuchtem Holz, die Luft war kühl und prickelte in der Nase und in der Lunge. Er beschloss, sich auf eine Bank zu setzen, erst einmal tief durchzuatmen und dann noch eine zu rauchen. Dabei hatte er sich erst vor ein paar Monaten vorgenommen, wenigstens vormittags nicht mehr zu rauchen, aber für solche Vorsätze war das nun ganz gewiss nicht der richtige Tag.

Nächste Woche höre ich auf … mit Ausnahme der Zigarette nach dem Frühstück.

Die war unverzichtbar, allein aus physiologischen Gründen. Nach seiner verschrobenen Raucherlogik war die Morgenzigarette gesund und förderte den Stuhlgang.

An diesem Tag im Park dachte er, wie absurd das Leben doch war und wie blitzschnell sich alles ändern konnte.

Und was zum Teufel soll ich jetzt machen?, fragte er sich immer wieder. Dann dachte er über sich selbst nach, über sein Verhalten, seine Einstellung zum Leben: *Was ist an mir bloß so verkehrt?*

Seit je hatte er das Gefühl gehabt, in ihm ticke eine Zeitbombe, die jeden Augenblick explodieren konnte, und das hinderte ihn daran, andere Menschen an sich heranzulassen. Viel zu früh im Leben hatte er erfahren, wie leicht man einen nahestehenden Menschen verletzen konnte.

Er war so davon überzeugt, diesen mysteriösen Sprengsatz in sich zu tragen, dass er sein Leben ganz darauf ausrichtete, am Tag der Explosion möglichst wenig Tote und Verletzte zu hinterlassen. Nach der Devise: *Ihr dürft mich gerne lieben, aber kommt mir um Himmels willen nicht zu nah.* Deshalb war er freundlich, aber distanziert. Mehr als die Angst, selbst zu leiden, bedrückte ihn die Angst, dass andere seinetwegen leiden könnten. *Ob das wohl stimmt, oder ist das vielleicht auch nur so ein Quatsch, den ich mir selbst einrede?*

Der Automatismus seiner gängigen Antworten war ins Stocken geraten, irgendetwas hakte.

Wenn er sich jetzt für eine Frau entschied, wäre er für den Rest des Lebens dazu verdonnert, keine andere mehr anzusehen. Allein der Gedanke erschien ihm absurd. Ein Leben ohne Seitensprünge war für ihn einfach unvorstellbar.

Dabei ging es ihm gar nicht allein um Sex, am meisten widerstrebte ihm, dass er dann nie wieder mit einer Unbekannten ausgehen konnte, keine romantischen Abendessen mehr, keine lauschigen Hotels, keine Wochenendtrips. Mit einem Wort, addio Abenteuer, addio Überraschung, nichts mehr, was seine Neugier anstachelte. Das war doch zu viel verlangt, er konnte doch nicht sagen: *Das war's! Dieser Teil des Lebens ist jetzt vorbei. Ab jetzt küsst du nur noch eine Frau, schläfst nur noch mit einer Frau, kennst nur noch eine Frau, und zwar bis an dein Lebensende.*

Das war vielleicht sein größter Horror, schlichtweg inakzeptabel.

Dennoch hatte sein aufregendes Leben nicht gereicht, um aus ihm einen glücklichen Menschen zu machen. Während er so vor sich hin sinnierte, kam ein Hund und schnüffelte an seinen Füßen, bis sein Frauchen ihn zurückrief. Eine hübsche Frau, nicht schön, aber durchaus interessant.

Genau das meine ich, sagte er sich, während er sie ansah.

Die Vorstellung, mit dieser Unbekannten ein Schwätzchen zu halten, mit ihr einen Kaffee zu trinken, sie nach Hause zu bringen und mit ihr zu schlafen, war wie eine Droge, auf die er nicht verzichten wollte. Dieser Jagdinstinkt war viel stärker als alles, was er sonst in seinem Leben an Emotionen erlebt hatte. Und dabei spielte sich alles in seinem Kopf ab, war reine Phantasie, denn die Frau hatte ihn keines Blickes gewürdigt. *Ich bin wirklich ein Arsch,* folgerte er.

»Marco, bist du das?«, sagte plötzlich eine Stimme. Er hob den Kopf und erkannte Giada, eine alte Freundin.

»Ciao, wie geht's dir?«

»Gut, ich gehe gerade mit dem Hund Gassi, und du, was machst du denn hier? Wohnst du nicht in London?«

»Doch, aber ich bin zu Besuch.«

Sie redete drauflos und fand kein Ende, wie es Leute tun,

die keine Freunde haben und jeden, der ihnen über den Weg läuft, gnadenlos vollquatschen. Marco suchte schon nach einem Vorwand, um sich aus dem Staub zu machen. Er wollte allein sein, musste über wichtige Sachen nachdenken. Außerdem war es immer dasselbe: Wenn man alte Bekannte traf, die man lange nicht gesehen hatte, behandelten sie einen, als hätte man sich überhaupt nicht verändert, und verfielen automatisch in den alten Umgangston. In ihren Augen war man immer noch derselbe wie damals, und um sie nicht zu enttäuschen, ließ man sich oft auf das Spiel ein und benahm sich wie früher. Wie auf einer Zeitreise schlüpfte man dabei in ein früheres Ich, das man schon längst abgelegt hat und eigentlich auf keinen Fall mehr tragen will. Nach einer Viertelstunde, die ihm endlos erschien, verabschiedete sie sich endlich: »Jetzt muss ich aber zur Arbeit, war schön, dich zu sehen und ein bisschen zu plaudern.«

»Finde ich auch«, antwortete Marco, obwohl er eigentlich dachte: *Gott sei Dank, endlich machst du dich vom Acker, das wurde aber auch Zeit. Und von wegen Plaudern, das war ein ausgewachsener Monolog. Du und dein Hund, ihr könnt mich mal. Glaubst du wirklich, mich interessiert, dass Hunde nicht in der Erde kratzen, um ihre Kacke zu vergraben, sondern weil sie unter den Pfoten Drüsen haben, die eine Substanz abgeben, um das Revier zu markieren? Du hast mich zehn Jahre nicht gesehen, hast du da nichts Besseres zu erzählen?*

Er zündete sich eine weitere Zigarette an, die letzte aus dem Paket. Er grübelte darüber nach, ob er Andreas Rat befolgen oder lieber abwarten sollte, bis er klarer sah.

Er spürte eine innere Veränderung, vielleicht fühlte er sich schon verantwortlich, wie einer, der erfährt, dass er Vater wird.

Ich sollte aufhören, mir um alles Mögliche Sorgen zu machen, und das tun, wonach mir jetzt ist. Wenn ich mich mit Isabella gut verstehe, warum soll ich dann nicht mit ihr zusammen sein? Wir könnten es doch zumindest versuchen.

Und augenblicklich begann er, sich diese Möglichkeit auszumalen. Vielleicht war es die frische Luft oder die friedliche Atmosphäre im Park, plötzlich fühlte er sich leicht, und vieles fiel von ihm ab. Er nahm einen tiefen Zug und lächelte, als er den Rauch ausstieß.

Zwar stand er noch immer unter Schock, dennoch gab ihm die Vorstellung, Vater zu sein, die Kraft zu neuen Gedanken. *Ich bin bereit,* sagte er sich, plötzlich unverhofft - begeistert. Jetzt, wo er eine Tochter hatte, brauchte er keine Entscheidung mehr zu treffen, sondern musste nur noch die Verantwortung übernehmen und beweisen, dass er der Aufgabe gewachsen war. *Da ich nichts entschieden habe, hat das Leben für mich entschieden. Und das ist gut so.*

Er drückte die Zigarette aus und machte sich auf den Weg zu Isabella. Er war müde, weil er die ganze Nacht nicht geschlafen hatte. Je näher er seinem Ziel kam, desto überzeugter war er, das Richtige zu tun.

Da er wusste, dass Isabella und Mathilde früh loswollten, wartete er vor der Tür. Nach etwa einer halben Stunde hörte er ihre Stimmen hinter der Haustür. Als Isabella ihn erblickte, war sie erstaunt.

»Was machst du denn hier?«

»Ich muss mit dir reden.«

»Heute Abend wäre mir lieber, wenn wir zurück sind, oder besser noch morgen.«

»Ich weiß nicht genau, wie und warum, aber ich glaube, es ist der Augenblick gekommen, nicht länger davonzulaufen.«

Isabella glaubte, ihren Ohren nicht zu trauen, klingelte aber und schickte das Kind wieder nach oben.

»Was meinst du damit?«

»Ganz einfach: Ich bin bereit, ich weiß jetzt, was ich will.«

»Und was willst du?«

»Mit dir zusammen sein.«

Isabella strahlte. »Ist das die Wahrheit, oder hast du nur Schuldgefühle wegen gestern?«

Jetzt strahlte auch Marco. »Es wird nicht leicht sein, wir müssen uns was einfallen lassen, einer von uns beiden muss wohl umziehen.«

Es folgte ein kurzes Schweigen.

Völlig aus dem Häuschen, fuhr Marco fort: »Oder wir suchen uns einen neuen Wohnort.«

Isabella zögerte, sah ihn verwirrt an.

»Warum guckst du mich so verdattert an? War es nicht das, was du wolltest?«

»Ich gucke so verdattert, weil du nicht du selbst scheinst, geht's dir gut?«

»Mir geht's bestens, ich hab mich in meinem Leben noch nie so gut gefühlt. Ich könnte auf der Stelle losfahren, wohin du willst.«

»Nur die Ruhe, eins nach dem anderen«, sagte sie lächelnd.

»Jetzt kriegst du es wohl mit der Angst.«

»Nein, ich habe keine Angst. Aber du, du wirkst so erregt und siehst völlig fertig aus. Hast du nicht geschlafen?«

»Nicht sehr viel, ich war die ganze Nacht wach und habe endlich begriffen, was du mir damals in London sagen wolltest, als ich dich versetzt habe. Ich habe nachgerechnet.«

»Wie jetzt? Ich verstehe überhaupt nichts mehr.«

Schlagartig war die Freude aus Isabellas Gesicht verschwunden.

»Was redest du da, Marco, geht's dir vielleicht nicht gut?«

»Ich weiß, es ist nicht leicht, und wenn du meinst, für das Kind sei es vielleicht schon zu spät, kann ich das verstehen, aber das können wir uns immer noch überlegen, wenn sie größer ist.«

Ungläubig und mit wachsendem Entsetzen sah Isabella ihn an. »Willst du damit sagen, dass du mit mir zusammen sein willst, weil du glaubst, dass Mathilde deine Tochter ist?«

Marco antwortete nicht, es entstand eine Pause.

»Du bist wirklich ein Idiot. Wenn du glaubst, dass ich einen Mann will, der bloß aus Pflichtgefühl bei mir bleibt, dann hast du wirklich überhaupt nichts begriffen.« Und eine Sekunde später: »Ich glaube, du gehst jetzt besser.«

Marco kam sich lächerlich vor.

»Manchmal habe ich den Eindruck, dass ich vor lauter Liebe blind bin und in dir einen Mann sehe, der gar nicht existiert, und dass ich dich in Wahrheit von Anfang an überschätzt habe. Ich gehe jetzt nach oben und hole meine Tochter, und wenn ich zurückkomme, möchte ich dich hier nicht mehr sehen. Du kannst mich mal.«

Isabella wandte sich um, doch bevor sie die Tür hinter sich zumachte, warf sie ihm noch einen letzten vernichtenden Blick zu. »Glaubst du wirklich, ich hätte so etwas all die Jahre für mich behalten können? Mathilde und ihr Vater gleichen sich wie ein Ei dem anderen ... und du bist ein Armleuchter. Und jetzt hau ab.«

Die Tür ging zu. Marco blieb allein auf dem Bürgersteig zurück und begriff schlagartig, was für einen grenzenlosen Schwachsinn er sich da ausgedacht hatte. Und mit diesem Schwachsinn hatte er Isabella ein für alle Mal verloren.

Eine zweite Chance

Marco saß in seinem Zimmer und sah sich die Cover seiner Schallplatten an. Sie sahen aus wie Gemälde: die Gesichter der Rolling Stones in Großaufnahme auf *Out of Our Heads*, die Großaufnahme von Bruce Springsteen auf *The River*, das Hippiefoto von Carole King auf *Tapestry*, die kniende Carly Simon im Unterrock und mit schwarzen Stiefeln auf *Playing Possum*, deren Anblick ihn als Junge so oft aufgegeilt hatte.

Er liebte Sam Cooke auf dem Cover von *Night Beat*, Marvin Gaye mit den roten Kopfhörern auf *Let's Get It On* und die Resonatorgitarre vor blauem Himmel auf *Brothers in Arms* von den Dire Straits.

Jetzt, da er wieder einmal die alten Platten abspielte, war er wie jedes Mal erstaunt, wie gut der Klang war. Wärmer und präziser. Da fiel ihm wieder ein, wie ein alter nostalgischer Rockfan einmal in London zu ihm gesagt hatte, die jungen Leute von heute seien doch arme Schweine: Sie essen schlecht, bumsen schlecht, konsumieren schlechte Drogen und hören Scheißmusik, und die auch noch schlecht, vom iPhone.

Er nahm sich vor, noch mehr Platten mit nach London zu nehmen, wo er eine Stereoanlage mit Röhrenverstärker und Holzboxen aus den siebziger Jahren hatte.

Mit der Zigarette im Mund saß er auf dem Boden und warf ab und zu den Kopf in den Nacken, damit ihm der Rauch nicht in die Augen stieg.

Er zog eine Platte aus der Hülle, dann aus dem Papierschutz und legte sie auf den Plattenspieler, dann setzte er die Nadel beim zweiten Stück auf. Nach ein paar Sekunden und einem Knistern erklang *Castles Made of Sand* von Jimi Hendrix.

Er hatte immer noch Isabellas letzten Blick vor Augen und konnte es immer noch nicht fassen, was er sich da ausgedacht hatte. In seinem ganzen Leben war er sich noch nie so blöd vorgekommen. Wie war er nur auf die Idee gekommen, dass sie ein solches Geheimnis für sich behalten könnte?

Als er ein Geräusch hörte, stellte er die Musik leiser.

»Marco … Marco.«

Das war sein Vater. Wenn man ihm nicht sofort antwortete, hörte er nicht auf zu rufen. »Ich komme.«

Er stellte den Plattenspieler ab und ging zu ihm.

»Was ist los? Stört dich die Musik?«

»Welche Musik? Hilf mir hoch.«

»Gut, warte einen Augenblick.«

Er rückte den Nachttisch zur Seite, weil er den Vater lieber von hinten, vom Kopfende her, unterfasste. Das war bequemer.

»Papa, ich zähle jetzt bis drei, und bei drei stützt du dich mit dem gesunden Fuß ab, wenn du mir hilfst, geht es leichter.«

»Ist gut.«

In dieser Phase der Krankheit gehorchte er wie ein Kind.

Noch während Marco ihm hochhalf, kam Andrea nach Hause.

»Was habt ihr vor?«

»Ich bin gerade dabei, ihn hochzuziehen.«

»Aber er will doch nicht, dass man ihm hilft, sonst will er das immer alleine machen.«

»Doch, er will Hilfe, er hat mich extra hergerufen.«

»Wieso das denn? Zu mir sagt er immer, er will keine Hilfe.«

Andrea wurde nervös, ging in die Küche und machte den Kühlschrank auf, um den Einkauf zu verstauen. Wieso schaffte es der Alte immer wieder, ihn so zu verletzen?

Während er den Einkauf wegräumte, dachte Andrea, wie ungerecht der Vater doch war, erst lehnte er jede Hilfe ab, aber dann, wenn etwas schiefging, durfte er, Andrea, alles wieder ausbügeln und sich um den Schaden kümmern, der dann meist kaum noch zu beheben war.

Trotzdem mache ich ihm nie einen Vorwurf, ich wünschte nur, er würde einmal »Danke« sagen und anerkennen, was ich alles für ihn tue.

Ihr Verhältnis war seit je angespannt, denn irgendetwas an ihm passte dem Vater nicht, da war Andrea sich sicher.

Irgendetwas an mir macht ihn nervös. Dabei habe ich immer alles so gemacht, wie er es wollte. Aber vielleicht geht es nicht darum, was ich mache, sondern darum, wie ich bin.

Das war es, was ihn empörte, diese maßlose Ungerechtigkeit. Stets hatte er sich nach den Wünschen des Vaters gerichtet, hatte, als er heiratete, eine Wohnung im selben Viertel gekauft, um in seiner Nähe zu bleiben. Sein Leben lang war der Vater für ihn das Maß aller Dinge gewesen. Er war Ingenieur geworden wie sein Vater, hatte auf seine akademischen Ambitionen verzichtet und einen eher praktischen Beruf ergriffen, der ihm eigentlich nicht sonderlich lag. Je älter er wurde, desto mehr erhoffte er sich, eines schönen Tages vom Vater verstanden, geliebt und anerkannt zu werden. Mehr als alles andere wünschte er sich ein enges Verhältnis zu ihm, doch eigentlich wusste er gar nicht, was der Vater wirklich von ihm hielt, was er in seinem Herzen bewegte. Hinter der vordergründigen Freundlichkeit spürte er ein starkes Ressentiment, konnte sich aber nicht erklären, woher diese Ablehnung kam.

Er wusste nur, dass sich alles verändert hatte, als sein Bruder geboren wurde. Damals war er drei. Plötzlich war er kein Einzelkind mehr und kam nicht mehr in den Genuss der ungeteilten Aufmerksamkeit. Auf einmal war er der Große und sein Bruder das Kind. Wenn sie müde waren und nicht mehr laufen konnten, nahm die Mutter immer Marco auf den Arm: »Du bist ja schon groß.«

Einmal hatte sich Andrea auf einem Sonntagsausflug in den Bergen den Knöchel verstaucht. Da war er sieben. Damals hatte ihn der Vater huckepack genommen und den ganzen Weg getragen. Dieses Erlebnis hatte sich ihm tief eingeprägt. Am liebsten hätte er sich jeden Sonntag den Knöchel verstaucht.

Sobald er etwas falsch machte, hieß es sofort: »Ein schönes Vorbild, das du deinem Bruder gibst.«

Immer sollte er vernünftig sein, durfte nie quengeln, nie weinen, nichts falsch machen, musste sich immer anständig benehmen und mit gutem Beispiel vorangehen. Eine ziemliche Überforderung, zu viel verlangt von einem Kind.

An eine Episode aus der Kindheit musste Andrea besonders oft denken. Eines Tages sollte er mit seinem Bruder allein zur Schule gehen, ohne die Mutter. Es war nur ein kurzes Stück, zum Glück immer geradeaus, auf einem breiten Bürgersteig, bis auf ein paar Meter hinter der Eisdiele Floris, wo der Bürgersteig schmaler wurde. Dazu hatte er von der Mutter die Anweisung bekommen: »Wenn ihr an diese Stelle kommt, gehst du an der Straßenseite und dein Bruder an der Häuserwand.«

Von da an hatte er keinen Zweifel mehr: Seine Mutter liebte Marco mehr als ihn. Wenn es nach ihr ging, konnte er ruhig unters Auto kommen und sterben. Trotzdem strengte er sich an, denn er wollte es wie immer allen recht machen.

Jetzt beneidete er Marco um die Zeit, die dieser mit dem Vater verbrachte. Häufig rief er von der Arbeit aus an, fragte, wie es dem Vater ging und ob sie etwas brauchten. Er wollte stärker teilhaben, das war der eigentliche Grund der Anrufe. Eigentlich wäre Andrea viel lieber zu Hause geblieben, um die Windeln zu wechseln, als ins Büro zu gehen.

Als Marco mit dem Vater fertig war, ging er in die Küche. »Bist du sauer?«

»Nein. Hast du Hunger?«

»Nicht besonders. Soll ich dir vielleicht was kochen?«

»Nein, ich habe auch keinen großen Hunger, ich mache mir nur schnell einen Salat.«

Marco setzte sich an den Tisch und schwieg, während Andrea ihm den Rücken zukehrte, Tomaten und Basilikum kleinschnitt und sie mit Öl, Kapern und Oregano anmachte.

»Hör mal, Andrea, einem alten Mann, der nicht einmal mehr weiß, wo er ist, kannst du keine Vorwürfe machen.«

»Ich weiß.«

Marco machte mit dem Feuerzeug ein Bier auf, Andrea fing an zu essen.

»Es ist nicht allein die Tatsache, dass er sich von mir nicht helfen lassen will. Es ist die ganze Situation, die mir zu schaffen macht, ich komme mir so hilflos vor. Ich weiß einfach nicht, was ich tun soll.«

»Da gibt's nicht viel zu tun.«

»Wahrscheinlich macht mich gerade das nervös, ich weiß nicht, wie ich mich nützlich machen kann.«

»Ich glaube, wir können nichts anderes tun, als für ihn da sein, solange er noch klar im Kopf ist.« Marco trank einen Schluck und fuhr fort: »Papa versinkt unaufhaltsam in einem mächtigen Strudel, der alles mit sich reißt und auch uns erfasst, wenn wir nicht aufpassen. Es ist, als würde er von der Strömung eines Flusses fortgetragen, und wir müssen tatenlos zusehen, können nicht einmal die Hand ausstrecken, um ihn aus den Fluten zu retten. Deshalb fühlen wir uns auch so hilflos und schuldig. Wir können nichts anderes tun als bei ihm bleiben, damit er uns sieht, während er immer weiter abgetrieben wird. Er soll wissen, dass wir da sind und er nicht mutterseelenallein sterben muss. Ich glaube, es gibt nichts Schlimmeres, als einsam zu sterben.«

Bei diesen Worten sah Andrea seinem Bruder in die Augen, schweigend blickten sie sich an, spürten beide die Rührung des anderen.

»Es ist schrecklich, so etwas zu sagen, aber wir müssen

uns ein Limit setzen, uns überlegen, wie weit wir gehen wollen. Es hilft niemandem, wenn wir unser eigenes Leben aufgeben.«

Als Andrea seinen Salat aufgegessen hatte, machten sie sich an den Abwasch, wie sie es als Kinder so oft getan - hatten. Andrea spülte, Marco trocknete ab. Andrea wusch lieber ab, er sah gern zu, wie die Schmutzränder verschwanden, wie das Wasser über die weißen Teller rann und die letzten Schaumreste wegschwemmte. Marco hingegen trocknete lieber ab. Mit dem Trockentuch auf der Schulter wartete er geduldig auf die sauberen Teller, ließ sie kreisen wie das Lenkrad eines Autos, stapelte sie dann säuberlich übereinander und lauschte dem leisen Klacken, wenn sie sich berührten.

»Zu Irene habe ich gesagt, dass ich dieses Wochenende mit dir verbringe«, sagte Andrea plötzlich.

»Und mit wem verbringst du es tatsächlich?«

»Mit einer anderen.«

»Einer anderen Frau? Du erstaunst mich, bist wohl auf den Geschmack gekommen.«

Andrea lächelte gequält.

Nach kurzem Nachdenken sagte Marco: »Mach keinen Scheiß.«

»Wie meinst du das?«

»Ich weiß Bescheid. Sag mir, dass das nicht wahr ist.«

»Falls du Daniela meinst, hast du recht.«

»Das ist doch bescheuert.« Schweigend reichte Andrea ihm ein Glas, Marco stopfte das Trockentuch hinein und fuhr fort: »Das war ihre Idee, stimmt's?«

»Ja und? Was ist daran so schlimm?«

»Mach das nicht, du warst schon auf einem so guten Weg.«

»Menschen machen Fehler, Marco, und manchmal merken sie es sogar. Deshalb ist es richtig, sich eine zweite Chance zu geben.«

»Wieso siehst du nicht, was sie vorhat?«

»Was verstehst du denn davon? Was weißt du schon von einer festen Beziehung oder gar einer Ehe?«

»Genug, um zu wissen, dass du einen schweren Fehler machst. Glaubst du etwa, du könntest einfach vergessen, was sie dir angetan hat?«

»Nein, nicht vergessen, Betrug vergisst man nicht, man verzeiht ihn. Und ich habe ihr verziehen. Und überhaupt, ich will dir ja nicht zu nahe treten, aber du bist wohl kaum der Richtige, um solche Ratschläge zu geben. Ich will nicht so enden wie du.«

Marco stellte den letzten Teller auf die Anrichte und hängte das Trockentuch auf. »Lassen wir es gut sein, ich gehe jetzt Zigaretten kaufen.«

Beim Rausgehen knallte er die Tür zu.

Andrea blieb in der Küche und räumte die Sachen weg. Er bereute, was er zu seinem Bruder gesagt hatte. Er stellte die Teller in den Schrank und ging dann nach nebenan, um nach seinem Vater zu sehen. Der lag auf dem Rücken, den Kopf ein wenig zur Seite geneigt, und schlief bei laufendem Fernseher. Dieser Anblick erinnerte Andrea unwillkürlich an den toten Christus von Mantegna. Der einzige Unterschied war, dass sein Vater noch die Fernbedienung in der Hand hatte. Das war die letzte Form von Macht, die ihm geblieben war.

Andrea schaltete den Ton ab und setzte sich ans Bett. Im stillen Halbdunkel starrte er ihn an.

Er spürte den Impuls, die Hand auf seine zu legen, aber er tat es nicht. Vielleicht war dieser Anblick ein Vorgeschmack auf seine eigene Zukunft: Eines Tages würde er vielleicht selbst in einem Bett liegen und auf den Tod warten. Er versuchte sich vorzustellen, wer ihm dann zur Seite stehen würde, fragte sich, ob er jemals Kinder haben würde, die ihm dann die Hand hielten. Er bedauerte, dass er es nicht rechtzeitig geschafft hatte, seinem Vater Enkel zu schenken und den Enkeln einen Großvater. Falls er je Kinder haben sollte, wäre ihr Großvater für sie nur ein Name, eine Figur, die sie nur aus Erzählungen kannten.

Wie er so dem Vater beim Schlafen zusah, merkte er, dass auch er todmüde war. Nicht nur wegen des anstrengenden Tages, womöglich schleppte er eine viel tiefere, viel ältere Müdigkeit mit sich. Er stand auf, um die Rollos herunterzulassen. Als er sich zu seinem Vater umwandte, sah er, wie sich die Dunkelheit auf seinen Körper legte. *Gut so,* sagte er sich flüsternd.

Da öffnete der Vater die Augen.

»Ich bin's, Papa, Andrea, schlaf weiter.«

Die Augen schlossen sich wieder.

Andrea fiel es unendlich schwer, sich vorzustellen, dass es mit seinem Vater zu Ende ging, dass dies vielleicht die letzten Monate waren, in denen er bei ihm sein und mit ihm reden konnte. Andrea kamen die Tränen, weil der Vater so aussah wie die Mutter kurz vor ihrem Tod. Er strahlte eine unerklärliche Schönheit aus, von der man nicht weiß, woher sie kommt. Dennoch, sie ist da, man kann sie sehen und spüren. Obwohl der Körper immer weniger wird und sich langsam dem Verfall anheimgibt, erstrahlt er in einem eigenartigen Licht, einem besonderen Glanz. Und es wird still, die Welt verstummt, wenn man sich zu einem Todkranken ans Bett setzt. Es wirkt alles so zart und grauenvoll zugleich.

Beim Anblick des Vaters hatte Andrea wieder das Bild seiner Mutter vor Augen, wie er sie zuletzt gesehen hatte, mit gefalteten Händen, als das Leben schon aus ihr gewichen war. In dieser wenn auch traurigen Vorstellung war sie wunderschön. Es war nicht dieselbe Schönheit wie zu der Zeit, als sie noch durch die Wohnung ging, als sie noch voller Lebenshunger war, als sie noch unter ihnen weilte, es war eine andere Schönheit. Im Tod sah sie makellos aus, unbeschwert, endlich von allen Qualen befreit.

Andrea ließ den Blick über den Vater gleiten, prägte sich jedes noch so kleine Detail ein. Als er zu den Händen gelangte, kam es ihm so vor, als sehe er sie zum ersten Mal. Auch wenn er ihm die Fingernägel schnitt, hatte er nie das Gefühl, diese Hände zu kennen, sie waren ihm fremd: die Finger, die Nägel, die Nagelhaut. Er prägte sich die Flecken auf der Stirn ein, die langen buschigen Augenbrauen. Die Zehen, die mit der Zeit immer krummer geworden waren, mit harten, brüchigen Nägeln.

Plötzlich überkam ihn eine tiefe Traurigkeit, und er fragte sich: *Und das soll alles sein, was von einem Leben bleibt? Zwei Kinder, keine Frau mehr, keine Enkel. Eine leere, zu groß gewordene Wohnung, ein Nachname auf dem Klingelschild, eine fällige Rundfunk- und Fernsehgebühr, ein Kühlschrank, der gefüllt und geleert wird.*

Was macht einen Menschen aus? Die Art, wie er geht, wie er sich bewegt, wie er über Pfützen springt. Wie er redet, was er sagt und was er nicht sagt. Wie er zuhört, was er denkt. Die Art, wie er lacht, wie er sich aufregt. Wie er liebt, wie er küsst, wie er umarmt. Wie er schwitzt.

Ein Mensch besteht aus seinem Geruch, seinem Duft, daraus, wie er Auto oder Fahrrad fährt, aus der Miene, die er aufsetzt, wenn er mit einem Blumenstrauß in der Hand unterwegs ist. Daraus, wie er sich im Spiegel betrachtet, wenn er allein im Aufzug steht. Wie er den Kopf zurückwirft, wenn er in Lachen ausbricht, wie er sich weinend nach vorne beugt, wenn ihm der Bauch weh tut. Ein Mensch ist, was er ist, was bleibt und was verschwindet. Und eine Menge andere Dinge, die seine Welt ausmachen, ihn auf Trab halten und eines Tages mit einem Klick nicht mehr da sind. Und wenn er gut war, hat er irgendetwas, ein winziges Stück von sich selbst an die weitergegeben, die bleiben.

Seit der Vater diese Krankheit hatte, gab es Augenblicke, wo man den Eindruck bekam, er könne vielleicht offen auf Fragen antworten, die man ihm nie zu stellen gewagt hatte. Er konnte sich nicht wehren, hatte keine Schutzmechanismen.

Andrea hatte Skrupel, hielt das für eine Art Diebstahl, aber vielleicht war es ja die letzte Chance.

»Papa, hast du mich lieb? Hey, Papa, hast du mich lieb? Ich hab dich lieb. Bin ich dir ein guter Sohn gewesen? Hab ich deine Wünsche erfüllt, Papa? Oder habe ich dich enttäuscht? Sag mir die Wahrheit, denn oft habe ich mich gefühlt, als würde ich für dich gar nicht existieren. Ist es, weil ich in meinem Leben nicht sehr viel zustande gebracht habe? Ist es deshalb?«

Dann schwieg er kurz, als würde er auf eine Antwort warten.

»Ich verstehe einfach nicht, warum wir nie richtig miteinander reden konnten. Du kannst dir nicht vorstellen, wie viel ich darum gegeben hätte, dein Freund zu sein, etwas mit dir zusammen zu unternehmen, mit dir zu reden. Und du kannst dir auch nicht vorstellen, wie oft ich im Geiste mit dir gestritten habe. Immer wenn ich mich mit Marco, einem Kollegen oder auch einem Unbekannten im Straßenverkehr angelegt habe, habe ich in Wahrheit mit dir gestritten. Wie oft habe ich mich nach einem zustimmenden Blick, einem Schulterklopfen, einem aufmunternden Wort, einem Kompliment oder einer Umarmung von dir gesehnt, aber nichts von alledem ist je gekommen. Vor ein paar Tagen habe ich mich ins Auto gesetzt, an einer einsamen Stelle geparkt und zu weinen versucht. Aber nichts, nicht eine einzige Träne.«

Dann schloss Andrea die Augen und weinte stumm. Am liebsten hätte er von seinem Vater gehört, wie dankbar er ihm sei und dass Eltern sich keinen besseren Sohn wünschen könnten.

Dann stand er auf, ging aus dem Raum und ließ die Tür angelehnt. Im Flur prallte ihm sein Spiegelbild entgegen. Er blieb stehen, um genauer hinzusehen. Das war nicht sein Gesicht, aus dem Spiegel sah ihm ein ganz anderer Mann entgegen.

Er sah sich in die geröteten Augen, dann kontrollierte er die Falten, die Zähne, die Haare, die Ohren, den Hals. Er sah sich prüfend an, musterte sich so eingehend, wie er es seit neuestem mit dem Vater tat. Als er auf seine Hände sah, kam es ihm vor, als wären sie schlagartig gealtert, so wie der ganze Rest.

Er starrte wieder in den Spiegel, sah seinem Spiegelbild gerade in die Augen, es sagte ihm nichts: Der Fremde im Spiegel war ihm noch rätselhafter als sein Vater.

Unsere Familie

Als er in die Wohnung zurückkam, wurde Marco von einem Gestank empfangen, der ihm neuerdings vertraut war. Andrea war gerade dabei, den Vater sauber zu machen.

»Ein Glück, dass du gerade jetzt kommst, da kannst du mir gleich helfen, das Bett neu zu beziehen.«

Marco trat näher. »Ist das wirklich alles von ihm, oder hast du ihm ein bisschen geholfen?«

Andrea sah ihn an, ohne zu lachen.

»Hatte er denn keine Windel an?«

»Doch, aber offenbar hat das nicht viel genützt, der halbe Rücken ist vollgeschmiert, es ist mir ein Rätsel, wie er das macht.«

»Papa, warum hast du nicht Bescheid gesagt? Die Scheiße reicht bis zu den Ohren.«

Der Vater kicherte wie ein Kind.

Marco zog sich Handschuhe über und half seinem Bruder.

Zwanzig Minuten später lag der Vater frisch duftend im Bett und schlief.

Andrea war gerade dabei, die schmutzige Bettwäsche in der Badewanne einzuweichen, bevor er sie in die Waschmaschine tat.

»Hör mal, dieses Wochenende kümmere ich mich um Papa, aber dann kann ich nicht mehr lange bleiben. Ich muss zurück nach London und mich um das Restaurant kümmern.«

»Kein Problem. Wenn du wegmusst, kannst du jederzeit gehen.«

»Ich weiß, aber alleine schaffst du das hier nicht.«

»Sonia ist ja auch noch da.«

»Ja, das stimmt, aber ohne meine Hilfe schafft sie das nicht.«

»Dann engagiere ich eben noch jemand.«

Marco suchte den Blick seines Bruders. »Siehst du nicht, dass das nicht ausreicht? Wenn ich jetzt nicht zufällig gekommen wäre, wie hättest du dann das Bett bezogen? Und selbst wenn wir jemanden fest einstellen, der hier schläft – im Notfall braucht es zwei Leute. Hör endlich auf, so zu tun, als wäre das kein Problem, Papa muss in eine Pflegeeinrichtung, das ist die einzige Lösung.«

Andrea wandte sich ab und ließ Wasser in die Wanne laufen, um die Laken durchzuspülen. Mit dem Rücken zu seinem Bruder sagte er: »Papa hat immer gesagt, dass er zu Hause sterben will, genau wie Mama, im Kreise der Familie. Deshalb will ich nicht, dass er ins Heim kommt, in die Obhut von Fremden, für die er nur ein alter Mann ist. Das kann ich ihm nicht antun. Ein Platz im Pflegeheim ist was für Menschen, die keine Kinder haben.«

»Hör auf, Andrea, das machst du doch nicht für ihn, sondern für dich. Aber es geht hier nicht um dich, sondern um ihn. Mach den Weg frei, Andrea, mach den Weg frei, und lass ihn gehen.«

Es trat Stille ein.

»Pass auf, wir machen es so, du fährst zurück nach London, und ich regle das hier, ich finde schon eine Lösung.«

»Ich, ich, ich. Hör endlich auf, so zu reden, als wärst du ein Einzelkind.«

Marco verließ das Bad und ging in sein Zimmer, um seine Tasche zu packen.

Andrea stellte die Waschmaschine an und kam ebenfalls ins Zimmer.

»Hör mal, vielleicht habe ich mich nicht richtig ausgedrückt, oder du hast mich falsch verstanden, ich will das doch nicht alleine entscheiden. Ich hab's doch nur gut gemeint und wollte dir diese nervige Sache abnehmen.«

Marco hörte auf, das T-Shirt zu falten, wandte sich seinem Bruder zu, sah ihm in die Augen und platzte heraus: »Du kannst mich mal, Andrea, du und deine guten Manieren, dein Mitgefühl, deine beschissene Pseudogüte.«

»Bist du betrunken? Ich komme zu dir, um mich zu entschuldigen, und du machst mich derart fertig? Du bist ja nicht normal, werd endlich erwachsen.«

»Hör endlich auf, deine beschissene Erpressung als gutes Benehmen zu verkaufen.«

»Erpressung? Spinnst du? Ich versuche, verantwortlich zu handeln, aus Altruismus, es liegt mir etwas an anderen. Das ist das Gegenteil von deinem Egoismus, das Gegenteil von dir, der du immer nur an dich selbst denkst.«

»Wenn ich wirklich so egoistisch wäre, wie du sagst, wäre ich jetzt gar nicht hier.«

»Danke für die Ehre deiner Anwesenheit«, sagte Andrea sarkastisch.

»Ach, leck mich, warum fährst du nicht sofort in dein romantisches Wochenende?«

Andrea sah seinen Bruder an. Er spürte, wie eine Stinkwut in ihm aufstieg. »Du bist ein Arsch. In meinem ganzen Leben habe ich noch keinen größeren Egoisten getroffen als dich. Für dich zählt nur, was du willst, alle anderen müssen sich anpassen oder dich in Frieden lassen. Die anderen sind dir scheißegal, so warst du schon immer, und du hast dich kein bisschen verändert. Selbst dein kranker Vater ist dir scheißegal.«

»Jetzt mach mal halblang, Andrea.«

»Wo warst du denn, als Mama krank war? Wo warst du nach ihrem Tod? Wo warst du, als Papa dich gebraucht hätte, als diese Familie dich gebraucht hätte?«

Mit einer derart scharfen Attacke hatte Marco nicht gerechnet, dieses aggressive Auftreten verletzte ihn. Deshalb machte er eine kurze Pause, bevor er weitersprach, und sagte dann mit ruhigerer Stimme: »Andrea, meinst du wirklich, du machst alles nur aus reiner Nächstenliebe? Ist dir noch nie der Verdacht gekommen, dass deine ganze Großzügigkeit nur ein Mittel ist, um sich bei den anderen anzubiedern, in der Hoffnung, geliebt zu werden? Bist du es immer noch nicht leid, dich selbst zu belügen?«

Andrea antwortete nicht, er fand nicht die richtigen Worte, um zurückzuschlagen.

»In Wahrheit bist du ein Feigling«, fuhr Marco fort. »Du benutzt die Probleme und Bedürfnisse der anderen, um dich nicht mit dir selbst beschäftigen zu müssen, weil du Angst davor hast herauszufinden, wer du eigentlich bist, du hast Angst davor, dass du womöglich gar kein so guter

Mensch bist, wie du glaubst. Den anderen zu helfen ist edel und die beste Art, die Wahrheit zu verschleiern. Du lässt dich nur auf Menschen ein, die in Not sind. Du möchtest gefallen, bewundert werden. Abhängigkeiten schaffen. Denk nur mal daran, wie du aufgeblüht bist, als es Papa plötzlich schlechtging. Es erregt dich, wenn andere Hilfe brauchen und du etwas für sie tun kannst. Wie jetzt Daniela. Kaum taucht sie wieder auf und sagt, dass sie dich braucht, rennst du zu ihr wie ein Idiot.«

»Daniela braucht mich nicht, sie ist nur zu mir zurückgekommen, weil sie mich immer noch liebt, du bist doch bloß neidisch, deshalb bist du so sauer auf mich.«

»Was redest du denn da? Wenn hier einer sauer ist, dann bist du das.«

»Wie bitte, weshalb denn? Aus welchem Grund sollte ich dich wohl beneiden? Weil du mit einer Menge Frauen schläfst?«

»Du bist sauer auf mich, weil du bei mir immer abgeblitzt bist, denn auf deine Hilfe habe ich, selbst wenn ich sie gebraucht hätte, dankend verzichtet. Bei mir hattest du keine Chance, den guten Samariter zu spielen, und das hat dich immer frustriert. Ich habe im Leben eine Menge Fehler gemacht und mache sie immer noch, aber ich stehe wenigstens dazu. Aber du, du fühlst dich haushoch überlegen und führst dich auf wie ein selbstgerechtes Arschloch, weil du glaubst, du wärst besser als alle anderen.«

»So ein Stuss, das sagst du nur, um dein Verhalten zu rechtfertigen.«

»Was, bitte schön, gibt's denn da zu rechtfertigen? Dass ich mein eigenes Leben lebe, vielleicht? Soll ich mich etwa schuldig fühlen, weil ich keine Lust habe, hier zu verrotten wie du, in der Hoffnung, dass mein Vater mir sagt, wie stolz er auf mich ist?«

»Immer noch besser, als dauernd abzuhauen wie du. Du willst ihn in ein Heim abschieben, um dir das Problem vom Hals zu schaffen, dann ist er weg, und du kannst dein altes Leben wieder aufnehmen, so wie du es bei Mama gemacht hast.«

»Fängst du schon wieder von Mama an? Das ist schon das zweite Mal. Ich warne dich, pass auf, was du sagst.«

»Natürlich, was denn sonst, weil du jetzt wieder genau dasselbe machst wie damals bei Mama. Papa ist dir scheiß-egal, und du willst die Sache möglichst schnell abhaken.«

»Arschloch. Als Mama starb, war ich sechzehn, was weißt du denn schon, wie ich mich damals gefühlt habe? Glaubst du etwa, du hättest mehr gelitten als ich? Willst du dafür etwa eine Rangfolge aufstellen? Du solltest mehr Respekt für den Schmerz der anderen aufbringen, auch wenn er anders ist als deiner und du ihn nicht verstehst.«

»Ich habe nie verstanden, was dein Problem ist, warum du an einem bestimmten Punkt immer abhauen musst.«

Marco wurde puterrot im Gesicht und hätte seinen Bruder am liebsten an die Wand genagelt.

»Willst du wirklich wissen, was mein Problem ist? Du bist mein Problem. Jeden Tag deine blöde Fresse vor Augen, dein Oberlehrergehabe, dein dauerndes Opferlammgetue, deine Arroganz. Du bist mein Problem, Andrea, lieber wäre ich ein Einzelkind gewesen, als so einen Scheißbruder wie dich zu haben.« Mit diesen Worten ging er zur Tür, drehte sich aber vorher noch einmal um: »Willst du, dass ich einmal im Leben den Überheblichen spiele? Es stimmt, Daniela liebt einen Mann, aber der Mann bist nicht du. Wenn du willst, sage ich dir, wie es gelaufen ist: Bevor sie dich geheiratet hat, war sie mit einem Mann zusammen, den sie mehr geliebt hat als dich, den sie aber nicht halten konnte, obwohl sie es unbedingt wollte. Dann bist du gekommen, hast sie aufs Podest gestellt und ihr das Gefühl gegeben, eine tolle Frau zu sein. Doch als sie dann den Lover hatte, warst du plötzlich abgemeldet, weil sie meinte, sie sei zu gut für dich. Garantiert hat der Typ, als er erfuhr, dass sie dich verlassen hat, noch ein paarmal mit ihr gevögelt, sie dann aber mit einem Tritt in den Hintern abserviert. Und jetzt bist du wieder dran, jetzt darfst du wieder den Verehrer spielen, damit sie sich gut fühlt. Ich fresse einen Besen, wenn es anders gelaufen ist. Du hast zwei Möglichkeiten: Entweder du hast Glück, und sie verlässt dich noch einmal wegen eines anderen, der besser bumst, oder du bist dazu verdonnert, dein Leben mit einer traurigen, frustrierten Frau an deiner Seite zu fristen.«

Zum ersten Mal in seinem Leben verspürte Andrea einen eigenartigen Impuls und versuchte ungeschickt, seinem Bruder eine Ohrfeige zu geben. Doch Marco wich aus und hielt ihn am Handgelenk fest.

Als sie sich ansahen, wurde ihnen klar, dass sie einen gefährlichen Punkt erreicht hatten: Wenn sie diese Schwelle überschritten, würde es kein Zurück mehr geben. Alles, was darüber hinausging, wäre unverzeihlich.

Marco lockerte den Griff, Andrea ließ die Hand sinken und trat zur Seite, um seinen Bruder durchzulassen.

Marco nahm die Zigaretten und verließ die Wohnung.

Ein neuer Tag

Ein neuer Tag!, dachte Marco, während er in der Küche saß. Es war noch keine sieben, und der Duft nach frischem Kaffee lag in der Luft.

Er schob den Stuhl zurück und schlug die Beine übereinander. Durch das offene Fenster kam der Frühling herein.

Sanft fiel das Morgenlicht auf die Gegenstände und schien sie zu verschieben, während es von einem zum anderen wanderte. In einem Sonnenstrahl sah Marco Staubkörnchen tanzen. Er hielt den Arm hinein, um die Wärme auf der Haut zu spüren. Alles war still und zart, gegenwärtig und zugleich weit weg.

Plötzlich kam Andrea herein. Seit ihrem Streit am Tag zuvor hatten sie nicht mehr miteinander gesprochen, und in dieser Stille machte sich überdeutlich das Unbehagen zweier Menschen bemerkbar, die sich am liebsten aus dem Weg gegangen wären, aufgrund der Situation aber notgedrungen miteinander auskommen mussten.

Marco stand auf, machte den Gasherd aus, goss die warme Milch in eine Tasse und ging damit zu seinem Vater. Andrea trank einen Espresso und ging zurück ins Zimmer, um seine Tasche für das Wochenende mit Daniela zu packen.

Er wollte sich noch von seinem Bruder verabschieden.

Vom Flur aus konnte er ein Stück vom Zimmer des Vaters einsehen. Durch den Türspalt beobachtete er, wie Marco dem Vater Milch und Kekse gab. Dieser Anblick verzauberte ihn so, dass er reglos im Dunkel des Flurs stehen blieb. Sein Vater hatte ein Lätzchen um den Hals. Dagegen hatte er sich lange mit Händen und Füßen gewehrt, doch seit Marco eines Tages herausgefunden hatte, dass man ihm das Lätzchen nur als Serviette verkaufen musste, war der Widerstand gebrochen.

Als Andrea ins Zimmer kam, sah Marco nicht auf, obwohl er ihn bemerkt hatte. »Ciao, ich gehe jetzt zur Arbeit, und von da aus fahre ich gleich in die Berge. Wenn was ist, ruf mich an.«

»Ist gut, ciao.«

»Ciao, Papa«, und er ging.

Mehr brachten sie an diesem Morgen nicht zustande, aber beiden tat der Vorfall schrecklich leid.

Im Büro befiel Andrea noch ein anderes Unbehagen: Er wusste nicht, wie er sich Irene gegenüber verhalten, was er ihr sagen sollte. Er wollte sie nicht verletzen, immerhin hatten sie eine schöne Zeit zusammen verbracht. Trotzdem wollte er es mit Daniela noch einmal versuchen. Ihre Beziehung war doch etwas vollkommen anderes, sie hatten eine lange gemeinsame Vergangenheit, mit ihr war er verheiratet. Außerdem hatte sich Andrea nie dazu durchringen können, sich das Scheitern seiner Ehe einzugestehen.

Dennoch hatte er irgendwie das Gefühl, Irene zu verraten, genauso wie er damals das Gefühl gehabt hatte, Daniela zu verraten. *Wie komisch das Leben doch ist,* sagte er sich.

Den ganzen Tag versuchte Andrea, Irene aus dem Weg zu gehen. Doch als er um fünf ging, hatte sie alles durchschaut und lächelte zu Abschied leicht gequält.

Daniela wartete vor dem Büro im Auto auf ihn. Andrea öffnete die Heckklappe, warf seine Tasche hinein und setzte sich neben sie.

»Wie geht's?«, fragte sie.

»Gut, entschuldige die Verspätung.« Und er gab ihr einen Kuss auf den Mund.

»Wie lange werden wir brauchen?«, fragte er, endlich voller Vorfreude.

»Wenn es keinen Stau gibt, sind wir in dreieinhalb Stunden da.«

Während der Fahrt redeten sie über alles Mögliche, nur nicht über sich und das, was in den letzten Monaten vorgefallen war.

»Wie geht's deinem Bruder?«

»Gut«, antwortete Andrea hastig.

»Durch die Krankheit eures Vaters seid ihr euch bestimmt nähergekommen.«

»Ja, bisweilen auch zu nah.«

Während der Fahrt gab es auch schweigsame Momente. Andrea sah aus dem Fenster. Als sie einen Lastwagen überholten, erblickte er sein Spiegelbild, da musste er plötzlich an die Worte seines Bruders denken. Er sah zu Daniela hinüber. »Darf ich dir eine Frage stellen? Danach werde ich das Thema nicht mehr anschneiden.«

»Natürlich.«

»Warum ist die Geschichte mit dem Typen, mit dem du dich eine Weile getroffen hast, in die Brüche gegangen?«

Ihr Gesicht verhärtete sich. »Weil mir klargeworden ist, dass ich Scheiße gebaut habe, deshalb habe ich Schluss gemacht.« Sie drehte den Kopf zur Seite, um sich nicht anmerken zu lassen, dass das eine Lüge war.

Marco fährt nach Hause

Marco war nach London zurückgekehrt. Adriano hatte angerufen und ihn gebeten, im Restaurant vorbeizuschauen, er habe dort eine Überraschung für ihn. Aber Marco wusste schon, was es war. Außerdem war er nicht in Feierlaune, und er hatte nicht die geringste Lust, im Restaurant vorbeizugehen. Aber vielleicht würde ihm ein bisschen Ablenkung guttun, nach den harten Tagen. Der Streit mit seinem Bruder und mit Isabella, der Zustand des Vaters, das viele Hin- und Herfahren hatten ihn erschöpft. Er war müde und im Grunde auch deprimiert. Er hatte sich verausgabt, alles gegeben, seine ganze Kraft eingesetzt, doch die ganze Anstrengung war vergeblich gewesen. Er kam nicht weiter, wie ein Auto im Leerlauf – er gab Gas, aber es ging nicht voran. Wie die Figur aus der griechischen Mythologie, von der sein Bruder ihm erzählt hatte, deren Namen er aber vergessen hatte.

Er schrieb an Adriano, dass es ihm nicht gutgehe und er lieber zu Hause bleibe.

An den folgenden Abenden ging er zwar zur Arbeit, war aber nicht so gut drauf, wie die anderen es von ihm gewohnt waren. Auch nach der Arbeit wollte er nichts mehr unternehmen und wimmelte alle ab: seine Freunde, ja sogar die Frauen, mit denen er sich sonst oft nach Feierabend traf. Er ging nach Hause, sah sich eine seiner Fernsehserien an, schlief sehr spät ein und wachte oft vor dem Morgengrauen schweißgebadet auf. Ein wahres Wechselbad zwischen Apathie am Tag und Stress in der Nacht. Eine Art Sodbrennen hinterließ einen bitteren Geschmack im Mund. Er fühlte sich schrecklich einsam, noch einsamer als in seiner ersten Zeit in London, als er gerade angekommen war und im Supermarkt nach italienischen Markenprodukten Ausschau hielt, um sich weniger verloren zu fühlen. Wenn er die vertrauten Lebensmittel wiedererkannte und die Dosen mit geschälten Tomaten oder die Spaghettipackungen anfasste, ging ihm das Herz auf.

Marco hatte nie vergessen, wie er sich an jenem ersten Abend in der Fremde gefühlt hatte, zum ersten Mal weit weg von seiner Familie, seinem Zimmer, seinen Schallplatten, von allem, was ihm Sicherheit gab. Er erinnerte sich noch gut, wie stressig es war, nicht zu wissen, was einem widerfahren würde. Damals ahnte er noch nichts von dem abenteuerlichen Leben, das ihn da erwartete, von den verrückten Bekanntschaften, die er machen würde. Als Erstes stellte er hocherfreut fest, dass London voller Menschen war, die aus aller Herren Länder, aus ganz unterschiedlichen Kulturen kamen und bereit waren, ihre Hoffnungen und Wünsche zu teilen. Zum ersten Mal seit Jahren war er nicht mehr das arme Schwein, dessen Mutter gestorben war. Keine Etiketten. Niemand fragte danach, welche Schule er besucht hatte oder was sein Vater von Beruf war. In den Augen der Menschen, mit denen er Umgang hatte, sah er nicht mehr das Abbild seines alten Ichs.

Bald musste er feststellen, dass er mit dem bisschen Englisch, das er gelernt hatte, nicht weit kam, denn auch wenn er bekannte Wörter hörte, verstand er sie nicht. Die Aussprache war vollkommen anders. Er fühlte sich einsam und hilflos, hatte aber trotzdem das Gefühl, vor ihm liege, wenn er sich nur genügend anstrengte, eine ungeahnte Freiheit. Die ersten Tage übernachtete er in einer Unterkunft, die von Ordensschwestern betrieben wurde. An der Treppe zum Eingang hing ein riesiger Gekreuzigter. Dass die Engländer denselben Christus hatten, wunderte ihn, da er doch immer irgendwie davon ausgegangen war, Jesus sei in erster Linie Italiener. Wenn er auf dem Weg zu seinem Zimmer an dem Kreuz vorbeikam, sagte er jeweils: »Du Glückspilz, du kannst sämtliche Sprachen.«

Jetzt wollte er niemanden sehen und blieb allein zu Hause, bis er zur Arbeit musste. Er kam sich wie eingesperrt vor. Abends konnte er nicht einschlafen, morgens hatte er keine Lust aufzustehen. Er lernte, wie endlos sich die Nächte hinziehen können, wenn man sich nicht wohl fühlt und irgendetwas schiefläuft. Die Dunkelheit schärft das Empfindungsvermögen, und wenn es einem schlechtgeht, sieht man sie schon mitten am Nachmittag hereinbrechen. Oft stand er nachts auf und begann, hilflos im Zimmer auf und ab zu gehen, ohne genau zu wissen, was er tun sollte. Draußen war es noch dunkel.

Das alles war neu für ihn, er hatte immer für etwas gekämpft und sich noch nie so antriebslos gefühlt. Nichts schien ihm der Mühe wert. »Leben ist Lebenswille«, hatte er einmal irgendwo gelesen, aber dieser Wille war ihm abhandengekommen.

Wie kann das sein?

Er war vom Weg abgekommen, hatte die Orientierung verloren. Den Sinn seiner Handlungen, das Ziel.

Eines Tages, als er sich mit einer Freundin unterhielt, fragte sie ihn: »Was, glaubst du, wirst du in zehn Jahren machen?« Er hatte keine Ahnung. Er wusste nur, dass es ihm schlechtging, aber nicht, warum. Er kannte den heftigen Schmerz und die ohnmächtige Wut, die er empfunden hatte, als seine Mutter starb, er kannte die Rührung, die er empfunden hatte, als sein Vater krank wurde, aber was er jetzt empfand, war ein heimtückischer, unbekannter, unterschwelliger Schmerz.

Der Schmerz um die Eltern ging tief, hatte aber einen unschätzbaren Vorteil: Er hatte einen Namen. Dieser neue Gegner hingegen war anonym, ließ sich nicht fassen. Er hatte keine Form, keinen Körper. Man wusste nicht einmal, wann er zuerst aufgetreten war. Irgendwann war er einfach da, war unbemerkt zu einem ins Bett gekrochen, so dass man ihn nicht mehr ignorieren konnte. Dieser gesichts- und namenlose Schmerz hatte ihn eingekreist. Es ist schwer, gegen einen Gegner anzutreten, über den man gar nichts weiß.

»Ich bin unglücklich«, sagte er sich eines Tages laut, als er zu Hause allein vor dem ausgeschalteten Fernseher auf dem Sofa saß.

Das diffuse Unbehagen brachte seine Illusion zum Platzen, alles laufe bestens und er habe alles im Griff. Etwas hatte ihn aus der Bahn geworfen, seine Lebensweise in Frage gestellt und die Haltlosigkeit seiner Ansichten entlarvt. Als Reaktion darauf griff er instinktiv nach dem Schrankkoffer, in dem er seine Masken aufbewahrte, musste jedoch zum ersten Mal feststellen, dass der Koffer leer war, alle Masken waren schon verbraucht. Im Koffer war nur noch ein Spiegel.

Sein Leben lang hatte er sich danach gesehnt, allein zu sein, ohne dass die anderen ihm auf die Nerven gingen, und jetzt, wo er das endlich geschafft hatte, ging es ihm schlecht.

Eines Morgens beim Rasieren fiel ihm wieder ein, wie er seinen Vater rasiert hatte. Als er nun sein eingeschäumtes Gesicht im Spiegel sah, meinte er einen Augenblick lang, darin die Gesichtszüge des Vater zu erkennen. Dann hörte er die Worte, die der Vater in jenem seltenen klaren Augenblick gesagt hatte: Er und sein Bruder gehörten zum Schönsten, was er vom Leben bekommen habe, er bereue nichts, würde alles wieder genauso machen, trotz aller Sorgen und Probleme.

Eines Abends ging Marco zu Fuß nach Hause, es war noch früh, und es fiel ein scheußlicher Nieselregen. Plötzlich fuhr Marco zusammen, ein ohrenbetäubender Knall zerriss die fast unwirkliche Stille. Dann Schreie, das Zuschlagen einer Autotür, und als er sich umdrehte, sah er - einen jungen Mann am Boden liegen, der von einem Auto angefahren worden war. Leute rannten herbei, Stimmen überschlugen sich: »*Oh my God, oh my God … Ambulance, call an ambulance.*« Anfänglich wahrte Marco Distanz, sah aus der Entfernung zu, ging dann aber doch näher heran. Er wollte das Gesicht des Verletzten sehen, eine törichte Neugier trieb ihn an.

Der Mann war blond, hellhäutig, er hatte die Augen halb geschlossen, aus seinem Mund tropfte Spucke, aus seiner Nase sickerte Blut. Um ihn herum standen ein paar Leute, die sich über ihn beugten. Ein kniender Mann stützte ihm den Kopf, eine junge Frau starrte ihn entsetzt an, schlug die Hand vor den Mund und weinte. Nach ein paar Minuten kam ein Krankenwagen und brachte ihn fort.

Dort, wo sein Kopf gelegen hatte, war jetzt ein großer Blutfleck. Das Blut war sehr dunkel, nicht rot, eher braun. Wie benommen ging Marco weiter. Unentwegt sah er das Bild des jungen Mannes vor sich, während er ziellos durch die Stadt lief, aber er empfand nichts, er war weder aufgewühlt noch traurig. Trotzdem wusste er irgendwann nicht mehr, wo er war, er hatte sich verlaufen.

Er blieb stehen, und da fiel sein Blick auf ein erleuchtetes Fenster auf der anderen Straßenseite. Dahinter saß eine Familie beim Abendessen, Vater, Mutter und zwei Jungen. Der kleinere goss sich gerade etwas zu trinken ein, wobei er auf dem Stuhl kniete und die Flasche mit beiden Händen umklammerte. Die Familie hatte sich gerade erst zu Tisch gesetzt, Schüsseln wurden herumgereicht, und jeder bediente sich. Ein Kind erzählte etwas, bestimmt eine Geschichte, und gestikulierte dabei wild mit Armen und Händen. Das Bild war so herzerwärmend, dass Marco am liebsten Mäuschen gespielt hätte. Irgendwann brachen der Vater und die Mutter in Lachen aus. Fasziniert beobachtete Marco diese kurze Szene, wurde ganz neidisch auf dieses glückliche Familienleben und wäre gern dabei gewesen, nicht anstelle des Vaters, sondern als eins der Kinder.

Ein unbekannter stechender Schmerz durchfuhr ihn. Sein Magen rebellierte, im Mund hatte er einen beißenden Geschmack. Der Schmerz kam aus dem tiefsten Inneren, von dort, wo jeder seiner Atemzüge seinen Ursprung hatte. Marco machte ein paar Schritte, doch schon kurz darauf musste er stehen bleiben, weil sein ganzer Körper streikte. Seine Beine zitterten, gaben nach, und er stürzte zu Boden. Er war zu Tode erschrocken.

»Was, verdammt noch mal, passiert mit mir?«, sagte er laut. *Was passiert mit mir, was passiert mit mir?* Er brach in Tränen aus, schluchzte so heftig, dass ihm der Rotz übers Kinn rann.

Er stand auf und verkroch sich hinter einem Baum, lehnte sich an den Stamm, wie beim Versteckspiel, wenn man mit geschlossenen Augen zählt, während die anderen sich verstecken.

Endlich schaffte er es, wieder einen Fuß vor den anderen zu setzen. Er wankte durch die fremden Straßen, bis er endlich das Licht einer U-Bahn-Station entdeckte. Zu Hause nahm er eine lange heiße Dusche. Für das, was geschehen war, hatte er keine Erklärung.

Als er am nächsten Tag nachmittags im Bett lag und an die Decke starrte, glaubte er, das treffende Wort dafür gefunden zu haben, wie er sich in letzter Zeit fühlte: verletzlich. Als wäre sein alter Schutzpanzer plötzlich zerbrochen.

Papa fehlt mir

Nach dem gemeinsamen Wochenende schmiedeten Andrea und Daniela neue Pläne, sie wollten die Wohnung behalten, wieder zusammenziehen und es noch einmal miteinander versuchen. Aber Andrea hatte damit so seine Probleme. Er konnte kaum glauben, dass Daniela nun doch noch zu ihm zurückkam, weil er diese Möglichkeit schon seit langem abgeschrieben hatte. Zudem war der Zeitpunkt ziemlich ungünstig, weil der Vater jetzt seine Hilfe brauchte. Andrea war in der Zwickmühle: Er wusste, dass jede Minute mit dem Vater kostbar war, aber er wusste auch, dass er sich mit Daniela nicht ewig Zeit lassen konnte. Die kleinste Unsicherheit, ein Stolpern, ein kurzes Zögern, konnte alles zunichtemachen. Das wollte er nicht riskieren.

Eine schwierige Entscheidung – vielleicht die wichtigste seines Lebens. Deshalb schlief er schlecht und wenig. Er fühlte sich hin- und hergerissen. Zwei Kräfte zerrten an ihm: Vergangenheit und Zukunft.

Daniela sagte er nichts davon, teilte ihr nur mit, er sei dabei, den Umzug zu organisieren, aber faktisch hatte er sich noch gar nicht entschieden. Er wusste nicht, was er tun sollte. Stundenlang saß er am Bett des Vaters und sah ihm beim Schlafen zu, aber er fand nicht die Kraft, sich von ihm zu lösen. Noch nicht. Dann wieder, wenn er bei Daniela war, spürte er, dass er sie nicht verlieren wollte. Das hätte er sich nie verziehen. Er musste an Marcos Worte denken: »Die Sache mit Papa ist wie ein Strudel, der uns alle mit sich fortreißt, wenn wir nicht aufpassen.«

Mein Bruder hat recht, sagte er sich irgendwann. *Ich kann nicht mein Leben opfern für seins, das zu Ende geht. Das hat keinen Sinn.*

Andrea wusste, dass er mit Marco reden musste, aber selbst das kostete ihn Überwindung. Denn er würde zugeben müssen, dass Marco mit seiner Einschätzung richtiggelegen hatte, während er mit Scheuklappen weitergemacht hatte, mit seiner gewohnten Überheblichkeit.

Nach der x-ten schlaflosen Nacht entschloss sich Andrea schließlich, seinen Stolz zu überwinden. Er rief seinen Bruder an und erklärte ihm die Situation. Als er sich entschuldigte und seinen Irrtum einräumte, triumphierte Marco nicht im Geringsten. Im Gegenteil, er redete ihm gut zu und versuchte, ihm die Schuldgefühle auszureden, die er nun schon so lange mit sich herumschleppte. Am folgenden Tag telefonierten sie erneut. Es waren mehrere Gespräche nötig, um Andrea davon zu überzeugen, dass es für alle die beste Lösung war, den Vater in einer Pflegeeinrichtung unterzubringen.

Als er nach dem letzten Gespräch mit Marco auflegte, hätte Andrea am liebsten geheult. Er fühlte sich wie ein elender Verräter. Denn bei derart schwierigen Entscheidungen, auch wenn man sie nach bestem Wissen und Gewissen und nach langem innerem Ringen trifft, bleibt doch immer ein Hauch von Zweifel und schlechtem Gewissen zurück.

Am folgenden Freitag kam Marco nach Mailand, denn am Montag wollten sie den Vater gemeinsam in das Pflegeheim bringen, das Andrea mit Danielas Hilfe gefunden hatte.

Am Wochenende zog Andrea wieder in seine alte Wohnung. Obwohl die Brüder diese Entscheidung gemeinsam getroffen und ausführlich darüber gesprochen hatten, blieb ihr Verhältnis weiterhin schwierig und unterkühlt.

»Wir müssen uns auch überlegen, was wir mit der Wohnung machen«, sagte Marco. »Außerdem müssen wir ein paar bürokratische Dinge regeln, solange Papa noch klare Momente hat. Vor allem die Sache mit eurem gemeinsamen Girokonto.«

»Ja, ich weiß, aber können wir damit nicht noch warten?«

Marco verzog skeptisch das Gesicht, was so viel hieß wie, worauf sollen wir da noch warten.

Für einen Kranken bürokratische Dinge zu regeln ist immer heikel, das wirkt schnell geschmacklos, und man fühlt sich schuldig. So als würde man damit das Schlimmste heraufbeschwören. Aber es muss gemacht werden.

»Ich rede nächste Woche mit einem Freund, einem Notar, und lasse mir von ihm erklären, was zu tun ist«, sagte Andrea.

An diesem Wochenende blieb Marco die ganze Zeit bei seinem Vater. Andrea kehrte in sein neues altes Leben zurück, wobei der Umzug in Wahrheit keine große Sache war: zwei Koffer, eine große Sporttasche und sonst nur Kleinkram.

Am Montagmorgen erschien Andrea schon kurz vor

sieben. Der Wagen für den Krankentransport sollte um acht kommen. Als er die Wohnung betrat, stieg ihm Kaffeegeruch in die Nase. Marco war in der Küche, er hatte Tränen in den Augen.

»Was ist denn?«

»Nichts.«

Andrea goss den Rest des Espressos in eine Tasse und rührte schweigend den Zucker um. Als er ausgetrunken hatte, sagte er: »Wir können noch alles abblasen, falls du deine Meinung geändert hast. Wir finden schon eine Lösung.«

»Ich habe meine Meinung nicht geändert. Ich musste gerade an etwas anderes denken.«

»Bist du sicher?«

»Ja.«

An diesem Tag war der Vater besonders verwirrt. Als Marco ihm das Frühstück brachte, sah ihn der Vater an wie einen Fremden und sagte kein Wort. Die Vertrautheit, die familiäre Atmosphäre, die sich in letzter Zeit zwischen ihnen eingestellt hatte, schwand auf bedrückende Weise dahin, während sie auf den Krankenwagen warteten.

Unterwegs saß Andrea neben dem Vater und hielt ihm die Hand. Sein erschrockener Blick durchbohrte Andrea wie ein Dolch.

Nachdem sie ihn in sein neues Zimmer gebracht hatten, leisteten sie ihm noch eine Weile Gesellschaft. Aber keiner von ihnen redete. Marco bekam erneut feuchte Augen. Er wirkte mitgenommen. Offenbar machte ihm die Situation am meisten zu schaffen.

Während sie so still dasaßen, überlegte Marco fieberhaft, ob er seinem Bruder mitteilen sollte, was er am Wochenende herausgefunden hatte. Es gab nämlich einen Grund, warum er so aufgewühlt war.

Doch dann riss Andrea ihn aus seinen Gedanken. »Wann geht dein Flugzeug nach London?«

»Um zwei.«

»Ich muss wieder ins Büro, sonst hätte ich dich zum Flughafen gefahren.«

»Danke, das ist nicht nötig. Ich muss auch noch zu Hause vorbei, um meine Sachen zu holen.«

Wieder kehrte Schweigen ein.

Als sie sich draußen vor dem Pflegeheim verabschiedeten, sagte Marco: »Sag mir Bescheid, wenn du den Termin beim Notar hast.«

»Sobald ich etwas weiß, rufe ich dich an. Und mach dir keine Sorgen um Papa, ich werde jeden Tag herkommen, um ihn zu besuchen.«

Sie schauten sich kurz an, dann klopften sie sich gegenseitig auf die Schulter. Das war ihre Art von Abschied. *Lass mich nicht allein,* hätte Andrea am liebsten gesagt, aber er brachte kein Wort heraus.

Wieder in London, ging es Marco schlecht; was er herausgefunden hatte, erklärte vieles, plötzlich begriff er, warum sich sein Vater so und nicht anders verhalten hatte, und auch die finsteren Seiten seines Wesens.

An den folgenden Tagen lebte er sein Leben, als stünde er neben sich, war benommen und verwirrt, wie ein Boxer, der taumelt, bevor er zu Boden geht. Einen Tag blieb er sogar zu Hause und ging nicht zur Arbeit. So verging die erste Woche.

Nach zehn Tagen rief Andrea an, um ihm den Termin beim Notar mitzuteilen.

»Da kann ich auf keinen Fall, zu der Zeit hat eine Bedienung zwei Wochen Urlaub. Frag mal, ob es nicht ein bisschen später geht, in zwei Wochen etwa.«

»Ist gut.«

»Und Papa?«

»Gestern Abend war ich bei ihm, er hatte ein bisschen Husten. Inzwischen erkennt er niemanden mehr. Ich bin über eine Stunde geblieben und habe ihm aus einem Buch vorgelesen. Ich glaube nicht, dass er irgendwas davon mitbekommen hat. Ich weiß, dass es sinnlos ist, vielleicht mache ich es nur für mich.«

»Es ist nicht sinnlos. Vielleicht versteht er wirklich nichts, aber er spürt, dass du da bist. Ich komme auch bald, und dann leisten wir ihm zusammen Gesellschaft.«

Ganz langsam begann sich Marco zu erholen, jeden Tag ein bisschen mehr. Er war immer ein Kämpfer gewesen, so leicht ließ er sich nicht unterkriegen. Zu seinem großen Erstaunen fehlte ihm der Vater. Früher hatte er auch schon Sehnsucht nach seiner Familie gehabt, vor allem in der ersten Zeit, kurz nachdem er von zu Hause weggegangen war. Meistens, wenn er es am wenigsten erwartete: wenn er vor dem Schlafengehen allein zu Abend aß, das Brot roch und in sein Weinglas starrte oder wenn es nach einem lauten Gelächter plötzlich still wurde. In solchen Augenblicken hatte er das Gefühl, er müsse unbedingt nach Italien zurück, um seine Familie um sich zu haben und gemeinsam mit Bruder und Vater etwas zu unternehmen.

Aber jetzt vermisste er hauptsächlich seinen Vater, den

aus der Zeit der Kindheit, aber auch den neuen liebevollen Vater, den die Krankheit aus ihm gemacht hatte. Am liebsten hätte er ihn jetzt an der Hand genommen und einen Spaziergang mit ihm gemacht. Hätte für ihn gekocht, eine Flasche Rotwein mit ihm getrunken und mit ihm geplaudert. Hätte mit ihm Karten gespielt, wäre mit ihm angeln gegangen oder im Auto irgendwohin gefahren. Und wenn er sich dann dem Vater zuwandte, hätte er ihn dort sitzen sehen mit jenem Lächeln, das er erst in letzter Zeit an ihm kennengelernt hatte. Außerdem hätte er ihm gern gesagt, wie leid es ihm tat wegen des Geheimnisses, das er sein ganzes Leben lang für sich behalten musste.

Bei solchen Träumereien landete er irgendwann unweigerlich bei seinem Bruder, und ihm ging auf, wie dumm es war, mit ihm zu streiten, oder vielmehr, wie dumm es war, dass sie sich nicht sofort versöhnt hatten: *Wir sollten keine Zeit verschwenden, wenn es um Menschen geht, die wir gernhaben.*

Es war schon ab und an vorgekommen, dass eine bestimmte Person genau in dem Moment anrief oder eine SMS schickte, wenn Marco von ihr träumte. Deshalb wunderte es ihn nicht, als Andrea anrief, als er gerade an ihn dachte. Seines Erachtens passierte so etwas nur, wenn es eine ganz besondere Bindung gab. Eine persönliche Bindung, ein unsichtbares Band.

»Marco.«

»Andrea, das ist wirklich unglaublich, gerade habe ich an dich gedacht«, sagte er enthusiastisch.

»Marco, Papa ist gestorben.«

Ein gemeinsamer Tag in London

Der Tod des Vaters erfüllte Andrea mit unermesslichem Schmerz, mit einer Trauer, die viel tiefer ging, als er es sich je vorgestellt hätte. Wenn der Vater oder die Mutter stirbt, ist das für die Kinder immer mit großem Kummer verbunden, aber bei Andrea ging die Trauer weit über das erwartete Maß hinaus. Anfänglich riss er sich zusammen, trat wie gewohnt kontrolliert und verantwortungsvoll auf und ließ sich nichts anmerken. Selbst bei der Beerdigung vergoss er keine Träne, zeigte keinen Moment der Schwäche, perfekt getarnt in seiner Rolle als gestandener Mann. Aber dann, als Marco wieder abgereist war, hatte er sich, obwohl er doch wieder mit Daniela zusammenlebte, zutiefst einsam gefühlt und war zusammengebrochen. Nichts vermochte den Verlust auszugleichen.

Andrea war schnell klar, dass irgendetwas mit ihm ganz und gar nicht stimmte, dass da außer dem Verlust des Vaters noch etwas anderes im Spiel war. Er fühlte sich körperlich unwohl, hatte so starke Rückenschmerzen, dass er das Bett hüten musste. Auch beim Gehen hatte er Schmerzen.

Eines Abends, als er allein zu Hause war, musste er sich plötzlich übergeben. Da er so gut wie nichts gegessen hatte, erbrach er nur eine gelbe Flüssigkeit. Als der Brechreiz nachließ, brach er in Tränen aus. Zum ersten Mal in seinem

Leben weinte Andrea hemmungslos. Er weinte, weil nun alles zusammenkam: die neue Trauer um den Vater und die alte um die Mutter, der beklagenswerte Zustand seiner Ehe, in der es weiterhin nicht zum Besten stand, die neugewonnenen Einsichten über sich selbst. Er fühlte sich todunglücklich. Und gescheitert.

Er hatte die Kontrolle über sein Leben verloren, vor seinen Augen war alles auseinandergebrochen und lag nun wie ein Scherbenhaufen vor ihm. Immer hatte er sich zusammengerissen, sein eigenes Leid verdrängt, sich nie gehenlassen. Immer hatte er sich selbst verleugnet, alle anderen mit ihrem Schmerz und ihren Bedürfnissen wichtiger genommen. Doch jetzt konnte er die Person, die er immer ignoriert hatte, nicht länger ignorieren. Sich selbst, nackt, hilflos.

Der Tod des Vaters bedeutete auch das Aus für alte, eingefahrene Verhaltensmuster: mit dem Vater verlor er eine zentrale Bezugsperson, vor allem aber die Person, auf die man alle Schuld und alle Verantwortung abwälzen konnte. Den idealen Sündenbock für all seine eigenen Schwächen. Schlagartig offenbarte sich ihm die erschütternde Erkenntnis, dass auch er nun kein Sohn mehr war, sondern einfach nur ein Mensch. Ihn überkam ein Gefühl grenzenloser Leere. Nun musste er sein Leben, seine ganze Existenz neu erfinden. Die alte Schablone passte nicht mehr auf die neue Situation.

Am Anfang war es mit Daniela gutgelaufen, beide freuten sich, dass sie wieder zusammen waren und in ihrer alten Wohnung wohnten, alles schien sich positiv zu entwickeln. Aber dann, als er ihre Hilfe brauchte, wurde es schwierig.

Der Veränderungsprozess, in dem Andrea sich befand, verlief so stürmisch, dass seine Ehe davon einfach überrollt wurde wie von einer Flutwelle. Weil Andrea nach dem Verlust des Vaters vieles mit anderen Augen sah, hatte er das dringende Bedürfnis, rasch klare Verhältnisse zu schaffen. Die Paarbeziehung hatte ihren Glanz verloren, ihre Macht eingebüßt und damit alles Verbindende zum Einsturz gebracht.

Einen Monat nach der Beerdigung des Vaters machte Andrea, abgemagert, blass und erschöpft, mit Daniela Schluss, in demselben Zimmer, in dem sie damals mit ihm Schluss gemacht hatte.

»Es geht nicht anders«, meinte er.

Daniela hingegen war nicht so zivilisiert und verständnisvoll wie er und beschimpfte ihn.

Danach war er so einsam wie noch nie in seinem Leben. Schlimmer hätte es nicht kommen können, dachte er. Doch eines Morgens, als er ins Büro kam, ließ ihn sein Chef rufen und teilte ihm mit, leider könne man wegen der Krise seinen Vertrag nicht verlängern, zum Jahresende müsse er aufhören. »Es tut mir leid, eine wirklich schlimme Sache. Leider habe ich die undankbare Aufgabe, dir das mitzuteilen. Glaub mir, wenn ich könnte, würde ich es gern vermeiden.«

»Warum ausgerechnet ich? In den zehn Jahren, die ich jetzt hier arbeite, bin ich nie auch nur eine Minute zu spät gekommen. Alles habe ich für die Firma gegeben. Warum werde ausgerechnet ich jetzt entlassen?«

Der Chef sah ihn an. »Es ist nicht meine Entscheidung.«

Allein bei dem Gedanken, wie immer morgens bei der Arbeit zu erscheinen und dabei zu wissen, dass er in ein paar Monaten gehen musste, verging ihm jegliche Lust. Er begriff nicht, was mit seinem Leben passiert war. In kürzester Zeit war alles aus den Fugen geraten, in sich zusammengefallen, sinnlos geworden. Ihm war nichts geblieben.

Jetzt, da der Vater nicht mehr lebte, fand er nirgends mehr Halt und musste sich daher notgedrungen auf sich selbst besinnen. Daher war der Kummer ein großes Geschenk, weil er den Schlüssel zu einem neuen Selbstverständnis enthielt.

Mit der Zeit erkannte er sich in seinem alten Dasein nicht mehr wieder, es schien ihm bedeutungslos, ohne jegliche Authentizität. Das Alleinsein, das ihn anfänglich so geschreckt hatte, wurde ihm nun lieb und teuer. Er musste allein sein, alles hinter sich lassen. Er brauchte dringend einen Tapetenwechsel, um auf andere Gedanken zu kommen, neue Erfahrungen zu machen, neuen Lebensmut zu schöpfen.

Nachdem er bereits seine Ehe aufgegeben hatte, entschloss er sich nun, auch seine Arbeit aufzugeben, und das noch bevor die Kündigungsfrist ablief. Von der Abfindung, die ihm ausgezahlt wurde, kaufte er sich als Erstes ein Flugticket nach Australien. Der neue Mensch, den er langsam in sich zu entdecken begann, musste vieles von Grund auf ändern. Er wusste zwar, dass er sicher nicht für alles eine Lösung finden würde, hoffte aber, dass sich manches klären würde, irgendetwas würde auf dieser Reise schon passieren, da war er zuversichtlich. Einfach mal neue Leute kennenlernen, mit Unbekannten reden. Er hatte eine unendliche Lust, sich lebendig zu fühlen. Nichts weiter, zunächst. Nur lebendig, zum ersten Mal.

Da sein Flug nach Australien in London startete, beschloss Andrea, die Gelegenheit zu nutzen, um seinen Bruder zu besuchen, und flog einen Tag früher.

Um die Mittagszeit kam Marco zum Bahnhof, um ihn vom Flughafenzug abzuholen, und führte ihn in sein Restaurant. Dort aßen sie.

»Ein schönes Lokal, es ist elegant und hat Charakter. Und das Essen ist auch gut. Wer macht die Karte?«

»Adriano und ich.«

»Puteneier in Joghurt habe ich noch nie gegessen, super.«

Marco saß mit Andrea am Tisch, stand jedoch ab und zu auf, um anderen Gästen die Rechnung zu bringen.

»Möchtest du noch einen Nachtisch?«

»Nein, nur einen Kaffee.«

»Kommt sofort.«

Als Marco wieder saß, sagte Andrea: »Ich dachte, es ist vielleicht besser, wenn wir die Wohnung erst einmal vermieten. Jetzt, mitten in der Krise, ist kein guter Zeitpunkt, um zu verkaufen.«

»Und wo willst du wohnen?«

»Keine Ahnung. Ich weiß nicht, wie es nach meiner Reise weitergeht. Aber ich ziehe bestimmt nicht in die alte Wohnung. Die ist auch viel zu groß für mich. Ich suche mir etwas Kleineres.«

»Pass auf, ich mache dir einen Vorschlag. Jetzt fährst du erst mal in Urlaub und machst dir gar keine Gedanken. Was wir mit der Wohnung machen, überlegen wir uns, wenn du zurück bist, ganz in Ruhe. Das braucht Zeit. Allein den Keller auszuräumen dauert Monate. Wir finden schon eine Lösung. Übrigens gibt es auch bei mir was Neues.«

»Kommst du nach Italien zurück?«

»Ich weiß noch nicht genau, jedenfalls nicht sofort.« Der Kaffee wurde gebracht. Dann fragte Marco: »Was für ein Job schwebt dir eigentlich vor? Bleibst du in deiner alten Branche, oder bist du für alles offen?«

»Ich habe ein Angebot von einer großen Firma, sogar mit besserer Bezahlung, aber ich habe gesagt, ich überlege es mir. Eigentlich weiß ich im Augenblick noch gar nicht, wie es weitergehen soll, vielleicht mache ich auch etwas völlig anderes. Aber das lasse ich auf mich zukommen, dafür brauche ich mehr Zeit.«

»Das finde ich super, bloß kein Stress, das ist doch die beste Voraussetzung, alles neu zu entscheiden.«

Andrea sah seinen Bruder an. Seine aufmunternden Worte taten ihm gut. »Ich freue mich, dass es bei dir so gut läuft, das hast du wirklich verdient. Weißt du noch, wie ich früher immer behauptet habe, die Welt sei ungerecht, weil du ohne Studium viel mehr verdienst als ich?«

»Natürlich weiß ich das noch.«

»So ein Scheiß. Dabei war ich nur wütend, und diese Wut habe ich auf dich abgewälzt.«

»Aber die Wut war doch berechtigt, vielleicht nicht gerade auf mich, aber eigentlich hattest du allen Grund, wütend zu sein.«

»Ich habe mit allem gehadert, mit dem Leben, mit der Welt, einfach mit allem. Klar, an der Uni war ich spitze, in der Firma habe ich mir ein Bein ausgerissen, doch als sie mich nicht mehr brauchten, haben sie mich eiskalt abserviert. Ich wollte alles, bekam aber immer nur die Krümel. Ich muss mir heute eingestehen: Ich habe nie so mit beiden

Beinen im Leben gestanden wie du, konnte nie abschätzen, worauf ich mich einlasse, und habe die Situation immer erst durchschaut, wenn ich schon bis zum Hals drinsteckte. Ich war nie anpassungsfähig, flexibel. Ich war zu rigide, habe immer stur an allem festgehalten, was ich einmal angefangen hatte. Ich habe immer geglaubt, was für mich gilt, müsse für alle gelten. Du hast es nicht deshalb geschafft, weil die Welt ungerecht ist, sondern weil du gut darin warst, Situationen zu analysieren, Entwicklungsmöglichkeiten zu erkennen und daraus eine Zukunftsperspektive abzuleiten. Du hast es geschafft, weil du einfach besser bist als ich. Ich hab zwar studiert, bin aber im Grund immer provinziell geblieben. Mit der Krise hat das gar nichts zu tun.«

»Ich musste einen anderen Weg gehen, weil du in allem immer besser warst und ich gegen dich keine Chance hatte. Es war nicht leicht mit so einem Streber als Bruder. Aber im Grunde hat mir das sehr geholfen.«

Sie hoben die Gläser und prosteten sich zu.

Als Marco mit der Arbeit fertig war, gingen sie kurz in seiner Wohnung vorbei, um das Gepäck abzustellen, und machten sich dann zu einem Rundgang auf. Für beide war es ziemlich ungewohnt, zu zweit unterwegs zu sein. Aber es war ein gutes Gefühl, ziellos durch die lebendige Stadt zu streifen. Sie waren glücklich.

Während sie die Upper Street entlanggingen, fragte Marco plötzlich: »Warum hast du mich nicht sofort angerufen, als es dir so schlechtging? Du hättest doch herkommen können, um mich zu besuchen. Oder ich wäre zu dir gekommen. Ich hätte dir doch helfen können.«

»Zu der Zeit hatten wir noch Krach, wegen des Streits bei

Papa. Außerdem ging's mir so beschissen wie noch nie, ich war zu gar nichts in der Lage. Allein sein konnte ich nicht, aber jemanden anrufen konnte ich genauso wenig. Ich war einfach nicht in der Lage, irgendwen um Hilfe zu bitten. Aber eins habe ich begriffen: Um anderen helfen zu können, muss man auch selbst Hilfe annehmen können.«

Sie redeten viel, lachten, machten Witze. Dann beschlossen sie, in aller Ruhe zu Hause zu Abend zu essen.

Während er in Marcos Küche am Tisch saß, starrte Andrea in sein Glas, als suchte er darin nach den richtigen Worten. »Im Gegensatz zu dir war ich immer zu feige, mich mit Papa anzulegen, und habe mich nie getraut, ihm offen zu sagen, was ich von ihm wollte. Deshalb habe ich mein ganzes Leben mit Warten vergeudet. Während er ganz anderes im Kopf hatte, habe ich immer geglaubt, ich könnte es ihm nie recht machen. Ich hätte ihm gern das Leben leichter gemacht, aber darin habe ich versagt.« Er stellte das Glas ab.

Marco stand am Waschbecken und machte den Abwasch. Bei den letzten Worten horchte er auf und drehte sich interessiert zu Andrea um. Nach einem kurzen Schweigen spülte er weiter. »Ich finde, du siehst schon besser aus.«

»Die letzten Monate waren ziemlich hart. Nicht zu fassen, dass ich jetzt erst anfange, mein wahres Ich zu entdecken. Verstehst du? Ich bin jetzt fast fünfundvierzig, und zum ersten Mal in meinem Leben versuche ich herauszufinden, was mich wirklich glücklich macht, was ich wirklich machen will, wer ich sein will.«

Marco begann zu kochen.

»Ich habe das Leben immer als Strafe empfunden, das ist typisch für einen wie mich.«

»Wie meinst du das? Was bist du denn für einer?«

»Einer, der seine Träume nie verwirklicht hat. Weil ich nicht einmal wusste, wie sie eigentlich aussehen.«

Marco sah ihn an und wusste nicht, was er sagen sollte. Schweigend lächelten sie sich an.

»Weißt du noch, wie wir damals beim Renovieren das Spiel mit Aladins Wunderlampe gespielt haben? Als du mich nach meinen drei Wünschen gefragt hast, hatte ich nicht die leiseste Ahnung, was ich darauf antworten sollte. Das ist typisch für mein ganzes Leben! Ich hatte gar keine Wünsche, und ich frage mich, ob es etwas Traurigeres geben kann als einen Menschen ohne Träume.«

Marco sah ab und zu von seiner Küchenarbeit auf.

»Erst nach Papas Tod ist mir einiges klargeworden, auch mit deiner Hilfe. Das ist auch einer der Gründe, warum ich hier bin. Ich möchte mich bei dir bedanken.«

Bei diesen Worten hatte Marco den Eindruck, plötzlich einen ganz neuen Andrea reden zu hören. Er war ein anderer Mensch, ehrlich und aufrichtig. »Bedanken, wofür denn? Ich habe doch gar nichts gemacht.« Und während er das sagte, goss er ihm noch ein Glas Rotwein ein.

Marco schnippelte Gemüse für Pinzimonio und ließ danach die kleingeschnittene Zwiebel in die Pfanne gleiten. Das Zischen von Zwiebel in heißem Öl war eins seiner Lieblingsgeräusche beim Kochen. Dann ging er zum Waschbecken, um die in Salz eingelegten Kapern zu spülen.

Um das fließende Wasser zu übertönen, sprach er lauter. »Und deine Frau, hast du sie noch mal getroffen?«

»Nur beim Notar, für den Verkauf unserer Wohnung, aber da hat sie mich keines Blickes gewürdigt.«

»Weißt du eigentlich, dass es mich damals geschaudert hat, als ihr wieder zusammengezogen seid?«

»Ich habe nie verstanden, warum du Daniela nicht leiden konntest.«

»Es stimmt gar nicht, dass ich sie nicht leiden konnte, ich kannte sie ja kaum und fand sie eigentlich ganz sympathisch. Aber eure Beziehung gefiel mir nicht, die war irgendwie ungesund. Und überhaupt, eine, die dir zum Geburtstag eine elektrische Zahnbürste schenkt, die kannst du doch vergessen.«

Sie lachten.

»So ganz habe ich selbst nicht dran geglaubt, als wir wieder zusammengezogen sind, aber irgendwie hatte ich das Gefühl, ich müsste es noch einmal versuchen. Du weißt ja, wie stur ich sein konnte. Ich musste erst lernen, eine einmal gefällte Entscheidung zu hinterfragen. Jedenfalls habe ich gut daran getan, mich von Daniela zu trennen.«

»Das finde ich auch. Ich glaube, wenn man unbedingt will, dass es mit einer Frau gut läuft, hört man nur noch, was man hören will, nicht, was sie eigentlich sagt, und verwechselt alles miteinander.«

»Genauso war es bei Daniela und mir, auch schon damals, als wir geheiratet haben.«

»Und was ist eigentlich mit Irene?«

»Sie war nicht gerade begeistert, als ich zu Daniela zurück bin, so habe ich letztlich alle beide gründlich enttäuscht«, sagte er ironisch.

»Ausgerechnet du, der du es immer allen recht machen wolltest. Erinnerst du dich noch an die Frau, die uns einmal, als wir bei der Tante zu Besuch waren, aus den Karten gelesen und dann absolut haarsträubendes Zeug über dich erzählt hat, und du nur genickt hast, anstatt sie auffliegen zu lassen?«

»Ich fand den Auftritt derart peinlich, dass es mir die Sprache verschlug, und außerdem, da hast du recht, wollte ich sie nicht enttäuschen. Manchmal bin ich wirklich zu blöd.«

»Sieh mal, was ich hier habe.« Marco hielt eine rote Tropea-Zwiebel in die Luft wie ein Juwel. »Die kommt erst ganz zum Schluss hinein, dann bleibt das volle Aroma erhalten.«

Andrea sah seinen Bruder an und dachte in diesem Moment, dass auch er vielleicht ein bisschen kochen lernen sollte.

»Findest du es nicht großartig, dass du jetzt als Single tun und lassen kannst, was du willst?«

»Auf jeden Fall. Es tut mir gut, allein zu sein. Deshalb habe ich auch niemanden gefragt, ob er vielleicht mitwill.«

»Mal abgesehen davon, dass Australien auch nicht gerade um die Ecke ist.«

»Und du? Bist du gerade mit einer Frau zusammen, oder legst du dich immer noch nicht fest?«

»Ehrlich gesagt, treffe ich mich schon seit geraumer Zeit mit keiner mehr, nur mit einer Freundin, aber das ist vielleicht auch bald vorbei.«

»Wie kommt's?«

»Mir scheint, wir haben uns alles gesagt, was zu sagen war.«

»Und hast du zu Isabella noch Kontakt?«

»Nach der Riesenblamage war eine Zeitlang Funkstille.

Nach Papas Beerdigung haben wir uns dann aber ausgesprochen. Sie hat verstanden, dass ich eine schwere Zeit durchmachte, und meine Entschuldigung angenommen. Im Grunde ist und bleibt Isabella die einzige Frau, die ich je geliebt habe. Unsere Beziehung ist was ganz Besonderes.«

»So besonders, dass ihr nicht zusammen seid. Das habe ich noch nie verstanden.«

»Letzte Woche hat sie mir eine lange Mail geschickt, jetzt bin ich mit Antworten dran.«

Bei diesen Worten hatte sich Marcos Ton verändert. Es war offensichtlich, dass dies für ihn immer noch ein heikles Thema war. »Kann ich dir noch irgendwas helfen?«

»Ich bin fast fertig. Wenn du willst, können wir ein bisschen Brot rösten und Bruschette machen.«

»Sehr gern, dann lass mich wenigstens den Basilikum waschen, sonst komme ich mir wirklich vor wie auf Besuch.«

Andrea stand auf, ging zu dem Topf am Fenster und zupfte ein paar Blättchen ab. Marco trat zur Seite und machte ihm am Waschbecken Platz.

Andrea wusch die Blätter und legte sie dann zum Trocknen auf ein Tuch. »Ist dir eigentlich klar, dass wir die Letzten aus unserer Familie sind? Wer zuerst geht, lässt den anderen allein zurück.«

»Du wirst mich bestimmt überleben, obwohl ich jünger bin.«

»Na hoffentlich«, erwiderte Andrea mit leicht ironischem Unterton. »Wo sind die Tomaten?«

»Im Kühlschrank. Aber wenn du willst, kannst du auch von denen nehmen, die ich schon für die Sauce geschnitten habe.«

»Nein, lieber mehr Sauce für die Nudeln.«

Beide kochten, machten ab und an eine Pause und tranken einen Schluck Wein.

Etwa eine halbe Stunde später setzten sie sich zum Essen an den Tisch.

»Marco, darf ich dich was fragen, was ich immer schon mal wissen wollte?«

»Was denn?«

»Hast du eigentlich noch nie das Bedürfnis oder den Wunsch nach einer Familie gehabt?«

»Diese Frage stellt sich früher oder später wohl jeder.«

»Momentan habe ich zwar das Gefühl, dass es mir guttut, allein zu sein, aber ich weiß auch, dass das nur vorübergehend ist. Im Grunde möchte ich einen Menschen an meiner Seite. Vielleicht ist das nur ein Traum, aber diese Vorstellung habe ich noch nicht aufgegeben. Ich spüre, dass ich mir allein nicht genug bin, darin bin ich anders als du. Ich habe dich immer beneidet um deine Eigenständigkeit, deine innere Kraft.«

»Wer weiß, ob das wirklich eine Frage von innerer Kraft ist. Vielleicht ist es auch das Gegenteil, ich weiß es nicht, aber im Augenblick geht es mir gut damit.« Doch während er das sagte, hatte er das Gefühl, nicht ganz aufrichtig zu sein, jedenfalls nicht so ehrlich wie sein Bruder.

»Weißt du noch, wie wir Papa die ersten Tage im Krankenhaus besucht haben? Wir haben ihn rasiert, ihm ein frisches Hemd angezogen, ihm beim Essen geholfen, wir beide immer abwechselnd. Ich erinnere mich noch an Papas Bettnachbarn, er hatte weder Frau noch Kinder und bekam nie Besuch. Weißt du, wie oft ich ihm geholfen habe? Ich habe ihm den Joghurt aufgemacht, ihm beim Umziehen geholfen, mit ihm geplaudert, um ihm ein bisschen Gesellschaft zu leisten, ihn aufzumuntern. Ein paarmal habe ich ihn sogar rasiert. In seiner Einsamkeit tat er mir unendlich leid. Wir hingegen sind trotz allem füreinander da, das waren wir auch für Papa, als er uns gebraucht hat. Ich will dir die Wahrheit sagen, ich möchte gern ein engeres Verhältnis zu dir. Denn du bist meine Familie.«

Gerührt sahen sie sich ein paar Sekunden an, sie waren es nicht gewohnt, so miteinander zu reden.

»Darf ich dir die Wahrheit sagen?«, fuhr Andrea fort.

Marco nickte.

»Ich glaube, du machst einen Riesenfehler, wenn du dich nicht mit Isabella zusammentust. Wenn man im Leben einem Menschen begegnet, der einen so liebt, wie sie dich liebt, ist das ein großes Glück, eine Art Wunder. Auf so etwas warten viele ihr Leben lang vergebens. Als großer Bruder war ich zwar immer eine Niete, aber das wollte ich dir unbedingt sagen.«

Marco war so bewegt, dass er nur herausbrachte: »Ach was, das warst du nicht.« Dann fand er wieder zu seinem üblichen Tonfall. »Kaum zu glauben, wir reden wie zwei rührselige Alte.«

Andrea lachte und kehrte zum Thema zurück. »Wenn du mich jetzt fragen würdest, was ich vom Leben erwarte, würde ich dir sofort antworten: eine Familie, mit Frau und Kindern.«

»Aber hat dir unsere denn nicht gereicht?«

»Stimmt, unsere Familie war und ist ziemlich speziell, aber so ist sie nun mal, und das ist auch gut so. Spürst du sie, diese Familienbande? Manchmal sind sie so eng, dass man daran zu ersticken glaubt, vielleicht bist du gerade deshalb so weit von zu Hause weggegangen. Aber merkst du, wie stark dieses Gefühl ist? Wie tief es geht? Das möchte ich noch einmal erleben. Ich möchte jemanden an meiner Seite, dem ich sagen kann, dass ich glücklich bin.«

Isabellas Worte

Marco war noch wach und sah durch die Küchentür zu seinem Bruder hinüber, der in einem seiner T-Shirts auf dem Sofa lag und schlief. Es war das erste Mal, dass Marco den Bruder in einem seiner Kleidungsstücke sah. Als Kind musste Marco immer Andreas Sachen auftragen. Vielleicht hatte er ihn auch deshalb gehasst, weil er sich in den alten Klamotten immer so fühlte, als könne er nicht er selbst sein und müsse sich dauernd als Andrea verkleiden. Außerdem waren die abgelegten Sachen von Andrea zwangsläufig aus der Mode gekommen, weshalb sich Marco darin unwohl fühlte, besonders als Teenager, denn in dem Alter will man immer das Neueste, den letzten Schrei, das, was alle wollen, um sich exklusiv zu fühlen. So exklusiv wie alle anderen.

Aber jetzt, als er den schnarchenden Andrea auf dem Sofa liegen sah, dachte er, dass er ihn gernhatte, ihn, der ihm seit Kindertagen auf den Geist gegangen war, der Besserwisser, der schon als Jugendlicher alt gewesen war. Jetzt, so dachte er, würde es ihm überhaupt nichts mehr ausmachen, seine abgelegten Kleider zu tragen, wenn sie nur nicht so formal gewesen wären.

Wie er so den schlafenden Bruder betrachtete, beschloss Marco, etwas zu tun, was er sich schon seit langem vorgenommen hatte. Jetzt war der richtige Augenblick. Er setzte sich an den Küchentisch und begann, einen Brief zu schreiben.

Es war nicht leicht, aber es ging um eine wichtige Sache, die er Andrea auf keinen Fall vorenthalten durfte. Auch wenn sich dadurch etwas grundlegend ändern würde. Bisher hatte Marco geschwiegen, weil er dachte, das sei für alle das Beste, aber jetzt war ihm klargeworden, dass das ein Fehler war. Das Geheimnis, das er nun schon eine ganze Weile mit sich herumgetragen hatte, musste enthüllt werden. Zunächst fand er nicht die richtigen Worte, fing dreimal an, denn das Thema war heikel. Aber schließlich klappte es, er fand einen Weg und schrieb alles in einem Zug nieder. Mehrfach musste er vor Rührung innehalten, weil ihm die Tränen kamen. Als er fertig war, fühlte er sich erleichtert. Vier Seiten hatte er zu Papier gebracht. Er beschloss, den Brief nicht noch einmal durchzulesen, faltete ihn zusammen und versteckte ihn in Andreas Koffer, unter der Badehose.

Vorsichtig, um keinen Lärm zu machen, goss er sich einen Whisky ein, holte die Eiswürfelschale aus dem Kühlschrank, zog die Jacke über, verließ die Wohnung und setzte sich auf die Treppe. Da er wusste, dass der Bruder ihn hier draußen nicht hören konnte, klopfte er mit dem Eisbehälter gegen die Treppenstufe, bis die Würfel heraussprangen, und warf sie ins Glas. Dann zündete er sich eine Zigarette an. Zwischen den Zügen nippte er an dem Whisky und ließ seinen Gedanken freien Lauf. Neuerdings machte es ihm Spaß, über sein Leben nachzudenken, als hätte er begriffen, wie sinnlos es war, sich Sorgen zu machen; denn immer wenn er sich vornahm, Ordnung in sein Leben zu bringen, kam alles anders, das Leben spielte ihm einen Streich und stellte ihn vor ganz neue, völlig überraschende Alternativen.

»Unsere Pläne bringen Gott zum Lachen«, hatte er in einem Film gehört.

Er dachte an seinen Vater, an sein Geheimnis, das er stets ängstlich gehütet hatte, an das, was er aus Liebe getan hatte, obwohl er selbst dabei draufgegangen war.

Während er zum dunklen Himmel hinaufsah, nahm er einen tiefen Zug, dann hob er das Glas, prostete dem Vater zu und stellte sich dabei vor, dass er nun, nach all den Jahren, endlich wieder mit der Mutter vereint war.

Dann ging er in die Wohnung zurück und legte sich ins Bett. Er klappte den Computer auf, um sich eine Folge seiner aktuellen Lieblingsserie anzusehen. Doch dann beschloss er, noch einmal Isabellas Mail zu lesen, auch wenn er sie inzwischen auswendig kannte.

Ich habe das, was zwischen uns ist, immer für etwas sehr Kostbares gehalten. Deshalb habe ich mich dir all die Jahre nahe gefühlt, auch als ich weit weg war. Ich will nicht behaupten, ich hätte für dieses Gefühl ein Stück meines Leben, ein Stück von mir geopfert, in der Erwartung, dass du dich entscheidest. Ich habe es nicht für dich getan, vielleicht nicht einmal für mich. Vielleicht für das, was zwischen uns ist, für diese Beziehung voller Emotionen. Jedes Mal wenn du dich im Leben verlaufen hast, war ich da, um dich daran zu erinnern, wer du bist. Und du für mich. Deshalb habe ich mich immer für einen Glückspilz gehalten. Würde einer von uns beiden plötz-

lich verschwinden und sich in einem Winkel der Welt verstecken, würde ihn der andere garantiert finden. So etwas gibt es selten. Zu wissen, dass der andere immer für einen da ist, ist für mich wunderbar.

Aber jetzt müssen wir uns entscheiden, und dazu braucht es Mut. Wenn wir noch länger warten, die Entscheidung noch weiter hinausschieben, schaden wir uns selbst. Es gibt ein Gedicht von Antonio Machado, darin heißt es sinngemäß: »In meinem Herzen steckte eine Leidenschaft wie ein Dorn, ich habe ihn zwar herausgezogen, aber jetzt spüre ich mein Herz nicht mehr.« Das ist einer der Gründe, warum ich noch immer da bin. Denn obwohl du ein Dorn in meinem Herzen bist, spüre ich lieber den Schmerz, als dass ich gar nichts mehr für dich empfinde. Aber meine Liebe hat jetzt einen gefährlichen Punkt erreicht, und ich bin nicht mehr allein, ich kann kein Risiko mehr eingehen.

Fass diese Worte nicht als Ultimatum auf, sondern als Liebesbeweis. Jetzt stehen wir an einem Fluss und müssen uns entscheiden, an welchem Ufer wir unser Haus bauen wollen. Ich kenne deine Ängste, und du darfst nicht glauben, ich hätte keine, aber die Liebe, die ich für dich empfinde, ist viel umfassender. Ich glaube fest daran, dass unsere Voraussetzungen zwar sehr verschieden sind, aber wenn wir für Veränderungen, für das Mögliche, offen sind, dann ist die Zukunft, die uns so erschreckt, nichts Starres mehr, sondern ein Werden. Wir können auf jede kleine Veränderung in uns hören und sie dem anderen mitteilen, ohne uns hinter einer Maske zu verstecken.

Sobald ein neuer Wunsch, ein neuer Gedanke, eine

neue Situation auftaucht, die Veränderung verlangt, werden wir bereitwillig darauf eingehen, weil unser Verhältnis auf Vertrauen beruht.

Ich freue mich darauf, durch dich, durch deine Wahrnehmung von mir, andere, unbekannte Seiten von mir zu entdecken. Zu entdecken, dass wir anders sind, als wir uns bisher gesehen haben, dass wir zu anderem fähig sind. Das heißt für mich Zusammensein. Nur so werden wir eines Tages, selbst wenn einer von beiden sich irgendwann verabschiedet, das Gefühl haben, dass es sich gelohnt hat und wir keine Zeit verschwendet haben.

So wie ich dich kenne, zündest du dir jetzt eine Zigarette an und versuchst, meine Worte auseinanderzupflücken. Macht nichts. Ich weiß, was du für mich empfindest, du hast es mir mehrfach gesagt, aber vor allem habe ich es selbst gespürt, wenn wir zusammen waren. Einmal hast du gesagt, du kämest dir vor wie ein Auto im Leerlauf. Über dieses Bild habe ich lange nachgedacht, und ich glaube, um den Vorwärtsgang einzulegen und weiterzukommen, brauchen wir Entscheidungen. Wenn man keine Entscheidungen trifft, kommt man nicht vom Fleck. Entscheiden bedeutet existieren. Entscheiden heißt aussprechen, was wir für das Beste halten. Sonst ist alles egal, nichts hat einen Wert.

Ich habe das Gefühl, du bist ein Mensch, der zwar dauernd nach etwas sucht, aber eigentlich nichts finden will, du suchst immer da, wo du genau weißt, dass du nichts findest, weil du nichts besitzen willst, du willst dir nur wünschen, etwas zu besitzen. Was dich antreibt, ist eine ewige Suche ohne Ziel. Die Suche nach der verlorenen oder womöglich nie da gewesenen Authentizität. Dein Zynismus gegenüber der Liebe ist typisch für einen, der in Wahrheit ein verzweifeltes Bedürfnis hat, daran zu glauben.

Es braucht Mut und Kraft, um nach dem zu greifen, was uns guttut, wo wir doch unser ganzes Leben auf dem Schlechtgehen aufgebaut haben.

Ich weiß nicht, ob es dumm von mir ist zu denken, dass du etwas hast, was nur ich sehen kann. Wenn du wüsstest, wie oft ich mich, wenn ich mich schwach oder verängstigt fühlte, nach einer Umarmung gesehnt habe, nach einer simplen Liebkosung, einer kleinen Geste der Zärtlichkeit. Aber du hast immer nur geredet, vollkommen logische Wortgebilde. Ich wusste, dass all diese Worte in Wirklichkeit nur Ausflüchte waren. Immer wenn dich emotional etwas stark belastet, wirst du ironisch.

Bis zuletzt habe ich auf eine Wende gehofft. Aber das Problem ist, dass du dich weder für noch gegen mich entscheidest, du entscheidest dich überhaupt nicht.

Viele Menschen wissen nicht, was sie wollen. Du bist anders, eigentlich weißt du es ganz genau, hast aber zugleich eine Heidenangst davor, alles zu verlieren.

Wenn du das wirklich willst, wenn du dich damit wohl fühlst, dann lasse ich dich ohne Groll gehen, gerade weil ich dich so liebe, wie ich keinen anderen je geliebt habe. Wenn du aber glaubst, ich sei die Richtige für dich, dann ist jetzt der Augenblick, dich für mich zu entscheiden. Oder mich gehen zu lassen.

Wasser

Marco stellte den Wecker auf halb sechs. Es gab zwar keinen besonderen Grund dafür, um diese Zeit aufzustehen. Aber er wollte den Tag früh beginnen, ihn voll und ganz auskosten. Rückhaltlos.

Die wenigen Male, die er im Dunkeln aufgestanden war, hatte er den ganzen Tag das Gefühl gehabt, der Tag gehöre ihm, als hätte er selbst das Morgenlicht heraufbeschworen.

Dieser Tag sollte ihm gehören, dieses Gefühl wollte er unbedingt.

Ein Blick aus dem Fenster ließ erahnen, dass es draußen sehr kalt war, dadurch schien die stille, schwach erleuchtete Wohnung noch anheimelnder.

Da er Appetit auf etwas Salziges verspürte, machte er sich einen Toast mit Schinken und Käse. Dabei fiel ihm wieder ein, wie Andrea die Frau in der Bar korrigiert hatte: Toste ist nicht der Plural von Toast. Er grinste. Vor zwei Tagen war sein Bruder nach Australien abgereist. Was er jetzt wohl gerade machte? Marco war froh, dass sie wieder miteinander redeten und sich wieder gut verstanden. Dass ihr Verhältnis endlich wieder brüderlich war, familiär, stabil.

Als er den Toast verzehrt hatte, trank er den Espresso und wollte eine Zigarette rauchen. Aber es waren keine mehr da. *Unmöglich.*

Er machte sich auf die Suche, kramte in Schubladen, suchte die Taschen sämtlicher Jacketts ab, fand aber keine. Das war ihm seit Jahren nicht mehr passiert. *Am Bahnhof kaufe ich welche.*

Er duschte und ging dann ins Schlafzimmer, um sich anzuziehen und den kleinen Rollkoffer zu packen.

Marco liebte die Londoner Taxis, weil sie so geräumig waren. Er streckte die Beine aus, sah aus dem Fenster und genoss die Stadt. Er liebte London, er lebte in seiner Lieblingsstadt.

Am Anfang war er oft nach Camden Town gegangen, er mochte den Duft von orientalischem Essen und Räucherstäbchen. Später entdeckte er auch die Secondhand-Klamotten in der Portobello Road, das Ministry of Sound im Süden von London, die Promenade am Fluss entlang, den Borough Market.

Die Stadt war voller Erinnerungen. An seine Umzüge, die Picknicks in der Sonne bei der Regent's Park Road, auf der Wiese des Primrose Hill. An den kleinen Markt bei seiner Wohnung an der Camden Passage, an die unvergesslichen Abende im Sketch.

London ist wirklich schön, dachte er, während die Stadt an ihm vorbeizog. *Jetzt heißt es Abschied nehmen.*

Wenn er blieb, das war ihm klargeworden, würde er wichtige Dinge verlieren.

Da fiel ihm ein, was ein halb Betrunkener auf seiner ersten Party zu ihm gesagt hatte: »Um sich auf Partys gut zu amüsieren, muss man vor allem wissen, wann es Zeit ist zu gehen.«

Jetzt war der richtige Zeitpunkt für Marco gekommen,

wenn er nicht in der Vergangenheit leben und im Leerlauf drehen wollte.

Am Bahnhof kaufte er gleich Zigaretten, hatte aber keine Zeit mehr, eine zu rauchen, weil am Durchgang zu den Gleisen eine lange Schlange stand. Er war knapp dran: Kaum hatte er sich auf seinen Platz gesetzt, fuhr der Zug los.

In den letzten Monaten hatte sich viel verändert, Marco dachte daran, was er über sich selbst herausgefunden hatte, ein Bewusstsein, das er schon länger in sich trug, aber lange nicht zu entziffern wusste.

Die Offenbarung kam durch einen Traum: Er kam gerade von einer Reise zurück und stand am Flughafen vor dem Gepäckband, zusammen mit den anderen Passagieren seines Flugs. Er wusste nicht mehr, wie sein Koffer aussah, erinnerte sich weder an die Farbe noch an die Form, dennoch war er sicher, dass er den richtigen erwischen würde. Er stand genau vor dem Loch, aus dem die Koffer kamen, konnte sich aber nicht entscheiden, welchen er nehmen sollte. Er hatte dauernd das Gefühl, der nächste Koffer sei noch schöner. Schließlich murmelte er vor sich hin: »Den nächsten nehme ich«, aber dann hatte er Angst, wirklich zuzugreifen. Während er wartete, traten die Leute um ihn herum ans Band und nahmen ihre Koffer herunter, und ihr schadenfrohes Lächeln schien zu besagen: *Ätsch, meiner ist schon da, deiner nicht.*

Die Minuten vergingen, die Leute verschwanden nach und nach, und seine Bräune begann zu verblassen, er wurde immer bleicher und erschöpfter. Als ein Mann ihn fragte, von wo er gekommen sei, konnte sich Marco nicht erinnern. Am Schluss stand er ganz alleine da, es kamen keine Koffer mehr, das Band stand still, im hässlichen Neonlicht. An diesem Punkt war er aufgewacht. Und hatte begriffen.

Das unablässige Warten auf eine Zukunft voller Verheißungen, eine Zukunft mit den tollsten Abenteuern und den faszinierendsten Frauen, war in Wahrheit nur eine Illusion, eine Lüge, ein ewiger Selbstbetrug, das Resultat eines Mechanismus, der seit je sein Leben bestimmte. Er begriff, dass er alles andere war als ein freier Mann. Was er für Freiheit gehalten hatte, war gar keine. Es war eine Pseudofreiheit, denn faktisch hatte er gar nichts im Griff: weder seine gegenwärtige Lage noch sein Leben und schon gar nicht seine Entscheidungen. Vielmehr entschieden die Situationen, die Gelegenheiten und Versuchungen für ihn. Er wurde von der Strömung herumgewirbelt, er flog nicht frei wie ein Vogel, der selbst die Route und die Richtung wählt, er war wie ein Stück Papier, das im Wind flattert. Er hatte immer gedacht, er sei ehrlich, weil er immer erklärt hatte, wer er war, doch in Wirklichkeit war das die Treue zu einer Rolle, die er sich selbst ausgesucht hatte, die Treue zu einer Maske.

Er hatte immer Freiheit mit fehlender Verantwortung verwechselt. Um Verantwortung für sich selbst zu übernehmen, brauchte er Jahre, um Verantwortung für einen anderen Menschen zu übernehmen, ein ganzes Leben.

Er war nie im Hier und Jetzt, weil er immer auf den nächsten Koffer wartete. Er hinderte sich selbst daran, in der Gegenwart zu leben, war nie da, wenn die Dinge passierten. Auf diese Art hinderte er sich selbst am Existieren. Er war immer anderswo, ausgerichtet auf das, was vielleicht noch kommen würde, aber womöglich nie eintrat. Immer hatte er das Gefühl gehabt, hinter der nächsten Ecke erwarte ihn etwas noch viel Aufregenderes als das, was er im Augenblick gerade erlebte: Die Frau, die ihm demnächst begegnen würde, erregte seine Neugier stärker als die, die er gerade in den Armen hielt. Sobald sich die strahlende, erregende, vielversprechende Zukunft in Gegenwart verwandelte, verlor sie jede Attraktivität. Dadurch verflachte alles. Es war eine permanente Suche nach Vergnügen, die aber nie Erfüllung brachte. Leben heißt entscheiden. So wie Isabella in ihrer Mail geschrieben hatte.

Während er in derartige Gedanken versunken war, fuhr der Zug in den Tunnel, und hinter den Fenstern wurde es dunkel. Er sah sein Spiegelbild in der Scheibe.

Mit dem Traum war ihm der Verdacht gekommen, dass seine Lebensweise in Wahrheit ein einziger großer, ausgefeilter Selbstbetrug war. Wohin hatte ihn sein Leben am Ende geführt? Zu Momenten großer Einsamkeit, die ihn alles andere als glücklich machten. Am Ende hatte ihm die obsessive Jagd nach immer Neuem, nach immer größerer Erregung, nach immer heftigeren Adrenalinkicks ein Gefühl unendlicher Einsamkeit beschert. Hinter dieser Zukunftsversessenheit konnte er sein eigentliches Unglück wunderbar verstecken.

Marco dachte wieder an Isabellas Worte, dass er eigentlich nur so tue, als sei er auf der Suche. Das hatte er sich nie überlegt, aber es stimmte. Er hatte sein Leben wie ein Messerwerfer geführt, dessen Können gerade darin besteht, das Ziel nicht zu treffen, und der dafür jeden Tag trainiert.

Jetzt verließ der Zug den Tunnel, und es wurde wieder hell. Marco war gelassen, er spürte, dass er an diesem Morgen etwas besaß: Er hatte Zeit und würde sie endlich nutzen.

Am Bahnhof in Paris angekommen, nahm er die Wasserflasche, die er unterwegs gekauft hatte, und trank sie in einem Zug aus. »Ah, Wasser tut gut.«

Dann quetschte er die Plastikflasche zusammen, so dass es krachte, schraubte den Deckel auf, warf sie in den Abfalleimer und trat auf die Straße hinaus.

Der Himmel war blau und das Sonnenlicht zart. Er atmete tief durch. Die Luft strich kühl über seine Wangen.

Er nahm das Zigarettenpaket und klopfte damit an den Rücken der anderen Hand. Eine typische Handbewegung für ihn. Dann machte er die Hülle ab, zog das Silberpapier heraus und knüllte es zu einem Kügelchen zusammen. Er zog eine Zigarette heraus und steckte sie zwischen die Lippen. Bevor er sie anzündete, hielt er die Flamme ein paar Sekunden auf Abstand. Dann machte er das Feuer aus, steckte die Zigarette wieder in das Paket, musterte es kurz und warf es schließlich in die Mülltonne.

Er nahm das Telefon und drückte auf Anruf.

»Ciao, Isabella, hier ist Marco. Ich bin da.«

Ich fühle mich leicht

Manchmal konnte sie ganz plötzlich nichts mehr sehen. Doch der Augenblick verging, und alles schien wieder normal. Bis auf die Angst, die blieb. Die Panik. So fing alles an.

Als sie sich dann dauernd müde, erschöpft und kraftlos fühlte, hatte die Mutter einen befreundeten Arzt zu Rate gezogen. Die Tests ergaben, dass sie unter einer neurodegenerativen Erkrankung litt, für die es keine medikamentöse Behandlung gab.

Sie war fassungslos, konnte nicht glauben, dass ausgerechnet ihr so etwas widerfahren konnte. Deshalb konsultierte sie einen anderen Arzt, doch die Diagnose war dieselbe: Sie war eine kranke Frau.

Von einem Tag auf den anderen hatte sich der Himmel verfinstert und senkte sich nun bedrohlich auf sie und ihr ganzes Leben hinab.

Weil sie wusste, wie sehr die anderen Familienmitglieder darunter leiden würden, fand sie anfänglich nicht den Mut, mit ihnen darüber zu sprechen. Sie hielt die Krankheit geheim und schob den richtigen Zeitpunkt immer weiter heraus. Doch irgendwann blieb ihr keine andere Wahl, als das Schweigen zu brechen: denn dieser Schicksalsschlag betraf nicht sie allein, sondern die ganze Familie. Zuerst zog sie ihren Mann ins Vertrauen, dann ihre Mutter. Zu dritt fassten sie den Beschluss, den Kindern nichts zu sagen. Aber wenn ein Kranker im Haus ist, greift das Übel rasch um sich, die Krankheit nistet sich überall ein, befällt Worte, Taten und Gesten. Nimmt vom Leben und den Gefühlen aller Beteiligten Besitz.

Der Verlauf der Krankheit war für Lucia unerträglich.

Oft fragte sie sich: *Warum ich? Womit habe ich das verdient? Lieber Gott, ist das meine Bestimmung?*

Diese Phase der Ungläubigkeit zog sich ein paar Wochen hin. Zu akzeptieren, dass sie krank war, fiel ihr unendlich schwer. Wenn sie morgens die Augen aufschlug, hoffte sie immer, es sei alles nur ein böser Traum gewesen.

An guten Tagen, wenn es ihr ein kleines bisschen besserging, meinte sie gleich, sie werde wieder gesund, denn sie klammerte sich an den Gedanken, die Ärzte hätten sich geirrt oder sie sei einer jener seltenen Fälle wundersamer Heilung, ein Fall von wissenschaftlichem Interesse. Doch dieser Zustand der Gnade war stets von kurzer Dauer, weil irgendetwas immer sofort das Gegenteil bewies. Wenn es ihr hingegen schlechterging, wollte sie das nicht wahrhaben. Mit allen Mitteln kämpfte sie darum, jede Verschlechterung zu verbergen: die Hand, die zitterte, den Gegenstand, der ihr aus der Hand fiel, das Stolpern beim Gehen. Ein eigenartiges Kribbeln erfasste die Beine, die Füße, die Hände und dann auch das Gesicht. Irgendwann konnte sie auf einem Ohr nicht mehr hören, mit einem Auge nicht mehr sehen. Obwohl die Welt ihr mehr und mehr entglitt, bemühte sie sich verzweifelt darum, sie weiterhin zu hören und zu sehen. Das verbarg sie vor den anderen, aber auch vor sich selbst. Die vertraute Welt löste sich einfach auf. Dabei liebte sie diese Welt über alles.

Als die Symptome dann immer offensichtlicher wurden, begann eine neue Phase: an die Stelle der Ungläubigkeit trat die Wut.

Sie war wütend, weil sie nun auf alles verzichten sollte, weil all ihre Pläne, ihre Hoffnungen, ihre Träume von einer glücklichen Zeit mit den Kindern, jetzt, wo sie aus dem Gröbsten raus waren, mit einem Schlag zusammenbrachen.

Alles in ihr sträubte sich gegen den Gedanken, krank zu sein, und sie weigerte sich standhaft, sich selbst als Kranke zu sehen. Immer wenn sie auf andere Kranke traf, wie etwa im Wartezimmer beim Arzt, war sie darauf bedacht, sich innerlich von ihnen abzugrenzen, weil sie sich nicht zugehörig fühlte. Sie empfand es als Zumutung, sich ausgerechnet über die Krankheit zu definieren, die doch eine Bedrohung darstellte. *Ich bin nicht wie sie,* sagte sie sich immer wieder. Aber das stimmte nicht, sie war krank, schwerkrank, ohne Aussicht, je wieder gesund zu werden, ohne Aussicht, je wieder dieselbe zu werden wie zuvor. Sie hatte ihre Identität verloren.

Innerhalb weniger Monate verschlechterte sich ihr Zustand so rapide, dass sie sich Tag für Tag mit immer neuen Einschränkungen abfinden musste, die alle einer Niederlage gleichkamen, einem wachsenden Verlust an Autonomie. Bald konnte sie nicht mehr aufstehen, lag nur noch hilflos im Bett und war bei allem auf Hilfe angewiesen, beim Toilettengang, beim Waschen, beim Anziehen, beim Essen.

Dennoch versuchte sie, sich optimistisch zu geben, die

Heitere zu spielen, aber das kostete sie unendlich viel Mühe. Wenn sie nicht aufgab, dann wegen der Kinder, ihnen schenkte sie ein Lächeln, wenn sie das Zimmer betraten.

Sie kämpfte, nicht um zu gewinnen, denn sie hatte schon verloren, und das wusste sie; sie kämpfte, um Widerstand zu leisten, die eigene Würde zu wahren. Sie wollte immer noch Frau, Mutter, Ehefrau sein.

Bei ihrem Mann nahm sie sich eine Auszeit, gab sich ein Stück weit geschlagen. Nur ihm zeigte sie das wahre Ausmaß ihrer Wut, ließ ihren Ängsten freien Lauf, erlaubte sich Blicke voller Panik und Entsetzen, die sie vor den Kindern sorgsam vermied.

Für den Ehemann war es nicht leicht, die richtigen Worte zu finden. Mit der Zeit fand er jedoch heraus, dass es oft besser war, wenn er einfach nur zuhörte und ihr damit Gelegenheit gab, sich Erleichterung zu verschaffen, ihren Gefühlen freien Lauf zu lassen und sich hemmungslos zu beklagen. Dabei ließ er sogar Vorwürfe und Beschimpfungen über sich ergehen, weil er begriffen hatte, dass diese Aggressivität für sie das einzige Mittel war, ihr Leid und ihre Qual zum Ausdruck zu bringen.

Aber auch mit dem Schweigen tat er sich schwer, denn er wollte nicht, dass sie den Eindruck bekäme, er schweige aus Verwirrung oder Mutlosigkeit. Alles wurde zu einem heiklen Balanceakt, denn selbst eine Liebkosung konnte falsch verstanden werden. Einmal schärfte Lucia ihm ausdrücklich ein, er dürfe sie nicht bedauern, sie wolle kein Mitleid.

Unzählige Male hielt sie ihn nachts wach, wenn das nackte Grauen sie packte, weil die körperliche oder seelische Qual plötzlich unerträglich wurde oder ein Gefühl der

Leere ihr die Kehle zuschnürte. Dann geriet sie in Panik, vor lauter Angst vor der Zukunft und dem Unbekannten, das von ihr Besitz ergriffen hatte.

Äußerlich gefasst, hielt er dann ihre Hand, streichelte ihr über den Kopf, versuchte sie zu beruhigen, innerlich jedoch quälte ihn ein Gefühl der Ohnmacht, wenn er sie in diesem Zustand sah. Sie, die Frau, die er liebte, die Mutter seiner Kinder.

Oft lagen sie Hand in Hand nebeneinander, sprachen stundenlang kein Wort und sahen sich nur an, bis sie, um dem Schrecken zu entfliehen, irgendwann schließlich doch einschliefen.

In Momenten höchster Verzweiflung sagte Lucia oft, sie könne nicht mehr und wolle aufgeben. Solange sie noch eigenständig war, sorgte er dafür, dass sie keine der zahllosen Sprechstunden verpasste, die ihr von einer Heerschar überflüssiger Spezialisten verordnet wurden: Neurologen, Ernährungsberater, Psychiater, Physiotherapeuten, Hausarzt. Doch mit der Zeit weigerte sie sich immer öfter, und er musste sie geradezu nötigen, die Termine wahrzunehmen. Irgendwann jedoch, als sich ihr Zustand weiter verschlechterte, gab auch er nach und zwang sie zu nichts mehr. Er versuchte einen guten Kompromiss zu finden zwischen dem, was empfohlen wurde, und dem, was sie selbst wollte. Denn einen Termin abzusagen, das hatte er inzwischen begriffen, bescherte ihr ein nicht zu unterschätzendes Gefühl der Freiheit.

Es war ihr gutes Recht, die verbleibende Zeit so zu verbringen, wie sie es wollte.

Von den Ärzten verlangte sie, dass sie ihr die Wahrheit

sagten und nichts verheimlichten. »Was steht mir noch bevor? Wie werde ich sterben? Wann?«

Daraufhin hatte ein Arzt gesagt, wahrscheinlich werde die Muskulatur des Atemapparats versagen und sie werde ersticken.

Die Vorstellung, so zu sterben, löste bei ihr Panik aus, und abends im Bett gestand sie ihrem Mann, dass sie Angst davor habe. Er wusste nicht, wie er sie trösten sollte, und schloss sie in die Arme, während er Gott anflehte, er möge ihn zu sich nehmen und sie bei den Kindern lassen.

Als sie seine Tränen an ihrem Hals spürte, brach es ihr fast das Herz, noch nie hatte sie ihn weinen sehen.

Er ließ sich selten gehen, schon gar nicht vor seiner Frau oder den Kindern. Er war es gewohnt, sich zurückzuhalten und sein eigenes Leid hintanzustellen.

Vor lauter Entsetzen über das Ende, das ihr bevorstand, bat Lucia ihn eines Nachts, ihr beim Sterben zu helfen.

»Aber Schatz, was sagst du denn da?«

»Ich will, dass du mir beim Sterben hilfst.«

Zutiefst erschrocken sah er sie an.

»Es ist doch ohnehin nur eine Frage der Zeit, es ist unvermeidlich. Es hat keinen Sinn, die Sache unnötig in die Länge zu ziehen, es ist zermürbend für mich, für dich und vor allem für Andrea und Marco. Das Einzige, was wir tun können, ist, mir weiteres Leid zu ersparen. Ich kann nicht mehr. Mir fehlen die Kräfte. Ich will sterben.«

Der Vater konnte ihre Gründe zwar nachvollziehen, wusste aber nicht, was er dazu sagen sollte, geschweige denn, was er tun sollte. »Das ist zu viel verlangt, das kann ich nicht.«

»Du darfst mich jetzt nicht im Stich lassen. Wir sind doch ein Paar. Was dem einen widerfährt, betrifft auch den anderen. Wenn du mich liebst, dann hilf mir, lass mich nicht so elend zugrunde gehen. Wenn du es nicht für mich tust, dann wenigstens für die Kinder. Sie müssen möglichst bald von diesem Elend erlöst werden, damit sie wieder ein normales Leben führen können. Soweit das überhaupt möglich ist. Es hat keinen Sinn, weiterhin tatenlos zuzusehen, mein Zustand wird immer schlimmer, und das möchte ich ihnen gern ersparen.«

»Hör auf damit, mein Schatz, ich flehe dich an. Versprich mir, dass du so etwas nie wieder von mir verlangst.«

An diesem Abend war sie ziemlich aufgebracht.

Sie verlor allen Mut, wurde immer teilnahmsloser und interessierte sich für nichts und niemanden mehr.

Von da an durfte Andrea nicht mehr bei ihr Hausaufgaben machen, und sie sprach praktisch überhaupt nicht mehr.

Doch dann ging eine grundlegende Veränderung in ihr vor. Tief in ihrem Inneren wurden ungeahnte Kräfte freigesetzt, von denen sie selbst nichts geahnt hatte. Die Krankheit war nicht nur eine Fessel, sondern auch ein Akt tiefer Erkenntnis. Wie bei einem spirituellen Meister, einem Guru.

Plötzlich fielen Angst und Schrecken von ihr ab, und zu ihrem eigenen Erstaunen und zur Verblüffung aller wirkte sie vollkommen entspannt. Das sah man an ihren Augen: Ihr Blick verriet jetzt eine tiefe Seligkeit. Alles war anders.

Eines Nachts sah sie ihren Mann an und fragte ihn nach einem Moment der Stille ganz ruhig: »Liebst du mich?«

»Mehr als mein Leben.«

Stille. »Ich bin bereit.«

Vor Schreck fröstelt es ihn am ganzen Körper. »Ich nicht.«

Lucia lächelte und strich ihm mit der Hand übers Gesicht. »Ich kann nicht mehr warten, mir läuft die Zeit davon. Du musst dir einen Ruck geben.«

Er antwortete nicht.

»Ich weiß, es ist nicht leicht, aber du kannst jetzt keinen Rückzieher mehr machen. Denn Sterben, das weiß ich jetzt, ist für mich die einzige Art zu überleben.«

Er sah sie an und fragte sich, woher sie die Kraft nahm, das so klar zu sagen, ohne jedes Zaudern.

Er fühlte sich schwach und verwirrt. Denn das war nicht der panische Hilfeschrei einer verzweifelten Frau wie beim ersten Mal, sondern eine ganz sachlich vorgetragene Bitte einer abgeklärten Frau, Ausdruck eines neuen Bewusstseins, jenseits der Worte.

Ihr Entschluss, den Kampf aufzugeben, beruhte nicht auf Mutlosigkeit oder Angst, sondern auf Ergebenheit. Ergeben folgte sie dem Ruf einer unsichtbaren inneren Instanz, deren Stimme nur sie allein wahrnahm, dem Ruf in ein Anderswo voller Kraft, voller Licht, vollkommener Geborgenheit.

Sie gab nicht auf, sondern akzeptierte. Sie hatte sich mit dem Unvermeidlichen abgefunden, der Endlichkeit des Lebens und der eigenen Sterblichkeit, und war nun im Begriff, endgültig loszulassen.

Schweigend sah er sie an. In diesem Augenblick sah sie aus wie ein kleines Mädchen, ein Engel.

»Ich habe Durst, gib mir bitte Wasser.« Dann lächelte sie ihn an.

Als Andrea in seinem Hotelzimmer in Sydney ankam, stellte er den Koffer ab und warf sich erschöpft aufs Bett.

»Ich hab's geschafft.«

Nach einem endlosen Flug war er um sechs Uhr früh endlich gelandet.

»Für meine erste Reise seit Jahren hätte ich mir auch - etwas Näheres aussuchen können«, sagte er sich laut und starrte an die Decke. Dann warf er einen Blick auf seine Armbanduhr, um zu sehen, wie spät es war, doch sie zeigte noch die italienische Zeit. Er drehte den Kopf zum Wecker auf dem Nachttisch und stellte die Armbanduhr auf die neue Zeit um. Dann ging er unter die Dusche, zog den Bademantel über und begann, den Koffer auszupacken.

Er schob eine Hand unter T-Shirts, Unterhosen und Socken, hob den ganzen Stapel mit einem Griff hoch und deponierte ihn in einer Schublade. Dass dabei ein Briefumschlag herunterfiel und unter dem Bett landete, bemerkte er nicht.

Dann räumte er den Rest weg, stellte den Koffer in den Schrank, zog sich an und ging zum Frühstück hinunter. Von seinem Tisch hatte er eine traumhafte Aussicht aufs Meer. Ein schönes Hotel, er hatte eine gute Wahl getroffen.

Wenn ich mich nicht irre, ist das da Coogee Beach.

Er aß Obst und einen Joghurt mit Müsli, trank einen doppelten Espresso und überlegte sich, was er mit dem Tag anfangen sollte. Dann ging er wieder nach oben aufs Zimmer und sofort ins Bad. Als er die Tür schließen wollte, fiel ihm plötzlich ein, dass er sie auch offen lassen konnte, er war ja allein. Die offene Tür bescherte ihm ein Gefühl von Freiheit, und er musste unwillkürlich lächeln.

Während er auf dem Klo saß, die Ellbogen auf die Knie gestützt, noch ganz benebelt von der Reise, und darauf wartete, dass sich etwas tat, versuchte er sich das Leben, das vor ihm lag, vorzustellen. So ganz ohne Programm, ohne straff durchorganisierte Tagesplanung, das kannte er gar nicht. Alles war möglich – alles und nichts.

Er musste wieder an die Worte seines Bruders denken: bloß keine Panik, das ist doch wundervoll, ein echtes Geschenk.

Heute wird das wohl nichts mehr.

Dann musste er wieder an den dummen Streich denken, den er sich vor seiner Abreise erlaubt hatte und für den er sich jetzt schämte. Als ihm zu Ohren kam, dass sein Chef, der superabergläubisch war, mit seiner Familie auf die Malediven fliegen wollte, gab er sich in einem Brief als Wahrsagerin aus und beschwor ihn, die Reise auf keinen Fall anzutreten, weil sonst etwas Schreckliches passieren würde. Dann war er in ein Spielzeuggeschäft gegangen, hatte ein Modellflugzeug gekauft, die Flügel abgebrochen und ihm das kaputte Modell als böses Omen neben sein Auto gelegt.

Jetzt fragte er sich, ob sein Chef wohl trotzdem geflogen war oder die Reise vielleicht abgesagt hatte.

Selbst wenn er trotzdem gefahren ist, hat er unterwegs keine ruhige Minute gehabt. Es war fies von mir.

Als er gerade aufstehen wollte, sah er etwas unter dem Bett liegen, ein Blatt Papier vielleicht oder einen Geldschein.

Er stand auf, um nachzusehen. Mit heruntergelassenen Hosen watschelte er wie ein Pinguin zum Bett. Dann streckte er den nackten Hintern in die Luft, zog den Umschlag unter dem Bett hervor und setzte sich wieder aufs Klo.

Überrascht stellte er fest, dass der Umschlag einen Brief von seinem Bruder enthielt.

Wo kommt der denn her?, fragte er sich. Als er die ersten Worte las, lächelte er: *Hallo großer Bruder,* stand da. So hatte Marco ihn noch nie genannt.

Im Folgenden bekannte Marco freimütig, wie sehr er sich darüber gefreut habe, dass er ihn in London besucht hatte: *Ich habe den Eindruck, dass wir uns in letzter Zeit nähergekommen sind.*

Andrea freute sich über den Brief. Obwohl er vor Neugier fast verging, beschloss er, ihn mit an den Strand zu nehmen und ihn dort in aller Ruhe zu lesen.

Er steckte ihn in das Buch, das er lesen wollte, packte ein paar Sachen ein und ging los.

Nachdem er sich sorgfältig mit einem Sonnenschutzmittel eingecremt hatte, machte er es sich auf der Strandliege bequem und nahm den Brief zur Hand.

Such Dir einen Ort, wo du ungestört bist, und mach's Dir bequem.

Wenn Du alles gelesen hast, wirst Du vielleicht sauer auf mich sein, weil ich Dir das nicht früher gesagt habe, oder Du bist sauer auf Papa, oder vermutlich eher noch auf Mama. Weißt Du noch, was sie immer zu uns gesagt hat, als wir noch klein waren? »Irren ist menschlich, Verzeihen göttlich.«

Gerade sitze ich hier in der Küche und schreibe, während Du nebenan auf dem Sofa schläfst. Ich werde aber hier nicht über uns beide schreiben, sondern über Mama und vor allem über Papa, darüber, was er all die Jahre durchgemacht und für sich behalten hat.

Papa hat eine große Tat vollbracht, kein Sterbenswort darüber verloren und alles heldenhaft mit sich selbst ausgemacht.

Andrea begriff nicht recht, was das sollte. Da hatten sie in London eine Menge Zeit zusammen verbracht und über alles Mögliche geredet, wozu dann jetzt noch dieser Brief? Die Antwort auf diese Frage fand sich ein paar Zeilen weiter.

Ich weiß es auch erst seit kurzem, habe es an dem Wochenende erfahren, als Du Deinen Umzug zu Daniela gemacht hast. Zuerst wollte ich es Dir gar nicht sagen, aber dann ist mir klargeworden, dass das ein Fehler war.

Ich weiß nicht recht, wo ich anfangen soll, denn an den drei Tagen ist viel passiert, Papa war stark verwirrt, hatte aber auch klare Augenblicke. Irgendwann habe ich ihm gestanden, dass ich ihn einmal habe weinen sehen. Davon habe ich Dir erzählt, erinnerst du Dich? Damals im Keller, als ich ihn dabei erwischt habe, wie er mit dem Kopf in den Händen dasaß, sich verzweifelt die Haare raufte und dabei immer wieder vor sich hin murmelte: »Das verzeihe ich dir nie.« Ich wollte unbedingt wissen, ob er damit Mama gemeint hatte, und dann habe ich ihn danach gefragt. »Papa, war es Mama, der du nicht verzeihen konntest?« Und er hat ja gesagt.

»Was hat sie dir denn getan?« Darauf hat er mir keine Antwort gegeben. Ich habe ihn erst einmal in Ruhe gelassen, wir haben ein bisschen geschwiegen, und dann hat er denselben Satz gesagt wie damals im Krankenhaus, als du auch dabei warst: »Deine Mama ist an Luft gestorben.« Er meinte erstickt, das habe ich erst da begriffen, sie ist gestorben, weil sie keine Luft mehr bekam.

Dann habe ich gefragt, ob er ihr nicht verzeihen konnte, dass sie krank war. Er antwortete nicht, war aber plötzlich ziemlich aufgeregt. Ich dachte, vielleicht hat Mama ihn betrogen, vielleicht sagt er jetzt, dass ich gar nicht sein Sohn bin, Du weißt schon, wie im Film, wie damals bei mir und Mathilde.

»Hat Mama dich vielleicht betrogen?« Er antwortete noch immer nicht, wurde aber immer nervöser. Da habe ich trotz meiner Neugier beschlossen, die Sache fallenzulassen.

Andrea hielt es für ausgeschlossen, dass die Mutter den Vater betrogen hatte. Das passte nicht zu ihr. Dass Marco dem Vater eine solche Frage überhaupt gestellt hatte, fand er vollkommen unangebracht. Unmöglich.

Danach habe ich mit Papa ferngesehen und nicht mehr nachgefragt. Allerdings sah er gar nicht hin, sondern guckte in Richtung Fenster. Plötzlich bat er mich, ihm eine Spritze zu bringen, er müsse eine Injektion machen. Ich habe ihm erklärt, er brauche keine Injektion und seine Tabletten würde ich ihm später bringen. Daraufhin hat er sich etwas beruhigt.

Andrea ließ den Brief sinken und rieb sich mit der anderen Hand die Augen. Er hielt es im Liegen nicht mehr aus, stand kurz auf und setzte sich dann auf die Liege, mit den Füßen im Sand.

An dem Abend habe ich die Blechdose mit Mamas Brie-fen aus dem Keller geholt.

»Soll ich dir aus Mamas Briefen vorlesen?«

Als Antwort wiederholte er nur die Frage.

Ich holte die Schachtel mit den Briefen heraus und machte eine Entdeckung. Ganz unten lag ein zusammen-gefalteter Zettel, der nicht in Mamas Handschrift ge-schrieben war. Ich habe ihn gelesen und zunächst nicht verstanden, worum es ging. Aber dann ist mir das Blut in den Adern gefroren. Plötzlich war mir alles klar. Ich bin aufgestanden und in die Küche gegangen. Ich war völlig fertig. Ich habe eine nach der anderen geraucht und im-mer wieder diesen Zettel durchgelesen: »Du verlangst zu viel von mir. Das kann ich nicht, es ist zu grausam. Woher soll ich die Kraft dazu nehmen? Aber wenn ich es nicht tue, musst du weiterleiden. Ich kann mit niemandem darüber reden.«

Mama hat Papa um Sterbehilfe gebeten, da bin ich mir sicher. Vielleicht hatte sie genug von diesem Leben, von der Krankheit, oder sie hatte Angst davor, noch mehr leiden zu müssen, keine Ahnung, ich weiß nicht, was ich davon halten soll. Vermutlich hat sie ihn darum gebeten, ihr Luft zu injizieren oder Morphium, keine Ahnung. Wenn er das wirklich getan hat, was hat der arme Papa dann sein Leben lang durchmachen müssen? Es war et-

was, was gegen alle seine Prinzipien verstieß, aber wenn er es nicht gemacht hätte, wäre es ihm noch schlechter gegangen. Sterbehilfe als Liebesbeweis.

Wenn er es hingegen nicht über sich gebracht hat, stell Dir mal vor, was für Schuldgefühle er gehabt haben muss, als sie dann tatsächlich erstickt ist. Der Gedanke machte mich fix und fertig, weshalb ich stundenlang in der Küche gesessen habe.

Irgendwann bin ich dann doch wieder zu ihm ins Zimmer gegangen. Am liebsten hätte ich ihn umarmt und fest gedrückt.

»Papa, hast du diesen Zettel geschrieben? Erinnerst du dich?«

Seine Lippen begannen zu zittern.

»Papa, sieh mich an.« Ich brachte kein Wort mehr heraus. Dann, ich habe keine Ahnung, wie, habe ich plötzlich eine innere Kraft gespürt. »Papa, hast du es getan?«

Er hat mich angesehen, sein Blick war klar, in diesem Augenblick war er bei sich, da bin ich mir sicher. Er hatte Tränen in den Augen. Die Mundwinkel zuckten. Dann schloss er die Augen und drehte sich auf die andere Seite. Ich bin um das Bett herumgegangen, um sein Gesicht zu sehen. Aus den geschlossenen Augen quollen dicke Tränen.

Ich habe ihn umarmt, Andrea, habe ihn fest an mich gedrückt und ihn wer weiß wie lange in meinen Armen gehalten.

Langsam sank Andreas Hand wie kraftlos hinab. Er war aufgewühlt und saß doch wie gelähmt da, mit halboffenem Mund und starrem Blick.

Als er nach einer halben Ewigkeit wieder aus seinen Gedanken auftauchte und zu sich kam, steckte er den Brief in den Umschlag und legte ihn auf das Handtuch. Er beugte sich vor und schaute auf seine Füße hinunter. Er spielte mit dem Sand, vergrub die Zehen darin, zog sie wieder heraus, rieb die Füße aneinander, um den Sand wieder abzuschütteln. Als er jetzt, mit dieser neuen Erkenntnis, noch einmal über sein Leben nachdachte, fiel es ihm plötzlich wie Schuppen von den Augen. Ihn traf keine Schuld, die Traurigkeit des Vaters hatte mit ihm nicht das Geringste zu tun. Ihn überkam ein Gefühl, als ginge plötzlich alles in Erfüllung, was er sich sein Leben lang gewünscht hatte.

Ein Windstoß wehte den Brief zu Boden. Andrea hob ihn auf und steckte ihn in die Tasche. Als er auf die Uhr sah, stellte er fest, dass er schon über eine Stunde hier saß. *Ich habe Hunger.*

Er stand auf und ging zum Wasser.

Unter den Füßen spürte er den Sand, zuerst den heißen in der Sonne, dann den feuchten. Und schließlich stand er mit den Füßen im Wasser.

Er ging weiter, bis ihm das Wasser bis ans Knie reichte, dann stürzte er sich hinein.

Nach ein paar Zügen legte er sich auf den Rücken und spielte den toten Mann. Er betrachtete den blauen Himmel und ein paar Wölkchen, weiß wie Sahne. Ab und zu überspülte eine größere Welle sein Gesicht.

Von oben sah er aus wie ein Christus am Kreuz.

Er schloss die Augen und lauschte: auf die Geräusche, die Empfindungen, die Gefühle, die Vorgänge in seinem Inneren, den Rhythmus seiner Atemzüge.

Mit geschlossenen Augen sah er seinen Vater, sie umarmten sich, drückten sich fest. »Jetzt weiß ich, wer du wirklich bist«, sagte er. »Ich hab dich gern, Papa.«

Seine Tränen aus den geschlossenen Augen mischten sich mit dem Meerwasser. Er fühlte sich leicht, schwerelos.

»Wenn ich wieder zu Hause bin, hole ich eine Menge Dinge nach«, dachte er laut.

Er ließ sich von der Strömung treiben, mit einer tiefen Ruhe im Herzen. Mit Dankbarkeit.

Als er die Augen wieder aufschlug, erschien ihm der Himmel anders, ganz neu, als sähe er ihn zum ersten Mal. Zum Greifen nah. Er atmete tief ein. »Ich bin leicht, ich bin frei, ich bin lebendig. Im Augenblick.«

Und er lächelte.

Bitte beachten Sie
auch die folgenden Seiten

Fabio Volo
im Diogenes Verlag

Einfach losfahren

Roman. Aus dem Italienischen
von Peter Klöss

Micheles Leben ist perfekt: Job, Freunde, Frauen –
alles bestens. Bis sein engster Freund Federico aus
heiterem Himmel beschließt, den Alltag hinter sich
zu lassen und einfach loszufahren. Allein zurückge-
blieben, stürzt er sich in die Eroberung von Francesca
und hat Erfolg: Michele und Francesca sind für ein
paar Monate im siebten Himmel. Doch bald lassen
ihn Alltag und Routine zweifeln. Eine Nachricht von
Federico rüttelt ihn wach, und nun beschließt auch er,
einfach loszufahren.

»Ein frisch-frecher Roman über eine Männerfreund-
schaft und den mutigen Aufbruch in ein Leben abseits
vorgegebener Wege.«
Frankfurter Allgemeine Zeitung

»Fabio Volo formuliert, wie es ihm sein Name, der im
Deutschen ›Flug‹ bedeutet, vorschreibt: federleicht,
traumwandlerisch sicher, schwebend schön.«
Hendrik Werner / Die Welt, Berlin

Auch als Diogenes Hörbuch erschienen,
gelesen von Heikko Deutschmann

Noch ein Tag und eine Nacht

Roman. Deutsch von Peter Klöss

Eines Morgens fällt Giacomo in der Straßenbahn eine
junge Frau auf. Am nächsten Tag sitzt sie wieder da.
Über Monate beobachtet Giacomo sie, ohne sie an-
zusprechen – das morgendliche Treffen wird für ihn
zum geheimen Rendezvous. Als schließlich sie ihn an-

spricht, ist er für ein paar Sekunden auf Wolke sieben. Gleich darauf schlägt er aber hart auf dem Boden auf: Denn Michela geht fort. Für immer. Nach New York. Giacomo versucht, Michela zu vergessen, sich für andere Frauen zu interessieren. Doch schließlich packt er seinen Rucksack und reist ihr hinterher.
Verspielt, berührend, sexy – die Liebesgeschichte von Michela und Giacomo vor der traumhaften Kulisse Manhattans hat in Italien schon über eine Million Leser begeistert.

»Fabio Volo beschreibt eine dritte Form von Liebe: keine simple Bettgeschichte, keine Für-immer-und-ewig-Geschichte, sondern eine Lovestory nach dem Motto: ›Sehen wir mal, ob wir fähig sind, uns wenigstens für eine bestimmte Zeit aufrichtig zu lieben.‹«
La Repubblica, Rom

Zeit für mich und Zeit für dich
Roman. Deutsch von Peter Klöss

Lorenzo wurde im Leben wenig geschenkt: Er ist in einfachen Verhältnissen aufgewachsen und musste all seine Kraft darauf verwenden, sich durchzuboxen. Beruflich hat ihm das zu einer Traumkarriere in der Werbung verholfen, seine Familie und seine Freundin kamen jedoch zu kurz. Nun hat ihn Federica verlassen – und sein Vater sich enttäuscht von ihm abgewendet. Lorenzo setzt alles daran, die beiden geliebten Menschen zurückzugewinnen – doch womöglich ist es schon zu spät.
Zeit für mich und Zeit für dich ist die Geschichte eines jungen Mannes, der auf der Suche nach der verlorenen Liebe zu mehr Echtheit und zu sich selbst findet.

»Fabio Volo hat erneut ein fesselndes Buch über die süßen und bitteren Seiten des Lebens geschrieben.«
Alexandra Kraus / Kölner Stadt-Anzeiger

Lust auf dich

Roman. Deutsch von Peter Klöss

Elena ist eine junge Frau, die sich in ihrer Ehe gefangen fühlt. Nachdem sie sich mit Uni-Abschluss und früher Heirat ein vordergründig perfektes Leben aufgebaut hat, merkt sie, dass bei ihrer Traumkarriere Leidenschaft und Lust auf der Strecke geblieben sind. Als schließlich ein Fremder erscheint, der Neugier und Phantasie in ihr wieder zum Leben erweckt, wagt sie den Sprung – hinein in ein lustvolleres Leben: *Beim Sex erkenne ich mich nicht wieder. Ich bin eine andere Frau, und diese Frau gefällt mir.*
Die Geschichte einer jungen Frau, die die Lust am Leben und an der Liebe zurückgewinnt.

»Eine unmittelbare, direkte Art von Literatur. Millionen von Lesern lieben es, mit Fabio Volos Figuren mitzufühlen.« *Giordano Tedoldi / Libero, Mailand*

Der Weg nach Hause

Roman. Deutsch von Petra Kaiser

Die Brüder Marco und Andrea sind im Leben gegensätzliche Wege gegangen. Andrea suchte Sicherheit und fand sie in der Ehe und einem gutbezahlten Job. Marco suchte das Abenteuer bei den Frauen und betreibt nun ein Restaurant in London. Kaum zu glauben, dass die beiden früher ihr Zimmer teilten. Dieses betreten sie nun wieder öfter. Denn der Vater ist krank. Heimzukehren fällt Marco nicht leicht. Es scheint ein Weg in die Enge zu sein, in längst überwundene Zeiten. Doch mit Hilfe von Isabella, Marcos erster Liebe, finden die Brüder nicht nur einen neuen Zugang zum Vater, sondern auch zueinander.

»Ein lesenswertes Buch über das Leben, das zum Nachdenken und Schmunzeln einlädt.«
Antonia Barboric / Die Presse, Wien

Seit du da bist

Roman. Deutsch von Petra Kaiser

Nicola ist fast vierzig und genießt sein Leben als Single und Schürzenjäger. Doch dann lernt er Sofia kennen. Mit ihr kann er sich ein Leben zu zweit vorstellen. Sie ziehen zusammen, und der Nachwuchs lässt nicht lange auf sich warten. Auf einmal ist nicht mehr alles eitel Sonnenschein. Nicola und Sofia werden sich fremd. Ihre Gespräche drehen sich nur noch um Windeln, Babybrei und andere Haushaltsdinge. Nicola beginnt sich nach der Freiheit zu sehnen, die er einst hatte. Aber will er wirklich zurück ins altbekannte Leben? Lange traut er sich nicht, seine Unzufriedenheit einzugestehen. Aber als er es endlich tut, ist es für beide eine Erleichterung.

Fabio Volo erzählt mit entwaffnender Ehrlichkeit und viel Humor von der schwierigsten und schönsten Zeit im Leben eines Liebespaars, vom Verliebtsein und vom ersten Jahr mit Kind.

»Es würde nicht verwundern, wenn manch einer in Zukunft am Regal für Lebenshilfe vorbeigeht und in der Belletristikabteilung nach Volos Büchern greift.«
Sophia E. Gerber/
Preußische Allgemeine Zeitung, Hamburg